KB048885

마을을 지켜라

노나미 아사 지음
박재현 옮김

샘터

차례

프롤로그

파출소 첫 근무일

이른 아침부터 본격적으로 쏟아지는 강렬한 햇살에 창밖의 풍경이 전체적으로 하얗게 보였다. 하늘은 끝없이 푸르고, 군데군데 얇은 비단 같은 구름이 떠 있다. 그 하늘을 올려다보면서 가슴 가득 청량한 공기를 들이마시고 상쾌한 아침을 만끽할 참이었다. 하지만 크게 숨을 들이마셔도 콧구멍으로 들어오는 것은 후끈 달아오른 열기뿐이다.

"덥다."

다카기 세이다이는 기숙사 창을 활짝 열어젖히고 강렬히 쏟아지는 아침 햇살을 원망스러운 듯 올려다봤다. 그야말로 7월의 하늘, 7월의 햇살이었다. 이런 날은 바다다. 해변에서 파도 소리를 들으면서 온종일 빈둥거리고 싶다. 그게 어렵다면, 적어도 냉방이 잘된 실내에서 되도록 땀을 흘리지 않고 조용히 지내고 싶다.

돌아보니 옅은 하늘색 여름 이불이 밤새 흘린 땀으로 눅눅해졌을 이부자리 위에 가느다랗게 꼬여 뒤집혀 있다. 세이다이는 미련이 남는 듯 이부자리를 바라보다 이내 포기한 듯 한숨짓고 서둘러 이불을 개켰다. 이른 기상은 정말 싫다.

"세이다이, 일어났어?"

문을 두드리는 소리가 나고, 어쩐지 긴장한 소리가 들려왔다. 세이다이는 작게 혀를 차면서 "응" 하고 웅얼거리듯 대답했다. 어떻게 아침부터 저런 목소리가 나오는지 정말 신기하다. 자신은 아직도 잠이 덜 깬 상태인데, 이미 모든 준비를 마친 미우라는 문을 열어 상큼한 얼굴을 내밀고는, 필요 이상으로 즐거운 듯 웃으며 '오호!' 하고 말했다.

"감동이야. 일어나 있다니."

"요즘 내가 늦잠 잔 적 있어?"

"예전보다야 적어졌지만. 그래도 내가 좀 방심하면 곧 '일어나기 싫다'고 말하잖아. 그래서 걱정했지."

진짜, 잔소리하는 마누라 같다. 세이다이는 삐쭉 입을 내민 채 힐끔 미우라를 보고는 서둘러 셔츠를 입고 양말을 신었다. 미우라는 방긋방긋 웃으면서 계속 지켜볼 모양이다.

"너, 계속 거기에 있을 거야?"

"같이 밥 먹을 거잖아."

"그럼 먼저 가 있어."

"괜찮아. 기다릴게."

그는 174센티미터, 66킬로그램의 세이다이보다 3센티미터 정도 크고 2킬로그램쯤 가볍다. 전체적으로 호리호리해 보이는 체격으로, 목부터 어깨에 걸친 선이 묘하게 야하고 도호쿠 지방 출신이라 그런지 왠지 허여멀건 피부라, 세이다이는 사실 예전부터 은근히 좀 꺼림칙한 기분이 들었다. 또 외모뿐 아니라 성격도 지나치게 친절하고 남을 살갑게 챙기길 좋아해서 여느 친구들과는 전혀 달랐다.

그러나 미우라는 그런 세이다이의 불만 따윈 전혀 눈치채지 못한 듯 언제나 변함없이 웃는 낯이다.

"어서, 서둘러."

미우라에게는 '내버려둬' 또는 '잔소리는'하고 평소의 말투대로 태연히 툭 던졌다가는 쉽게 상처받을 것 같은 그런 분위기가 있다. 따라서 순순히 따르는 수밖에 없다. 세이다이는 "알았어"라고 말하면서 벽에 걸린 제복으로 손을 뻗었다.

파란 반팔셔츠에 감색 바지. 그 제복을 입는 순간 다카기 세이다이는 다카기 순경이 된다. 여하튼 오늘은 태어나 처음으로 파출소 근무를 하는 날이다.

작년 가을에 경찰학교에 들어간 세이다이는 반년간의 '수련기'

를 끝내고 올해 봄부터 경찰청 조사이 경찰서에 졸업배치 되었다. 졸업배치란, 이른바 경찰관으로서 임시 면허를 받은 상태라고 할 수 있다. 지금까지 경찰학교에서 배운 것을 실제 현장에서 살리고 실무에 익숙해지기 위한 수습기간으로 직장 실습 같은 것이다.

실습은 3개월 동안 이루어지는데, 지역과부터 시작해, 조사과, 교통과, 생활안전과를 거쳐 각각의 일의 흐름을 배우는 한편, 경찰관으로서 필요한 점검이나 의식 같은 것을 훈련받는다. 그 실습이 어제로 끝났다.

"잘 먹어두는 게 좋아. 여하튼 몸을 움직여야 할 테니."

지금 세이다이의 눈앞에서 외모와 어울리지 않게 왕성한 식욕을 보이는 미우라는, 경찰학교에서 함께 공부하고 같은 서에 졸업배치 된 흔히 말하는 동기생이다. 학교에 있을 때는 그리 친하지 않았는데, 둘만 같은 서에 졸업배치 되고 나서 자연스럽게 서로를 의지하게 되었다. 미우라가 세이다이를 잘 챙기는 것은 그런 이유 때문일지도 모른다.

"자, 나토도 먹어."

"너, 시시콜콜 시끄러워. 난 나토 싫어한다고 말했지."

"안 돼, 몸에 얼마나 좋은데."

미우라는 눈앞에서 빙빙 젓가락을 돌려 무수한 실을 만든다. 그러고는 젓가락에 감긴 나토를 입으로 가져가며 엄청 맛있다는 듯이 눈웃음을 짓는다. 그 입술에 거미줄처럼 나토 실이 늘어져 있다. 세이다이는 진저리치며 "턱"이라고만 말했다. 미우라는 조금 머쓱해하며 면도도 하지 않은 턱을 쓰다듬고 다시 젓가락을 움직인다.

3개월간의 실습에 이어, 오늘부터는 지역실무연수가 시작된다. 실제로 파출소 근무를 하는 것이다. 물론 아직 혼자서 일하는 것은 무리이기 때문에 선배와 같이 다녀야 하지만, 그래도 '속세'로 나간다는 생각에 기뻤다. 드디어 경찰관으로서 첫발을 내딛는다고 생각하니 절로 기분이 들떴다.

"어이, 서둘러."

돌연 등 뒤에서 소리가 들렸다. 담백한 된장국을 마시던 세이다이는 목이 멘 채로 황급히 돌아봤다.

"좋은 아침입니다."

어찌됐든 이 기숙사에 있는 사람들은 모두 선배 경찰관이다. 선배가 말을 건넬 때 곧바로 활기차게 대답하지 않으면 그것만으로도 '건방지다'는 말을 듣기도 한다.

"오늘도 더울 것 같아. 든든히 먹어둬."

오늘부터 세이다이를 직접 지도하게 될 가스미다이 역전 파출소 반장인 미야나가 경장이었다.

넓적하고 네모난 얼굴로 이쪽을 내려다보는 그는 스물다섯, 여섯쯤일까. 세이다이보다도 두세 살 정도 위인 젊은 경찰관이었다.

"오늘부터는 봉사하는 마음을 가져야 해."

미야나가 반장은 그 말만 남기고 다른 테이블로 가버렸다.

"좋겠어, 든든한 형님을 둬서."

얼굴처럼 크고 각진 반장의 뒷모습을 돌아보면서 미우라가 작게 말했다. 미우라가 하는 말이니 다른 뜻은 없겠지만, 그 의견에는 세이다이도 일단 찬성이었다. 허튼 선배가 붙으면 터무니없이 나쁜 경험을 하게 된다는 말을 이미 오래전부터 들었기 때문이다. 후배 입장에서는 내내 함께 지내야만 하는 선배이기 때문에, 거칠게 사람을 다루거나 아무것도 가르쳐주지 않거나 성격이 나쁘다면 불평할 수도 없어 답답할 것이다.

"난 좀 걱정이야."

미우라는 이번에는 조금 불안한 표정으로 작게 한숨지었다. 그는 역전 파출소와는 경찰서를 사이에 두고 반대쪽 큰 단지 옆에 있는 가스미다이 7초메 파출소에서 근무하게 되었다. 그를 지도하게 된 것은 노무라라는 작고 왜소한 체구의 경장으로, 도수 높은 안경을 쓰고 늘 실눈으로 힐끔힐끔 주위를 둘러보는 타입의 남자였다. 같은 기숙사에 있지만 동료들로부터도 꽤 고립된 인상이다.

"너라면 괜찮아. 누구하고도 잘 어울리잖아."

"말하긴 쉽지."

사실을 말하자면, 세이다이는 노무라의 지도를 받지 않아 내심 천만다행이라며 가슴을 쓸어내리고 있었다. 미우라와 달리 온화하지 못한 성격에, 스스로도 제멋대로라고 인정하는 자신이 그런 꺼림칙한 남자와 온종일 함께 지내야 한다면, 첫날부터 엄청나게 싸울 것 같았다.

세이다이와 미우라는 경시청 조사이 경찰서 지역과 지역2계에 배속되었다. 경찰서 지역과에는 네 개의 계가 있고 돌아가면서 근무를 신다. 세이다이가 배치된 것은 역전 파출소이기도 해서 일근과 야근으로 나뉘고 1년 365일, 24시간 쉬지 않고 파출소와 그곳을 중심으로 한 지역을 지켜야 한다. 물론 수습인 세이다이는 현장에서 즉시 문제를 처리할 능력은 없기 때문에 당연히 인원수에는 포함되지 않고 그저 '추가 1'에 불과하다.

"어차피 3개월만 고생하면 돼. 한순간이야."

"한순간일까? 틀림없이 힘들 거야."

"하지만 여기 모두가 해온 거야. 별거 아냐."

세이다이가 말하자 미우라는 포기했다는 표정으로 다시 한숨을 내쉬었다.

세이다이를 비롯한 경찰들이 함께 지내는 와카다케 기숙사는 조사이서署의 부지 내에 있다. 파출소 근무 첫날인 오늘은 아침 8시 반부터 근무였다. 아침식사를 끝내고 기숙사를 나서자 아침이라고는 전혀 느껴지지 않을 만큼 후끈 달아오른 공기가 온몸을 감쌌다.

"아, 땀나. 왜 이런 때 연수를 받아야 하는 거야."

"앞으로는 계절도 날씨도 개의치 않고 임무에 힘써야 해."

옆에서 걷는 미우라가 지금 여름의 고통을 경험해두는 것이 좋지 않을까 하는 결연한 표정으로 답했다. 터무니없이 적극적이고 낙관적인 사고방식을 가진 녀석이라고 혀를 내두르면서, 세이다이는 진지한 얼굴로 걷고 있는 동기생을 바라봤다. 이전부터 느끼고 있던 것인데 이 녀석은 근본부터 자신과는 다르다.

1분도 걸리지 않아 경찰서에 도착해, 먼저 경무과에 들러 경찰수첩을 받는다. 정식 경찰관이 되면 평소에도 경찰수첩을 갖고 다니지만 수습기간 중에는 근무시간 외에는 이렇게 맡겨두어야 한다. 호루라기, 경찰봉, 수갑은 본인들이 관리한다. 경찰수첩을 받고 경찰 벨트에 권총을 장착하자 오른쪽 허리가 묵직해졌다. 그 무게가 아직 문치적거리던 세이다이의 마음을 긴장시켰다.

오전 8시 반. 옥상에서 점검이 시작되었다. 앞으로는 나흘에 한 번, 아침부터 근무가 있는 날에는 반드시 점검을 받게 된다. 세이다이가 배속된 지역2계원에 더하여 내근으로 짬이 나는 경찰관 마흔 명 정도가 아침햇살 속에서 질서 정연하 똑바로 선다. 점검관인 나가이 계장의 "번호!"라는 구령이 울린다. 번호를 연호한 뒤 이번에는 "수첩!" 하고 소리를 높인다. 전원이 일제히 왼쪽 가슴주머니에서 경찰수첩을 꺼내 첫 페이지를 펼친다. 그런 경찰관들 사이를 다카치에 지역과장이 천천히 걷는다. 잠깐의 침묵. 이른 아침부터 이마에 땀이 맺힌다. 과장은 세이다이 앞까지 와서 그의 경찰수첩을 휙 낚아채 팔락팔락 종잇장을 넘긴다.

"이게 뭐야?"

지축이 흔들릴 정도로 큰 소리였다. 미동도 하지 않고 정면을 향해 서 있던 세이다이는 순간 놀라서 "네?"라는 말밖에 할 수 없었다. 하필이면 오늘 수첩을 보다니.

"뭐냐고 묻고 있잖아. 이게 뭐야?"

눈앞에 경찰수첩의 맨 뒷장이 보였다.

"스티커 사진입니다."

"오호, 스티커 사진이라. 니 옆에 있는 건 누구?"

"작년까지 사귀던 여자 친구입니다."

과장의 눈이 한순간 가늘어졌다.

"작년까지? 차였어?"

"네."

다음 순간 고막이 찢어질 정도로 큰 소리가 울렸다.

"이 멍청이, 경찰수첩을 뭘로 보고!"

그것이 파출소 첫 근무일 아침에 있었던 일이다. 지글지글 쏟아져 내리는 태양 아래서 "네 머릿속엔 뭐가 든 거야!"라는 과장의 분노에 찬 목소리가 세이다이의 뇌를 뒤흔들었다.

1장_ 마을을 사랑한다는 것

"근데, 너 꼴통이구나."

강변길을 자전거로 달리면서 앞서가던 미야나가 반장이 말했다. 크고 네모진 얼굴에 어울리는 넓고 늠름한 반장의 등을 보면서 세이다이는 "뭐가요?"라고 물었다. 안짱다리처럼 천천히 흰색 자전거의 페달을 밟던 반장은 힐끔 뒤를 돌아보고 "그게 그렇잖아"라고 답한다. 모자 아래로 보이는 옆얼굴은 분명 웃고 있다. 세이다이는 자전거 페달을 밟는 다리에 힘을 주어 반장과 나란히 달렸다.

"상식적으로 생각해봐. 보통 스티커 사진 같은 걸 경찰수첩에 붙여야겠어?"

반장은 유쾌한 듯이 웃고는 "그런 바보는 본 적이 없어"라며 말을 잇는다. 세이다이는 뾰로통한 얼굴로 '그런 소리 해봤자 소용없다'고 쏘아붙이고 싶은 걸 참았다.

"경찰수첩이 우리에게 대여되는 거란 정도는 알지?"

"하지만 돌려주지는 않죠. 게다가 마지막 페이지까지 점검할 거라고는 생각하지 못했어요."

"그래서 바보라는 거야. 오늘부터 연수에 들어가는 녀석에게 격려의 한마디라도 해주고 싶었던 거야, 과장은."

그런 것인가. 격려하고 싶었다면 "여친이 예쁘네" 정도 말해주었다면 좋지 않았을까. 세이다이는 조금 전 과장의 눈앞에서 떼어내야만 했던 스티커 사진을 떠올리고, 자신의 곁에서 미소 짓던 그녀를 생각했다. 젠장, 마지막 남은 한 장이었다. 분명 작년 이맘때까지 늘 곁에서 웃어주던 그녀에게 차인 것이 그가 경찰관을 지망한 동기 중 하나였다. 이젠 여자 따윈 안 믿을 것이라고, 그 무렵 세이다이는 꽤 심각하게 다짐했던 기억이 있다. 그만큼 충격이었다.

그러나 9개월 전 경찰학교에 들어간 순간 후회가 밀려왔던 것도 사실이다. 전혀 여자라고는 느낄 수 없는 무미건조한 나날에 '큰 실수를 했다'고 생각한 게 한두 번이 아니다. 그래서 부족하나마 위안 삼아 추억의 스티커 사진의 마지막 한 장을, 경찰수첩에 붙였다. 그렇게라도 해서 여기까지 온 것은, 이렇게 된 바에야 단

한 번이라도 '순경 아저씨'로 불려보고 싶다는 단순한 의지 같은 거였다.

"이걸로 넌 완전히 찍혔어."

강을 따라 자전거를 달리면서 세이다이는 반장에게 "상관없어요"라고만 대답하고 주변 경치로 시선을 돌렸다. 그런 건 아무래도 좋다. 내게는 나의 방식이 있다.

조사이서 옆을 흐르는 가스미 강은 완만하게 굽이굽이 흘러 관내를 남북으로 가로지른다. 양쪽 강변을 시멘트로 덮어서 운치라고는 없다. 강은 도중에 가스미다이 공원 안을 가로질러 초등학교 옆을 흐르는데, 서쪽에는 아파트와 단독주택이 밀집하고 동쪽에는 큰 단지나 사택이 있다. 빈 말이라도 경치가 좋다고 말할 수 없지만, 그래도 강가에는 가로수와 산책로가 이어져 따분한 풍경에 다소나마 정취를 느낄 수 있었다.

이 가스미 강이 JR과 맞닿은 곳에서 왼쪽으로 굽이쳐 다시 1킬로미터쯤 간 곳이 가스미다이 역이다.

아침 러시아워를 지나고 가스미다이 역 앞은 적당히 혼잡했다. 10분 정도 자전거를 달리기만 했는데도 이미 온몸이 땀으로 흠뻑 젖었다. 세이다이는 미야나가 반장을 따라 파출소 옆에 있는 커다란 미루나무 아래에 자전거를 세웠다. 나무 그늘에 들어서도 시원한 바람조차 불지 않는다. 절망한 매미의 울음소리가 들려왔다.

"실례해요."

어딘가에서 쉰 목소리가 들렸다. 턱에서 뚝뚝 떨어지는 땀을 닦으면서 세이다이는 빨리 시원한 음료를 마시고 싶다고 생각했다. 콜라가 좋지만, 그게 없다면 보리차든 뭐든 여하튼 벌컥벌컥 마시고 싶다.

"잠시 말 좀 물어요."

파출소라는 곳은 기본적으로 늘 문이 열려 있다. 결국 냉방은 그다지 기대할 수 없다. 그나마 선풍기가 도움이 될까 했지만 진력이 났다. 오전부터 찌는 더위에는 무용지물이다.

"저기요."

돌아보니 몸집이 작은 할머니가 서 있었다. 세이다이는 잠자코 그 할머니를 보았다. 이런 사람과 얘기를 하는 것조차 사실 오랜만이다. 그러나 먼저 콜라가 마시고 싶었다.

"3초메의 이와나카 씨 댁에 가고 싶은데."

가고 싶으면 가면 될 일을 웬 잠꼬대 같은 소리를 하는 거지. 세이다이는 거즈 손수건을 움켜쥔 할머니를 물끄러미 쳐다보다 다음 순간 화들짝 놀랐다. 이러고 있으면 안 되지, 나는 경찰이다.

"아-네, 3초메의 누구요? 이와나카 씨요?"

이 더위 속에서도 땀 한 방울 흘리지 않는 할머니는 작은 눈을 슴벅거리면서 천천히 고개를 끄덕인다.

"잠깐만 기다려주세요. 지금 물어보고 올게요."

그러자 할머니는 이상하다는 표정으로 작은 새처럼 고개를 갸웃거린다.

"근데 댁이 경찰 아닌가?"

"그렇기는 한데. 제가 이 근방 사람이 아니라서요."

세이다이는 황급히 파출소로 들어갔다. 어제 근무자들과 오늘 근무자들이 뒤섞여 좁은 파출소 안은 혼잡했다. 그 속에서 미야나가 반장을 찾았다.

"저기, 3초메의 이와나카 씨 댁을 아세요?"

"3초메의 이와나카? 그것만으로 어떻게 알아."

모자를 벗고 목덜미의 땀을 닦던 그는 몹시 성가셔하며 이쪽을 향하다, 세이다이 뒤를 살피더니 순식간에 표정을 바꿨다.

"할머니, 3초메의 이와나카 씨 댁에 가시려고요?"

목소리까지 바뀌었다. 세이다이가 멍하니 있는 동안 반장은 서둘러 파출소 벽에 붙인 주택지도 앞에 서서 "몇 번지인지 아세요?"라고 물으면서 서둘러 집을 찾기 시작한다.

주뼛주뼛 파출소 안으로 들어온 할머니는 반장의 그런 모습을 보다가 문득 생각이 난 듯 이쪽을 봤다.

"그런데 총각은 어디서 왔어? 나는 야마나시인데."

세이다이는 무심코 '히로시마'라고 대답했다. 할머니는 눈을 동그랗게 뜨고 "그렇게 먼 데서!"라며 목소리를 높였다.

"네."

에헤헤, 하고 웃어 보이자 할머니는 사뭇 감탄한 듯 몇 번이고 고개를 주억거렸다. 그리고 간신히 찾아낸 목적지까지 가는 길을 미야나가 반장에게서 장황하게 설명 듣고 몇 차례나 인사를 한 뒤 떠나갔다.

"긴장했네."

자그마한 뒷모습을 배웅하면서 무심코 중얼거린다. 그러나 할머니에게 한 대답이 영 거짓말은 아니다. 사실 세이다이는 히로시마 출신이었다. 단지 열여덟에 상경하여 이후 5년 넘게 도쿄 도민이었던 사실을 잘라먹었을 뿐이다.

"나도 처음에 '순경 아저씨'라고 불렸을 때 누굴 말하는지 몰랐어."

할머니에게 길 안내를 해준 미야나가 반장은 세이다이를 보고 쓴웃음을 지었다. 또 '바보'라는 말을 들을 것이라 생각했던 세이다이는 다시 한 번 '에헤헤' 하고 수줍은 웃음을 지었다. 그야 당연하다. 머리로는 알아도 일반 시민들에게 '순경 아저씨'라고 불리는 기분은 직접 경험해보지 않으면 알 수 없다. 하지만 이왕이면 처음이 좀 더 드라마틱한 장면이었으면 좋았을 텐데. 더 솔직히 말하자면 예쁜 여자에게 '순경 아저씨'라고 불렸다면 평생 추억이 됐을 것이라 생각하니 안타까웠다.

"우리에게 이름 같은 건 아무래도 좋아. 말해두지만 얼굴도 상관없어. 언제든 '순경 아저씨'라고 불리면 그걸로 된 거야."

이전 근무자에게 무선기를 넘겨받아 몸에 장착하고 있을 때, 오제키 주임이 중얼거리듯 말했다. 이 마흔대여섯쯤 된 경사는 처음 인사를 나눴을 때부터 왠지 기운이 없고, 시가라키 너구리(시가현 시가라키 마을의 특산품으로 흙으로 빚어 구운 너구리 모양의 자기-옮긴이)가 술이 덜 깬 듯한 얼굴을 한 남자로, 세이다이이는 흐리멍덩한 그 눈빛이 조금 신경에 거슬렸다.

"이름도, 얼굴도요?"

"시민들은 우리에게 개성 같은 걸 요구하지 않아. 경찰복이 전부야."

조만간 알게 될 것이라는 말을 남기고, 그는 파출소를 나가 그대로 자전거를 타고 어딘가로 가버렸다. 세이다이이는 왠지 언짢은 기분으로, 살이 쪄서 벨트 위로 허리 살이 불거져 나온 중년 경찰관의 뒷모습을 바라봤다. 개성 따윈 필요 없다고 말하지만 한 사람, 한 사람의 인간이 하는 일이다. "너도 충분히 개성적이야." 누군가 등을 두드리며 말한다. 돌아보니, 도노오카 경위였다.

"일단 보초부터 서볼까?"

"네."

도노오카 경위는 파출소장이라는 직위를 가지고 있다. 즉 세이다이이, 미야나가 반장, 오제키 주임의 상사다. 계급사회인 경찰에서는 이상할 게 없지만 그는 지금 막 나간 오제키 주임보다도 열 살쯤 젊어 보였다. 그러나 역시 말과 행동은 듬직하다. 사실 보초를 서기 전에 뭔가를 마시고 싶었지만 처음부터 파출소장에게 "잠깐만요"라고 말할 수는 없는 일이다.

"파출소는 경찰의 간판 같은 곳이야. 정신 차리고 빨리 익숙해지도록 해."

미야나가 반장이 재촉하듯 등을 떠밀어 세이다이는 다시 파출소 밖으로 나왔다. 덥다. 모자 아래로 땀이 흐르는 것이 느껴진다. '쉬어자세'로 서자마자 다시 "실례합니다"라며 한 남자가 다가온다. 반장이 그에게 길 안내를 하는 동안 이번에는 자전거를 잃어버린 사람이 찾아왔다. 그리고 누군가 다시 길을 물으러 왔다. 세이다이는 그럴 때마다 선배를 찾아 허둥댔다. 그 와중에 이 끝 골목에 고양이가 죽어 있다고 말해준 사람도 있었다. 휴대전화를 잃어버린 사람도 왔다. 한 시간은 눈이 돌아갈 만큼 바빴다. 세이다이가 할 수 있는 일이라고는 소장과 반장을 부르는 것뿐으로, 그것만으로도 긴장과 당혹감으로 땀범벅이 되었다.

파출소 일은 크게 내근활동과 외근활동으로 나뉜다. 내근활동에는 보초나 감시, 서류 정리를 하는 대기待機가 있고, 외근활동에는 순찰과 순회 연락 등이 있다. 모든 일은 한 시간을 단위로 순서대로 하고 그것을 기록으로 남긴다.

태어나 처음으로 파출소 앞에 서서 단 한 시간을 보낸 것만으로 세이다이는 녹초가 되었다. 끊임없이 온갖 사람이 찾아와 여러 가지를 요구한다. 길을 가르쳐달라, 물건을 잃어버렸다, 아이가 없어졌다, 자전거 열쇠를 주웠다, 돈을 빌려달라, 등등—.

"왜 우리가 고양이 사체를 처리하고 돈까지 빌려주지 않으면 안 되는 겁니까?"

드디어 보초 업무에서 벗어나 파출소 안으로 들어와 일단 냉장고 안의 시원한 보리차를 벌컥벌컥 마신 뒤, 세이다이는 진저리를 치며 미야나가 반장에게 말했다.

"고양이는 보건소, 돈은 은행으로 연락해야죠."

"때로 그런 사람도 있지. 특별히 돈은 대개 집에 갈 전철비 정도지만."

분명히 조금 전에 돈을 빌리러 왔던 사십 대 주부도 지갑을 잃어버렸다며 전철비를 빌릴 수 있는지 물었다. 좌우도 구분하지 못하는 상태로는 판단을 내릴 수 없어, 세이다이는 무조건 미야나가 반장을 불러 그의 대답을 들을 수밖에 없었다. 미야나가 반장은 그 여성에게 자신의 지갑에서 천 엔짜리 지폐를 꺼내주었다. 결국, 미야나가 반장이 개인적으로 빌려준 것이다.

"파출소는 절 같은 곳이야. 어떤 일이 있을 때는 일단 '순경 아저씨'를 찾잖아."

"하지만 돈까지 빌려줄 이유는 없죠."

"난처하니까 왔겠지. 우리가 돈을 빌려주지 않은 탓으로 무전취식이라도 해봐. 그게 더 찜찜하지 않겠어?"

차가운 보리차를 마시면서 미야나가 반장은 다시 씁쓸히 웃는다. 그럴지도 모른다고 생각하면서 세이다이는 파출소 입구를 봤다. 이렇게 앉아서 밖을 바라보고 있자니 역 앞이라는 장소는 끊임없이 사람들이 오가는 어수선한 곳이다.

"주임님은 어떻게 된 거예요?"

한 시간이 지났는데 아직 돌아오지 않는 오제키 주임을 떠올리고, 세이다이는 미야나가 반장의 팔꿈치를 쿡쿡 찔렀다. 반장은 힐끔 소장을 살피고 작게 한숨을 쉬며 "글쎄"라고 중얼거렸다.

"그 사람은 늘 그래."

"늘 그래요?"

"의욕이 없는 거지. 순찰이나 순회 연락이라면서 일 년 내내 자취를 감춰."

눈을 동그랗게 뜨고 세이다이는 그런 사람도 있구나, 하고 감탄했다.

경찰관에 개성은 필요 없다고 말하면서 경찰복을 입은 채 적당히 땡땡이치는 인간도 있다니, 세이다이로서는 큰 발견이었다. 좋은 정보를 얻었다. 자신도 조만간 업무 파악을 마치면 요령 있게 땡땡이칠 수 있겠다고 생각하니 묘하게 즐거워졌다.

"따라 할 생각은 마. 그 사람은 파출소 업무를 좋아하지 않는 거야. 그래서 달리 갈 곳이 없는 것뿐이야."

미야나가 반장은 괴로운 표정으로 그런 사람이 있어 경찰 사기가 떨어지는 것이라고 말한다. 그때 "실례합니다"라고 하면서 누군가 땀을 닦으며 파출소 안으로 들어온다. 미야나가 반장은 즉시 웃는 얼굴로 일어서 "무슨 일이십니까?"라고 물으며 세이다이를 돌아보고 무선을 들으라고 지시했다.

"근무 중에 쉴 틈은 없어. 배울 게 산더미야. 일은 스스로 찾아서 스스로 익히도록 해."

아무래도 이 반장은 보기와 달리 열혈남인 것 같다. 세이다이는 문득 미우라를 떠올렸다. 지금쯤 미우라는 어쩌고 있을까. 주택가 안에 있는 파출소는 여기만큼 바쁘지 않을 게 분명하다. 선배도 두 명밖에 없고 지도를 맡은 노무라 경장도 그리 일을 열심히 하는 사람처럼 보이지 않았다. 좋겠어, 젠장, 그런 사람과 일하는 게 편했을 텐데. 미야나가 반장에 뒤지지 않는 열혈남인 미우라가 이 선배와 한 팀이 되었다면 오죽이나 좋아했을까.

길 안내를 하는 미야나가 반장을 곁눈으로 보면서 세이다이는 휴대무선기의 이어폰을 귀에 꽂았다.

[-이상, 경시청. 110번 신고 접수 중]

도쿄 도내의 모든 110 신고는 가스미가세키에 있는 경시청 통신지령본부에 모였다가, 거기서 각 지역의 담당 경찰서로 전달된다. 세이다이가 듣고 있는 무선은 각기 구분된 통신지령본부에서 지령을 듣기 위한 것이었다. 교통사고, 수상한 사람, 길 잃은 사람 등 본부에는 줄줄이 110 신고가 들어오고 그때마다 여러 지령이 내려온다. 세이부다마 지구를 제외한 경시청 관내 110 신고는 평균 1일 2천 건쯤 된다. 결국, 1분당 1.3건의 신고가 들어오는 셈이다. 이윽고 무선기가 삐삐- 하고 날카롭게 울었다. 그 순간 이어폰을 빼고 있던 도노오카 소장과 미야나가 반장이 동시에 이어폰을 끼고 무선 내용에 집중한다.

[경시청이 각국에 알린다. 조사이서 관내에서 교통 인사사고 발생]

심장이 두근거렸다. 세이다이는 손으로 이어폰을 누르고 신경을 집중한다.

[장소. 가스미다이 2초메 3번 5호. 가네미츠 슈퍼마켓 앞. 오토바이와 트럭 추돌, 인사사고－]

미야나가 반장이 세이다이의 어깨를 두드렸다.

"가자!"

말하자마자 반장은 파출소를 뛰쳐나간다. 대답할 틈도 없이 세이다이는 황급히 그 뒤를 따랐다. 미루나무 아래에 세워둔 자전거에 올라 반장은 맹렬히 페달을 밟기 시작했다. 세이다이도 필사적으로 따랐지만, 웬일인지 무릎이 후들후들 떨렸다. 겨우 식힌 땀이 다시 뿜어져 나온다.

이제껏 교통사고 현장을 보지 못한 것은 아니다. 그러나 호기심만으로 놀라서 보던 것과 사고 현장은 완전히 달랐다.

아직 점심시간 전이지만 더위 때문에 당장에라도 녹아버릴 것 같은 아스팔트 위에 두 남녀가 쓰러져 있었다. 그들은 제각기 다른 방향을 향한 채 꼼짝도 하지 않는다. 여자는 헬멧까지 벗겨진 채, 탱크톱과 쇼트 팬츠 밖으로 드러난 팔다리는 보통은 생각할 수 없는 방향을 향하고 있었다. 남자는 헬멧은 쓰고 있었지만, 목 주위로 검은 피가 번지고 있었다.

"반장님, 이건–."

여기까지 오면서 흘린 땀이 순식간에 얼어붙는 것 같았다. 머리가 어지럽고 위가 뒤집혔다. 남녀가 타던 오토바이는 원형을 알아볼 수 없을 정도로 구겨져 길바닥에 나뒹굴고 있었다. 그 옆에 우두커니 서 있는 남자가 있다. 삼십 대 후반으로 보이는 남자는 종잇장처럼 하얀 얼굴로 한 손에 휴대전화를 쥐고 있었다. 미야나가 반장이 재빨리 남자에게 다가가 무슨 일인지를 묻는다.

"소방서에는 연락했어. 일단 차를 세워."

돌아선 반장은 눈을 부릅뜨고 있는 세이다이를 향해 부르짖듯 말했다. 하지만 세이다이는 뭘 어떻게 해야 할지 몰라서 그저 주저하고 있을 뿐이었다.

"안 들려! 저쪽 신호까지 가서 차의 흐름을 멈추라고!"

등을 세차게 맞고, 세이다이는 후들거리는 다리로 간신히 걸었다. 이런 때는 먼저 어떻게 해야 하지? 아아, 초보적인 것이다. 학교에서도 배웠고 현장실습 때도 여러 차례 봤다. 그런데 머릿속이 새하얘져서 무엇을 어떻게 하면 좋을지 전혀 알 수 없었다.

완전히 부서진 250cc 오토바이에서는 기름이 새어나오고 있다. 휘발유 냄새가 난다. 구경꾼들의 웅성대는 소리가 이상하게 멀리서 들려왔다.

“아아, 많이 다쳤나 봐. 꼼짝도 안 해.”

“토할 것 같아! 죽은 거 아니야?”

뇌빈혈이 일어난 것 같은 머리에 누군가의 말이 울렸다. 순간 세이다이는 목소리가 들리는 쪽을 돌아봤다.

“그런 소리 하지 마!”

넋 나간 표정의 사람들이 마치 마네킹처럼 보였다. 자신도 이상할 정도로 맹렬한 분노가 세이다이의 가슴 밑바닥에서 끓어올랐다.

“남의 일이라고 함부로 말하지 마!”

등 뒤에서 호각소리가 울렸다. 왠지 눈물이 나올 만큼 화가 났다.

사건을 순찰 기동대와 교통과에 인계하고 한 시간도 지나지 않아서 파출소로 돌아온 세이다이는 미야나가 반장에게 꾸중을 들었다.

“경찰복을 입은 이상, 우리는 개인이 아니라 공인이야. 구경꾼과 싸움이나 하고 어쩌겠다는 거야?”

그러나 세이다이는 여태 분이 풀리지 않았다. 단순한 구경꾼

입장으로 제멋대로 말하는 건 자기 마음이지만, 아직 그곳에 사람이 쓰러져 있는데 '토할 것 같다'고 말하는 건 아니다. 무심코 화난 얼굴로 반장을 노려본다. 미야나가 반장은 짐짓 굵은 눈썹을 찡그렸다.

"관계없는 사람들의 감상이란 게 그렇지. 그런 것에 일일이 신경 쓸 시간이 있으면 먼저 자신이 할 일을 해."

반장은 어이없다는 듯 한숨을 내쉬며 "너, 성격 급하지?"라고 물었다. 세이다이는 뾰로통한 표정을 풀지 못한 채 "그렇습니다"라고 대답했다.

"일할 때는 절대 성급하게 굴어서는 안 돼. 쉽게 열 받는 성격이면 늘 냉정할 수 있도록 자신을 다스려야 해."

경찰학교에 다닐 때부터 여러 차례 들었던 말이다. 냉정한 판단을 하지 못하면 위기의 순간에 생명을 잃을지도 모른다, 그만큼 위험을 동반한 일임을 가슴에 새기라고 했었다.

"근데 왜 그리 화가 난 거야?"

"쓰러진 사람들을 보고 죽은 거 아니냐고 함부로 말해서요."

그토록 생생한 사고현장을 본 것은 태어나서 처음이었다. 전혀 모르는 사람이었지만 그때 세이다이는 본능적으로 '도와달라'고 빌었다. 눈앞에서 사람이 죽어가는 걸 보고 싶지 않았다. 그것이 보통 사람들의 생각이다. 그런데 '죽은 거 아니야?'라는 무신경한 말에 화가 났다. 게다가 그건 여자 목소리로, 어딘지 들떠 있었다.

뜨거운 아스팔트에 널브러져 있는 것은 틀림없는 인간이었다–.

결국, 세이다이는 무엇 하나 제대로 하지 못한 채 그저 멍하니 사건이 수습되는 광경을 바라볼 수밖에 없었다. 몇 분 뒤 구급차가 도착했을 때는 부상자들을 옮길 수 있도록 구경꾼들을 가르고 길을 냈지만, 그것은 자신이 경찰관이기 때문만은 아니었다. 그보다는 그 두 사람이 살기를 바랐다. 서둘러 병원에 실려 가길 바랐다. 그뿐이다.

"선의를 가진 시민을 적으로 만들면 안 돼. 구경꾼들은 네 얼굴을 기억하지 못해도 '경찰이 시비 건 것'은 잊지 않아."

미야나가 반장의 말을 들으면서 세이다이는 뭔가 이해할 수 없었다. 불현듯 '경찰관에겐 얼굴은 필요 없다'고 말했던 오제키 주임의 말이 생각났다. 그러고 보니 주임은 아직 돌아오지 않았다. 대체 어디서 시간을 보내고 있는 걸까.

오제키 주임은 점심시간이 다 되어 느릿느릿 자전거를 타고 돌아왔다. 아침처럼 기운 없고 생기라고는 없는 표정으로 소장에게 뭔가를 보고하지도 않고 그대로 책상에 앉았다. 그 모습을 주임보다 훨씬 어린 도노오카 소장은 잠자코 지켜볼 뿐이다. 세이다이는 다시 짜증이 울컥 치밀었다. 부러운 건 사실이지만 역시 뻔뻔하다. 웃기는 놈이다. 불과 두 시간 동안 나는 네놈의 몇 배로 땀을 흘렸는지 아느냐고 말하고 싶었다.

"주의는 안 줘요? 아무 말도 안 하고 외출했다가 돌아와서도 아무 보고도 없잖아요. 너무하네요."

무심코 눈살을 찌푸리고 미야나가 반장을 쿡 찌르자 선배는 살짝 입가를 일그러뜨린 채 소장도 포기한 모양이라고 말했다.

"너에게는 그리 보여주고 싶지 않은데, 저런 놈이 있는 게 현실이야. 우리는 공무원이고 어떻게 시간을 보내든 월급은 받을 수 있으니까."

세이다이는 그저 입을 다물 수밖에 없었다. 괜히 기분이 나빠진다. 물론 세이다이도 자신이 부지런한 일꾼이라고는 생각하지 않는다. 오히려 할 수만 있다면 평생 놀고 싶다. 또 정의의 편에 서서 잘난 척할 생각도 없었다. 솔직히 말하자면 자신은 일정 틀 안에 있지 않으면 변변치 않은 놈으로 그냥 끝나버릴 사람 같아 늘 불안했다. 여자 꽁무니만 쫓다가 최후에는 비참한 말로에 이를 것 같은 예감도 들었다. 그래서 자신을 스스로 관리할 자신이 없다면 이런 조직에 들어가는 게 최고라고 생각했다.

그러나 경찰 조직도 결국 보통 기업과 다르지 않다. 세이다이는 괜스레 김빠진 기분으로, 파출소 앞을 오가는 사람들을 바라보고 있었다. 강렬한 햇살을 받으며 걸어가는 사람들은 힘들고 괴로워 보였다. 그렇다. 특별히 경찰관이 아닌 다른 직업도 즐거워 보이는 사람은 없다. 사회인이 된다는 것은 자유와 즐거움을 잃는 것임이 틀림없다. 여자라면 시집가서 다시 느긋하게 살아갈 수도 있겠지만, 남자는 평생토록 일하지 않으면 안 된다. 즐거움도 기쁨도 포기하고 오로지 소나 말처럼 세월을 보낸다. 그런 생각에 이르자 한심해졌다. 아아, 학창 시절로 돌아가고 싶다.

"이봐."

그때 불쑥 옆에서 누군가가 말을 걸어왔다. 돌아보니 흰 작업복을 입고 자전거에 걸터앉은 남자가 꽤나 즐거운 표정으로 이쪽을 보고 있다. 원숭이 같은 얼굴을 한 그는 세이다이를 보고 "어라?" 하고 말했다.

"당신, 신입?"

청바지 아래에 흰 장화를 신은 남자는 얼핏 봐도 메밀국숫집이나 라면집의 직원으로 보인다. 학창 시절에 반년 정도 중화요리점에서 아르바이트한 적이 있는 세이다이는 왠지 그리움이 밀려와 "네"라고 대답했다. 그러자 남자는 누런 이를 드러내며 "네, 라고?" 하면서 웃는다.

"재미있는 아저씨네."

남자의 목소리는 묘하게 인간적으로 들렸다. 오늘 대화를 나눴던 사람들과는 달리 '경찰'에게 건네는 말이 아닌 친근함을 담고 있었다.

"언제부터?"

나이는 마흔 전후일까. 남자는 자전거를 파출소 옆에 세우고 친근하게 말을 걸어온다. 세이다이는 경계심 없이 "오늘부터요"

라고 대답했다. 그때 안에 있던 미야나가 반장이 나왔다.

"마침 잘됐어. 점심, 부탁하려고 했어."

"헤헤, 슬슬 그럴 거라고 생각했지. 뭐로 할래?"

남자는 편한 표정으로 세이다이의 옆을 지나서 파출소 안으로 들어간다. 그리고 몇 분 뒤에는 다시 나와 "당신은?"이라고 말했다.

"저요?"

"메밀국수나 카레는 안 돼. 우리는 라면집이니까. 라면과 만두라면 얼마든지."

나란히 서니 뜻밖에 몸집이 작은 남자는 전체적으로 마른 체격에, 잘 보면 정수리도 벗어지기 시작해 외모는 별 볼 일 없다. 그래도 상아 같은 누런 이를 드러내고 웃으면 영락없이 원숭이 같아서, 나름대로 개성 있는 얼굴이었다.

"그럼, 라면과 만두요."

"곱빼기로 가져올게. 특별 서비스. 신입 축하로."

그것만 말하고 남자는 다시 자전거에 올라타더니 히히히 웃으면서 몸을 앞으로 숙인 자세로 페달을 밟았다.

"'고쥬방'이라는 식당의 칸 짱이야."

미야나가 반장이 세이다이와 나란히 남자를 배웅하면서 말했다. 그럭저럭 30년 넘게 이 파출소를 드나들고 있다고 한다.

"30년이라면, 저 사람은 몇 살이에요?"

"마흔다섯은 넘었지. 아니, 쉰인가."

"그렇게는 안 보여요."

그러나 잘 보면 머리도 벗어지고 그렇게 보이지 않는 것만도 아니다. 반장은 칸 짱이 젊어 보이는 것은 그의 얼굴과 마음이 젊기 때문이라며 웃었다.

"좀 지능이 떨어지는 건 분명해. 그러나 성실해. 중학교를 졸업하고 나서 내내 고쥬방에서 일하고 있는 것 같아. 여기 파출소에 있는 사람이라면 누구나 아는 소위 명물이야."

저 볼품없는 남자가 명물이구나. 세이다이는 반쯤 감탄하면서 선배의 말을 들었다. 미야나가 반장은 파출소라는 곳에는 그 외에도 이 마을의 여러 명물이 찾아온다고 말했다.

"알게 될 거야. 정말 여러 사람이 있으니까."

"여러 사람이요?"

"응, 온갖 사람이."

반장의 말에 세이다이는 갑자기 흥미가 솟았다. 이제 배도 고프고 조금 전까지 느꼈던 짜증도 겨우 잦아들었다.

태양이 머리 꼭대기에서 내리쬐고 역 앞을 오가는 사람들도, 때때로 지나가는 개조차도 발아래 짙은 그림자를 떨구고 있다. 칸 짱이 가져온 라면과 만두는 놀랄 만큼 맛있지는 않았지만 실망할 정도도 아니었다. 신입 축하선물로 곱빼기를 가져온 덕에 세이다이는 배불리 먹었다. 점심을 먹고 겨우 한숨을 돌렸을 무렵, 미야나가 반장이 "오후부터는 순찰을 나가자"고 말했다.

"이런 더운 시간에 순찰이라고요?"

세이다이는 원망하듯 반장을 봤다. 그러나 더 이상 불평할 입장이 아니다. 종일 일한다는 것은 참으로 길기도 하다고 생각하면서 시큰둥하게 고개를 끄덕이고, 오후 1시 30분쯤 세이다이는 반장과 나란히 역전 파출소를 나섰다. 자전거를 탈 것이라 생각했지만 반장은 느긋한 걸음으로 걷는다.

"마을을 알려면 역시 걷는 게 좋아."

그야 그렇겠지만, 이 뙤약볕 속을 걸었다가는 일사병에 걸릴지도 모른다. 세이다이는 진저리를 치며 "자, 가자!"라고 의욕적으로 말하는 반장의 등을 향해 "고릴라"라고 중얼거리며 느릿느릿 그 뒤를 따랐다.

세이다이가 배속된 가스미다이 역전 파출소가 담당하는 지역은 JR 가스미역을 중심으로 하여 반경 약 1.5킬로미터의 범위였다. 역 주변에는 상가가 있고 그 안에는 큰 아케이드를 갖춘 거리도 있어 대규모 점포는 없지만 일상생활에 필요한 모든 소매점은 갖춰져 있다. 또 음식점도 많아서, 특히 선로를 따라서 동서로 뻗은 거리에는 바나 스낵바, 분식점 등이 옹기종기 모여 있었다. 파친코나 노래방도 곳곳에 있어 거의 종일 사람들의 왕래가 끊이지 않는다.

"이 정도로 큰 상점가지만 폭력단이 없는 게 이 마을의 장점이야."

느긋하게 걸으면서 미야나가 반장이 말했다. 반장의 말로는 이 지역은 동서의 폭력단이 서로 견제하는 장소라고 한다. 만일 이 가스미다이를 중심으로 하는 지역에서 다툼이 시작되면 끝없는 진흙탕 싸움이 될 게 뻔하다는 것을 쌍방이 잘 알고 있기 때문에 불간섭 지대가 되었다.

"그래도 사는 주민이 있으니까 완전히 안심해도 되는 건 아니야."

걷는 동안 작은 꼬치구이 집 앞에 다다랐다. 점심시간이 조금 지났을 뿐인데 가게 앞에서는 벌써 연기가 피어오른다. 미야나가 반장은 그 가게 앞으로 다가가 "안녕하세요"라고 인사를 건넸다. 두건을 쓰고 목에는 수건을 두른 채 닭고기꼬치를 굽던 동그란 얼굴의 아저씨가 "네" 하고 고개를 들었다. 두 사람은 매우 친밀하게 "오늘도 덥군요"라며 얘기를 주고받는다.

"이쪽은 오늘부터 온 다카기 세이다이 순경."

이윽고 미야나가 반장이 그에게 세이다이를 소개했다. 세이다이는 영문도 모른 채 꾸벅 고개를 숙였다.

"다음에 한잔하러 와요."

동그란 얼굴의 아저씨는 환하게 웃으며 인사를 건넨다. 미야나가 반장은 10분 정도 그곳에 서서 아저씨와 얘기를 나눴다.

"우리가 자주 한잔하러 가는 가게야. 조만간 데리고 올게."

반장은 이후에도 아는 가게 주인과 만날 때마다 간단히 인사를 나누고 세이다이를 소개했다. 세탁소 아주머니, 사진관의 젊은 남자, 작은 가구점 주인인 상가 회장과도 만났다. 그때마다 세이다이는 모호한 표정으로 고개를 숙여야 했다.

"인파의 흐름과 전체적인 분위기를 봐."

이윽고 반장이 말했다. 그러고 보면 역을 향해 가는 사람들이 많다는 걸 알 수 있다. 그것도 흰 셔츠를 입은 사람들이 눈에 띈다. 상점가 군데군데에 있는 게임센터 앞에도 그런 옷차림을 한 사람들 여럿이 모여 있다. 머리가 길거나 염색하거나 피어스를 한 소년들도 많다. 그중에는 게다(일본의 나무신발 - 옮긴이)를 신은 소년까지 있었다.

"요 앞 공고에 다니는 학생들이야. 여름방학이 가까워 단축수업을 하고 있어. 녀석들이 움직이는 시간에는 가게에서 물건을 슬쩍했다거나 싸움이 벌어졌다는 신고가 많아."

세이다이는 왠지 그리운 마음으로 그들을 바라보았다. 불과 얼마 전까지 그도 어깨까지 오는 긴 머리를 노랗게 염색했었다. 피어스 구멍을 뚫은 것은 상경하고 얼마 되지 않아서였다. 결국, 눈앞에 있는 아이들과 별반 다르지 않은 모습으로, 도쿄에서의 대부분의 나날을 보냈다.

"우리를 보고 즉시 방향을 바꿔 걷는 아이는 조심해. 일단 불심검문을 하는 건 그런 애들이야."

과연 그렇겠구나. 세이다이는 다시금 흰 셔츠의 고등학생들을 바라봤다. 친밀감이 느껴지는 모습이지만, 향수에만 잠겨 있어서는 안 된다. 여하튼 그들은 세이다이의 얼굴을 보지 않는다. 오로지 '경찰복'만을 본다. 그렇게 생각하자 소외당한 것 같아 쓸쓸했다.

"저도 저랬는데."

세이다이가 중얼거리자 미야나가 반장은 빙그레 웃으면서 "그랬겠지"라고 대답했다.

"스티커 사진을 붙이는 놈이 폭력배였다고는 생각 안 해. 귀까지 뚫고."

"아, 아셨어요?"

세이다이는 무심코 자신의 왼쪽 귀로 손을 뻗었다. 이전에는 늘 은빛의 피어스가 반짝였던 귀에 지금은 무선을 듣기 위한 이어폰이 꽂혀 있다. 반장은 당연하다는 듯이 어깨를 으쓱해 보였다.

"하지만 지금은 처지가 달라. 저들과 똑같이 허투루 소란 피울 생각은 마."

낯선 거리를 천천히 걸으면서 세이다이는 미야나가 반장이 하는 말을 들었다. 그 뒤로도 반장은 마을의 이모저모에 관해 자세히 얘기해주었다. 그러나 세이다이는 대부분 적당히 흘려들었다. 여하튼 덥고 귀찮다. 무엇보다, 그렇게 많은 것을 한 번에 기억할 수는 없지 않은가. 그래도 긴 하루는 여전히 끝날 것 같지 않았다.

◇◆◇

족히 한 시간 넘게 걸어 2시 반쯤 땀범벅이 되어 파출소로 돌아오니, 교대 조가 대기하고 있었다. 가뜩이나 넓지 않은 파출소 안이 경찰관들로 북적였다. 그곳에 요즘은 보기 드문 기모노 차림의 할머니가 섞여 있다. 그녀는 세이다이와 미야나가 반장을 알아보고 변함없는 표정으로 "다녀왔어요"라고 말했다.

"어라, 할머니 오셨어요?"

미야나가 반장이 땀을 닦으면서 아는 척했다.

"무슨 일 있어요?"

"그야 살아 있으면 꼬리에 꼬리를 물고 여러 일이 있지."

할머니는 다소 시시하다는 듯 대답했다. 그리고 방향을 바꾼다. 턱을 괴고, 그녀와 마주한 것은 오제키 주임이었다.

"그러니까 내게 이런 더위 속에서 말이지. 얼마나 한심하고, 분한지. 지금까지의 내 인생은 대체 뭐냐고."

할머니가 주절주절 말하는 것을 주임은 여전히 재미없다는 표정으로 일단 맞장구친다. 다른 사람들은 안에서 잡담하거나 서류를 넘겨보며 할머니의 존재 따위에는 전혀 관심을 기울이지 않는다.

"누구예요?"

안쪽 탕비실에 와서 세이다이는 작은 소리로 미야나가 반장에게 물었다. 모자를 벗고 찬물에 적신 수건으로 정수리부터 닦던 반장은 "후지사와 씨야"라고 말했다.

"2초메, 오늘 오전에 사고가 있었던 삼차로 부근에 사는데, 며느리와 사이가 나빠서 일 년 내내 늘 저렇게 흉을 보러 와."

"늘 주임이 상대하나요?"

"아니, 여기에 있는 누구에게나 다가와 얘기를 시작해. 그런데 일단 한번 오면 말이 길어져서. 그런 일은 주임 담당이야."

흐음, 주임에게 그런 특기가 있었구나. 세이다이는 혼자서 이해하면서 자신도 땀을 닦았다. 아, 이것으로 오늘 하루도 끝이다. 조금만 참자. 그런 생각을 했을 때, 파출소 안이 갑자기 시끄러워졌다. 후지사와 할머니의 "어마나, 이런……" 하는 높은 목소리가 들린다. 세이다이는 칸막이 너머로 얼굴을 내밀고 봤다.

상반신은 회색 폴로셔츠인데 아랫도리는 잠방이 한 장, 게다가 맨발인 노인이 도노오카 소장의 부축을 받으며 파출소 안으로 들어왔다. 나뭇가지처럼 가는 다리의 무릎 주변에서 피가 나 잠방이를 더럽혔다. 숱이 적지만 깔끔한 흰 머리카락도 흐트러져 있었다.

"이시즈카 씨 아니세요? 무슨 일이에요?"

후지사와 할머니가 다시 비명처럼 소리를 높였다.

"후지사와 씨, 이 할아버지 아세요?"

멍하니 하늘을 보는 노인을 파이프 의자에 앉히면서 도노오카 소장이 물었다. 후지사와 부인은 동그랗게 뜬 눈으로 노인을 바라보면서 크게 여러 차례 고개를 끄덕인다.

"알고말고요. 이시즈카 씨예요. 아, 이시즈카 씨, 무슨 일이에요?"

그래도 노인은 아무런 반응도 보이지 않는다. 소장은 작게 어깨를 들썩이면서 가스미다이 공원에서 보호했다고 말했다. 오늘 아침, 서를 나와 달린 강변 산책로에 있는 공원이다.

"이름도 주소도 말하지 못해요. 난처하네요. 후지사와 씨, 이분 집 주소 알아요? 가족은 있어요? 아님, 혼자 사시나요?"

"아들 내외와 손자도 있어요. 정확한 주소는 모르지만 1초메의 무슨 내과 옆이에요. 한동안 뵙지 못했는데……. 이시즈카 씨, 어쩌다 이렇게 된 거예요?"

후지사와 할머니의 목소리는 약간 떨리고 있었다. 이시즈카 노인이 분명 자신보다 나이가 어렸다며 눈물까지 흘렸다. 파출소 안은 순식간에 노인 동호회나 병원 대합실 같은 분위기가 되었다.

"다카기, 물 좀 가져와."

소장의 지시에 세이다이는 서둘러 냉장고를 열고 작은 식기장에서 꺼낸 귀여운 문양의 컵에 시원한 물을 따라 가져왔다.

"몇 년 전 노인회에서 가끔 봤어요. 정년을 맞이해 앞으로 제2의 인생을 즐기겠다고 말씀하셨는데."

후지사와 부인은 그저 멍하니 공중을 응시하고 있는 노인의 손에 세이다이가 가져온 물을 건네준다. 도노오카 소장은 경찰서로 전화를 걸어 순찰차를 보내달라는 요청을 하려다가 전화를 끊고, 노인을 찾는 실종신고가 있었다고 말했다. 그리고 허리를 굽혀 잠자코 물을 마시는 노인의 얼굴을 바라봤다.

"이시즈카 씨, 지금 댁까지 모셔다 드릴게요."

"–시간에 맞춰 오라고 말했는데. 어째서 지키지 않는 거야."

지금껏 고요한 표정이었던 노인이 돌연 험악해져 내뱉듯이 말했다. 그러다가 이번에는 꿈이라도 꾸는지 한순간 눈에 힘이 담겼다가 순식간에 표정이 풀리더니 혼자 뭐라고 웅얼거린다. 아아, 심각한 치매다. 그때 뚝뚝, 이상한 소리가 들렸다. 둘러보니 노인의 잠방이가 젖고 파이프 의자 아래로 작은 물웅덩이가 고였다.

"아, 이런. 소변을 보셨네."

소장이 화들짝 물러서며 말한 순간, 후지사와 부인이 비명을 질렀다. 노인은 마치 아무것도 알아차리지 못했다는 듯이 고요한 표정으로 물을 마셨다.

"어느 대기업의 상무였다고 들었어요. 그게 이렇게 되셨으니."

10분쯤 지나서 도착한 순찰차가 이시즈카 노인을 데려간 후, 후지사와 할머니는 파김치가 된 표정으로 말했다. 세이다이는 미야나가 반장의 지시로 물걸레로 파출소 바닥을 닦으면서 대체 이곳은 뭘까 하는 생각을 했다. 근무 첫날부터 할아버지의 소변을 치우리라고는 생각하지 못했다.

"내일은 내가 저리될지 몰라. 정말 싫다."

"할머니는 괜찮으세요. 매일 며느님과 싸우는 게 건강 비결이니까요."

오제키 주임이 방그레 웃으면서 말했다. 후지사와 부인은 "그렇지도 모르지"라고 말하면서도 받아들일 수 없다는 듯 주임을 쏘아봤다. 그리고 문득 무언가 생각난 듯 자리에서 일어섰다.

"이제 슬슬 저녁준비를 하러 가야지."

"그러세요. 바삐 일하면 치매에 안 걸려요."

"우리 며느리가 그런 것까지 생각해서 나를 바쁘게 만든다고는 도저히 생각할 수 없어."

포기한 듯 후지사와 할머니는 "실례할게" 하고 방긋 웃으며 돌아갔다. 오제키 주임이 깊이 한숨을 쉬면서 "두 시간 반이네"라고 중얼거렸다.

"언제 오든 참 말씀도 잘하세요. 이 더위에도 저리 힘이 넘치다니."

결국, 오늘 하루 주임이 한 일이라고는 오전 중의 묘연한 행방과 노인의 대화 상대뿐이다. 그래도 해고당하지 않으니 역시 공무원이다. 세이다이는 저렇게 평생 먹고살 수 있다면 이보다 편한 일도 없겠다고 탄복하면서도 어이없는 심정으로 주임을 봤다.

주임이 늘어지게 하품하면서 안으로 사라졌을 때, 가슴에서 무선기가 삐삐- 하고 울렸다. 이어폰을 벗고 있어도 즉시 알 수 있도록 관내에서 110 신고가 들어올 때는 삐삐- 하는 신호음이 난다.

[조사이서 관내, 자살미수 신고. 장소. 가스미다이 7초메 24번 16호-]

7초메라면 이곳과는 관계가 없다. 오히려 미우라가 있는 파출소와 가깝다.

[-110 지령 시각, 16시 08분. 담당, 야마다]

녀석, 지금쯤 파출소를 뛰쳐나갔을까? 아니, 그 노무라라는 지도경장이 얼마나 신속하게 움직이는가에 달렸다. 미우라는 어떤 하루를 보내고 있을까? 그런 생각을 하고 있을 때 아무 말 없이 파출소 입구에 우뚝 선 그림자가 보였다. 고등학생처럼 보이는 남자가 물끄러미 이쪽을 본다.

"자전거를 잃어버렸어요."

소년은 기운 없이 말했다.

세이다이는 황급히 주위를 둘러봤다. 미야나가 반장은 마침 파출소 밖에서 길 안내를 하고 있고, 도노오카 소장은 본서와 전화로 뭔가를 얘기하고 있다. 당직 근무자들은 2인 1조가 되어 어디론가 나간 뒤였다. 그렇다면 자신이 상대하는 수밖에 없다. 세이다이는 어쩔 수 없이 일어서 크게 숨을 삼키고 "무슨 일이시죠?"라고 말했다.

"그러니까 자전거를 잃어버렸다고 말했잖아요."

소년은 입가를 찡그리며 툭 내뱉듯이 말했다. 그래, 긴장했구나. 서둘러 진정시키려고 할 때, "같은 말을 왜 또 물어요?"라고 말한다.

"찾아줘요. 할 수 있죠? 그 정도는."

그 한마디에 울컥 화가 치밀었다. 아직 십 대 후반, 고교생일 텐데 바지 주머니에 손을 꽂은 채로 껌을 씹으면서 눈을 치켜뜨고 있다.

"나 자전거가 없으면 지금 무시 곤란하거든요."

세이다이는 눈에 힘을 담아 소년을 응시했다. 이런 어린 자식에게 무시당하고 가만히 있을 수 없다.

"-어디에 세워뒀지?"

"거기, 선로 옆이요. 사람들이 자전거를 세워두는 곳에 뒀어요."

"열쇠는 걸어뒀고?"

"기억 안 나요, 어쨌는지."

"네 자전거인데, 기억 못 해?"

"아침에 바빠서. 그보다 찾을 수 있겠죠?"

무심코 목소리가 굳었다. 문 옆에 서 있던 미야나가 반장이 놀란 얼굴로 돌아보았지만 멈출 수 없었다.

소년이라 불리기에는 뻔뻔한 젊은 남자는 돌연 턱을 내밀고 꽤 도전적 표정으로 험악하게 나온다.

"그게 당신 일이잖아?"

"뭐라고?"

"시민들이 어려울 때 도와주는 게 경찰이잖아. 그런데 왜 나한테 화를 내고 그래."

"어려우면 태도를 공손하게 잘해. 내가 네 자전거를 훔친 것도 아니잖아. 어째서 너 같은 애송이의 화풀이를 받아줘야 하지?"

그러자 소년의 얼굴에서 핏기가 가셨다. 덤빌 테면 덤벼. 세이다이는 그런 심정으로 싸울 태세를 갖추고 밖으로 나오라고 말하려는데, 어느 틈에 오제키 주임이 나타났다.

"방범등록은 해뒀어?"

세이다이와 소년 사이에 서서 한 손으로 세이다이의 가슴을 누르면서 주임은 소년에게 말했다. 소년은 세이다이에게 눈을 떼지 않은 채 자전거를 샀을 때 자전거 대리점에서 방범등록을 해주었다고 대답했다.

"그럼, 찾을 가능성도 있어. 일단 분실신고를 해야 하니, 저기 좀 앉지."

소년에게 말하면서 주임은 세이다이의 가슴을 다시 꾹 눌렀다. 예상 외로 강한 힘에 무심코 뒤로 물러서면서 세이다이는 계속 소년을 노려봤다. 그러자 이번에는 등 뒤에서 미야나가 반장이 팔을 잡아당겼다. 세이다이는 그대로 뒷걸음으로 파출소 밖으로 끌려 나왔다.

"멍청이."

귓가에 반장의 목소리가 들렸다. 세이다이는 머릿속이 한층 더 차가워지는 것을 느끼고 반장을 노려봤다. 그런데 반장의 커다란 네모진 얼굴이 생각보다 가까운 곳에 바짝 다가와 있는 데다 굵은 눈썹 아래의 가느다란 눈이 자신을 똑바로 응시하고 있는 것을 느끼고 무심코 시선을 피했다.

"곤란에 처한 시민에게 왜 그런 식으로 말하지?"

낮은 목소리로 진지하게 미야나가 반장은 말했다.

"똑같이 행동해서는 안 된다고 좀 전에 말했을 텐데!"

그래도 세이다이는 뾰로통한 얼굴로 잠자코 있었다. 저런 말투에 대고 '네, 무슨 일이세요?'라고 친절하게 말할 만큼 나는 성숙한 인간이 아니다.

"그런 일로 눈을 매섭게 뜨면 내일은 어떻게 하려고 그래?"

"내일이 뭐가 어떻다고요?"

"제2 당번이란 것은 근무시간만 긴 게 아니야. 평범하지 않은 사람들을 상대해야 해. 밤에는 취객이나 조폭 똘마니, 그런 녀석들을 상대한다고."

내일은 제2 당번이라 불리는, 당직근무가 있는 날이었다. 오후에 출근해서 다음 날 아침 9시까지, 중간에 잠시 휴식시간이 있기는 하지만 내내 일하지 않으면 안 된다. 그런 날이 앞으로 나흘에 한 번꼴로 찾아온다.

"그렇지만 저 녀석은 –."

"저 녀석이, 아니지. 파출소에 오는 사람은 대개가 당황한 상태야. 영업사원도 아니고 방글방글 웃으면서 '안녕하세요' 하고 인사하면서 찾아오는 사람이 있을 것 같아?"

"그렇기는 하지만-."

"당황하거나 흥분한 사람의 마음을 진정시키고 절차에 따라서 상대의 이야기를 듣는 것부터 해야 해."

그건 그렇다. 분명 그렇게 배운 기억도 있다. 그러나 그래도 상대에 따라 다르지 않을까. 세이다이는 여전히 화가 풀리지 않았다.

"게다가 저래 보여도 아직 애야. 어른이, 게다가 경찰관이 의미 없이 화내면 나름 상처받는다고."

"의미 없이-?"

"저 아이는 자전거 도둑이 아니야. 피해자라고. 자전거를 도둑맞은 충격에 화 나 있는 거잖아?"

세이다이는 더 이상 대꾸할 말이 없었다. 미야나가 반장은 엄청난 박력으로 세이다이를 응시하다 더 이상 대꾸가 없자, 이윽고 깊이 한숨을 내쉬었다.

"앞이 캄캄하다. 처음으로 지도하게 됐는데 말도 안 되는 녀석이 왔어."

세이다이는 실망감에 어깨를 떨궜다. 시민들에게 봉사하는 일이다, 공복公僕이다, 말이 어떠하든 현실적으로 경찰관이 되면 조금은 어깨에 힘을 줄 수 있을 것이라고 생각했다. 그런데 실제로는 이렇게나 상대를 배려해야 한다니, 학교에서 배운 것 이상으로 성가시다.

이웃고 피해 신고서를 작성하고 소년이 가려고 한다. 세이다이는 어떤 얼굴을 하면 좋을지 몰라 그저 고개를 숙이고 있었다.

"신입이죠?"

등 뒤에서 말소리가 들렸다. 어쩔 수 없이 돌아보니 무시하는 듯한 표정으로 미소를 머금은 소년이 물끄러미 이쪽을 보고 있다. "열심히 하세요. 사랑받는 경찰을 목표로요."

세이다이는 분노와 굴욕으로 눈물이 날 것 같았다. 저런 녀석에게 그런 말을 듣다니. 젠장, 사람을 얕잡아 봐도 분수가 있지. 입고 있는 경찰복이 원망스럽기까지 했다. 지금 당장 이 옷을 벗어 던지고 '이 자식이 –' 하고 멱살이라도 잡을 수 있다면 얼마나 가슴이 후련할까? 그런 생각을 하고 있을 때 소장이 그를 불렀다.

"너, 오늘은 누구하고도 말 섞지 마. 그 대신에 서류 작성을 익히도록 해. 옛날과 달라서 지금은 워드프로세서가 있으니 서식을 익히고 요령을 알아둬."

조금 전에 험악한 표정으로 이쪽을 보던 소장이 그렇게 조용히 말했다. 소년에게 신고서를 쓰게 한 오제키 주임도 모르는 척 담배를 피운다. 미야나가 반장은 무표정하게 잠자코 보초를 선다. 세이다이는 갑자기 혼자 남겨진 기분이 들었다.

결국, 5시가 되어 파출소를 나설 때까지 세이다이는 누구와도 말을 섞지 못하고 시간을 보냈다. 어느 사이엔가 역 앞은 아침과는 또 다른 표정을 보였다. 각양각색의 학생복을 입은 중고등학생들이 오간다. 쇼핑백을 든 주부가 아이의 손을 잡은 채 걷고, 그 뒤에서 정장 차림의 남자가 구겨진 손수건으로 얼굴을 닦으면서 휴대전화를 향해 큰소리를 지르고 있다. 저녁으로 접어들었다지만 여전히 대낮처럼 푸른 하늘에는 뭉게구름이 떠 있었다.

나, 괜찮을까?

왠지 갑자기 불안해졌다. 어쩌면, 터무니없이 잘못된 곳에 와버린 것은 아닐까, 그런 실감이 처음으로 밀려왔다.

샤워하고 방으로 돌아와 멀거니 담배를 피우고 있을 때 방문을 두드리는 소리가 들렸다. 세이다이는 연기를 내뿜으며 "어" 하고 대답했다. 어차피 미우라일 게 뻔하다. 늘 그렇듯 환한 얼굴로 첫 파출소 근무였던 오늘 하루에 대한 얘기를 들려줄 생각이겠지. 세이다이는 담배를 문 채 다다미 위에 벌렁 드러누웠다. 솔직히 오늘은 혼자 내버려뒀으면 좋겠다. 상처받은 마음을 홀로 치유하고 싶다. 그러나 다시 노크 소리가 들렸다.

"열렸어. 들어와."

문을 등지고 팔베개를 하고 누워 후, 하고 담배 연기를 내뿜었을 때 등 뒤에서 조용히 문이 열리는 소리가 들렸다. 세이다이는 돌아보지도 않고 "뭐야"라고 말했다.

"다카기, 한잔하러 가자."

그런데 등 뒤에서 들려온 것은 미우라의 목소리가 아니었다. 세이다이는 황급히 벌떡 일어났다. 돌아보니 평상복으로 갈아입은 미야나가 반장이 서 있다.

"미우라도 같이 불러. 아래서 기다리고 있을게."

반장은 그 말만 남기고 세이다이의 대답도 듣지 않고 서둘러 문을 닫았다. 복도를 걷는 샌들 소리가 멀어져간다. 다다미 위에 책상다리하고 앉은 채 세이다이는 깊이 한숨을 내쉬었다. 여자라도 섞여 있으면 몰라도, 반장과 마시는 건 아무 재미도 없을 것 같았다. 어차피 일 얘기일 테고, 오늘 일을 설교할 게 분명하다. 개인 시간까지 저 네모난 얼굴과 함께 보내야 한다니, 성가시기 그지없다.

-그렇다고 거절할 수도 없다.

필터까지 피운 담배를 재떨이에 눌러 끄면서 세이다이는 작게 혀를 차고 느릿느릿 일어섰다. 그리 내키지는 않지만, 일단 보디코오롱을 바르고 젤로 짧은 머리를 정돈한다. 선배 중에는 남자의 체취를 남자다움으로 내세우는 사람들도 적지 않지만, 세이다이는 그런 더러운 남자는 질색이다. 그래서 정강이에 난 털도 깍았고, 세안에도 늘 주의를 기울였다. 사실은 눈썹도 정리하고 싶어 서 한번은 족집게로 눈썹을 뽑았는데 눈물이 날 만큼 아파서 그건 그만뒀다.

아이보리색 반바지를 입고 한쪽 귀에 은빛 피어스를 하면 끝. 세이다이는 천천히 거울을 보고 머리를 좌우로 확인하고 나서 방을 나섰다. 미우라의 방은 한 층 위의 끝에 있다. 계단을 뛰어올라 문을 두드리자 "네" 하고 착실한 목소리가 들려왔다.

"미야나가 반장이 한잔하러 가재."

주저하지 않고 문을 연 세이다이는 자기 방과 같은 크기의 방 안에 대고 말했다. 책상에 앉아 있던 미우라는 여전히 뽀얀 얼굴로 이쪽을 향했다. 그러나 그 얼굴은 평소 그답지 않게 우울해 보였다.

"나 - 괜찮아. 안 갈래."

진심으로 슬픈 표정으로 미우라는 말했다.

그런 미우라를 본 것은 처음이다. 피부가 하얀 것은 타고난 것이지만, 오늘 밤은 평소보다 더 창백해 보인다.

"그런 소리 하지 마. 반장이 가자고 한 거니까."

세이다이가 말해도 미우라의 표정은 계속 굳어 있다.

아하, 뭔가 있었구나. 틀림없이 나처럼 힘든 하루였던 거야. 그렇게 생각하자, 갑자기 왠지 모르게 기분이 좋아졌다.

"여하튼 아래서 기다릴 테니까, 준비하고 나와."

세이다이는 일방적으로 말했다. 미우라는 곤란한 표정으로 눈을 감았지만, 세이다이가 "선배야. 거절하면 안 돼"라고 다시 말하니, 드디어 포기한 듯 일어섰다.

"미야나가 반장 말고 누가 있어?"

"몰라. 반장이 말하러 와서."

세이다이에 비해 훨씬 말쑥해 보이는 미우라는 사실 자신의 외모를 치장하는 데는 둔하다. 성실한 것은 틀림없지만, 이발도 화장품도 전혀 신경 쓰지 않는다. 그는 그대로 방을 나섰다.

"오래 걸린다 했더니, 역시 너는-."

미우라를 동반하고 현관까지 내려오자 이미 비치샌들을 신고 있던 미야나가 반장은 어이없다는 듯이 세이다이를 보고 말했다. 그 눈이 자신의 귓가를 응시하고 있는 것을 깨닫고 세이다이는 모르는 척했다. 지금은 근무시간이 아니다. 어떤 차림을 하든 내 마음이다. 달리 동행자는 없었다.

"어차피 가는 데는 선술집이야."

"그런 거 상관없어요."

"이봐, 미우라. 이 녀석 경찰학교에서도 이랬어?"

미야나가 반장이 묻자 미우라는 조금 부끄러운 표정으로 고개를 끄덕였다. 반장은 코를 킁킁거리면서 "이 냄새는 뭐야?"라고도 말했지만, 표정은 그리 화난 것처럼 보이지 않았다. 그리고 세 사람은 '와카다케 기숙사'에서 꽤 가까운 작은 선술집에 갔다.

일단 생맥주로 건배하고 적당히 음식을 주문하고 나서, 미야나가 반장은 세이다이와 미우라에게 "어땠어? 오늘 하루"라고 물었다.

"벌써 파김치가 됐어요."

코 밑에 묻은 맥주 거품을 손등으로 닦으면서 크게 숨을 내쉬고 세이다이가 대답했다. 반장은 그렇겠지, 라며 껄껄 웃었다.

"아침부터 스티커 사진으로 시작했으니. 오늘 하루 동안 대체 몇 번이나 혼난 거야?"

손가락을 꼽아봤지만 알 수 없었다. 여하튼 단 하루인데 실로 여러 일이 있었던 것은 틀림없다. 역시 경찰관은 자신에게 맞지 않을지도 모른다고 생각하게 된 하루였다. 그것을 말할까 말까 고민하고 있을 때, 옆자리에 앉아 있던 미우라가 "저기……" 하고 입을 열었다.

"경찰, 그만둘까 봐요."

돌발적인 말에 세이다이는 한순간 눈을 동그랗게 뜨고 미우라를 봤다. 야, 그건 내가 할 말이야.

"무슨 소리야?"

그러나 미우라는 여성스러운 붉은 입술을 꾹 다물고 굳은 표정으로 고개를 숙이고 있다. 긴 속눈썹이 뺨에 그늘을 드리웠다. 마치 젊은 수도사가 참회하는 것 같은 표정이다. 경찰이 천직이라고 생각하는, 늘 사람들에게 도움을 주고 목숨 바쳐 일하고 싶다고 말해온 미우라에게 오늘 하루 무슨 일이 있었던 것일까? 그런 의문이 들었을 때, 미야나가 반장이 말문을 열었다.

"들었어. 충격이 컸지?"

반장의 말에 미우라는 더욱 고개를 숙인다. 코가 빨갛다. 세이다이는 무슨 일인지 영문을 모른 채 반장과 동기생을 번갈아 봤다. 그것을 알아차렸는지 반장은 맥주를 한 모금 마신 뒤 다시 세이다이와 미우라를 번갈아 봤다.

"피를 보고 놀랐대."

"피요?"

이제 미우라는 정말로 울 것 같은 얼굴이다. 세이다이는 그래도 영문을 몰라서 "무슨 일인데요?"라고 뾰로통하게 물었다.

"저녁에 자살미수 사건이 있었지. 7초메에서."

맞다, 무선기를 통해서 110 신고가 들어왔었다. 그 직후 자전거를 잃어버린 소년이 찾아와 세이다이는 다시 반장한테 꾸지람을 듣고 까맣게 잊고 있었는데, 그때 분명 가스미다이 7초메라고 들었다.

"그래서 정신을 잃었대."

미야나가 반장이 말한 순간, 그때까지 입술을 깨물고 있던 미우라가 크게 얼굴을 찌푸렸다. 그리고 의미도 없이 "죄송합니다"라며 고개를 숙였다.

"피를 보고 끔찍하다고 생각한 적은 없었어요. 그런데 욕실에서 피투성이가 돼서 쓰러진 사람을 보니 왠지 갑자기 눈앞이 캄캄해지고－ 피비린내가 견딜 수 없어서－."

"너, 기절했어?"

세이다이는 맥주잔을 든 채로 미우라의 얼굴을 빤히 봤다. 그는 지금까지 한 번도 보인 적 없는, 울음을 터뜨릴 것 같은 표정으로 눈을 감고 있다. 그 긴 속눈썹이 가늘게 떨리고 있는 듯 보여서 세이다이는 무심코 이 녀석이 여자였으면, 하는 생각을 했다. 혹시 누나나 여동생은 있을까? 아아, 맞다, 삼 형제 중 막내라고 했었지. 이런 분위기의 남자가 셋이나 있다면 어떤 느낌일까.

"처음엔 누구나 충격을 받아. 생판 모르는 사람이 피투성이가 된 모습을 태연히 볼 수는 없지."

세이다이가 말도 안 되는 생각을 하는 동안에 미야나가 반장은 온화한 표정으로 말문을 연다.

"앞으로 더 심한 현장도 보게 될 거야."

미우라는 겁먹은 듯 얼굴을 들었다.

"그래서 – 그래서, 그만두려고요. 저는 – 못 하겠어요."

미우라는 울 것 같은 얼굴로 입술을 깨물고 두 눈을 깜박이며 미야나가 반장을 바라본다. 반장은 세이다이를 대할 때와는 다르게, 너무도 부드러운 표정으로 "자자, 마음 좀 가라앉혀"라고 말하며 맥주를 벌컥벌컥 마셨다. 역시 남자라도 예쁘장하게 생기고 볼 일이라고 생각하면서 세이다이도 서둘러 자신의 맥주잔을 비우고 반장과 같이 두 잔째 맥주를 주문했다.

반장은 미우라가 뇌빈혈을 일으킨 것을 미우라의 지도를 맡은 노무라 경장에게 들었다고 한다. 세이다이는 무엇을 생각하는지 알 수 없는 엉큼한 노무라의 얼굴을 떠올렸다. 그 선배라면 하기 싫은 일을 전부 후배에게 떠안길 것이다.

"노무라 선배님은 뭐라고 하세요?"

"- 갱충맞은 놈이라고. 그래서는 직무를 제대로 하기는커녕 짐밖에 되지 않을 거라고."

"그건 아니죠. 좋아서 쓰러진 게 아니잖아요. 의사나 여자도 아니고 그렇게 피에 익숙한 사람은 없을 테니까요."

"상스러운 소리는 하지 마."

"왜요, 그렇잖아요."

어쨌든 우리는 신입이다. 상처받기 쉬운 새끼 새다. 따스하게 안아주고 사랑으로 보살펴주지 않으면 쉽사리 넓은 하늘로 날아오를 수 없다.

"죄송합니다. 저 자신이 너무 부끄럽습니다."

얼굴에 어울리지 않게 누구보다 사명감에 불타는 미우라이기에 자살이라도 할 만큼 상처받았을 게 분명하다. 세이다이는 꾸지람 듣는 데 익숙해서 웬만한 일에는 꿈쩍도 하지 않는다. 하지만 미우라는 성실한 이상가로 내내 우등생이었다. 상대가 화내고 꾸짖는 데 면역력이 없을 게 분명하다.

"노무라가 그렇게 말했지만, 악의는 없어. 나름대로는 그렇게 말해서 깨우치게 하려는 거야."

미야나가 반장은 쓴웃음을 지으면서 입을 열었다.

"나도 처음엔 주눅 들어 있었어. 솔직히 지금도 피 같은 거 보고 싶지 않아. 그러나 그 이상으로 해야 할 일이 있기에 가능한 한 냉정해지려고 할 뿐이야."

반장의 진지한 말에 미우라는 그를 보며 신중한 표정으로 고개를 끄덕인다.

"무엇보다, 단 하루로 간단히 포기해버릴 마음으로 경찰이 된 건 아니지?"

미우라가 이번에는 크고 분명하게 고개를 끄덕였다.

"처음부터 그런 안이한 생각이라면 그만둬. 그런 게 아니라면, 간단히 '그만두겠다'고 말하는 게 아니야."

입술을 깨문 채 고개 숙인 미우라의 옆얼굴을 보면서 세이다이는 이 남자는 진짜 경찰이 되려고 했구나, 하고 생각했다. 자신이라면 얼마든지 가볍게 '그만두겠다'고 말했을 것이다. 그리고 진짜로 그만두는 일이 벌어진다고 해도 그리 미련 같은 건 남지 않을 것 같다.

미야나가 반장은 그 뒤 자신의 실패담을 섞어가며 기죽어 있는 미우라를 격려했다. 미우라는 이윽고 조금씩 표정이 풀리더니 크게 심호흡을 한 뒤 "열심히 하겠습니다"라고 말했다. 세이다이는 절레절레 고개를 흔들며 홀로 꿀꺽꿀꺽 맥주를 마셨다.

"미우라도 조금은 이 녀석의 뻔뻔함을 배우는 게 좋아. 다카기도 오늘 여러 일이 있었어. 사고 현장에서는 피도 봤고, 배회 노인의 소변도 치웠고, 자전거를 잃어버린 소년과 싸움도 했다고. 그렇지?"

반장의 말에 미우라는 감탄한 듯 세이다이를 봤다. 세이다이는 어쩔 수 없이 "에헤헤" 하고 웃었다.

"그러나 이 녀석은 '그만두고 싶다'고 말하기는커녕 이렇게 아무렇지 않은 얼굴로 술을 마시고 있잖아? 그리 즐거운 하루는 아니었을 테지만, 이런 무신경도 중요해."

사람을 진짜 바보로 본다. 게다가 그런 식으로 말하면 자신은 '그만두고 싶다'고 말할 수 없다는 생각에 내심 혀를 차고 싶었다. 세이다이는 주문한 음식을 먹어치우면서 "어차피 나는 무신경한 놈이니까"라고 스스로 악담을 했다.

"다카기는 그런 점이 훌륭해."

그러나 미우라는 매우 진지하게 "저도 보고 배울게요"라고 중얼거리고는, 존경의 눈빛으로 세이다이에게 "멋있어"라고 말했다. 반장은 보고 배우는 건 뻔뻔한 것으로 족하다며 소리 내어 웃었다.

"나는 조마조마해. 조금만 눈을 떼면 뭔 일을 저지를지 모르는 녀석이야."

"그렇지 않아요. 내일은 문제없이 해낼게요."

입에서 나오는 대로 말했지만, 미우라를 기죽이지 않기 위해서라도 여기서는 철저히 익살꾼이 되어야 했다. 그리고 어차피 반장이 한턱내는 자리니 이런 기회에 마음껏 먹고 마셔야 한다. 세이다이는 부지런히 젓가락을 움직이면서 "맡겨주십시오"라고 의욕을 보였다.

"제2 당번은 역시 힘들겠죠?"

마음도 안정을 되찾고 꽤 기운도 차린 미우라는 진지하게 반장에게 묻는다.

"그야 그렇지. 나쁜 놈들은 역시 밤에 일하는 경우가 많으니까. 성실하게 불심검문을 하다 보면 공적을 세울 가능성도 높고."

미우라는 진지한 표정으로 몇 번이고 맞장구친다. 불심검문이란 직무질문이다. 수상한 사람을 발견하면 주저하지 말고 말을 건네고 소지품을 조사하거나 신분을 조회함으로써 범죄 예방이나 사건의 조기해결을 목표로 하는, 경찰관의 직무 중 하나로 기본 중 기본이라고 할 수 있다.

"불심검문이라."

후, 숨을 길게 내쉰 뒤 미우라는 넋 나간 표정으로 중얼거렸다. 미야나가 반장이 살며시 눈썹을 위아래로 움찔거리며 이쪽을 봤다. 뭔가를 말하려는 표정이라서 세이다이는 작게 고개를 끄덕이고 반장을 바라봤다.

"네게는 가장 맞지 않는 일 같기도 해."

"무슨 말이에요, 그게?"

조금씩 술기운이 도는 세이다이는 턱을 내밀고 얼굴을 찌푸렸다. 반장은 어이없다는 듯이 한숨을 쉬면서 "글쎄"라고 말했다.

"불심검문 할 때 가장 경계해야 하는 게 욱하는 성질이야. 너의 그 급한 성격은 오늘 하루만으로도 충분히 알았거든."

"문제없습니다."

"그 말을 내가 믿을 거 같아?"

"제가 꽤 여자들을 꼬인 경력이 있어서 말을 건네는 건 아주 잘 합니다."

미우라가 맥주를 마시면서 그런 것과 불심검문은 다르다고 말했다. 그러나 세이다이는 단호하게 "다르지 않다"고 했다.

"모르는 사람에게 말을 건네는 것이니 같아. 얼마나 내게 마음을 열게 하느냐가 아닐까?"

"하지만 불심검문은 대개가 남자고, 하물며 수상한 사람이야. 오히려 덤벼들 위험도 있어."

조금 전과 다른 사람인 양, 그는 자세까지 바로잡고 갑자기 다부진 표정을 짓는다. 이런 돌대가리, 여자를 꼬인 적도 없구나. 세이다이는 코웃음을 치고 싶었다. 그러나 미우라는 조금 전 세이다이를 칭찬했던 것도 잊고 심각한 표정으로 한숨을 내쉰다.

"그런 차이도 모르다니 걱정이네."

"야, 여자를 꼬이는 게 얼마나 어려운지 알아? 상대를 살피는 눈과 배짱과 타이밍, 무엇보다 화술이 필요해. 그러니까, 같지."

"그건 네 얼굴이 별로라 그래. 잘생긴 남자는 가만히 있어도 여자가 따르거든?"

미야나가 반장이 끼어든다. 그러고는 미우라와 함께 껄껄 웃는다. 세이다이는 이번만큼은 화가 났다. 진짜, 아무것도 모르는구나. 미우라는 그렇다고 해도 반장이 얼굴 운운하다니.

"그럼 우리 경쟁할까? 누가 불심검문으로 먼저 검거하는지?"

미우라가 좋다고 하자, 미야나가 반장이 "잠깐"이라며 끼어들었다.

"첫 검거도 중요하지만, 먼저 얼마나 불심검문을 하는지, 그게 먼저겠지. 여하튼 불심검문을 많이 하면 자연히 나쁜 놈들도 걸려들 테니까. 하지만 실제로 해보면 그리 간단하지는 않아."

"그럼 우선은 몇 명을 불심검문 하는지를 겨뤄보자."

세이다이는 의욕에 넘쳐 말했다. 미우라는 어울리지 않게 한 치의 망설임도 없이 단호히 "좋아"라고 대답했다. 그날 밤, 세이다이는 "제대로 보여주겠어!"라고 소리치면서 정신을 잃을 때까지 마셔댔다.

다음 날도 전날과 변함없이 더웠다. 오후 2시 반부터 근무하는 세이다이는 자전거를 타고 반장과 함께 가스미다이 역전 파출소로 향했다.

뙤약볕 아래 거리에는 오가는 사람들의 모습조차 드물고, 자전거를 타고 있어도 얼굴에 닿는 건 뜨거운 바람뿐이었다. 전날 밤은 꽤 술을 마셨지만 늦잠을 잔 덕에 기분은 나쁘지 않다. 그래도 찜통 같은 더위 속을 달리는 것은 역시 힘들었다.

"날씨가 더우면 이상한 놈도 많아져."

파출소에 도착하자 그날 오전부터 근무하던 선배가 쓴웃음을 지으면서 말했다.

"이상한 놈이라니요?"

드디어 냉방이 잘된 파출소에 들어선 세이다이는 땀을 닦으며 선배에게 물었다.

"나체로 돌아다니거나, 저 나무 아래서 잠자는 놈들."

오늘은 그 밖에도 미아 신고 한 건, 작은 교통사고 두 건, 휴대전화 분실신고 한 건, 그리고 어젯밤에 속옷을 도난당했다는 신고가 두 건이나 있었다고 한다. 그리고 조금 전에는 가스미다이 공원의 연못에 뛰어들어 수영하는 중년 남성이 있다는 신고도 있었다.

"속옷 도둑이라……, 기회이지 않아?"

미야나가 반장이 빙긋 웃으면서 세이다이를 봤다.

"그런 녀석이 서성댄다니 불심검문 할 기회가 늘어날지도 몰라."

어젯밤 얘기했던 미우라와의 경쟁을 말하는 거다. 오늘 근무에서 몇 명에게 불심검문을 할 수 있을까. 반장은 첫 검거가 목표라면 불심검문을 많이 하는 것이 중요하다고 말했다. 세이다이는 한때 '헌팅의 달인'이었던 위신을 걸고서 미우라에게 꼭 이길 생각이었다.

"밤이 되면 열심히 할게요."

세이다이는 의욕에 넘쳐 말했다. 그런데 빨리 밤이 오길 기다리는 그에게 소장이 "일단 역 앞에 방치된 자전거를 어떻게 좀 해 봐"라고 말했다. 무심코 혀를 차고 싶은 기분이었다. 사람이 의욕에 넘쳐 있을 때 그 기분을 꺾어놓다니. 소장은 심술궂거나 엉큼한 데가 있는 걸까? 세이다이는 풀이 죽었다.

"이거 전부 처리하면 됩니까?"

역 앞에 있는 작은 로터리 한구석에 아무렇게나 세워진 자전거에 일일이 '자전거 주차금지'라고 인쇄된 종이를 붙이고, 가지런히 세우면서 세이다이는 짜증을 냈다. 목덜미로 땀이 흘러내린다.

"이게 대체 우리가 할 일이에요? 이런 건 구청 직원이 해야 하는 거잖아요?"

"그런 소리 하지 마. 이대로는 통행에 지장이 있어 위험하잖아. 일에 어떤 건 중요하고, 어떤 건 중요하지 않은 건 없어."

자전거는 핸들과 몸체가 서로 얽혀 있는 탓으로 조금만 건드려도 도미노처럼 쓰러질 것 같다. 반대편에서 그걸 다시 세우는 반장도 네모난 얼굴의 땀을 닦으면서 묵묵히 일한다. 멀리서 천둥

소리가 들려온다.

30분 가까이 걸려서 방치되어 있던 자전거에 주차금지 종이를 붙이고 가지런히 정돈했을 무렵, 하늘에서 빗방울이 뚝뚝 떨어졌다.

"이것으로 조금 시원해지겠는걸."

일 하나를 끝낸 비야나가 반장은 작게 심호흡을 하고 잰걸음으로 파출소를 향해 걸었다. 세이다이도 빨리 파출소로 돌아가고 싶은 마음에 부지런히 뒤를 따랐다. 한순간 섬광이 하늘을 물들이고, 꽤 긴 사이를 두고 천둥소리가 울린다. 아직 3시 반으로 평소라면 햇빛이 쨍쨍 내리비칠 시각인데, 주변은 왠지 기분 나쁠 정도로 옅은 어둠이 드리우기 시작했다.

파출소로 돌아온 것과 비가 쏟아지기 시작한 것은 거의 동시였다. 휴, 다행이다. 세이다이의 곁에서 선배들이 서둘러 비닐 우비와 모자를 덮을 커버를 준비한다. 소나기가 내리는 동안에는 아무 일도 일어나지 않았으면 좋겠다고 생각하고 있는데, 바로 그 순간 파출소로 경찰복과 비슷한 제복을 입은 남성이 뛰어 들어왔다.

"실례합니다! 잠시 와주세요."

약간 비에 젖은 젊은 남자는 흥분한 표정으로 파출소를 둘러봤다.

"역 안에서 고등학생들이 싸우고 있어요."

남자의 말과 역 방향을 가리키는 것으로 세이다이는 겨우 그가 JR 직원이라는 걸 알아차렸다. 그러고 보니 익숙한 제복이다.

"몇 명이요?"

"일고여덟 명."

JR 직원의 말을 듣고 서너 명의 선배들이 일어선다. 미야나가 반장이 불러 세이다이도 황급히 뒤를 따랐다. 역까지는 불과 몇 걸음밖에 되지 않는다. 그래도 비가 억수로 내리는 가운데 달리니 생각보다 많이 젖었다. 계단을 달려서 오르는 중에 성난 소리가 들려왔다.

"일단 모두 떼어놔. 꽉 붙들어, 다치게 하면 안 돼."

나란히 계단을 달려 올라가면서 미야나가 반장이 세이다이를 보고 말했다. 세이다이는 자신의 피도 들끓는 걸 느끼면서 고개를 끄덕였다. 그러나 경찰봉이나 권총이 허리에 매달려 있는 탓에 생각처럼 가볍게 달릴 수 없다. 그 무게가 자신의 처지를 떠올리게 했다.

소년들의 난투극이 벌어진 장소는 개찰구 앞이었다. 사복 차림이거나 흰 셔츠를 입은 소년들이 구경꾼에 둘러싸여 엉겨붙어 싸우고 있다. 그곳에 경찰들이 달려가 "그만둬!"라고 소리치면서 등 뒤에서 소년들을 잡았다. 세이다이도 용감하게 거기에 가세했다.

"이봐, 그만둬."

어느 소년의 어깨를 잡고 소리치는 순간, 태어나 처음으로 뭐라 말할 수 없는 상쾌함이 온몸을 감쌌다. 남의 싸움을 말리는 입장이 되었다. 진짜 경찰이 되었음을 처음으로 실감했다. 그러나 감개에 빠져 있을 틈도 없이 노란 머리 소년이 뒤돌아서 "닥쳐"라며 자신을 노려본다.

"경찰은 빠져."

소년은 번뜩이는 눈빛으로 세이다이를 노려본 뒤 몸을 비틀어 자신의 어깨를 잡고 있는 그의 손을 뿌리치고 다시 난투 속으로 돌아가려 한다. 세이다이는 순간 넋을 잃고 그 뒷모습을 바라봤다. 얘들아, 나는 경찰이라고. 경찰에게 그런 식으로 말하면 안 되지.

"다카기, 어서 떼어내!"

미야나가 반장의 목소리가 들렸다. 한 소년을 등 뒤에서 잡으면서 반장은 이쪽을 보고 있다. 세이다이는 정신을 차리고 한껏 숨을 삼킨 후 이번에는 조금 전보다 힘주어 누군가에게 올라타려고 하는 소년을 등 뒤에서 잡았다.

"야, 놔!"

땀으로 흥건한 소년의 양쪽 겨드랑이에 팔을 넣고 힘주어 당긴다. 그러나 상대는 그것을 뿌리치려는 듯 더욱 발버둥을 쳤다.

"닥치라고 했지!"

겨우 무리에서 떼어낸 소년은 더욱 흥분한 표정으로 이쪽을 노려봤다. 그의 팔을 세게 움켜쥐면서 세이다이는 선배들이 여전히 엉겨붙어 있는 소년들을 떼어내는 것을 봤다.

"왜 이런 데서 싸우는 거야."

숨을 몰아 쉬며 어깨를 들썩이는 소년에게 말을 건네자, 그는 흥분한 표정으로 씩씩거리며 답하려고 하지 않는다.

"이런 데서 치고받고 싸우면 즉시 체포당하지. 경찰이 바로 계단 아래에 있잖아. 장소를 골라가면서 싸워."

소년은 험악한 표정으로 노려본다. 세이다이는 빙그레 웃으면서 무심코 "애송이가"라고 중얼거렸다. 그 순간, 세이다이가 잡고 있던 손을 맹렬히 뿌리치고 소년이 소리쳤다.

"애송이라고? 다시 한 번 말해봐!"

소리치는 것과 동시에 그는 세이다이를 향해 덤벼들었다. 방심한 탓으로 한 방 얻어맞은 세이다이는 손을 뻗어 허리를 비틀었다. 다음 순간, 소년은 세이다이의 눈앞에서 뒤집혀 바닥에 떨어졌다.

"애송이니까 애송이라고 하는 거야! 고작 이 따위로밖에 못 싸우겠어, 이 자식아!"

갑자기 주위가 조용해졌다. 문득 정신이 들어 주위를 둘러보니 선배들도, 조금 전까지 엉켜서 싸우던 소년들도, 그리고 멀찍이 떨어져 구경하던 사람들까지 일제히 행동을 멈춘 채 자신을 보고 있다. 이런, 또 한 건 한 건가. 다치게 하지 마라, 그냥 제압만 하라, 고 했는데 –. 세이다이는 황급히 소년에게 손을 뻗었다.

"괘, 괜찮아?"

소년은 꽤 놀란 얼굴로 잠자코 세이다이의 손을 잡았다. 그리고 조용히 일어나 조금 전과 달리 남의 집에 온 고양이처럼 얌전해졌다.

몇 분 뒤에 순찰차가 달려와 총 일곱 명의 소년들이 경찰서로 연행되었다. 역 바깥은 아직 빗발이 거세고 천둥소리도 울린다. 그런 가운데 한 줄로 순찰차에 올라타는 소년들의 모습은 한심할 정도로 처참해 보였다.

"죄송합니다."

꾸중 듣기 전에 먼저 용서를 빌자. 세이다이는 파출소로 돌아오자마자 고개를 숙였다. "왜?"라고 묻는 도노오카 소장에게 미야나가 반장이 간단히 설명했다.

"이번에는 어린 애를 때린 거야?"

소장은 놀란 듯 세이다이를 본다.

"주먹을 한 방 맞고 그만–."

세이다이는 자신을 올려다보는 소장을 보고 작게 변명을 웅얼거렸다. 어제에 이어 오늘도 혼이 나는 건가. 내게 이 일은 정말 맞지 않는 게 아닐까. 그런데 소장은 "잘했어"라고 말했다. 세이다이는 놀라서 소장을 본다.

"경찰이 상대에게 맞으면 공무집행방해가 되어 단순히 싸움으로 끝나지 않을지도 몰라. 그럼 결과적으로 더 가혹한 처분을 받게 될 테니 말이야."

그런 건가. 세이다이는 묘한 기분으로 소장의 말을 들었다. 자신은 그저 상대에게 맞지 않고 몸을 지키려고 했을 뿐이다. 그런데 경찰관인 자신이 맞으면 상대는 공무집행방해로 체포된다. 따라서 법적으로 엄한 처벌을 받지 않게 하려면 세이다이처럼 하는 것이 제일 좋은 방법이라는 것이다.

"왠지 이득이네요. 때리고도 '상대에게 죄를 범하지 않게 하려고'라고 하면 되니까요."

세이다이가 그렇게 말하자 미야나가 반장이 언짢은 얼굴을 했다.

"그 말을 거꾸로 이용해서는 안 돼. 개중에는 일부러 경찰에게 시비를 걸어서 체포당하길 바라는데, 그랬다가는 오히려 원망을 살 따름이야. 우리가 법적으로 보호를 받는다는 것은 그만큼 상대의 처지를 생각하고 행동하라는 거니까. 잊지 마."

"범죄 검거도 중요하지만, 우선은 상대가 죄를 저지르지 않도록 하는 게 중요해. 그것도 우리의 일이지."

소장은 담담한 어조로 말했다. 늘 그렇게 상대의 입장만을 생각할 수 있을까. 그런 생각을 하면서도 세이다이는 고개를 끄덕였다. 꾸중을 듣지 않은 것만으로도 다행이었다.

"참, 그런데 아까 네 말을 듣자니 섬뜩하던데, 대체 지금까지 뭘 했어?"

"그저 건전한 청년이었죠. 그래서 경찰관이 되려고 생각했고요."

세이다이는 가슴을 펴고 대답했다. 그러나 미야나가 반장도 도노오카 소장도 매우 의심스러운 얼굴로 쳐다볼 뿐이다. 그 무렵, 비가 그쳤다.

다른 경찰관이 업무 인계를 끝내고 조사이서로 돌아갈 무렵에는 구름 사이로 햇살이 비치고 역전에는 다시 사람들이 오가기 시작했다. 바람이 시원해진 5시 무렵부터 세이다이는 미야나가 반장과 함께 파출소 밖으로 나왔다. 비에 젖은 노면은 저물기 시작한 햇살을 받아 금빛으로 빛난다. 가로수의 잎사귀도 먼지를 씻어내고 싱그러움을 되찾고, 세이다이가 미야나가 반장과 함께 정리한 자전거조차도 다소 깔끔해진 것 같았다.

"다녀왔습니다."

그 금빛 노면을 우아하게 자전거를 타고 오제키 주임이 돌아왔다. 그때서야 세이다이는 주임이 자리에 없었다는 것을 알았다. 언제부터 사라졌던 거야? 그 비를 어디서 어떻게 피했을까? 주임은 젖은 곳도 없이 평소와 다름없는 표정으로 파출소 안으로 들어간다. 지금까지 뭘 하고 있었을까요? 옆에 있는 미야나가 반장에게 묻자 벌레 씹은 얼굴을 하기에 서둘러 입을 다물었다. 저 사람에 대해서는 아무 말도 말라고 어제 귀가 따갑도록 들었다.

여러 명의 시민들이 길을 묻거나 습득물을 신고하려고 왔다. 그때마다 미야나가 반장과 함께 벽에 붙어 있는 주변 지도를 보거나 서랍에서 꺼낸 서류를 보는 동안 한 시간이 후딱 지나갔다. 어제도 오늘도 정말로 시간 감각을 가질 수 없다. 사건 하나하나는 순식간에 지나는 것 같지만 전체적으로 보면 하루가 너무 길다.

"굉장한 비였지. 난 완전 물에 빠진 생쥐 꼴이었어."

혼잡한 길을 헤치고 고쥬방의 칸 짱이 어제와 같은 옷차림으로 자전거를 타고 왔다. 젖은 데라고는 찾아볼 수 없다. 세이다이보다 나이가 배는 많다는 그는 자전거에 걸터앉은 채 누런 이를 보이며 원숭이 같은 얼굴로 웃는다.

"젖지 않았다고 생각했지? 머, 리, 쓰지 마. 옷 갈아입었어."

약간의 지적장애가 있다는 건 어제 반장한테서 들었다. 그런데 이 사람의 붙임성 있는 천진한 얼굴을 보면 세이다이도 자연히 미소가 떠오른다.

"그보다 어제랑 옷이 같아서요."

"바~보. 나는 똑같은 옷이 여러 벌 있어. 멋이란 건, 그런 거야. 이래 봬도 이게 나의 유니폼이야. 당신들처럼 말이야."

그 말만 하고 칸 짱은 그대로 가려고 했다. 미야나가 반장은 "이봐, 주문 받으러 온 거 아니야?"라고 물었다.

"아니. 그릇 회수하는 중이야. 오늘은 다른 거 먹지 마."

그 말만 남기고 칸 짱은 달려갔다. 금빛으로 보이는 마을 속에 칸 짱의 흰 자전거가 녹아든다.

"어제도 오늘도 라면이면 질리는데. 저래 봬도 그 근처 일은 잘 알아."

칸 짱을 지켜보면서 반장은 웃었다.

기다리던 해 질 녘이 되었다. 파출소에서 보이는 작은 가게도 등을 밝히고 오가는 사람들 중 어린아이들의 모습은 줄었다.

[-조사이서 관내. 교통사고. 110 신고]

이어폰에서 삐삐- 하고 날카로운 소리가 들린다. 조금 전 미야나가 반장이 받은 습득물 서류를 보고 있던 세이다이는 시선을 들고 귀를 기울였다.

[조사이서 관내, 승용차와 왜건에 의한 교통사고. 장소, 가스미다이 4초메. 오버]

[조사이 2, 가스미다이 6초메]

[조사이 2, 알았다. 가스미다이 4초메 23번 6호. 신고자는 마루렌의 야마네라는 남성. 현장에서 대기 중. 오버]

[조사이 2, 알았다!]

[이상, 경시청]

무선을 들으면서 세이다이는 미야나가 반장을 봤다. 어제는 무선이 채 끝나기도 전에 파출소를 뛰쳐나갔는데, 오늘은 태연한 얼굴로 있다.

"안 가도 돼요?"

"조사이 2가 가니까, 괜찮을 거야."

조사이서의 지역과에는 순찰차가 전부 다섯 대다. 거기에는 1

호, 2호라는 번호가 붙여지고 그 번호는 동시에 무선 콜사인이기도 하다. 조사이 2이란 2호차를 가리킨다.

"지금부터는 우리도 바빠질 거야. 손발이 부족할 만큼 출동해 달라는 요청이 쇄도할 텐데, 그렇지 않다고 해도 여기서 기다리는 게 좋아."

그런 설명을 듣는 것만으로도 세이다이는 기분이 들떴다. 어제는 낮 근무만 있어서 몰랐지만, 오늘은 지금부터 내일 오전까지 충분히 밤의 거리를 보게 된다. 직무질문을 할 기회도 틀림없이 있을 것이다. 생각만 해도 두근거린다.

"자, 내가 다녀올까. 혼자라도 나가면 일단 체면이 설 테니."

오제키 주임이 너무도 무겁게 몸을 일으켰다. 소장이 온화한 목소리로 "부탁드립니다"라고 말한다.

"가지 않아도 될 때만 간다니까."

큰 배를 흔들고 느긋하게 나가는 주임의 뒷모습에 반장이 내뱉듯이 말했다. 이런 적은 인원으로 일해도 여러 일이 있는 법이다. 그때, 젊은 여자가 파출소 안으로 들어오면서 말했다.

"저기…… 우리 집 아이가 없어졌어요."

여자는 주황색 탱크톱에 흰 쇼트 팬츠를 입고 있었다. 긴 머리

를 뒤로 한데 묶고, 짧은 앞머리는 살짝 말려서 어디서 봐도 휴일을 즐기는 여대생 같았다. 탱크톱과 쇼트 팬츠 밖으로 드러난 그녀의 흰 팔다리가 꽤 눈부셨다. 세이다이는 얇은 옷을 통해 드러난 볼록한 가슴을 보며, 이게 바로 여자지, 라는 생각을 오랜만에 했다.

"여기저기 찾아봤는데, 아이가 없어요."

그러나 여자는 분명히 이렇게 말했다. 어디를 봐도 세이다이보다 젊거나 적어도 동갑으로밖에 보이지 않는데, 너무도 불안한 듯 애원하는 표정으로 긴 속눈썹을 떨며 틀림없이 '우리 집 아이'라고 말했다.

"몇 시부터 없어졌습니까?"

도노오카 소장이 그녀 앞에 나서면서 말했다.

"3시에는 있었어요. 자고 있어서 잠시 외출했어요. 아주 잠시 나가 있는 동안에 없어져서－."

벌써 6시 반이다. 지금까지 대체 무엇을 한 것일까? 그런데 여자는 아이가 친구네 집에 간 줄 알고 안심하고 있었는데, 해가 저물도록 집에 돌아오지 않아서 신고하러 왔다고 말했다.

"자제분은 몇 살입니까?"

"여섯 아니 일곱 살이에요. 일곱 살."

그 대답에 세이다이는 다시금 충격을 받았다. 아장아장 걷는 아이가 없어졌다고 생각했는데 일곱 살이라고? 대체 몇 살에 낳은 아이일까? 고등학생일 때 낳은 걸까? 아니면, 실제보다 굉장히 젊어 보이는 것일까? 머릿속에서 여러 의문이 피어오른다.

"일곱 살이라면 아직 그리 걱정하지 않아도 됩니다. 없어진 것은 오늘 오후 3시인가요?"

아이의 이름과 복장을 확인한 뒤 도노오카 소장이 확인하듯 물었다. 그러자 여자는 한순간 웅얼거리며 아까보다 더 작은 목소리로 "어제예요"라고 대답했다. 소장의 미간에 주름이 잡혔다.

"어제요? 어제 오후 3시 말입니까?"

"-그게 아니라."

"아니라니, 정확히 언제 없어진 건가요?"

"어젯밤 3시경이에요."

여자는 고개를 움찔하듯이 작은 목소리로 중얼거렸다. 1.5평에서 2평 정도 되는 파출소 감시초소에 소장과 미야나가 반장 그리고 세이다이의 한숨이 동시에 터졌다.

"잠시 기다려주세요."

소장은 그렇게 말하면서 그녀에게 의자를 권하고 책상 위의 전화기로 손을 뻗었다. 사무적으로 간결하게 미아 수배를 신청한다. 곧 가슴의 무선기가 삐삐- 하고 울었다.

[경시청에서 각국으로. 미아 수배. 조사이서 관내에서 경찰 110 신고. 없어진 아이는 다니기와 츠요시. 7세. 어제 오전 3시경부터 모습이 보이지 않는다고 함. 신장 1미터 10센티미터 가량,

체격 보통. 머리는 짧음. 복장은 불명. 신고가 있는 국은 PS 또는 통신지령본부로 연락 바람. 이상, 경시청]

지금 막 도노오카 소장이 알린 내용이 1, 2분 뒤에는 이렇게 경시청 관내의 모든 무선기로 흘러나온다. 세이다이는 그 지령을 들으면서 고개를 숙이고 있는 여성을 바라봤다.

도저히 일곱 살짜리 아이가 있다고는 생각되지 않는다. 하물며 새벽 3시가 지나서 '잠시' 외출하고, 그 이후 아이가 없어진 것을 알고서도 하루 반 이상이 지나서야 신고하러 오는 그런 사람으로는 보이지 않았다.

"저기, 어머님의 이름은?"

소장은 다시 그녀 쪽으로 고쳐 앉는다. 여자는 소장의 질문에 차례대로 대답했다. 그녀의 이름은 다니기와 에미로, 나이는 24세, 남편은 없고 일곱 살짜리 아들과 아파트에서 단둘이 산다고 한다.

"남편 없이 생활은요?"

"－그런 거에 왜 대답해야 하죠?"

"좀 이상하다는 생각이 들어서요. 남편도 없고 그 나이에 아이를 데리고 어떻게 지내시나 해서요."

"－부모님한테 용돈을 받아서요."

"아하. 용돈이요. 고향은 어디세요?"

"어디든 상관없잖아요."

불과 조금 전 창백한 모습으로 파출소로 뛰어왔을 때와는 다른 사람이었다. 다니기와 에미는 초조한 표정으로 밝은 하늘색 매니큐어를 바른 손톱을 물어뜯는다.

"어쨌든 꼭 찾아주세요."

"이 근처에 있다고 단정할 수 없죠. 무엇보다 하루 이상이 지났고요. 돈은 얼마나 갖고 있었죠?"

"그게 - 5천 엔이나 1만 엔 정도요."

"일곱 살짜리 아이에게 그런 큰돈을 주셨어요?"

"혹시 급한 일이 생길지도 모르잖아요. 그래서 일단 들고 있으라고 했어요."

세이다이 안에서 뭔가가 소리를 내며 무너졌다. 이렇게 아름다운 사람인데, 대체 이게 무슨 엄마인가? 이 사람은 무슨 생각으로 사는 건가? 그런 생각을 하니 눈앞이 캄캄했다. 확실히 응석받이로 보이는 얼굴 생김새나 어딘지 공허한 인상이 전체적으로 세이다이의 마음을 위태롭게 자극한다. 그런데 이 여자는 열일곱 살에 엄마가 되어서 결혼도 하지 않고 대체 어떤 식으로 살아온 걸까.

"미아가 아니라 가출 아닐까요?"

미야나가 반장이 끼어들었다. 그 순간 다니기와 에미는 첫인상으로는 상상할 수 없을 정도로 귀신같은 얼굴로 하고 미야나가를 노려봤다. 그 눈초리를 보고 세이다이도 가출일지 모른다고 의심했다. 지금은 차분해 보이지만 꽤 심하게 아이를 다뤘을 눈이다. 상당히 반항적인 사람의 눈이다. 그녀는 굉장히 화난 듯 콧방귀를 뀌었다.

이윽고 5분도 되지 않아서 어제 새벽에 세타가야의 경찰이 비슷한 아이를 발견하고 보호하고 있다는 전화가 걸려왔다.

"이름을 말하지 않아요. 몇 번을 물어도 '집에는 돌아가고 싶지 않다'고요."

경찰서에서 걸려온 전화를 끊은 도노오카 소장은 한숨을 내쉬며 세이다이와 다른 경찰들을 보고 마지막으로 다니기와 에미의 얼굴을 봤다. 젊은 엄마는 짜증 난 듯 작게 혀를 차고 거친 숨을 내쉰다.

"보세요. 역시 미아라고 할 수 없죠."

미야나가 반장이 상당히 아연실색하여 중얼거렸다. 시민들에게 늘 친절하게 웃는 얼굴을 보인다고만 생각했던 반장의 다른 모습을 보고 세이다이는 왠지 가슴이 죄어오는 것 같았다. 반장이 그런 얼굴을 하는 것도 당연하다. 겨우 일곱 살짜리 아이가 결심하고 집을 나왔으니. 그리고 자신의 이름도 말하지 않은 채, 스스로 보호받기를 청했다. 그리고 엄마는 – 이 젊고 아름다운 엄마는 자신과는 상관없다는 표정으로 외면하고 있다.

"지금 이쪽으로 오고 있습니다. 어떻게 할까요? 서까지 가서 기다릴까요?"

평소 차분한 도노오카 소장의 목소리는 조용하다기보다 싸늘해서 오히려 슬프게 들렸다. 때 묻지 않은 순진한 여대생처럼 보이는 다니기와 에미는 다시 작게 혀를 차며 "제기랄"이라고 중얼거리고는 자신의 짜증을 가라앉히려는 듯이 파출소 밖으로 시선을 보냈다. 하지만 그 시선을 거두었을 때는 전혀 다른 표정이 되어 "그럼 이곳으로 데려와주세요"라고 요구했다.

"조사이서라면, 그 국도 옆에 있죠? 걸어가긴 힘들어요. 여기까지 데려와주세요. 우리 집은 이 근방이거든요."

희고 매끄러운 목덜미를 드러낸 젊은 엄마는 중년의 여자처럼 뻔뻔스러운 표정으로 내뱉듯 말했다. 세이다이는 깡패처럼 거친 고교생을 대할 때와는 전혀 다른 뒤틀린 감각이 자기 안에 차오르는 것을 느꼈다. 뭐야? 이 여자, 무슨 생각을 하는 거야?

"여기로요. 그렇게 하죠."

소장은 여전히 조용히 받아들인다.

"데리러 가는 게 낫지 않겠어요?"

미야나가 반장이 평소와 달리 냉정히 말했다. 이어서 무언가를 말하려 했지만, 소장이 그것을 손으로 막았다. 다니기와 에미는 차갑게 한 번 쏘아봤을 뿐, 다시 외면해버린다. 그리고 파출소 안에는 숨 막히는 정적이 번졌다. 도중에 두 사람이 파출소를 찾았다. 한 사람은 길을 물었고, 다른 한 사람은 저녁 무렵 빌려 간 우산을 돌려주러 왔다. 그 외에는 전체적으로 조용했다. 무선도 울리지 않고 단 한 번 무선기가 삐삐- 하고 소리를 냈지만 이어폰을 통해 들려온 것은 수배 중이던 미아를 발견했다는, 이미 알고 있는 사실이었다.

어느 사이엔가 해는 완전히 저물고 불어오는 바람도 그만큼 서늘해졌다. 이윽고 젊고 아름다운 엄마는 작게 혀를 차고 이어서 우울한 듯 한숨을 내쉬었다.

"꽤 시간이 걸리네요. 언제쯤 올까요?"

어딘가에서 여름 벌레가 우는 소리가 들린다. 몇 분에 한 번꼴로 역에서 뿜어져 나오는 사람들과 끊임없이 역을 향하는 사람들. 버스를 기다리는 줄 뒤에 서는 사람과 세이다이가 가지런히 정리한 자전거로 다가가는 사람. 산책 중인 듯 개를 데리고 서성이는 사람과 아이들의 손을 잡고 걷는 사람. 모두가 어스름한 어둠에 녹아들어 그 표정도 알아보기 힘들다.

"지금 이쪽으로 오는 중입니다."

서서히 짜증이 나기 시작한 젊은 엄마에게 도노오카 소장은 변함없이 조용히 대답했다. 세이다이의 눈에도 그녀는 아이를 걱정해서 조바심을 내는 게 아닌 것으로 보였다. 그저 여기에 있고 싶지 않을 뿐이다. 파출소에서 기다리고 싶지 않을 뿐이다. 무언가 잘못됐다. 완전히 잘못됐다. 진짜 엄마가 맞느냐고 묻고 싶다. 그 생각은 소장도 같을 것이다.

"그런데 어째서 그런 시간에 외출했나요?"

소장의 질문을 받고 다니기와 에미는 분홍색 입술을 약간 삐죽이고 친구의 전화를 받았기 때문이라고 대답했다.

"그건 남자입니까?"

"－뭐."

"당신과 사귀는 사람인가요?"

"그렇지는 않아요."

"뭘 하는 사람이죠?"

"－일해요. 왜 참견이에요. 남의 일에?"

그리고 그녀는 소장 앞에 놓인 책상에 턱을 괴고 일부러 한숨지으면서 얼굴을 돌렸다.

"그런 시간에 외출하는 일이 많나요?"

"그러니까 참견하지 말라고요. 특별히 누구에게 폐를 끼치지는 않으니까요."

그리고 소장을 돌아본 그녀의 표정은 뭐라 말할 수 없을 정도로 험악했다. 그러나 그것은 단순히 그녀의 예쁘장한 이목구비 탓일지도 모른다고 세이다이는 자신에게 말했다. 다른 장소에서 만났다면 틀림없이 그녀에게 말을 걸고 싶었을 것이다. 여자는 정말 알 수 없다. 그녀가 어떤 사람인지 서둘러 정체를 알아서 다행이라 여기면서도 한편으로는 여자에 대한 취향이 바뀐 것일지도 모른다는 생각이 들었다. 이 일을 하는 동안에 여자를 믿지 못하게 될지 모른다는 생각에 세이다이는 무심코 몸서리가 쳐졌다.

농담이 아니다. 절대로 그런 일이 있어서는 안 된다. 세이다이에게 여자는 살아가는 보람 중 하나이기 때문이다.

"그 친구는 당신에게 아들이 있는지 알고 있나요?"

"그러니까, 그게 뭔 상관이에요?"

"상관이 있죠."

"참견하지 말아요! 나는 나, 아이는 아이니까."

"그렇다면 츠요시는 어떤가요? 아직 일곱 살이죠? 그 아이가 왜 가출했는지 생각해봤나요?"

"-."

"자기 자식이라고 해서 무슨 짓을 해도 되는 건 아닙니다. 츠요시가 어떤 기분이었을지 생각해봤나요?"

다니기와 에미는 아무 말도 하지 않았다. 입을 꾹 다물고 오로지 앞만 보고 있는 그녀의 옆모습은 의연하고 아름다웠다. 어찌 봐도 아이를 가진 엄마로는 보이지 않았다. 상대가 남자라면 "그래도 당신이 부모야?"라는 말이라도 해줬을 텐데, 여자에다 미인이다 보니 험악한 말을 하지 못하는 자신이 한심했다. 세이다이는 아까부터 혼자 파출소 밖에 서 있는 미야나가 반장의 뒤를 따라서 자신도 맥없이 파출소에서 나왔다.

"모르겠어요. 저렇게 아름다운데. 아깝다고 할까, 사기라고 할까. 밖에서 만났으면 분명 말을 건넸을 거예요."

귓가에 속삭이자 반장은 굵은 눈썹을 찌푸리면서 네모난 얼굴을 이쪽으로 향한다.

"너, 저런 타입이 좋은 거야?"

그 말에는 분명 모멸감이 담겨 있었다. 내심 '그게 뭐가 나빠?' 라고 생각하면서도 한편으로는 조심해야겠다고 생각했다. 세이다이는 자신이 미아가 된 듯, 비참했다. 마음에 드는 여자지만, 저런 여자가 자신의 엄마라면 역시 싫다.

한 시간이 못 되어서 순찰차를 타고 다니기와 츠요시가 가스미다이 역전 파출소에 도착했다. 청바지에 티셔츠 차림의 소년은 느릿느릿 순찰차에서 내렸다. 파출소 안에 있는 자신의 엄마를 발견한 뒤에도 걸음은 빨라지지 않았다. 엄마도 의자에서 일어서려고도 하지 않고 잠자코 다가오는 아들을 바라보기만 할 뿐이다.

"아들이 아닌가요?"

천천히 가까워지는 두 사람의 이상한 긴장감을 견디지 못하고 세이다이가 무심코 여자를 돌아보고 물었다. 그녀는 긴 눈썹에 아이라인이 그려진 눈으로 힐끔 이쪽을 보며 작게 "아들이에요" 라고 대답했다.

여순경에게 등이 떠밀려 걸어오는 소년은 엄마를 닮은 이목구비를 하고 있었다. 그러나 불과 몇 미터 거리인데 그 아이의 발은 돌처럼 무거웠다. 세이다이는 무심코 소년에게 달려가 "네 이름이 다니기와 츠요시니?"라고 물었다.

"이곳에서 아이를 찾는다고 해서 꼬치꼬치 물었더니 겨우 인정했어요. 그때까지는 전혀 입을 열지 않았거든요."

여순경은 난처한 듯이 웃으며 말했다. 다니기와 츠요시는 표정을 억누른 채 내내 고개를 숙이고 있다. 어떤 말이라도 해주고 싶었다. 그러나 일곱 살에 가출을 결심한 소년에게 무슨 말을 해주면 좋을지, 알 수 없었다.

"가자."

문득 등 뒤에서 소리가 들렸다. 돌아보니 다니기와 에미가 무표정하게 서 있었다. 츠요시는 천천히 얼굴을 들어 자기 엄마의 얼굴을 물끄러미 보고, 대답하는 대신에 희미하게 어깨를 으쓱해 보인다. 엄마와 만난 안도라기보다 가출에 실패한 데 대한 낙담이 커 보였다.

"자, 가자. 기다리느라 지쳤어."

다니기와 에미가 재촉한다. 그리고 천천히 걷기 시작한다. 세이다이는 망연자실 그 뒷모습을 지켜봤다. '미안했다'거나 '걱정했다'는 말도 없다. '어서 와' 정도의 말은 해주는 게 좋지 않을까? 대체 무슨 모자母子가 이래? 이것이 지금의 모자 관계라는 건가? 그런 생각을 했을 때, 귓가에 "어쩔 수 없네"라고 중얼거리는 소년의 목소리가 들렸다. 세이다이는 이번에는 소년의 작고 흰 얼굴을 찬찬히 응시했다. 그 시선을 느꼈는지 소년이 그를 보고 다시 한 번 한숨을 쉰다.

"네가 츠요시니?"

꾸벅. 작게 고개를 끄덕인 그의 얼굴은 보면 볼수록 엄마와 닮았다.

"엄마가 걱정했어."

"괜찮아요. 빤히 보이는 거짓말 마세요."

"정말이야. 그래서 이렇게 파출소에 온 거겠지?"

소년의 눈동자는 불신으로 가득했다. 아이가 자신을 똑바로 바라보자 세이다이는 시선을 피하고 싶어졌다. 하지만 소년을 계속 바라봤다. 그 정도밖에는 할 수 없었다.

"우리 엄마는 그럴 사람이 아니에요."

"그렇지 않아. 분명 좀 개성적이기는 하지만."

소년은 "개성적?"이라고 반문할 때만 다소 어린애다운 표정을 보였다. 세이다이는 대답하는 대신에 츠요시의 작은 머리에 손을 얹었다.

"하고 싶은 말은 많겠지만 그렇다고 밤중에 가출하는 건 안 돼. 10년은 빨라."

"10년?"

"그렇지 않겠어?"

"그렇게나 못 기다려요."

"아니야. 금방이야."

"몰라요? 어린애한테 10년은 길다고요."

소년이 좀 더 무슨 얘기를 하려고 할 때 "서둘러!" 하는 에미의 성난 목소리가 역전 공간에 퍼져 나갔다. 츠요시는 포기한 듯 작게 어깨를 으쓱였다.

"-다음에 놀러 와. 그때, 얘기하자."

세이다이는 가능한 한 부드럽게 웃으며 소년의 등을 밀었다. 가녀린 작은 등이 방향을 바꿔 이윽고 몇 미터 앞서가는 엄마의 뒤를 타박타박 따라 걷기 시작했다. "어서!" 또 성난 목소리. 마지막으로 소년은 표정 없는 얼굴로 세이다이를 돌아보고 이번에는 단숨에 엄마를 지나쳐 앞으로 달려갔다.

지금 막 밤이 되었지만, 세이다이는 일찌감치 파김치가 되어버렸다. 엄마의 뒤를 따르던 소년의 뒷모습이 눈에 아른거려 지워지지 않는다. 지금쯤 그 젊은 엄마와 아들은 어떤 대화를 나누고 있을까. 만 이틀 가까이 모습을 감췄던 츠요시라는 소년에게 다니기와 에미는 어떤 친절한 말이라도 해주었을까?

"꽤 많아."

미야나가 반장이 불쑥 한마디 중얼거렸다. 오른손으로 모자를 들고 그 손으로 앞머리를 긁적이면서 반장은 약간 어깨를 으쓱해 보였다.

"대체 무슨 생각으로 부모가 된 건지, 우리가 어떤 말을 해도

'상관없다'는 말로 끝이야. 아이에게 일이 생긴 뒤에는 늦으니까 뭐라고 말하기는 하는데, 일이 있기 전까지는 그런 식이야. 아니 어쩌면 아이에게 이미 무슨 일이 있었는지도 모르고."

세이다이가 "그럼 –"이라고 입을 연 순간에 다시 무전기가 삐삐– 하고 울렸다.

[조사이서 관내, 불법주차 신고. 장소 –]

도중에 반장은 모자를 고쳐 쓰고 "갈까?" 하고 말했다. 세이다이는 대답할 사이도 없이 자전거에 올라타는 반장을 따랐다.

"그 어린 나이에 가출이라니. 미래가 보이잖아. 그 츠요시라는 아이, 이대로 자라면 삐딱한 인간이 될 테지."

현장으로 향하는 도중 세이다이는 가로등 불빛에 비친 반장의 등에 계속 말을 건넸다.

"아, 충격이에요. 저도 저 자신이 한심하다고 생각했는데 – "

"그런 식으로 말하지 마. 안 그러는 게 좋아."

"그렇지만 열일곱에 아이를 낳다니 너무하죠."

"그러니까 입조심."

"하물며 애 아빠에게 버림받은 걸까요?"

"적당히 해. 입조심 하라고 몇 번을 말해. 우리는 경찰이라는 사실을 잊지 마."

그런 거 아무렴 어떠냐고 생각하면서 세이다이는 "네"라고 대답했다. 반장에게 말대답은 금물이다. 그런데 대체 어떤 말이 나

뺐던 것일까.

신고 장소에 도착했지만 정차한 차는 그림자도 찾아볼 수 없었다. 아마도 이동했을 것이라며 반장은 무선으로 '미처리' 보고를 했다. 뭐야, 잠시 정차한 차로 일일이 110에 신고하다니. SW는 본체는 허리띠에 장착하고 코드에서 나온 송수화기는 어깨에 붙이는 타입의 무선기로, 그 기계를 통해 본서와 교신한 반장은 세이다이에게 "다음, 가자"라고 말했다.

"취객이 난동을 부린대."

세이다이는 깊이 한숨지었다. 벌써 7시 반을 지나고 있다. 슬슬 배도 고프다.

아직 저녁 무렵인데 가스미다이 역전에 있는 선술집 앞에서 취객은 큰소리를 지르면서 행인에게 시비를 걸거나 쓰러질 듯 비틀거리는 걸음으로 무언가를 차기도 했다. 현장에 달려간 세이다이는 반장이 SW로 지원을 요청하는 사이에 취객의 팔을 잡으려고 했다. 그러자 쉰 살가량 되어 보이는 그 남자는 차분하게 이쪽으로 몸을 돌렸다.

"어? 왜 경찰이 이런 데 있는 거야?"

무심코 얼굴을 돌릴 만큼 그에게서 지독한 술 냄새가 풍겼다. 이쪽은 아직 저녁도 못 먹었는데, 대체 몇 시부터 술을 마신 걸까? 세이다이는 자신의 아버지뻘 되는 남자에게 "정신 차리세요"라고 말했다.

"정신 차리라고? 나는 말짱해. 뭐야? 너, 내가 누군지 알아?"

"모르는데요."

"모르는데요? 말투가 왜 그래!"

목소리는 쩌렁쩌렁하지만, 다리는 불안하기 그지없다. 휘청거리다 넘어지지 않도록 무심코 팔을 잡자 나름 근육이 발달해 있는 남자의 팔이 손에 잡힌다. 키는 작지만, 어깨가 넓고 가슴도 두툼하다. 햇볕에 잘 그은 얼굴에는 여러 개의 깊은 주름이 져서 어찌 봐도 육체노동자 같았다. 그렇다면 술기운에 상당히 힘을 쓸지도 모른다. 그런 생각이 머리를 스쳤을 때 남자는 예상대로 세이다이의 팔을 뿌리치고 오히려 그의 어깨를 잡으려고 했다. 세이다이는 반사적으로 황급히 그 손을 뿌리치고 다시 한 번 취객의 팔을 잡으려 했다. 어느 쪽이 먼저 상대를 잡느냐를 두고 작은 실랑이가 벌어졌다. 이윽고 상대는 조바심이 난 듯 큰소리를 질렀다.

"어린놈이 잘난 척은. 뭐하는 거야! 경찰이 사람이 술 마시는 것까지 뭐라고 할 셈이야? 엉?"

"그게 아닙니다. 그저 다른 사람에게 폐가 되잖아요. 그렇게 취하시면."

남자는 길바닥에 퉤 하고 침을 뱉고 얼굴을 가까이 가져왔다. 강렬한 술 냄새에 마늘 냄새도 섞여서 세이다이는 이번에는 얼굴을 돌렸다.

"뭐야. 사람이 말하는데 얼굴을 돌려? 엉?"

그때 미야나가 반장이 세이다이의 반대쪽에서 남자의 팔을 잡았다.

"아저씨, 술이 나쁘죠. 괜찮아요?"

반장이 그렇게 말한 순간이었다. 술기운 때문인지, 남자는 햇볕에 그은 얼굴로 돌연 "에헤헤" 하고 웃었다.

"기분 좋으신 건 알겠는데, 집에서 마나님이 기다려요."

"오, 마나님, 기다리지."

"그럼 어서 집으로 돌아가세요. 목욕물을 받아놓고 기다리고 있어요."

반장의 말에 취객은 "응응" 하고 고개를 끄덕이고 놀랄 만큼 순순히 "그럼 그럴까"라고 중얼거리더니 "그럼 수고해요"라며 손을 흔들고 휘청거리며 가버렸다.

세이다이는 어이없어 취객을 봤다. 자신과 미야나가 반장의 어디가 다른 건지 전혀 알 수 없다. 어떻게 갑자기 저토록 얌전해질 수 있을까? 혹시 반장과 아는 사이인 걸까? 그러나 반장은 그럴 리가 있겠냐고 웃으며 세이다이의 등을 토닥였다.

"상대를 잘 봐. 우리는 필요 이상으로 경계하면 안 돼. 언제든 그 나름으로 친근한 말투를 해야 해. 저런 상대에게는 정중히 말하면 오히려 반발을 사지."

그러고 나서 반장은 SW로 보고하고 다시 파출소로 돌아가기 위해 왔던 길로 되돌아갔다.

“배고프지? 먹을 수 있을 때 먹어둬야지.”

옆에 세워둔 자전거로 돌아오면서 반장은 “경찰봉은 어쨌어?”라고 물었다.

“왜 경찰봉을 차고 다닌다고 생각해? 상대가 무엇을 할지 모를 때는 맨 먼저 준비해.”

아아, 머리가 터질 것 같다. 상대를 보고 경찰봉을 준비하고 친밀하게 말을 건네라는 건가? 그런 일을 한번에 해야 한다는 건가?

“몰라요. 배가 너무 고파서 아무 생각도 할 수 없어요.”

“멍청이. 그럼 배가 고플 때 칼을 휘두르는 놈과 만나면 어쩌려고?”

“그때는 그때죠.”

“그럼 안 돼. 혼자서 일하게 되면 자기 몸은 스스로 지켜야 하니까.”

“그렇다면 권총이라도 뽑아 들죠.”

미야나가 반장은 내심 어이없다는 듯 다시 “멍청이”라고 되뇌었다.

파출소로 돌아오니 도노오카 소장은 부재중으로 대신에 오제키 주임이 돌아와 있었다.

“나는 먼저 먹었어. 간장은 냉장고 안에 있어.”

주임의 말에 반장이 "늘 감사합니다"라고 말한다. 반장이 주임에게 고맙다고 말할 때도 있구나, 세이다이는 조금 의아했다. 감시초소 안쪽의 조사실이라 불리는 작은 공간의 책상 위에는 랩을 씌운 중화냉면 세 개와 큰 접시에 담긴 유부초밥이 있었다.

"이거, 누가?"

지금부터 배달을 부탁하려던 세이다이는 눈을 동그랗게 뜨고 반장에게 묻는다.

"유부초밥은 거기 초밥집 아저씨가 자주 가져다줘. 중화냉면은 주임님이 만든 거야."

"주임님이요?"

손을 씻고 책상에 앉는 동안 냉장고에서 차가운 중화냉면 소스를 꺼내온 반장은 저래 보여도 오제키 주임은 요리의 달인이라고 말했다.

"다른 건 아무것도 안 하지만, 야식 먹을 때는 도와줘."

중화냉면에는 닭고기 슬라이스에 채 썬 오이, 깍둑 썬 토마토, 홍생강, 채 썬 흰 파가 얹어져 있었다. 거기에 차가운 깨 소스를 뿌리자 놀랄 만큼 맛있었다. 세이다이는 잠자코 젓가락을 움직였다.

중화냉면을 단숨에 비우고 유부초밥 몇 개를 먹으니 간신히 배가 불렀다. 세이다이는 파이프 의자에 등을 기대 크게 한숨을 내쉬고 시원한 보리차를 여러 잔 마셨다.

"아, 잘 먹었다. 주임님에게 이런 재주가 있다니 몰랐네요. 완전

프로예요."

"꽤 수준급이라 겨울에는 곱창전골까지 만들어."

미야나가 반장도 만족스러운 듯 배를 문지르면서 포기한 듯 웃으며 말했다. 감시초소에서 오제키 주임이 누군가와 얘기를 나누는 소리가 들려온다.

"우리는 먹을 건 알아서 준비해야 하는데, 요리하는 거 좋아하는 사람이 꽤 많아."

배도 부르고 잡담도 했으니 이대로 목욕탕에 들어가 땀을 쫙 빼고 느긋하게 있으면 얼마나 좋을까? 그러나 그것은 당치도 않은 꿈이다. 내일 오전 10시가 되려면 아직 멀었다. 벽시계는 이제 겨우 8시 반을 지나고 있었다. 일은 많았는데 어째서 시간은 느리게 흐르는 걸까? 하지만 그래서 기회도 있다.

"슬슬 순찰하러 갈까요?"

문득 미우라와 한 약속을 떠올리고 세이다이는 느긋하게 텔레비전을 보고 있는 반장에게 말했다. 반장은 벽시계를 올려다보면서 크게 기지개를 켰다.

"너무 서두르지 마. 소화 좀 시키고 가지."

오늘 안에 몇 사람에게 직무질문을 할 수 있을까? 세이다이는 미우라와 경쟁 중이다. 제2 당번인 날은 근무시간이 길어서 직무질문은 얼마든지 할 수 있을 것이라 생각했는데, 실제로는 지금까지 단 한 사람에게도 말을 걸어보지 못했다. 세이다이는 갑자기 조급해졌다.

"그렇게 느긋하게 말할 때가 아니에요."

그래도 반장은 움직이려고 하지 않았다. 평소에는 무슨 일이든 세이다이를 재촉하며 "빨리 해" "멍하니 있지 마"라고 말하더니 지금은 전혀 의욕이 없는 듯 보인다. 그는 세이다이가 초조해하는 것을 알고는 여유 있게 웃었다.

"그렇게 초조해하지 마. 밤은 기니까."

"이런 시간에 순찰하지 않으면 또 110 신고가 들어와 출동하게 되잖아요."

"그래도 어쩔 수 없지."

그때 감시초소 쪽에서 "안녕하세요" 하는 젊은 여자의 목소리가 들렸다. 그때까지 전혀 움직일 기색도 보이지 않던 미야나가 반장이 벌떡 일어났다. 무슨 일인가 싶어 지켜보는데, 늘어져 있는 셔츠 자락을 바지 속으로 집어넣고 거울을 들여다보며 머리카락을 정돈하고 서둘러 나간다. "어서 와"라는 몹시 상냥한 목소리가 들려서 세이다이도 궁금한 마음에 뒤를 따랐다.

"오늘은 무슨 일이야?"

마치 다른 사람인 양 고양이가 알랑거리는 소리로 말을 건네는 반장의 맞은편에는 원피스 차림의 몸집이 작은 여성이 웃고 있었다.

그로부터 10분 뒤, 밤의 상점가를 달리면서 세이다이는 옆에서 뛰고 있는 미야나가 반장을 힐끔 쳐다봤다. 두 사람의 몸에 달린 장치들이 찰캉 찰캉 하고 소리를 낸다. 가까운 거리는 인파를 헤치고 자전거를 타기보다 이렇게 달리는 게 편하다.

반장은 평소의 얼굴로 돌아와 있다. 그 옆얼굴을 보면서 지금 싸움 현장으로 가고 있다는 것조차 잊고 세이다이는 무심코 웃었다.

"뭐야?"

반장의 크고 네모난 얼굴이 세이다이를 향해 목소리를 높인다. 세이다이는 다시 웃으면서 "유감이네요"라고 말했다.

"그녀를 기다린 거죠? 그런데 현장에 가야만 하다니, 정말 운도 없네요."

바로 옆에서 "멍청이"라고 화난 목소리가 들려 세이다이는 무심코 귀를 막았다. 그래도 웃음이 나와 견딜 수 없다. 그때 세이다이는 알았다. 반장이 그 자그만한 여자에게 반했다는 것을. 세이다이의 직감은 그런 때 거의 맞는다. 미야나가 반장의 태도를 보면 아무리 둔한 사람이라도 모른다는 게 이상할 정도다. 네모난 기왓장 같은 얼굴은 는실난실 웃고 있어서 도저히 봐줄 수가 없었다.

"그 여자 이름이 뭐예요? 나이는요?"

"근무 중에 쓸데없는 생각하지 마."

그러고는 다시 노려보지만, 여전히 세이다이는 싱글거렸다. 이

호색꾼, 이라고 무심코 놀려주고 싶다. 무엇보다 그녀가 일터인 파출소로 찾아오는 것이 너무 멋지다. 그래, 앞으로 세이다이에게도 기회가 있다. 파출소에는 온갖 사람들이 드나든다. 그렇게 생각하니 즐거워졌다.

역전 아케이드를 달려서 두 번째 모퉁이를 돌자 현장이었다. 선술집 옆자리에서 술을 마시던 손님끼리 무슨 일로 언쟁이 시작되어 가게 밖으로 나와 치고받고 있다는 신고였다. 싸움은 미야나가 반장과 세이다이, 그 직후에 순찰차를 타고 달려온 경찰들에 의해 10분 만에 수습되었다. 부상자가 몇 명 나와서 병원에 실어 보내고 여전히 흥분 상태인 관계자들을 모두 순찰차에 태우자 주변은 다시 원래의 왁자지껄함을 되찾았다.

"자, 이대로 순찰을 할까?"

이마의 땀을 닦으면서 미야나가 반장이 지친 듯 말했다.

"파출소로 돌아가지 않아도 괜찮겠어요?"

세이다이는 놀리듯 웃으며 반장을 봤다.

"그녀가 기다리고 있을지 모르잖아요."

그 순간, 등을 힘껏 얻어맞았다.

"그런 게 아니라고 했지. 말이 많군."

반장은 굉장히 짜증 난 표정으로 그렇게 내뱉고 세이다이를 뿌리치듯 걷기 시작한다.

등이 욱신거리는 통증을 안고 세이다이는 앞서가는 미야나가 반장의 뒷모습을 보며 걸었다. 좀 놀리는 정도로 이렇게 부끄러워하다니 저 사람도 꽤 순진하다. 대개 경찰을 꿈꾸는 사람들은 성실한 데다 순진해서 세이다이가 보기에는 그동안 무슨 재미로 살아왔는지 알 수 없는 사람이 많다. 반장도 그런 부류라고 생각하고 있을 때, 그가 뒤를 돌아봤다.

"억지 부리지 말고. 남의 일에 이러쿵저러쿵 캐물을 시간이 있으면, 그래, 불심검문 8칙을 말해봐. 경찰수첩에 실려 있지?"

갑자기 무슨 소리야. 세이다이는 황급히 머릿속의 기억을 헤쳤다. 분명 경찰학교 시절에 암기했던 기억이 있다. 특히 성실한 데다 융통성이라고는 눈곱만큼도 없는, 예컨대 미우라 같은 자칭 '정의의 편'이 열심히 암기했었다.

"어서, 외워봐."

여자로 놀림당하고 창피했던지 반장은 눈을 가늘게 뜨고 잔인할 정도로 빛을 발하며 입가에 미소를 머금고 이쪽을 본다. 체, 남자답다고 생각했는데 뜻밖에 뒤끝이 있다.

"그 8칙이요. 네, 알았어요. 수상한 사람을 발견한다."

반장은 네모난 얼굴을 곧장 이쪽을 향하고 변함없는 표정으로 "다음은?"이라고 말한다.

"말을 건넨다."

"주저하지 말고 말을 건넨다지. 다음은?"

그런데 거기서 세이다이의 기억의 끝은 큰 혼란 속으로 빠져들고 말았다. 원래 예전부터 암기에는 약하다.

"정말이지, 네 녀석에겐 긴장감이라는 게 전혀 없어."

미야나가 반장은 심각하게 눈썹을 찌푸리고, 크게 한숨을 한 번 쉬고는 "잘 들어"라고 말한 뒤에 경찰수첩에 실린 '불심검문 8칙'을 암기했다.

첫째, 번저 수상한 사람을 발견한다.

둘째, 주저하지 말고 말을 건넨다.

셋째, 파출소로 임의 동행한다.

넷째, 부상사고를 방지하는 데 힘쓴다.

다섯째, 휴대품 등을 충분히 조사한다.

여섯째, 각종 조회에 힘쓴다.

일곱째, 모순점을 잘 조사한다.

여덟째, 이해할 수 있는 감독을 한다.

그러고 보니, 그런 문구가 있었다. 세이다이는 하나하나 고개를 끄덕이며 반장의 말을 들었다.

"대단하네요. 어엿한 경찰관 같아요."

"멍청이! 몸에 밴 거야."

반장은 커다란 손으로 다시 세이다이의 등을 때린다.

"너, 오늘 중으로 몇 건이나 불심검문을 할 생각이야? 8칙도 말하지 못하고 어쩔 셈이야?"

에헤헤, 하고 쑥스러워하며 웃고 있자니 갑자기 배가 찌르는 듯 아팠다. 세이다이는 무심코 얼굴을 찡그리며 몸을 웅크렸다.

"이틀 동안 봤는데……."

"반장님, 죄송합니다."

"사과한다고 될 일이야? 가볍기는-."

"반장님, 죄송한데-화장실 좀……."

간신히 그 말만 했다. 다른 사람에게 들릴 만큼 큰소리로 배에서 소리가 난다.

"그렇게 찬 보리차만 먹으니까 그렇지."

어이없어하는 반장의 얼굴을 볼 틈도 없이 세이다이는 정신없이 달려 진땀을 흘리면서 파출소로 돌아왔다.

◇◆◇

꿈을 꾸는 것 같다. 따스하고, 부드러운 그 세계에 잠겨 있는데 돌연 충격이 느껴졌다.

"아얏!"

세이다이는 벌떡 일어났다. 커튼을 친 탓으로 옅은 어둠에 싸인 방 안에 희미한 그림자처럼 서 있는 남자가 있었다.

"오, 미안. 미안."

가토 선배의 굵은 목소리에는 반성의 기색 따윈 없었다. 세이다이는 잠에 취한 채로 "어서 오세요"라고 고개를 숙였다.

"잠복근무 끝났어요?"

세이다이와 같은 방을 쓰는 가토 선배는 형사과 소속이다. 지역 경찰관과는 근무체제가 다른 데다 굉장히 바쁜지 좀처럼 기숙사로 돌아오지 않아서 얼굴을 마주한 것은 일주일에 한 번이 될까 말까 했다. 그 덕분에 평소에는 3평짜리 방을 혼자 차지하고 홀가분하게 지낼 수 있지만, 선배가 돌아오는 날은 꽤 성가시다.

"끝나긴. 가끔은 쉬기도 해야지. 안 그러면 못 버텨."

기숙사에 있는 동안 '체력을 키우기 위해서' 철로 만든 게다를 애용하는 선배는 어디를 가든 쿵쿵 소리를 내고, 게다가 세이다이가 이렇게 자고 있어도 태연히 밟는다. 아마 일부러 그랬을 테지만, 산처럼 커다란 가토 선배를 거스를 배짱 따위 있을 리가 없다. 세이다이는 이 선배라면 조만간 조폭을 담당하게 되지 않을까 생각했다. 지금도 모르는 사람이 보면 형사라기보다 오히려 훌륭한 조폭처럼 보인다.

"그런데 너 왜 자고 있어?"

"오늘 비번이에요."

가토 선배는 "그래!"라고 말하고 쇠로 만든 게다를 신은 채 세이다이의 옆에 몸을 웅크렸다. 다다미가 그리 낡지도 않았는데 여기저기 닳은 것은 분명히 이 쇠로 된 게다 때문일 것이다.

"첫 철야근무였어? 어땠어?"

"그게 – 저녁밥을 먹은 뒤에 배탈이 나서."

세이다이는 비굴한 웃음을 지으면서 싸늘하게 차가운 배를 문질렀다. 그 순간 좁은 방에 껄껄껄 하는 웃음소리가 퍼졌다.

"뭐야, 그게. 배탈이 난 거야? 병아리야, 엉? 왜?"

"-글쎄요. 찬 음료를 너무 마셔서라고 하더군요."

"칠칠치 못하긴. 그래서 어떻게 됐어?"

"30분마다 한 번꼴로 배가 아파서. 밖에 나가질 못했어요."

내 일이지만 한심하다. 결국, 어젯밤에는 단 한 명도 불심검문을 하지 못했다. 여하튼 미야나가 반장이나 소장의 지시로 즉시 파출소로 돌아올 수 있는 거리를 오가는 것으로 끝나고 말았다. 하룻밤에 몇 차례나 화장실을 오간 탓에 완전히 기력을 잃어 동쪽 하늘이 밝아올 무렵에는 간신히 서 있는 상태였다.

세이다이는 이불 위에 책상다리로 앉은 채 입을 비쭉이며 고개를 숙였다. 이것으로 미우라와의 경쟁은 완전히 패배다. 진 사람이 이긴 사람에게 저녁밥을 사기로 약속했다. 그런 얘기를 하자 가토 선배는 폭소를 터뜨리면서 "어쩔 수 없지"라는 말을 반복했다.

"지금, 몇 시예요?"

"7시. 좋았어. 그럼 나는 지금부터 네가 미우라에게 밥을 사는 것 걸 지켜보겠어."

"오늘 밤에요? 안 돼요. 제가 배탈이라, 좀 나은 뒤에요."

세이다이는 다시 이불 위에 드러누웠다. 그러나 그것을 허락할 가토 선배가 아니다. 멱살이 잡혀 끌려 일어났다.

“야, 내가 지켜본다고 말했지. 식중독에 걸린 게 아니라면 나왔을 텐데, 엉?”

그러고 보면 배가 고픈 것도 같다. 저녁밥은 장을 초특급으로 통과했고, 오늘 아침밥도 걸렀다. 낮이 지나서 기숙사로 돌아온 후에는 바로 잠자리에 쓰러졌기 때문에 지금까지 아무것도 먹지 못했다. 그러나 눈앞의 선배와 함께 밥을 먹는 것은 뭐라 말할 수 없을 정도로 숨이 막혔다. 게다가 아무래도 마음에 걸리는 점이 한 가지 있었다.

“세이 짱, 그렇게 해. 내가 미우라에게 말해볼게. 그 녀석도 불심검문을 하지 못했을지도 모르잖아.”

아, 세이 짱이란다. 고작 몇 개월, 그것도 아주 가끔 만나는데. 세이다이는 가토 선배의 버릇을 잘 안다. 자신에게 유리하지만, 상대에게 폐가 되거나 불리한 것을 제시할 때는 반드시 ‘세이 짱’이라고 부른다. 그것은 대개 돈과 관련된 것이기도 했다. 오늘 밤도 저녁밥을 얻어먹으려는 속셈은 아닌지 불안했다.

형사과 사람들은 서로의 연대감을 높기 위해서인지, 함께 보내는 시간이 길어서인지, 상대를 애칭으로 부르는 일이 많았다. 가토 선배도 ‘히로미’라는 도저히 어울리지 않는 이름을 갖고 있어 동료들은 그를 ‘히로미 짱’으로 불렀다. 세이다이가 더 이상 변명할 틈조차 주지 않고 히로미 짱은 쇠로 된 게다를 신은 채로 방을 나갔다. 쿵쿵, 하는 소리가 멀어지는 것을 들으면서 어쩔 수 없이 세이다이도 느릿느릿 일어났다.

가토 선배가 어떻게 말했는지 알 수 없지만, 현관에 내려오니 거기에는 미우라는 물론 미야나가 반장에 노무라 반장, 게다가 지금까지 거의 대화를 나눈 적 없는 선배들까지 나와 있었다. 결국, 총 열 명 가까운 인원이 기숙사를 나서게 되었다.

"너, 배탈은 나도 피어스는 잊지 않는구나."

미야나가 반장이 놀리듯 묻는다. 세이다이는 "내버려두세요"라고 입을 삐죽였다.

"이게 내 방침이에요."

"아아, 너 수첩에 스티커 사진을 붙였다며?"

이번에는 본 적도 없는 선배가 말한다.

"또 괴짜가 왔구나."

"게다가 이 녀석, 어제 제2 당번이었는데 설사가 났지 뭐야, 졌다니까!"

미야나가 반장의 한마디에 모두가 폭소를 터뜨렸다. 세이다이는 내심 '젠장'이라고 생각하면서 선배들에게 이끌려 밤거리를 걸었다.

"그보다 미우라는 어제 어땠어?"

선배들의 단골 선술집에 자리를 잡고 세이다이는 서둘러 동기생에게 물었다. 미우라는 "그만두고 싶다"고 말했던 어제보다는 활기 있어 보였지만, 그래도 지친 얼굴로 작게 한숨지을 뿐이었다. 그는 낮에 기숙사로 돌아온 뒤에도 세이다이처럼 잠도 못 자고 곰곰이 생각에 잠겨 있었다고 말문을 열었다.

"불심검문이 이렇게 어려운 건지 몰랐어. 몇 사람에게 말을 걸어봤지만 긴장해서 목소리가 나오지 않거나 혀가 말리거나."

미우라는 살며시 붉어진 얼굴로 창피한 듯 더욱 고개를 숙이고 "못했어"라고 자신감을 상실한 듯 중얼거렸다. 어깨를 툭 떨군 모양새가 맥주를 마실 기분도 아닌 모양이다. 아무래도 이 녀석 기가 약하다. 세이다이는 자기 일은 뒷전으로 미루고 "정신 차려!" 라고 일부러 큰소리를 쳤다. 여하튼 미우라가 실적을 올리지 못했으니 오늘 밤은 밥을 사지 않아도 된다. 그것만으로도 살았다.

"그런 거로 긴장하지 마. 그런 거 배짱도 긴장감도 필요 없는 거야."

그 순간 꿀밤이 날아왔다. 돌아보니 미야나가 반장이 기왓장 같은 얼굴로 이쪽을 보고 있다. 세이다이는 무심코 어깨를 움츠렸다. 함께 일하는 사람과 술을 마시는 건, 이래서 싫다. 반장은 당장에라도 화낼 것 같은 얼굴이었지만, 옆에 앉아 있던 다른 선배가 먼저 입을 열었다. 분명 가토 선배와 같은 형사과로 절도 사건을 담당하고 있다.

"너희 두 사람은 관내의 일을 얼마나 파악하고 있어?"

기세 좋게 맥주잔을 기울이던 가토 선배가 뒤를 이었다.

"지도나 통계를 보는 것 말고, 얼마나 걸어 다니느냐고."

세이다이는 애매하게 고개를 갸웃거렸다. 미우라가 솔직히 거의 걸어 다니지 않는다고 말했다. 그러자 그 선배는 먼저 거기서부터 시작해야 한다고 말했다.

"자신이 어떤 마을의 치안을 지키고 있는지 그것도 모르면서 어쩌겠다는 거야. 이 마을에 어떤 사람이 살고 어떤 분위기이고 어디에 무엇이 있는지, 낮과 밤에는 어떤 식으로 모습이 달라지는지 그걸 피부로 느껴야지."

"그러려면 먼저 이 마을을 사랑해야 해. 이 마을에 사는 사람들의 생활을 지키고 싶다고 생각해야 해."

뭔가 꽤 그럴듯한 말이다. 하지만 세이다이는 좋아서 이 마을을 선택한 것도, 이 마을에 살게 된 것도 아니다. 곧 전근으로 다른 마을로 가게 된다. 이 마을은 스쳐 지나는 존재일 뿐이다. 게다가 자신들은 여전히 좌우분간도 못 하는 처지에 제대로 한 가지를 생각할 여유조차 없는데 그런 것까지 고민해야 한다니 당연히 억지다.

"우리는 이 마을의 만능해결사야."

절도 담당 선배가 다짐하듯이 반복했다. 세이다이는 "그런가요"라고 입속으로 중얼거렸다. 설교는 좋아하지 않는다. 그러나 세이다이 옆에서 미우라는 열심히 고개를 끄덕이고 있다.

4부제로 근무하는 세이다이 같은 지역 경찰관은 요일과 관계없이 나흘에 한 번꼴로 당직 근무가 돌아온다. 중간에 쉬기도 하지만 사건이 있으면 하룻밤에 20시간 가까이 일해야 해서 당직이 끝난 비번인 날에는 오전 중에 일이 끝나면 오로지 잠만 잘 뿐 피곤해서 아무것도 못 한다.

비번인 다음 날은 낮 근무로 정해져 있는데, 낮 근무를 휴일로 여기고 겨우 보통의 샐러리맨과 비슷하게 휴식을 취할 수 있다. 결국, 큰 사건이 일어나거나 경비관계 등으로 소집이 걸리는 일을 빼면 나흘에 한 번은 휴일이 돌아온다. 겨우 속이 좋아져서 선배들과 먹고 마신 다음 날이 그 휴일이었다.

“마을로 나갈까?”

전날 밤늦게까지 술을 마셔 늘어지게 늦잠을 잘 생각이었던 세이다이는 미우라의 말에 눈을 떴다. 잠에 취한 눈으로 옆을 보니 이미 가토 선배는 없다. 사케와 소주를 섞어 1.8리터 넘게 마시고, 게다가 우려했던 대로 세이다이에게 계산을 떠맡겼을 때는 고주망태로 취해 있더니 이른 아침부터 잘도 일어나 나갔다.

“어제 선배한테 들었잖아. 오늘 하루 마을을 둘러보자.”

자는 동안 흘렸던 땀에서도 술 냄새가 나는 것 같다. 세이다이는 머리를 긁적이며 “싫어”라고 대답했다.

“이렇게 무더운 날에 걸어 다니면 뇌가 녹아버릴걸.”

그러나 미우라는 꿈쩍도 하지 않고 “가자”고 말한다.

“어제 들었잖아. 이 마을을 사랑해야 한다고. 응? 좀 더 알고 싶지 않아?"

"나, 오늘은 시부야에 가야 해."

"왜?"

"쇼핑. 옷이랑 CD."

"그건 지금 당장 필요한 게 아니잖아. 빨리 어엿한 경찰로 일하고 싶지 않아? 너도 명예를 되찾고 싶지?"

그 말을 들으니 마음이 약해졌다. 분명 첫 제2 당번 일에 배탈이 났다는 것은 볼품없는 일이다. 지역 실무연수가 시작되고 겨우 나흘밖에 되지 않았는데 대체 몇 번이나 꾸지람을 들었는지 알 수 없을 정도라는 것도 한심하다.

"그런데 너랑 나랑 맡은 지구가 다르잖아."

"다른 서가 아니잖아. 같은 관내이니까. 그런 구별은 할 필요가 없어. 중요한 건물이나 사람들의 표정은 전부 머리에 넣어둬야 해."

훌륭한 생각이다. 그런 생각을 하는 녀석은 열심히 노력해서 출세 가도를 달리면 된다. 그러나 미우라는 꼭 함께 걷고 싶단다. 결국 세이다이는 선택할 수밖에 없었다. 어차피 데이트할 상대가 있는 것도 아니었고, 계속 싫다고 말하는 것도 성가셨다.

조사이서가 관할하는 구역은 도심의 거의 남서부에 해당한다. 전체적으로는 주택가가 펼쳐져 있고, 큰 공장이나 기업은 적지만 옛날부터 가내수공업이 밀집한 곳이 있다. 또한 국도를 따라 공단주택이나 기업의 사택이 모여 있고, 가스미다이 역의 남쪽에는 옛 도영 단지도 있어서 인구밀도는 높았다.

가스미다이 역을 중심으로 해서 봤을 때 서쪽은 낮은 지대인 반면 동쪽은 완만한 구릉지대를 이루고 있다. 구릉지대는 동서로 달리는 JR 선로를 끼고 북쪽에는 신흥 고급주택지가, 남쪽에는 예로부터 주택지인 지역이 있다. 이들 지역은 신구新舊의 차이는 있어도 아파트나 맨션 같은 주택 형태는 거의 찾아보기 어려워 차분한 분위기였다.

특히 새로이 형성된 마을 쪽은 걷고 있으면 피아노 소리가 들려오거나 대형견이 짖거나 해서 주택가다운 분위기가 감도는 우아한 곳이었다. 다채로운 꽃들로 장식된 정원이 있고, 창가에는 흰 레이스 커튼이 드리우고, 차고에 여러 대의 차가 있는 집들도 드물지 않다.

"우아한데. 평화 그 자체야."

고지대라서 그런지 이 더위에 다소 기분 좋은 바람이 불어온다. 땀을 닦으면서 세이다이는 도쿄에서 이 정도의 집을 갖추기 위해서는 대체 어느 정도의 돈이 필요할지 생각했다.

"나, 이런 마을이라면 사랑해."

"내부 사정이 어떨지는 모르잖아? 무선, 듣고도 몰라?"

미우라는 진지한 얼굴로 말했다. 분명 매일 110으로 들어오는 신고를 보면 '민사 분쟁'이 의외로 많다.

경찰에는 '민사 불관여' '사생활 불가침'이라는 원칙이 있다. 결국, 공공 질서에 직접적 관계가 있는 사항에만 관여한다는 것이 원칙으로, 개인의 사적 관계나 사생활 문제는 경찰권의 발동 대상이 되지 않는다. 예컨대 부부싸움이나 헤어진 연인 간의 이별 문제 등은 경찰과는 무관하다고 할 수 있다.

그러나 현실적으로 개인간의 다툼이나 이별 문제 등이 커져 사상사건이 발생하기도 하고, 또 어떤 문제가 발생하면 일단 습관적으로 110으로 신고하는 시민들이 있어서 경찰관이 달려가는 경우가 적지 않다. 그런 경우에는 중재에 들어가거나 양측을 잘 달랜다. 그런 사람들 사이의 실랑이가 의외로 많아서 세이다이는 사실 놀랐다.

"겉으로 보기에 훌륭한 집이라도 안에서 무슨 일이 일어나는지는 알 수 없잖아."

평소의 미우라답지 않은 회의적인 말이었다. 세이다이는 "그렇지"라고 고개를 주억거리면서도 이왕 지킬 거라면 이런 마을이 좋다고 생각했다.

한편 신흥 고급주택가와는 선로를 끼고 반대편에 있는 오래된 마을은 전체적으로 차분하지만 도로 폭이 좁았다. 그래도 안에는 정원수가 크게 자라고 부지 안이 보이지 않는 저택도 있어 역사가 느껴졌다. 그리고 한쪽 모퉁이에서 서쪽의 경사면에 걸쳐서는 신사나 사찰이 모여 있는 일대가 있다.

"치한이 나올 것 같은 길이네."

잡목이 우거지고 곳곳에 묘지가 보이는 일대는 낮에도 고요하고 적막하다. 그곳을 빠져나오자 학교처럼 보이는 건물이 보였다.

"아아, 여기가 고등학교인가?"

상점가를 어슬렁거리던 노랑머리에 피어스를 했던 소년들을 떠올리면서 그 공고를 바라봤다.

공고의 남동쪽에는 낡은 도영 단지가 있었다. 아마도 지어진 지 30년은 넘지 않았을까 싶은 건물은 전체적으로 지저분하고 벽에 온통 금이 가 있는데, 이곳 역시 고요한 분위기에 싸여 있었다. 어딘가에서 아기 울음소리가 들려온다.

"왠지 천국과 지옥 같네."

조금 전에 지나온 고급주택지와는 너무도 달라서 세이다이는 무심코 한숨이 새어 나왔다. 같은 인생인데 어디서 갈린 것일까? 단지에서 다시 서쪽으로 가니 공립 중학교가 있고, 그 옆에 강이 흐르고 있었다. 두 사람은 강을 따라 걸었다. 강가에는 아파트가 옹기종기 모여 있고, 집집마다 베란다에 빨래나 이불이 널려 있어 마치 만국기처럼 활기가 넘쳐 보였다.

이윽고 강 너머로 초등학교가 보이고, 눈앞에 JR의 고가 선로가 있었다. 이 강변도로는 조사이서와 역전 파출소를 오갈 때 이용한다. 그러나 선로 이쪽을 통해 보니 그 분위기는 꽤 다르게 느껴졌다.

가스미 강과 JR이 교차하는 부근에 있는 것이 가스미다이 공원이다. 두 사람은 그 공원에서 잠시 쉬기로 했다. 자동판매기에서 주스를 사서 나무 그늘의 벤치에 걸터앉아 마침내 한숨 돌릴 수 있었다.

"여러 사람이 사네."

"지나는 사람만 보면 어디에 사는지 모르겠지만."

꿀꺽꿀꺽 주스를 마시고 세이다이는 깊이 한숨을 내쉬었다. 과연 정말로 이 마을을 사랑하게 될까, 그 정도로 애정을 가질 수 있을까, 점차 알 수 없다. 이렇게 걸어 다니는 것은 분명 지리적 상황을 파악하는 데는 도움이 될 테지만, 결국은 어디에든 있는 마을이 아닌가. 실무연수가 시작된 지 이제 나흘. 고작 나흘이다. 3개월은 금방이라고 말한 건 누구더라. 아니, 그건 세이다이 자신이었다. 그러나 이후는 끝없이 길게만 느껴졌다.

2장_ 미우라의 첫 검거

미우라가 첫 검거를 했다.

온종일 세이다이와 함께 관내를 걸어 다닌, 그다음 날의 일이었다. 나흘 전 첫 근무일과 마찬가지로 아침부터 근무하는 날이라 저녁 무렵에는 일이 끝났다. 역시나 더워서 땀을 흘리며 겨우 일과를 마치고 본서로 돌아왔을 때, 그 소식을 들었다.

"대단한 거 아니야. 절도, 그래도 상습범이라 추궁하면 여죄가 더 나올 거야."

마치 자기 일처럼 의기양양한 얼굴로 말하는 7초메 파출소 소장과 나가이 지역2 계장 옆에서 미우라는 부끄러운 듯 웃고 있다. 세이다이는 한순간 어떤 얼굴을 하면 좋을지 몰라 땀만 흘리고 있었다. 초조해하지 말고 각자의 페이스로 불심검문의 수를 겨루면 되는 거라고 말했던 게 오늘 아침의 일이다. 그런데 불심검문도 아니고 첫 검거라고? 상습 절도범을?

"-뭐야, 그게."

무심코 중얼거렸을 때, 오른쪽 어깨가 갑자기 무거워졌다. 미야나가 반장이 싱글거리면서 세이다이의 어깨에 자신의 팔꿈치를 얹었었다.

"부러워?"

"-그게 아니라."

"역시 너와는 질이 달라."

"-선배가 뛰어나서 그런 것 아닙니까?"

흥, 하고 콧방귀를 뀌면서 말한 순간, 꿀밤을 쥐어박혔다. 땀범벅인 반장의 네모난 얼굴이 여느 때보다 더 붉게 보인다.

"그런 식으로 말하면, 나도 모른다."

하하, 농담이에요. 웃으며 말했지만 세이다이는 그제야 자신이 크게 동요하고 있다는 것을 깨달았다. 그래, 미우라는 이미 첫 검거를 경험했다. 성실한 동기생이 첫 공적을 올렸다. 좀 더 마음껏 기뻐해주고 싶다. 그런데 스스로 생각해도 이상할 정도로 기분이 가라앉는다. 질퍽질퍽 진창에 빠져드는 것 같다.

"정말 우연이었어요."

와카다케 기숙사로 돌아와 일단 목욕탕에 들어갔다. 그리고 얼마 뒤에 미우라가 들어왔다. 세이다이는 "한 건 했어"라고 말했지만, 다음에 어떤 말을 하면 좋을지 몰라서 코 밑까지 욕조 물에 담갔다.

종일 흘린 땀을 닦기 위해 선배들이 차례로 목욕탕 안으로 들어오고 미우라를 발견하고는 축하의 말을 건넨다. 세이다이는 등 뒤에서 선배들과 미우라가 주고받는 말을 듣고 있었다.

"지금도 믿을 수 없어요. 그저 운이 좋았던 것뿐이에요."

미우라의 목소리가 목욕탕에 울리고 사방에서 세이다이를 감싼다. 아아, 싫다. 나는 지금 녀석을 부러워하고 있다. 친구의 공적을 불쾌하게 생각한다. 질투하고 있다. 그런 생각을 하자 쓸데없이 초조한 기분이 들었다. 세이다이는 갑자기 소리를 내며 거칠게 욕조에서 나와 마구 샴푸 거품을 내서 머리를 감았다.

듣고 싶지 않아도 들린다. 미우라가 검거한 것은 소위 상습 차량털이범이었다. 누구에게 들었는지, 아니면 자기 생각이었는지 알 수 없지만, 미우라는 오늘부터 눈이 마주친 사람에게는 반드시 말을 걸자고 결심했던 모양이다. 불심검문이라기보다 그저 자신의 배짱을 키우기 위해서, 그리고 조금이라도 지역사회에 녹아들기 위해서 인사라도 하려 했다고 한다.

"그래서 때마침 노상 주차하고 있는 차 옆에 있던 사람에게 '날씨가 덥죠'라고 말을 건넸더니 상대가 갑자기 허둥거리지 뭐예요. 이 더위에 주머니에 손을 넣고 있는 것도 이상하고, 무엇보다 그

곳은 주차금지 구역이었기 때문에 그것만큼은 주의를 줘야겠다는 생각에서 다가갔을 뿐이에요."

목욕탕에서 나올 때 시치미를 떼면 괜스레 서먹해질 것이란 생각에 세이다이는 약속대로 저녁밥을 사겠다고 말했다. 기숙사 옆에 있는 정식집에 마주 앉아, 미우라는 아까 하던 얘기를 마저 들려주었다. 세이다이는 오로지 포커페이스로 맞장구를 쳤다. 하얀 뺨을 붉히면서 눈을 빛내며 말하는 미우라에게 자신의 마음을 들켜서는 안 된다고, 그것만을 속으로 되뇌었다.

미우라가 남자에게 다가가자 상대의 주머니에서 무언가 반짝이는 게 보였다. 게다가 말을 걸었을 때는 웃는 얼굴로 "그렇군요"라고 대답했던 남자가 거리가 가까워지자 서서히 표정을 굳히는 것도 마음에 걸렸다. 노무라 선배가 등 뒤에서 "조심해"라고 속삭였다고 한다. 미우라는 갑자기 심장이 뛰는 것을 느끼며, 차가 남자의 것인지를 물었다. 남자는 애매하게 얼버무리며, 왜 이곳에 차를 세웠냐는 질문에도 대답하지 못했다. 그래서 일단 파출소까지 동행해줄 것을 요구한 순간, 남자는 달려 도망쳤다. 그래서 쫓아가 검거했다는 것이다.

젠장, 멋지다, 부럽다. 범인이 넝쿨째 굴러들어온 게 아닌가. 세이다이 안에서 온갖 생각이 마구 달렸다.

"너무 훌륭하잖아. 처음부터 진지하고 잘난 너니까, 실무연수를 시작하고 첫 주도 지나지 않아서 불심검문도 아니고 첫 검거까지 해냈어, 장난이 아니야."

맥주 덕에 겨우 조금이나마 마음이 풀어졌다. 불쾌하게 들리지 않도록, 솔직하게 말하는 것이 우정의 비결이다. 세이다이는 부은 얼굴로 동기생을 봤다. 미우라는 눈썹을 팔八 자로 만들며 몹시 즐거운 듯 "그런 말 마"라며 머리를 긁적인다.

"대개 일이라는 건 장난으로 하는 게 아니잖아."

"무슨 소리야. 네가 점점 차이를 벌리면 나는 어깨가 좁아진다고."

"때마침 운이 좋았을 뿐이야. 내일도, 내일모레도 기회는 얼마든지 있어."

솔직히 마음속으로는 고작 불심검문, 고작 첫 검거라고 생각했다. 어떤 일이든 지나치게 성실하게 하는 것은 우습다. 적당히, 너무 지치지 않을 정도로 하고 쉬는 것이 인간다운 생활을 유지하는 핵심이라 믿어왔다. 그런데 동기생이 범죄자를 잡았다는 것을 안 순간 동요했다. 그렇다, 모처럼 경찰관이 되었으니 자전거 정리나 개인적 다툼을 중재하는 그런 심부름꾼 같은 흉내만 내고 있을 수는 없다.

젠장, 미우라에게 지는 건가. 나도 하루빨리 첫 검거의 공적을 세우고 싶다. 그러기 위해서는 계속 불심검문을 해야만 한다고, 그날 밤 세이다이는 다시 한 번 결심했다.

"반장님. 순찰 나가죠."

다음 날도 늘 그렇듯 길 안내로 시작되어 습득물 정리, 방치된 자전거의 정리나 보초를 서고, 110 신고로 들어온 작은 교통사고나 불법주차를 처리하러 나가면서 세이다이는 끊임없이 미야나가 반장을 졸랐다. 이미 날은 기울었다. 제2 당번인 오늘은 또다시 야근이다. 오늘 밤에는 배탈 따위가 아니라 기필코 공적을 세우고 싶었다.

"조바심내지 마."

그러나 미야나가 반장은 차갑게 대답하고, 도노오카 소장은 차례로 다른 지시를 내렸다. 여기에 오제키 주임은 어딘가로 행방이 묘연하여 모습조차 보이지 않았다. 세이다이는 자연히 혀를 차는 횟수가 늘었다. 마음에 들지 않는 일이 있거나 초조할 때는 혀를 차는 게 어릴 적부터의 버릇이다.

"체, 체, 거리지 마. 시끄러워."

미야나가 반장이 쏘아보자 비로소 버릇이 나왔다는 것을 알아차렸다. 세이다이는 "죄송합니다"라고 말하면서도 그게 싫으면 빨리 순찰을 나가면 될텐데 하고 속으로 투덜거렸다. 일을 땡땡이치려고 하는 게 아니다. 일하고 싶은 거다.

"처음부터 그렇게 용쓰면 머지않아 지칠 게 빤해."

반장이 빈정거리는 표정으로 말해 퉁퉁 부은 얼굴을 했을 때, 무선 수신기가 삐삐- 하고 울렸다. 아아, 젠장, 또 순찰을 못 나가네. 왜 나는 운이 없는 거야. 이런 생각을 하며 이어폰을 귀에 꽂았다.

[조사이서 관내. 날치기. 가스미다이 1초메. 근처 차량 없습니까?]

[조사이 3, 가스미다이 4초메!]

[경시청 알았다. 조사이 3, 현장으로 출동. 장소, 가미스다이 1초메 17번 6호. 도영 단지 7호동 앞의 도로 위. 자전거 앞 바구니에 들어 있던 가방을 훔친 것 같음. 피의자는 자전거로 가스미다이역 방향으로 도주. 피해자는 다케오카라는 여성. 현장에서 대기 중. 오버]

[조사이 3, 알았다!]

1초메 도영 단지라면 역에서 10분쯤 걸어가면 나오는, 그 공고 옆에 있는 단지다. 자신이 이렇게 초조하게 순찰을 나갈 기회를 살피는 동안에, 그런 곳에서 날치기 사고가 일어났다고 생각하니 심장이 오그라드는 것 같았다. 게다가 관내의 날치기 신고는 이번이 처음이었다.

[조사이도 지원 바람, 오버]

[조사이 알았다! 또한, K배치 발령 요망]

[경시청 알았다.]

이거 재미있어지겠어. 집중하여 무선을 듣고 있을 때 누군가 등을 세게 때렸다. 돌아보니 도노오카 소장과 미야나가 반장이 자전거를 향해 달리고 있다. 페달 위에 발을 올리며 반장이 말했다.

"멍청이, 기회잖아. 가자!"

세이다이는 황급히 자전거를 향해 달렸다. 그렇지, 재미있어할 때가 아니다.

도노오카 소장은 날치기가 있던 현장으로 향했다. 미야나가 반장과 세이다이는 상점가 외곽 모퉁이에 있는 교차점으로 달렸다.

"알았지? 자전거를 타고 있는 남자는 모두 불러 세워. 무선을 반드시 듣고. 인상착의를 말할 거야."

헤어지면서 소장이 내린 지시에 세이다이는 "알았습니다"라고 크게 고개를 끄덕였다. 서둘러 교차점 옆에 자전거를 세우고 호흡을 가다듬고 있으려니 가슴이 뛰고 아무래도 안절부절못했다. 자신은 진짜 '경찰'이라고 다시 생각했다.

"올까요?"

"그야 모르지. 그러나 단지에서 역 방향으로 도주했다니, 가능성은 있어."

K배치란 자주 경비배치로, '작은 긴급배치' 같은 것이다. 긴급배치란 살인이나 강도, 총기사건 등의 중요 사건이 일어났을 경우에 사건의 중요성이나 피의자의 도주방법에 따라서 일정 범위에 내려지는 것인데, 자주 경비배치란 절도나 공갈, 성추행 등 긴급배치를 발령할 정도의 중요한 사건은 아니지만, 범인의 조기검거를 목적으로 담당 서 내 또는 인접 서까지 한정하여 발령된다. K배치가 발령되면 지역과의 경찰관을 비롯하여 자동차 순찰대나

기동 수사대도 일제히 단속에 나서게 된다.

[-가스미다이 1초메에서 발생한 날치기 사건의 피의자는 열예닐곱 살의 고등학생처럼 보이는 남자. 신장은 불명, 머리카락은 갈색이고 다소 김, 청색 티셔츠에 감색 청바지, 검은색의 자전거를 타고 도주 중. 또한, 피해금품은 갈색 비닐 가방으로 가로 20센티미터, 세로 10센티미터 정도. 녹색 손지갑에 현금은 3천 엔 정도 들어 있음-]

검은색 자전거를 탄 고교생 같은 남자. 그런 녀석이 온다면 불러 세운다. 세이다이는 흥분으로 몸이 떨리는 것을 느끼면서 눈에 힘을 주어 쌍방통행의 도로를 계속 지켜봤다. 미야나가 반장은 반대편에 서 있다.

"좋아, 와라, 와."

불현듯 바로 앞 모퉁이에서 자전거가 달려왔다. 반사적으로 뛰어 곧 불러 세우려고 했지만, 여자였다. 그것만으로도 머리 위에서 땀이 흘러내렸다. 몇 분 뒤 이번에는 젊은 남자가 자전거를 타고 달려온다. 그러나 체크 면 셔츠에 자전거는 파란색이었다.

[-또한 피해자는 43세 여성. 날치기당했을 때 균형을 잃고 넘어져 손과 다리에 찰과상을 입었음]

이어폰을 통해서 차례로 새로운 정보가 전해진다. 아아, 아줌마가 당했구나. 가엽게. 어떤 녀석이 아줌마한테서 가방을 날치기한 거야, 그 얼굴이 보고 싶었다. 고작 3천 엔 때문에 사람을 다치게 하다니. 다시 자전거가 다가왔다. 그러나 이번에는 흰 와이셔츠 차림의 중년 남자다. 이어서 초등학교 아이들이 도로 가득 흩어져서 다가왔다. 그들을 볼 때마다 세이다이의 심장은 마치 터질 것처럼 뛰었다.

그러나 아무리 기다려도 청색 티셔츠를 입은 남자는 오지 않는다. 무선에서도 신통한 보고는 없다. 그렇게 서쪽 하늘에 석양이 퍼질 무렵, K배치는 '시간의 경과에 따라서' 해제되었다.

[-각 경계원은 통상의 근무로 돌아가는 동시에 앞으로도 피의자의 인상착의 등에 유의하여 불심검문에 임해주길 바란다. 이상. 경시청]

시간이 흐르면 범인은 그만큼 멀리 도주할 가능성이 높다. 또 어딘가로 도망쳐 옷을 갈아입거나 빼앗은 증거품을 처리할 수도 있다. 결국, 노상에서 기다려도 체포할 가능성은 낮다. 이러면 긴급배치의 의미가 없어진다.

"뭐야. 이곳을 지나갔으면 좋았을 텐데."

갑자기 긴장이 풀리고 실망해서 세이다이는 자기도 모르게 혀를 찼다. 만약 여기서 날치기 범인을 검거했다면, K배치 중이니 분명히 눈에 띄었을 것이다. 그랬다면 미우라의 공적과 비교도 되지 않았을 텐데, 세상은 그리 만만하지 않았다.

"3천 엔밖에 훔치지 않았으니 또 범행을 저지를 거야. 가능성은 충분히 있어."

미야나가 반장이 어느 정도는 자신을 위로하는 말투로 말했다. 반장도 실망하고 있다. 틀림없이 자기 손으로 범인을 잡고 싶었던 것이다. 그가 "이렇게 되면 느긋하게 가자"고 말해서 세이다이는 느릿느릿 자전거에 올라탔다.

"네가 실망한 것도 알겠지만."

나란히 파출소에 돌아오는 도중, 반장이 입을 열었다.

"나도 요즘 검거를 못 하고 있어."

"그러고 보니 그러네요. 저는 반장님이 불심검문 하는 거 본 적이 없어요."

미야나가 반장은 천천히 페달을 밟으면서 무언가를 생각하다, 이윽고 입가에 자조적인 웃음을 띄우며 "설마"라고 말했다.

"설마 너 역병신疫病神(천연두를 맡았다는 신으로, 검거를 못 하는 것이 옆사람에게까지 전염된다는 뜻으로 붙여진 별명 - 옮긴이)은 아니겠지?"

"-뭐에요, 그게?"

"있어, 때때로. 그 녀석이 있을 때는 쥐새끼 한 마리 잡히지 않아."

이상한 소리를 한다. 세이다이는 입을 삐죽거리고 곁눈으로 반장을 노려보면서 "내가 그렇다는 거예요?"라고 말했다.

"물론 그렇지 않기를 바라지. 그런데 너랑 한 팀이 되고 나서 나도 아무래도 예전 같지 않아."

알게 뭐야. 세이다이는 '그건 당신의 실력이 아니냐?'고 말하고 싶은 것을 필사적으로 참았다. 선배라는 사람이 애정이 담긴 말을 해주기는커녕, 자신의 슬럼프를 애처로운 신입 탓으로 돌리다니 너무한다. 변함없이 네모난 등을 보이며 자전거를 타는 반장의 뒷모습에 세이다이는 힘껏 혀를 내밀었다.

이렇게 된 바에야 오늘 밤은 밤새도록 걸어 다니면서 불심검문을 해야지. 무슨 일이 있어도 공적을 세워야 한다. 세이다이는 미야나가 반장의 등을 마치 적인 양 노려보며 "어디 두고 보자"고 작게 중얼거렸다.

"알았지. 불심검문 8칙 잊지 마."

오후 11시, 초조함에 혀를 차는 세이다이에게 미야나가 반장이 드디어 순찰을 나가자고 말했다. 기다리고 있던 참이라 세이다이는 신이 나서 뒤를 따랐다.

"열심이네. 자, 분발해."

오늘 밤은 불고기 덮밥과 양파 수프를 만든 오제키 주임이 여유롭게 말을 건넸다. 낮에는 거의 파출소에 없는 주임은 밤이 깊어질수록 엉덩이가 무거워지는지 저녁식사 이후에는 감시초소에 꼼짝 않고 앉아서 좀처럼 움직일 생각을 하지 않는다. 소장은 30

분 전부터 눈을 붙이고 있다.

"그래도 필요할 때는 머릿수를 채우기는 해. 일단 인원수만큼 필요할 때가 있으니까."

밤길을 서두르는 사람들 속에 섞여 미야나가 반장은 포기한 듯 입을 열었다.

"저 사람은 특별히 출세욕이 있는 것도 아니고, 공적을 쌓으려는 생각도 하지 않아. 어쩌면 저리도 무기력하게 살아가나 싶지만, 저것도 저대로 좋을지 모르지."

세이다이는 주임이 요리의 달인이라는 걸 알고부터는 처음처럼 싫지는 않았다. 아무리 경찰관이라고 해도 모두 야무지기만 하다면 오히려 그게 더 이상하다. 사상단체나 이상한 종교단체도 아니고 모두가 입을 모아 똑같은 기준으로 사회정의를 주장하고 곧장 앞만 바라본다면 어쩐지 기분 나쁠 것 같다.

세이다이는 지금 하루라도 빨리 첫 검거를 하고 싶을 뿐이다. 요리사가 되는 게 나을 것 같은 선배에 관해 생각할 여유 같은 건 없다.

"이 시간은 아직 전철도 있고 사람도 많아. 이런 시간대에는 역시 환락가를 순찰하는 게 좋지."

그 정도는 세이다이도 알고 있다. 술 취한 사람이 많은 시간대에는 수상한 사람을 분간하는 것도 중요하지만, 오히려 만취한 사람을 보호하거나 호객꾼에게 경고하거나 청소년 비행 방지에 주의를 기울이는 편이 좋다. 그래도 낯선 사람에게 말을 건네는 연습은 될 거라고 생각했다. 아무리 여자에게 말 거는 데 자신 있다고 해도 술 취한 사람이나 질 나쁜 사람의 경우에는 그 나름의 각오가 필요하다는 것을 요 며칠 사이에 배웠다.

음식점을 제외하고는 셔터가 내려지고 꽤 조용해진 아케이드 상점가를 걷고 있는데, 이곳 저곳으로 걸어가는 사람들 속에 섞여 주위를 두리번거리는 젊은 남자 한 명이 눈에 들어왔다. 세이다이는 잠깐 그 남자를 관찰하고 우선은 그에게 말을 걸어보기로 했다.

"저기 있는 남자한테 말해볼게요."

미야나가 선배에게 작은 소리로 말하고, 세이다이는 성큼성큼 걸어서 남자에게 다가갔다. 사람이 다가오는 기척을 느끼고 얼굴을 든 남자는, 세이다이를 보고 놀란 얼굴을 했다. 기회다.

"무슨 일이시죠?"

나이는 이십 대 후반 정도, 정장 차림에 넥타이도 매고 있지만 그리 격식을 차리는 직종은 아닌 것 같다. 정장의 색상이 너무 밝고 넥타이의 무늬도 꽤 대담했다. 갸름한 얼굴에는 여드름 자국이 남아 있고 금속 안경테 안의 눈은 실처럼 가늘었다.

"아, 아니, 잠시."

남자는 모호한 표정으로 쓱 시선을 피했다. 응? 더 수상하다. 세이다이는 다시 한 걸음 다가가 정면에서 상대의 얼굴을 물끄러미 쳐다보았다.

"무엇을 하고 있죠?"

"무엇이라니－."

"찾는 물건이라도 있으세요?"

"아, 그게－."

"무얼 찾고 있습니까?"

자신도 발아래를 살펴보는 척하면서 물었다. 남자는 등을 펴고 있지만, 왠지 자세가 비딱해 온몸에서 불건전한 분위기가 풍겼다. 그는 외모에 어울리는 작고 쉰 목소리로 시큰둥하게 대답했다.

"별로, 경찰에게 말해야 하는 건 아니에요."

"그러나 무언가 찾고 있었죠? 뭔지 몰라도 도와드릴게요."

"괜찮아요." 남자는 이번에는 초조한 표정을 지었다.

"당신들과 상관없어요. 특별히 나쁜 짓을 한 것도 아니고."

"그럼 가르쳐주셔도 좋겠네요."

"귀찮아! 경찰은 꺼져."

뭐라고? 그때 미야나가 반장이 "잠깐만요"라며 세이다이의 앞으로 걸어나왔다.

"화내지 마시고요. 뭔가 좀 난처해 보여서 잠시 말을 건넨 것뿐입니다."

"난처한 거 없어요."

"그리 보이지 않아서 말을 건 겁니다."

세이다이가 미야나가 반장의 등 뒤에서 거칠게 말하자, 반장은 시선은 그대로 상대를 향한 채 손으로만 세이다이를 저지했다. 그리고 다시 반걸음 앞으로 다가갔다. 그러자 궁색해 보이는 체격의 남자는 가는 눈으로 반장을 올려다보고 몹시 초조한 듯 코로 숨을 내쉬었다.

"–영수증이요. 영수증!"

"영수증?"

"뒤에 여자 전화번호를 적은 영수증을 떨어뜨렸어요!"

남자의 얼굴이 기묘하게 일그러졌다. 수치심과 후회와 분한 마음이 뒤섞여 붉게 물든 얼굴로 "그러니 내버려둬요"라고 말했다. 미야나가 반장은 세이다이를 힐끔 쳐다본 뒤, "수고하십시오"라는 말만 남기고 다시 걷기 시작했다.

세이다이는 아케이드를 걸으며 기분이 시무룩해졌다. 대체 그런 중요한 전화번호를, 어째서 영수증 뒤에 적은 거지? 어째서 영수증 같은 걸 갖고 다니면서 떨어뜨리는 거야. 여자는 어디서 어떻게 알게 된 상대일까.

전화방이나 인터넷 만남 사이트가 아닐까. 그렇게 생각하자 남자에게 오히려 화가 났다. 덜떨어진 놈, 멍청이, 그래서 여자한테 인기가 없는 거야. 우리는 진지하게 악과 싸우면서 마을의 치안을 지키고 있다. 그런 우리들에게 쓸데없이 신경 쓰이게 하지 말라고.

"말을 건네는 방식은 나쁘지 않았어."

미야나가 반장이 웃음을 참는 듯한 표정으로 말했다. 그래도 세이다이는 기쁘지 않았다.

"그런데 어떤 점이 수상했어?"

"두리번거려서요."

"그런 데서 두리번거리는 게 이상한 일은 아니지. 자전거가 세워진 데서 그랬다면 그거야 수상하지만."

그 말을 들으니 그런 것도 같다. 아케이드를 천천히 걸으면서 세이다이는 자신이 공적을 올리려고 너무 조바심이 나 있다는 것을 비로소 깨달았다. 안 되지, 안 돼. 조바심은 금물이야. 그때 이번에는 패스트푸드점 앞에 웅크리고 있는 남자의 모습이 눈에 들어왔다. 바로 옆에는 쓰레기가 작은 산을 이루고 있다.

"이번엔 저 사람에게 말해볼게요."

말을 마치자마자 세이다이는 그 남자에게 다가갔다.

"저기요, 뭐하고 계신 거죠?"

등 뒤에서 말을 걸자 남자는 천천히 돌아봤다. 복장만 보면 평범한 노동자 같았지만 잘 보면 윗옷과 바지에 때가 묻어 더럽고 목에 감고 있는 수건도 땟국으로 색이 변해 있다. 게다가 무엇보다도 코를 찌르는 강렬한 냄새가 콧구멍을 자극했다. 거무데데한 얼굴에는 아무렇게나 수염이 나 있고 생기 없는 눈은 노랗고 탁하다. 한눈에 봐도 노숙자다.

"뭐 하세요? 이런 데서."

이번에는 조금 거만한 말투가 되었다. 상대에 맞출 생각이었다. 남자는 놀라는 모습도, 긴장한 표정도 보이지 않고 작은 목소리로 먹을 걸 찾고 있다고 말했다. 내쉬는 숨에서도 역한 냄새가 난다. 조리를 신은 발과 손은 모두 때로 반질반질하다. 얼핏 노인처럼 보이기도 하지만, 젊을지도 모른다. 여하튼 나이를 알 수 없는 남자다.

"이 근처는 영역도 없는 것 같아서."

남자는 그걸로 세이다이에게는 흥미가 없다는 듯 옆에 쌓인 쓰레기 봉지를 열었다. 봉지 안에서 산더미 같은 종이컵과 빨대가 나왔다. 남자는 곧 그 봉지를 내버려두고, 다음 봉지로 손을 뻗는다. 이번에는 잘 포장된 햄버거가 굴러나왔다.

"헤헤, 고맙네."

남자는 그중에서 몇 개를 옆에 있던 종이봉투에 담고, 그 자리에서 한 개를 먹는다. 아무렇게나 자란 수염에 둘러싸인 입을 크게 벌리자 누런 이 몇 개가 드러났다 사라진다. 세이다이는 한숨을 쉬면서 남자를 봤다. 벌어진 쓰레기 봉지는 다시 잘 묶어두라고 말하는 것이 고작이었다. 돌아보니 미야나가 반장이 가까스로 웃음을 참고 있었다.

세상에는 경찰관이라는 말만 듣고 갑자기 적의를 드러내는 사람들이 있다. 검문이나 교통위반 등으로 걸린 적이 있거나 한 번이라도 어딘가에서 유쾌하지 못한 경험을 한 사람은 대개의 경우 경찰을 싫어한다. 특별히 개인적 원한이 없어도 반反권력이나 경찰을 회피하는 성향을 갖고 있거나, 무조건 제복이 싫다고 말하는 사람도 적지 않다.

세이다이는 노숙자 이후에도 세 사람에게 불심검문을 했지만 모두 허사였다. 나름대로 상대를 신중하게 살폈다. 오가는 사람 아무나 붙잡고 말을 걸었던 것은 아니다. 그러나 조금만 다가가도 얼굴을 찌푸리거나 묘하게 도전적 태도를 보이는 사람이 있었다. 그때마다 세이다이는 자신이 무슨 나쁜 일이라도 한 듯 물러서고 싶었다. 몇 번을 말을 걸어도 그들의 차가운 시선이 아프게 느껴졌다. 게다가 마지막에 불심검문을 한 남자는 취했다고는 해도 너무 심했다.

"한가하게 굴 때가 아니야. 내게 말을 걸기 전에 어서 나쁜 놈을 잡는 게 어때, 엉?"

삼십 대 초반 정도로 보이는 남자는 자전거를 타고 상점가에서 조금 떨어진 길을 휘적휘적 지그재그로 달리고 있었다. 이제 말을 거는 걸 그만둘까, 아니면 이대로 밀고 나갈까 고민을 거듭하다 '이번만큼'이라며 자신에게 기합을 불어넣고 불러 세운 남자였다. 술 냄새를 풍기는 데다 분홍색의 귀여운 자전거를 타고 있어서, 어쩌면 주정뱅이가 자전거를 훔친 게 아닐까 생각했다. 그러나 남자는 자전거가 아내의 것이라고 말했다. 미야나가 반장이 SW를 사용하여 자전거 방범등록번호를 확인하자 분명 남자와 같은 성씨였다. 남자는 '꼴좋다'고 말하는 듯한 표정으로 목덜미를 긁적이고 나서 흥, 하고 콧방귀를 뀌었다.

"젠장. 뭘 보는 거야. 급한 데 사람을 일부러 불러 세우고."

남자는 질척한 눈으로 증오의 불꽃을 태우며 세이다이를 노려본다. 세이다이는 애써 상냥한 웃음을 지으며 "만약을 생각해서요"라고 대답하고 우호적인 태도를 유지하려고 했다.

"그리고 술을 마시고 자전거를 타는 건 도로교통법 위반이에요. 그렇게 휘청거리면 위험하죠."

"괜한 참견이야. 내가 자전거를 타다가 넘어져도 아무도 뭐라 하지 않아. 그런 말 하려거든 자전거를 타는 사람을 죄다 검문해. 엉?"

"검문까지는-."

"집까지는 걸어서 20분 이상 걸린다고. 매일 택시를 탈 수 없어서 아내 자전거를 타고 온 거 아니야? 세금 도둑이 샐러리맨의 비애를 알기나 해, 어? 이런 사소한 일로 선량한 시민에게 트집 잡을 시간이 있으면 더 나쁜 짓을 하는 놈을 잡으라고!"

미야나가 반장이 팔을 잡지 않았다면 세이다이는 달려가는 남자를 쫓아가 '이 자식!' 하고 한 방 날려줄 참이었다. 그러나 반장이 강한 힘으로 자신을 잡고 "그만둬!"라고 귓가에 날카롭게 속삭이는 바람에 간신히 마음을 가라앉혔다.

"이 분한 마음을 진짜 나쁜 놈에게 향하도록 해."

하지만 진짜 나쁜 놈과는 만나지 못하고 있다. 세이다이는 혀를 차고 여러 차례 한숨지으며 초조하게 어둠 속을 노려보았다. 그래도 반장은 차분했다.

"불심검문이 어려운 건 말을 건네는 것보다도 대화를 끝내는 방법 때문이야. 네가 솜씨를 갈고닦은 여자를 꼬이는 법과는 그 점이 달라."

분명 여자를 꼬일 때는 상대로부터 "바보 아냐?" 혹은 "나중에 보자"라는 말을 듣거나 무시당하고 끝났기 때문에, 세이다이는 그런 어려움은 겪지 않았다. 결국, 제대로 마무리 한 적은 없었다. 그런 의미에서 좀 더 솜씨를 갈고닦지 않으면 안 된다는 생각이 들었다. 무엇보다 시부야 부근을 서성이는 여자들을 상대하는 것과는 확실히 다르다. 그런데 한편으로는 어엿한 어른인 데도 어째서 묻는 말에 제대로 대답해주는 사람이 없는 건지, 도저히 이해할 수 없었다.

결국, 그날 밤 세이다이가 말을 건넨 것은 불쾌한 사람들뿐이었다. 파출소에 돌아왔을 때는 오전 0시 반을 지나고 있었다. 심야인데도 온몸에 끈끈하게 불쾌한 땀이 흐른다. 허리에 찬 권총과 무선기가 괜스레 무겁게 느껴졌다.

"잠시 쉬어. 처음치고는 잘했어."

미야나가 반장의 칭찬에도 고맙다고 대꾸할 기분이 아니었다.

냉장고에서 시원한 콜라를 꺼내 단숨에 마시면서 무언가 터무니 없이 헛걸음한 것 같은 생각이 들었다.

"그 녀석에게 딱지라도 한 장 떼어줄 걸 그랬어요."

마지막에 불심검문 했던 남자의 얼굴을 떠올리자 분노가 되살아났다. 경찰학교에서는 아무리 자전거라도 술에 취해 운전하는 것은 단속해야 한다고 배운다. 그러나 실무연수에 들어오기 전 지역실습 때는 '임기응변'이라는 학교에서 배운 것과는 다른 것을 배웠다. 모든 것을 이론대로만 하면 세상은 좀처럼 원활하게 움직이지 않을 것이고, 사소한 일로 시민 감정을 자극해봤자 오히려 역효과만 낳게 된다는 것을 세이다이도 잘 안다. 그러나 조금 전 만난 남자에게는 다소 엄한 제재가 필요하다는 생각이 든다. 술을 마셨다고 해서 무슨 말이든 용납해서는 안 된다. 그 남자에게 처지를 바꿔놓고 생각해봐라, 실제로 술이 취해서 다른 사람의 자전거를 훔치는 사람이 끊이지 않기 때문에 불심검문을 하는 것이라고 말해주고 싶었다.

"선량한 시민의 얼굴을 하고 우릴 얕잡아 보잖아요. 한 번 따끔한 맛을 보여주는 게 좋아요."

그러나 미야나가 반장이 흥이 깨진 표정으로 물끄러미 바라보자 세이다이는 무심코 눈을 감았다. 잘 알고 있다. 그런 분풀이를 한다고 결과가 달라지는 것은 아니다, 욱하는 성질은 금물이다, 그런 잔소리를 듣게 될 것이 빤하다.

[–조사이서 관내. 방화가 의심되는 화재 신고]

무선기가 다시 삐삐- 하고 울렸다. 이어폰에서 통신지령본부가 순찰차를 호출하고 있다. 세이다이는 콜라 캔을 한 손에 든 채 멍하니 그 대화를 들었다.

[–조사이 2, 다른 건 취급 중]

[경시청 알았다. 다른 차량 없습니까?]

[조사이 1, 별건!]

[경시청 알았다. 경시청에서 조사이]

[조사이입니다. 말씀하세요.]

[PBPolice Box원 파견을 부탁합니다. 장소. 가스미다이 1초메 15번 6호–]

미야나가 반장이 몸을 돌린다. 세이다이는 진저리를 치며 그 뒷모습을 올려다봤다. 또? 좀 쉴 수 있을 거라 생각했는데. 그러나 혀를 찰 틈조차 없었다. 반장이 그를 노려보고 있다.

[–도영 단지 옆 어린이 공원입니다. 공원 안의 쓰레기통이 타고 있다고 합니다. 소방청에서 전송]

세이다이는 자전거를 타고 어둠 속을 달렸다. 큰 소리로 "젠장!" 하고 분통을 터뜨리고 싶었다.

이미 오전 1시가 가까운 시각이었다. 공원의 미심쩍은 화재는 불꽃놀이의 미흡한 뒤처리가 원인이었다. 보통 불꽃놀이를 할 때는 먼저 양동이에 물을 준비해두어야 한다. 세이다이도 어릴 적에 그 정도는 배웠다. 그런데 누군가 불꽃놀이를 한 뒤 그대로 쓰레기통에 버린 것이다. 쓰레기통이 불에 탄 것도 당연하다.

"식겁했네, 젠장. 누가 이런 바보 같은 짓을?"

쌓였던 짜증이 더욱 부풀어 올라 폭발 직전이었다. 이런 마을을 사랑하기는 어려울 것 같다. 제대로 된 사람은 정말 없는 걸까? 모두 제멋대로인 데다 예의도 모르고 무신경하다. 나는 운이 나쁜 게 틀림없다. 이 마을에는 얼핏 조직폭력단도 큰 사건도 없어 보이지만 실제로는 근성이 썩은, 말도 안 되는 사람들이 모여 산다. 도쿄에서도 가장 질 나쁜 지역임이 틀림없다.

"농담이 아니에요. 부모한테 제대로 배우지 못해서 아이들이 이런 짓을 하는 거라고요."

"그렇게 말하지 마. 아무 일 없어서 천만다행이야."

미야나가 반장이 나무랐지만, 꼬리에 꼬리를 물고 불평이 쏟아진다. 이상한 마을이다, 쓸모없는 마을이다. 이런 곳에 오게 된 나는 비극의 주인공이라고 계속 투덜대면서 드디어 역 앞에 돌아오니 어둠 속에서 불을 밝히고 있는 파출소 안에 뭔가 빨간색이 보였다. 파출소는 무미건조한 공간이다. 그런 곳에 붉은색의 물건이 존재할 리 없다.

"아, 다행이네요! 순경 아저씨."

미야나가 반장과 나란히 자전거에서 내렸을 때, 누군가 파출소에서 뛰어나왔다. 반장이 "무슨 일이죠?"라고 말하면서 그 자리에 자신의 자전거를 세웠다.

"아무도 없어서 어떻게 해야 하나 했어요."

겁먹는 듯 떨리는 여성의 목소리였다. 세이다이는 그녀에게 뛰어가려고 했지만 반장이 팔을 붙잡았다.

"내 자전거랑 같이 세워둬."

그러고는 혼자서 서둘러 감시초소로 들어간다. 아아, 젠장. 선배만 좋은 일을 하는구나. 세이다이는 황급히 두 대의 자전거를 미루나무 아래로 옮기고 자신도 파출소로 달려갔다. 비야니가 반장의 맞은편 파이프 의자에는 깊은 밤과는 어울리지 않는 붉은색 여름 스웨터에 겨자색 바지를 입은 머리가 짧은 여성이 앉아 있었다. 그녀는 무릎 위에 얹은 가방 가장자리를 손으로 쥐고 "너무 무서워서"라고 말했다.

"그래서 가까스로 여기로 달려왔더니 아무도 없어서 어떻게 해야 하나 고민했어요."

그녀는 등 뒤에 서 있던 세이다이를 돌아보고 작게 고개를 숙여 인사했다. 자신과 비슷한 나이일까. 늦은 시간인데도 취한 분위기는 없다. 눈에 띄지 않는, 수수한 여자였다.

"이상한 남자가 뒤를 따라온 모양이야."

반장이 못마땅한 얼굴로 말했다. 세이다이는 선배에게 크게 고개를 끄덕이면서 다시 그 여자를 봤다. 뭔가 아주 오랜만에 '평범'한 여자의 목소리를 들은 것 같았다.

◇◆◇

아무리 진지한 얼굴을 하려 해도 자꾸만 뺨 주변에 미소가 떠오른다. 애써 웃음을 참으면서 세이다이는 밤길을 걸었다. 그가 지금 신고 있는 지급품 구두는, 사계절용으로 고무바닥이라 아스팔트 길을 걸어도 거의 발소리가 나지 않는다. 그러나 지금 곁에서 자신의 보조를 맞추듯이 또각또각하는 조심스러운 발소리가 따라온다.

"늘 이렇게 늦으세요?"

용기를 내어 입을 열었다. 곧 "아니요"라고 부드러운 목소리가 돌아왔다.

"오늘은 잔업 후에 회사 사람들과 저녁식사를 하고 와서."

"잔업이요. 데이트가 아니고요?"

장난처럼 말하고 힐끔 옆을 보니 그녀는 수줍은 듯이 웃는 얼굴로 "아니요"라며 얼굴 앞에서 손을 흔들어 보인다. 첫인상대로 수수하고 성실한 아가씨 같았다.

"정말 잔업이었어요."

"아, 그래요. 데이트였다면 집까지 데려다주지 않는 남자는 안 돼요."

세이다이가 고개를 끄덕이면서 말하자 그녀는 피식 웃었다. 조금 전까지 무서워서 당장에라도 울 것 같은 얼굴이었는데, 잠시 파출소에서 얘기를 나누고 세이다이가 집에 데려다주겠다고 나섰을 무렵에는 상당히 긴장이 풀린 표정으로 돌아와 있었다.

–무사히 데려다준 뒤에 SW로 보고해. 네가 경찰관이라는 사실을 잊지 말고.

그녀를 데려다주겠다고 나서자 미야나가 반장은 자신을 안으로 불러 엄하게 당부했다. 그 얼굴을 떠올리고 세이다이는 괜히 유쾌해졌다. 오제키 주임은 2층에서 자고, 도노오카 소장은 순찰을 나갔기 때문에 미야나가 반장은 파출소를 지켜야 했다. 자랑은 아니지만, 그런 때 세이다이는 실로 머리 회전이 빠르다. 시민에게 일단 데려다주겠다고 말한 이상 취소할 수도 없는 노릇이다. 결국, 반장도 "다녀와"라고 말하는 수밖에 없었다.

"이런 때만큼은 신이 난다니까. 알지, 도중에 허튼짓 같은 거 하지 마."

반장은 벌레 씹은 표정으로 혀를 차면서 노려봤지만, 세이다이는 신이 나서 파출소를 뒤로했다. 실로 오랜만에 선배를 따르지 않고 걸을 수 있다는 기쁨. 그것도 여자를 집까지 데려주다니 행운이다.

"순경 아저씨도 늦게까지 고생이 많으세요."

이번에는 그녀가 입을 열었다. 그녀의 이름은 시로노 유카리였다. 주소는 가스미다이 3초메, 고지대에 있는 옛 주택지로, 도중에 나무가 무성히 자란 한적한 비탈길을 지나야만 한다. 그 앞에 편의점이 있지만 오늘 밤 유카리는 그 근처까지 와서 젊은 남자가 자신의 뒤를 따라오고 있다는 것을 알아차렸다고 한다. 그대로 인기척이 없는 비탈길에 접어들면 무슨 일을 당할지 알 수 없다는 생각에 다시 역전 파출소까지 돌아왔다는 얘기였다.

파출소는 경찰관이 없을 때도 문을 잠그지 않는다. 필요한 경우에는 누구든 파출소로 들어올 수 있다. 안에 아무도 없다면 설치된 전화로 110으로 신고를 하면 된다.

"그러나 역시 들어가기 어려워요. 아무도 없는 곳에는."

"그럴지도 모르죠. 그래도 그러는 편이 훨씬 편해요. 파출소 안에 아무도 없어도 일단 신고를 하면 무선으로 곧 연락을 받을 수 있으니까요."

파출소에 경찰관이 있는 경우에도 때에 따라서는 경찰이 뛰어들어온 사람 앞에서 110으로 전화를 걸어 사정을 설명하기도 한다.

경시청의 통신지령본부에서는 110 신고를 받는 담당과 지령을 내리는 담당이 다르다. 시민에게 신고가 들어오면 한편에서는 그 얘기를 듣고, 그와 동시에 발신 담당자가 신고 내용을 파악하여 관계 각서에 지령을 내보낸다. 지령 담당은 먼저 어느 관내의, 어떤 안건인지부터 말하기 때문에, 그 단계에서 담당 서의 경찰관은 바로 행동을 시작할 수도 있다. 즉, 110에 신고한 사람이 아직 전화로 사정을 설명하는 동안에 경찰관은 일단 이동하면서 무선을 통해 상세한 주소나 신고 내용을 듣게 된다.

따라서 경찰관이 파출소에 달려온 사람에게 하나부터 열까지 내용을 다 듣고 난 뒤 담당 서에 연락해서 비로소 행동을 시작하는 것보다 훨씬 더 시간을 절약할 수 있다. 예컨대 파출소에 경찰관이 있는 경우에도 110에 말하는 내용을 옆에서 들으면서 메모할 수 있어 시간을 절약할 수 있다.

그런 얘기를 들려주니 시로노 유카리는 "네" 하고 감탄하듯 말했다.

"110번은 가까운 경찰서일 거라고 생각했어요."

"그렇죠? 듣지 않으면 몰라요. 뭔가 성가신 것 같지만 그러는 편이 더 빠르니 이상한 일이죠."

마침 그녀가 돌아왔던 편의점에 이르렀다. 세이다이는 무심코 "캔 커피라도"라고 말하려다가 황급히 자신이 제복을 입고 있다는 사실을 떠올렸다. 안 되지. 안 돼.

"때때로 여기에 불량한 남자애들이 모여 있어요. 그럴 때마다 왠지 무섭다고 생각했어요."

유카리는 두려운 표정을 지어보이며 주위를 둘러본다. 지금은 아무도 보이지 않지만, 분명 그 편의점부터 이어지는 밤길은 깊은 어둠에 잠겨 있고 울창하게 무성한 나무 그늘이 다소 기분 나쁘게 느껴졌다. 이 길로 곧장 가면 좌우에 사찰과 신사가 이어지고, 묘지도 있는 일대가 나온다. 그리고 그 옆에는 공고가 있다.

“뒤를 따라왔다면 그곳 학생이었을까요?”

“모르지만, 지금은 아이들도 무서우니까요.”

유카리는 조금 우울하게 중얼거렸다.

그녀의 집은 비탈길을 올라 몇 분을 더 걸어야 하는 곳에 있었다. 보기에도 오래된 큰 집이 가로등 불빛에 보였을 때, 유카리는 저곳에서 양친과 조부모와 살고 있다고 말했다. 세이다이는 도쿄에 아직도 저런 집이 남아있구나, 하고 반쯤 감탄하면서 고개를 끄덕였다. 저런 집의 외동딸이라면 가족도 딸을 걱정할 게 틀림없다. 그래서인지 그녀는 조금 전 미야나가 반장이 집으로 전화하려는 것을 말렸다.

“자전거라도 이용하는 편이 안전하지 않을까요?”

“그런데 저 비탈길을 자전거로 내려가면 올라와야 하고, 역 앞에 자전거를 세울 곳도 마땅치 않아요.”

그녀는 약간 숨을 헐떡였다. 세이다이는 비탈길을 오르는 속도가 조금 빨랐다는 생각에 내심 미안한 마음이 들었다. 여자와 나란히 걷는 게 너무 오랜만이라 상대를 배려하는 것을 잊었다.

“하지만 뭔가 방법을 생각해야죠. 이렇게 늘 순경 아저씨에게 신세를 질 수는 없으니까요.”

문 앞까지 와서 유카리는 다시금 세이다이를 향해서 “감사합니다”라고 정중히 고개를 숙이고 노란 현관 등이 켜진 집 안으로 들어갔다. 현관 안으로 들어가는 그녀의 뒷모습을 지켜본 후, 세이다이는 한숨을 내쉬고 왼쪽 견장에 클립으로 고정한 SW의 마이크를 손에 들었다. 손바닥에 쏙 들어올 정도의 크기인 마이크는 벨트에 장착한 무선기 본체와는 코드로 연결되어 있고 송수신기를 겸하고 있다.

"가스미다이 역전 4가 가스미다이 역전 3에."

무선기로 자신의 콜사인을 말하는 것은 이번이 처음이다. 약간 긴장하면서 마이크를 입에서 귀 옆으로 옮긴다. 조사이서의 리모컨을 통해서 이윽고 미야나가 반장의 목소리가 들렸다. "가미스다이 역전 3, 오버!" 반장의 콜사인이다.

"지금 집까지 데려다주었습니다. 오버."

[가스미다이 역전 3, 알았다! 신속하게 PB로 복귀 요망. 오버!]

신속하게, 란다. 모처럼 조금은 기를 펼 수 있다고 생각했는데 벌써 돌아가야만 하다니. 세이다이는 한숨을 쉬면서 "알았습니다"라고 대답했다. 돌아보니 지금 막 시로노 유카리가 들어간 집은 이미 조용히 어둠에 잠겨 있다. 그녀는 오늘 밤 일을 가족에게 말할까. 아니, 걱정을 끼치고 싶지 않을 테니 말하지 않을 것이다. 기특한 딸의 마음이다.

"-역시 여자는 좋구나."

조금 전까지 옆에서 그녀의 구두 소리가 들렸는데 혼자서 걷는 비탈길은 뭔가 묘하게 따분했다. 이럴 때 수상한 사람이라도 있으면 기회일 테지만, 어둠 속에는 아무도 보이지 않았다.

1시 반이 지나서 파출소로 돌아온 세이다이는 잠깐 서류 작성법을 익히고 소장이 주정뱅이를 다루는 모습을 바라보다가 3시 반이 지나서야 파출소 2층에서 잠시 눈을 붙일 수 있었다. 오제키 주임이 일어나서 "자, 교대"라고 말했을 무렵, 세이다이는 너무 졸려서 의자에 앉아 있어도 무심코 의식이 멀어지고 몸이 젖혀졌다.

"두 시간 지나면 깨울게."

도노오카 소장이 그렇게 말해서 세이다이는 권총을 금고에 보관하고 반장이 양치질하는 동안 먼저 2층에 올라갔다. 지도를 담당하는 선배와 잠자는 시간까지 같다니 정말 귀찮다. 세이다이는 가방에서 파자마를 꺼내고 거의 기절할 것 같은 상태로 겨우 옷을 갈아입었다. 그런데 나중에 올라온 미야나가 반장이 "너 뭘 하는 거야?"라고 말했다.

"– 왜요?"

"옷 갈아입고 자려고?"

잘 때는 옷을 갈아입는 게 당연하지 않은가. 혼자라면 홀딱 벗고 자도 좋겠지만, 선배와 나란히 알몸으로 자는 것은 생각만 해도 기분 나쁘다. 그래서 이렇게 마음을 쓰는 거다. 세이다이가 반쯤 어이없어하면서 "그런데요"라고 고개를 끄덕이자, 너무 졸려서 마비되기 시작한 뇌를 뒤흔드는 웃음소리가 울렸다.

"엄청나게 멍청하구나! 야, 다카기, 너 수련회라도 왔다고 생각해?"

영문을 몰라 하는 세이다이에게, 근무 중에는 언제 불려 나갈지 모르기 때문에 옷을 입은 채로 자야 한다고 반장은 웃으면서 말했다.

"하지만 이렇게 땀을 흘리고―."

"불평하지 마. 그대로 누워서 자. 너 얼마 전에는 그대로 잤잖아."

"그때는 배가 아파서, 그럴 겨를이 아니었잖아요. 오늘은 제대로 자려고 했어요."

"여기는 자는 곳이 아니야. 어디까지나 잠시 눈을 붙이는 거니까."

반장은 그렇게 말하면서 서둘러 허리띠를 풀고 이부자리 위에 눕는다. 어쩔 수 없이 세이다이도 제복의 단추를 다시 채우고 이불 위에 누웠다.

"너, 아까 그 여자한테 이상한 짓 한 거 아니지?"

겨우 웃음이 잦아든 반장이 이번에는 다소 억누른 목소리로 말했다.

"당연하죠. 전화번호도 묻지 않았어요."

크게 하품하면서 대답하니 옆에서 "그럼 됐어"라는 답이 돌아온다.

"착각하면 안 돼. 그 여자가 안심하고 다가온 건 너의 매력 때문이 아니라 이 제복 덕이니까."

뭐라고 대답하기 전에 이미 코 고는 소리가 들렸다. 그것이 사람들이 말하는 도리라는 건가. 그런 생각을 하면서 세이다이도 눈을 감았다. 그래도 여자와 나란히 걸은 것이 몇 개월 만의 일인가.

-그 여자가 내 여자 친구였다면.

그런 생각을 하면서 세이다이도 잠에 빠져들었다.

결국, 그날은 잠시 눈을 붙인 뒤에도 아무런 공적을 올리지 못했다. 다시 말하자면 평화로운 밤이었다는 얘기인데, 세이다이에게는 그다지 달갑지 않은 일이었다.

이번이야말로, 오늘 밤이야말로, 그런 생각을 품고 하루하루를 보냈다. 몹시 무더운 날이 계속 이어지고, 세이다이는 쓸데없이 땀범벅이 되어 시간을 흘려보냈다.

시로노 유카리가 다시 파출소에 나타난 것은 8일이 지나 다시 제2 당번을 서게 된 밤이었다. 요전에 고마웠다는 인사를 하러 들렀다며 수줍게 웃는 그녀를 보고 세이다이는 적잖이 놀라고 당황했다. 그녀가 파출소 입구에 나타났을 때 바로 누구인지 알아보지 못할 정도로 완전히 잊고 있었던 것이다. 내가 여자 얼굴을 몰라보다니, 이건 일을 너무 많이 했기 때문임이 분명하다고 생각했다.

"몇 번 왔었는데 보이지 않으셔서, 요전에 좀 용기를 내서 물어봤어요. 그랬더니 밤에 파출소에 계시는 건 나흘에 한 번이라고 알려주셔서."

그 말을 듣고, 그녀를 집에 데려다준 밤에서 아직 일주일 정도밖에 지나지 않았다는 것을 깨달았다.

기껏 일주일인가. 아주 오래전의 일처럼 느껴진다. 세이다이는 살며시 한숨을 쉬었다. 그만큼 하루하루가 길었다. 여하튼 공적을 올리지 못하는 날이 이어지고 있다. 주정뱅이들의 싸움에 달려가고, 상해를 입힌 몇 사람을 잡고, 물건을 훔쳐서 가게 주인에게 잡힌 용의자를 경찰서까지 연행한 적은 있지만 모두 운이 좋았을 뿐으로 불심검문을 해서 검거한 것과는 다르다. 게다가 세이다이가 혼자서 초조해하고 조바심 나 있는 동안에 미우라는 불심검문으로 두 건이나 자전거 도둑을 잡았다.

"그런데 뭐라고 물으셨어요?"

세이다이의 곁에서 미야나가 반장이 흥미진진한 표정으로 끼어들었다. 유카리는 조금 얼굴을 붉히고 웃으면서 "얼굴이 네모나고 큰 경찰과 피어스 구멍이 있는 젊은 경찰은 언제 옵니까, 라고요" 하고 말했다. 그리고 생각난 듯이 "같이 드세요"라며 아이스크림이 든 상자를 내밀었다. 거기에 작게 색색의 귀여운 꽃이 피어 있는 화분까지 갖고 왔다. 화가 났는지 미야나가 반장이 차가운 표정으로 세이다이의 등을 두드린다. 괜스레 부끄러워하면서 그 화분을 받아들었다. 세이다이는 지금껏 여자에게서 이토록 멋진 감사의 마음을 받아본 기억이 없다.

"전에 혼자 여기에 왔을 때 아무것도 없어서. 꽃 정도는 있어도 괜찮지 않을까 싶어서요."

오늘 밤의 유카리는 흰 민소매 블라우스에 감색 팬츠 차림이었다. 목에는 가는 금목걸이가 빛나고 있어 나름 청결한 느낌이 감돌지만 전체적으로 평범하고, 어딘지 촌스럽다. 솔직히 자신의 취향과는 다르지만, 그래도 그녀가 부끄러운 듯 미소 짓는 모습을 보니 이상하게 가슴이 설렌다. 유카리에게 의자를 권하고 조금 대화라도 나눌까 했을 때 "안녕하세요"라는 목소리가 들리고 젊은 여자가 안으로 들어왔다. 순간, 이번에는 미야나가 반장이 당황한 표정을 지었다.

"아, 지금 돌아오는 거예요?"

그러고 보니 역시 낯익은 얼굴이다. 어디서 봤더라? 세이다이는 그 여자와 반장을 번갈아 봤다.

"아, 바쁘시군요."

그 여자는 어딘지 의미심장한 표정으로, 의자에 앉아 있는 유카리와 반장을 바라봤다. 유카리는 유카리대로, 묘하게 시치미 뗀 표정으로 앞쪽을 응시하고 있다. 세이다이는 한순간 어쩌면 좋을지 몰라서 갑자기 "아하하하" 하고 의미 없이 웃었다. 그러다 문득 그 사람이 누구인지 떠올랐다.

"그런 거 아닙니다. 전혀."

그러나 두 여자는 서로를 견제하는 듯 어색하게 인사를 나누고, 조용히 입을 다물어버린다. 아무래도 묘한 상황이다. 몇 분 뒤, 그녀들은 이번에는 경쟁이라도 하듯 "시원한 것이라도" "어머, 제가 할게요"라고 말하면서 멋대로 안쪽 부엌으로 가버렸다. 마침 밖에서 돌아온 소장이 평소와 다른 파출소의 모습에 멈칫하며 세이다이와 여자들을 보고 언짢은 듯 얼굴을 찡그린다. 미야나가 반장은 마치 도망치듯이 "그럼"이라고 말하면서 파출소 밖으로 줄행랑을 친다.

"제발요. 왜 저까지 당황해야 하는 거죠?"

세이다이도 보초를 서는 척하고 파출소 밖으로 나와 목소리를 죽여 옆에 있는 미야나가 반장에게 투덜댔다.

"숨길 일이 아니죠. 저 여자, 반장님 여친이죠?"

"-소장에게 말하지 마."

반장은 겨우 무거운 입을 열고 우에스기 노리코라는 그녀의 이름과 스물다섯이라는 나이만을 가르쳐주었다. 그 이상 상세한 얘기는 일이 끝나고 들려준다고 한다. 역시 자신의 감이 맞았다.

"너도 제법인걸. 저 여자, 네게 관심이 있나 봐."

"미안하지만, 제 타입이 아니에요."

"멍청이, 네가 가릴 때야."

또 꿀밤을 얻어먹었다. 그때 노리코가 두 사람을 불렀다.

"유카리 씨의 아이스크림, 안 먹을래요?"

조심스럽게 감시초소에 들어서자 어느 사이엔가 두 여자는 완전히 의기투합한 모습으로 서로의 이름을 부르며 가볍게 웃고 있다. 소장만이 여전히 언짢은 얼굴로 잠자코 아이스크림을 먹는다.

"얘기를 해보니 집도 가까워요. 그래서 같이 돌아가면 위험하지 않을 것 같아요."

언니 격인 노리코가 말했다. 그러고는 유카리와 마주보며 웃는다. 미야나가 반장은 "아, 그런가요. 잘됐네요"라고 어울리지 않게 웃는 얼굴로 대답했다. 뭘 이제 와서, 벌써 알았으면서. 세이다이는 왠지 일하는 것 같지 않은 묘한 분위기가 이상했다. 그래도 여자가 있다는 것만으로 이곳의 공기가 한층 부드러워졌다. 이런 날도 있다. 차가운 아이스크림을 먹으면서 세이다이는 문득 자신이 바보처럼 느껴졌다. 무엇을 초조해하는 건지, 미우라와 겨루는 건 어쩌면 억지스러운 일일지도 모른다. 세이다이는 원래 좋은 성적을 받기 위해 억척스럽게 일하는 성격이 아니다. 오히려 그런 건 질색하는 사람이다. 무엇을 하듯 즐거운 것이 최고라고 믿어왔다. 좋았어, 내 페이스대로. 그게 최고일지도 모른다.

몇 차례 비가 내린 탓에 며칠간 더위는 견딜 만했다. 격렬한 소나기가 쏟아지고 천둥이 온 마을을 흔들어놓은 며칠 뒤, 7월의 끝무렵이 되어 간토 지방의 장마가 걷혔다는 뉴스가 흘러나왔다.

어느 사이엔가 매미 우는 소리가 들리고 아이들은 온종일 밖에 나와 뛰논다.

"다카기, 가자!"

하루에도 수차례 미야나가 반장이 소리쳤다. 그때마다 세이다이는 가스미다이 역전 파출소를 뛰쳐나가 자전거를 타거나 또는 달음박질로 현장으로 향했다. 교통사고, 작은 불 소동, 불법주차, 소음 신고, 수상한 자, 미아 신고, 싸움, 술주정, 빈집털이, 차량털이, 날치기 – 참으로 끊임없이 사건사고가 일어나 감탄하고 싶을 만큼, 마을은 문제로 가득했다.

이윽고 세이다이는 마을이 조금씩 보였다.

우선 오토바이나 자전거 도난, 날치기 등은 공고 서편에 인접한 도영 단지 주변에서 특히 자주 발생한다. 한편 고등학교를 끼고 단지의 반대편에 있는 사찰의 묘지에는 최근 불꽃놀이 소음으로 신고가 이어지고 있었다. 그리고 나무가 무성한 사찰 인근에는 세이다이의 예상대로, 또 유카리가 피해를 입은 것처럼 노출광이나 치한이 출몰했다. 그래서 밤에는 그 지역의 순찰에 힘쓰고 있다.

"노리코 씨가 있다 이거죠."

세이다이가 놀리면 최근에는 미야나가 반장도 콧방귀를 뀌며 "너야말로"라고 응수했다.

"유카리 짱이 있다 이거지."

자신은 정말 아무 생각도 없지만, 그 이후 시로노 유카리는 밤샘근무를 할 때마다 가끔 노리코와 함께 찾아왔다. 늘 선물을 들고 와서 미안해하면, 그녀는 전혀 마음 쓸 것 없다고 말한다. 세이다이는 왠지 그녀의 호의를 이용하는 것 같다는 생각을 하면서도 계속 만나는 동안 정이 들어서 어느 사이엔가 그녀와 만나는 일이 즐거워졌다.

유카리와 노리코가 사는 고지대의 옛 주택지는 전체적으로 문제가 적은 지역이었지만, 그래도 '개 짖는 소리가 시끄럽다'는 신고나 '주차장에 낯선 사람이 있다' '목욕하는데 누군가 들여다봤다'는 신고가 들어오고는 했다. 그것은 새로운 주택지도 마찬가지였다.

고지대 이외의 주택지는 장소에 따라서 교통사고가 자주 일어나거나 소음 신고, 불법주차 신고가 많았다. 아파트가 밀집한 지역에서는 속옷 절도사건이 발생하기도 하고, 부부싸움이나 부모와 자식 간의 다툼, '헤어진 연인이 찾아와 시끄럽게 군다'는 소위 개인 분쟁 신고도 적지 않았다. 그리고 가스미다이 공원은 낮에는 어린아이나 어머니들의 오아시스 같은 장소로 평화롭고 온화한 표정을 보이지만, 밤이 되면 돌변하여 노출광이나 불꽃놀이 소음, 소년들이 일으키는 소동이 끊이지 않는다.

세이다이의 눈에는 가스미다이라는 마을은 한마디로 표현한다면, 마치 악인의 소굴처럼 보였다. 물론 표면적으로는 지극히 평범한 마을이다. 그러나 그저 평범해 보이는 마을의 선량한 주민이 사소한 사건을 계기로 달라진다. 신문에 실리는 큰 사건은 일어나지 않지만, 이 마을에는 작고 쩨쩨한 악당들이 산다. 그런 눈으로 사람들을 보면 얼핏 온화한 사람의 웃음조차 수상쩍게 생각되어, 그것이 세이다이의 기분을 조금씩 어둡게 했다.

주택지도 이런 형편이니 상점가로 눈을 돌리면 더욱 혐오감이 커진다. 낮에는 물건을 슬쩍하는 사소한 절도 사건이나 주차 불편 정도에 그치지만, 밤이 되면 술주정뱅이로 인한 문제나 싸움이 늘어 마치 동물원 같은 인상으로 바뀐다. 물론 신주쿠나 시부야 같은 번화가 정도는 아니지만, 사람들이 생활하는 곳이 가까워서인지 생생한 욕망이 휘몰아쳐, 역전 상점가에는 은근히 피비린내 나는 분위기가 감돌고 있다. 그래서 세이다이는 그곳이 도무지 마음에 들지 않았다.

–마을을 사랑하라고? 그러기는 어려울 것 같아.

매일 마을 이곳저곳을 달리면서 세이다이의 마음속에는 그런 생각이 커지고 있었다. 이 마을은 돌을 던지면 나쁜 놈이 맞을 정도로 악인들이 수두룩한 곳이라는 생각이 들었다. 그런데도 불심검문으로는 나쁜 놈이 한 사람도 잡히지 않는다. 미야나가 반장이나 도노오카 소장은 "타이밍 탓"이라고 했지만, 세이다이는 나쁜 놈들이 머리를 굴려서 교묘히 빠져나가는 거라고 확신했다. 아무리 내 페이스대로 해도 나쁜 놈들이 사람을 얕잡아 보거나 신입이라고 무시하고 약점을 이용한다는, 그런 조바심이 부풀었다.

"너무 신경 쓰지 마. 조만간 잡을 수 있을 테니. 한 번 운이 찾아오면 그 다음에는 놀랄 만큼 줄줄이 범인들을 잡게 될걸."

그렇게 말하며 위로하는 미야나가 반장의 성적도 사실 신통치 않다. 최근에 세이다이이는 그것조차도 자신이 운이 나쁘기 때문이라고 생각했다. 전에 반장은 농담처럼 세이다이이를 '역병신'이라고 말한 적이 있다. 어쩌면 그 말이 맞는 것은 아닐까?

그런 때 며칠에 한 번꼴로 같은 남자에게서 110 신고가 들어왔다. 가스미 강 근처의 작은 아파트가 밀집한 곳에 사는 남자였다..

[조사이서 관내, 소음 고충 신고. 장소, 가스미다이 5초메 18번 19호. '하임 가스미 강' 102호실. 옆 아파트의 말소리가 시끄럽다는 신고입니다.]

무선기에서 그 주소를 듣자마자 세이다이이는 "또야"라고 혀를 찼다.

누군가 집 앞에 음식물 쓰레기를 버렸다. 2층에 사는 여자가 폭력을 쓴다. 집에 놓아두었던 현금이 없어졌다 등등. 처음에는 미야나가 반장과 함께 열심히 현장으로 달려갔다. 남자는 작은 일로 시시콜콜 신고를 했다. 그러나 여자가 폭력을 써야 할 2층에는 아무도 없고, 버려진 음식물 쓰레기는 보이지도 않고, 집에 누군가가 침입한 흔적 같은 것도 없었다. 늘 헛걸음이었다.

"110번 마니아네."

몇 번인가 불려갔을 때, 도노오카 소장이 한숨을 내쉬면서 중얼거렸다. 팔짱을 끼고 있는 소장을 보면서 세이다이는 "마니아요?"라며 눈을 동그랗게 떴다.

그런 사람 얘기는 처음 듣는다.

"착각했나? 분명 그런 게 있었는데."

신고를 한 사람은 '기타가와'라는 이름의 매우 궁색해 보이는 남자로, 그는 허겁지겁 달려온 세이다이 앞에서 시치미를 떼고 그렇게 말했다. 반장과 함께 근처를 돌며 정보를 수집해도 누구 하나 남자가 보고 들은 것을 알아차린 사람은 없었다. 그러기는커녕 이웃들은 그를 유별난 사람이라며 온종일 아파트에서 거의 나오지 않는다고 말했다. 결국, 누군가 빈집에 몰래 들어가는 것 자체가 불가능했다.

스무 살 전후로 보이는 기타가와라는 남자는 아무렇게나 자란 장발에, 손톱 사이에는 새까만 때가 끼여 있었다. 그는 세이다이가 '아무것도 없었다' '신고할 때는 조금 신중하게 해주세요'라고 말해도 그때만 '알았습니다'라고 대답할 뿐, 며칠 뒤에는 참지 못하고 다시 110으로 신고했다.

"또 기타가와야."

무선기에서 익숙한 주소를 들을 때마다 세이다이는 미야나가 반장과 마주보고 한숨을 지었다. 그러나 신고가 들어온 이상 현장을 살피지 않으면 안 된다. 거짓말쟁이 양치기 소년 이야기처럼, 이번만큼은 사실일지도 모른다. 만약 역시나 거짓말이었다고 해도 '110번 마니아에 의한' 신고임을 보고하는 것이 세이다이의 일이다.

"왜 내버려두는 거죠? '장난치지 마'라고 한번 혼내주는 게 좋지 않아요?"

현장으로 갔다가 허무하게 돌아오는 도중에 세이다이는 땀을 닦으면서 투덜댔다.

"그 사람, 경찰을 시험할 생각이야. 110에 신고하면 몇 분 만에 도착하는지, 제대로 시민의 목소리를 듣고 있는지를 시험하는 거지. 그런 사람이 어느 관내에나 있는 모양이야."

미야나가 반장은 쓴웃음을 지으면서 "어쩔 수 없지"라고 말했다. 노리코에 관해 알게 된 후 반장에게서 이전의 엄격함은 찾아볼 수 없었다. 그는 이대로 순조롭게 교제가 진행된다면 내년 즈음에는 양가 부모에게 서로를 소개할 것이라고 몹시 부끄러워하면서 말했다. 자신이 행복할 때는 타인에게 관대해지는 법이다. 그러나 전혀 행복하지 않은 세이다이로서는 그런 마니아의 존재는 도저히 웃고 넘길 수 없다. 자신은 지금까지 범인을 한 사람도 검거하지 못해 이미 스트레스가 쌓일 대로 쌓여 있다. 최근에는 눈앞에서 멋지게 사건을 일으켜줄 놈은 없을까 하는 생각마저 할 정도다.

"우리가 저런 사람에게 시험당할 이유는 없잖아요?"

기타가와의 호출을 받을 때마다 세이다이는 눈살을 찌푸리고 입을 삐죽거리며 반장을 노려봤다. 경찰관이 아무리 공복이라고 해도, 또 시민의 안전을 지키고 봉사하는 마음을 잊어서는 안 된다고 해도, 저런 사람까지 지켜야 하는 것은 아니라고 생각했다.

"저게 경찰에 대한 '삐뚤어진 애정'이라는 거잖아."

"그런 애정, 되돌려주면 되잖아요."

일도 하지 않고 노는 애송이의 전화 한 통에 매번 불려가고, 게다가 그저 장난에 지나지 않는다니 경찰을 우습게 봐도 정도가 있다. "이 자식이!"라고 호통 치는 대신에 "조심하세요"라고 말해야 한다니, 정말 불리한 역할이 아닌가. 경찰이 이런 직업일 거라고는 생각하지 않았다. 조금 더 세상으로부터 존경받아야 마땅하다.

"틀림없이 친구도 여친도 없는 고독한 사람이야. 모처럼 도쿄로 상경했지만 결국 있을 곳을 몰라서 혼자서 썩고 있는 거겠지."

그 느낌을 세이다이도 모르는 바는 아니다. 히로시마를 떠나 도쿄로 올라왔을 때, 세이다이는 걷는 속도부터 다른 사람을 따라잡을 수 없었다. 시부야역 개찰구를 빠져나왔을 때는 역원에게 표를 건네는 타이밍을 놓쳐 표를 떨어뜨렸고, 처음 니시신주쿠의 고층빌딩 숲을 올려다봤을 때는 현기증이 일었다. 모두가 속사포처럼 빠르게 말하고, 외국인도 많아서 그들을 보고 있기만 해도 자신이 점차 뒤처지는 것 같았다.

도시인처럼 행동하고 싶고 자신이 어디에 있어야 할지 몰라서 매일 밤거리를 헤매기도 했다. 그대로 시시한 놀이 친구와 문란한 생활로 흘러갈 것 같았다. 그래도 어떻게든 버틸 수 있었던 것은 아르바이트하거나 대학 친구들을 만난 덕분이었는데, 그때 사귄 친구 중에는 자취를 감추거나 묘하게 변해서 노는 여자로 전락한 경우도 있었다.

도쿄는 무섭다고, 세이다이는 생각했다. 누구나 꿈과 동경을 품고 이곳에 온다. 도쿄에만 오면 무엇이든 이룰 수 있을 것 같지만, 실제로는 그리 간단하지 않다. 돌이 구르듯이 기회가 굴러다닐 리도 없고 인파 속에서 운명의 여신이 자신만을 선택해줄 리도 없다. 결국은 흐름의 속도에 먹혀 자신이 있어야 할 곳을 발견하지 못한 채 마을의 구석에 웅덩이처럼 괴는 인간이 끊임없이 나온다. 그런 사람들은 아무것도 발견하지 못한 채로 그저 눈만 두리번거린다.

"저런 사람은 아예 시골로 돌아가는 게 좋은데."

"시골로 돌아가도 아무것도 못하든가, 가족도 상대해주지 않기 때문에 이렇게 도시 한구석에 눌어붙어 있는 거지."

미야나가 반장의 말을 들으면서도 세이다이는 이해가 되지 않았다. 자칫 잘못되었다면 자신도 저런 모습이 되었을지 모른다. 태만한 데다 가만히 있어도 행운이 찾아올 것이라고 믿는 자기 같은 사람은 한번 의욕을 잃으면 지금 당장이라도 기타가와처럼 될 것만 같아서 괜히 그가 싫기도 했다.

며칠 뒤, 또다시 기타가와가 110으로 전화를 걸어왔다. 이번에도 이웃이 시끄럽게 군다는 신고였다. 세이다이이는 미야나가 반장과 함께 자전거로 '하임 가스미 강'으로 향했다. 뙤약볕 아래 땀방울을 뚝뚝 흘리면서 페달을 밟아 겨우 기타가와가 사는 아파트에 도착했지만, 예상했던 대로 주변에서는 아무 소리도 들리지 않는다. 원래 일하는 사람이나 학생이 많은 이 근처는 낮에는 뜻밖에 조용하다.

"오는 게 좀 늦군요. 좀 전까지 스테레오 소리가 쾅쾅거렸는데. 지금은 조용해졌어요."

102호실의 문을 두드리자 불쑥 얼굴을 내민 기타가와는 옅은 웃음 같은 것을 띄우고 말했다.

"어디서 들렸나요? 가서 확인해보죠."

실내에는 열기와 함께 체취가 가득하다. 무심코 얼굴을 찡그리면서 세이다이이는 반장의 뒤에서 두부 같은 인상의 기타가와를 노려보았다.

"그런 거 몰라요. 저쪽이었나?"

엉뚱한 방향을 손가락으로 가리키고 기타가와는 묘하게 확신에 넘치는 표정으로 말한다. 어떤 근거도 없으면서, 마치 모래성처럼 공허하게 쌓아 올린 자존심이 창백한 기타가와의 얼굴에 덕지덕지 들러붙어 있다. 미야나가 반장이 다소 엄한 말투로 "저쪽이라고요?"라고 물었다. 그러고는 "혹시 카 스테레오였나요?"라며 다시 확인했다. 때마침 정차된 차에서 들려온 소음일지도 모른다는 것이다. 그러자 기타가와는 "유감이네요"라고 말하면서 으흐흐, 하고 웃었다.

"장난해!"

세이다이는 무심코 반장을 밀고 화를 냈다. 순간 미야나가 반장이 어깨를 잡았지만 이미 멈출 수 없었다.

"우리는 메밀국수나 초밥 배달을 하는 게 아니야!"

새하얀 기타가와의 얼굴이 점차 빨갛게 물든다. 부어서 푸석해 보이는 눈꺼풀 아래의 가느다란 눈이 안절부절못하고 좌우로 흔들린다.

"당신의 심심풀이 상대가 되어줄 시간 없어! 외로우면 친구든 여친이든 당신이 찾아! 그래도 못하겠다면 고향으로 돌아가!"

"－이, 이래도 되는 거야. 선량한 시민에게 이래도 돼요?"

"당신이 무슨 선량한 시민이야. 허연 구더기잖아? 나는 매일 땀을 뻘뻘 흘리며 이리저리 뛰어다니는데, 당신은 일도 하지 않고 무슨 생각이야!"

붉게 물든 기타가와의 얼굴이 이번에는 창백해진다. "이봐, 다카기!"라고 미야나가 반장이 말리는 목소리가 들렸지만 이미 세이다이는 아무래도 좋았다.

"나는 당신이랑 놀려고 경찰관이 된 게 아니야!"

티셔츠에 트렁크 차림의 기타가와는 병이라도 있는지 비쩍 말라 있었다. 마치 곤충 같은 인상을 주는 가는 팔다리가 부들부들 떨린다.

눈을 감은 채 입술을 떠는 기타가와를 세이다이는 온 힘을 다해 노려봤다. 이윽고 기타가와의 벌어진 입술 사이에서 "그게"라고 가녀린 소리가 새어 나오고 눈에서 뚝뚝 눈물이 떨어졌다. 갑자기 꺾인 기세에 세이다이는 내심 당황했다. 남자를 울린 경험은 별로 없다. 여자도 마찬가지다. 지저분하고 햇빛도 들지 않는 아파트 현관문에서 기타가와는 입꼬리를 내리고 주먹을 쥔 채 "그게"라는 말만 반복한다. 세이다이는 무심코 상대의 얼굴을 살폈다.

"−내가 틀린 소리 했어? 어린애도 아니고, 110이 긴급한 경우에만 신고하는 전화라는 것 정도는 모를 리 없지? 이런 짓 하는 동안에 다른 사람에게 무슨 일이라도 생기면 어떡하려고 그래. 엉?"

그 순간, 기타가와의 몸이 갑자기 앞으로 고꾸라지듯 세이다이의 가슴에 부딪쳤다.

"나가! 돌아가! 멍청한 경찰!"

비명 같은 소리가 울렸다.

"두 번 다시 오지 마! 제기랄! 날 왜 무시해!"

세이다이도 지지 않고 상대를 밀었다. 그러자 생각보다 부실한 몸을 가진 기타가와는 휘청거리며 뒷걸음질 치더니 균형을 잃고 등 뒤의 컬러박스에 부딪히고 말았다. 텅, 하는 둔탁한 소리가 울렸다. 그는 순간 겁먹은 듯이 이쪽을 올려다보고, 다시 눈물을 흘린다.

"그 정도 - 그 정도는 봐줄 수 있잖아."

기타가와는 내뱉듯 말하고는 그대로 자리에 주저앉아 훌쩍인다.

"전화방 같은 데 걸어도 남자는 돈이 들잖아. - 110은 공짜지? 그래서 전화를 좀 걸었을 뿐이야 - 제기랄, 바보 멍청이 - ."

어이가 없어 아무 말도 할 수 없었다. 전화방 대신이라고? 참을 수 없다. 그 정도로 돈이 궁하고 고독감에 괴로웠을 것이라 생각하니 이 꼬지지하고 냄새나는 남자의 애환이 느껴져 등줄기가 서늘해졌다.

" - 당신, 몇 살이야?"

조금 허리를 굽혀 얼굴을 들여다보니 기타가와는 훌쩍이며 목이 메면서도 스물셋이라고 대답했다.

"뭐야, 나랑 동갑이야!"

정말로 한심해져서 세이다이는 무심코 등을 돌렸다. 미야나가 반장은 얼굴을 구긴 채 애처롭다는 듯이 쓴웃음을 지으며 팔짱을 끼고 있다.

"아르바이트든 뭐든 조금은 땀을 흘려 돈을 벌 방법을 생각해. 이대로는 당신 정말로 구더기가 돼버려."

마지막으로 "이제 어린애도 아니고, 스스로 일하지 않으면 아무도 보살펴주지 않아"라는 말을 남기고 아파트를 떠나는 세이다이의 가슴에는 분노보다는 씻어낼 수 없는 우울함이 번지고 있었다.

"무엇 때문에 사는 걸까요?"

파출소로 돌아오는 길에 미야나가 반장에게 물었다.

"나는 저 사람보다는 네가 걱정이다. 일을 저지를 것 같은 건 너잖아?"

젠장, 세이다이는 으르렁대는 미야나가 반장을 곁눈으로 노려보면서 자전거의 페달을 밟았다. 자신도 언젠가는 기타가와처럼 될지 모른다는 불안을 떨쳐버릴 수 없다. 여하튼 모처럼 들어선 직장이다. 공적을 세우지는 못하더라도 단단히 매달려 있지 않으면 안 된다고 다시 한 번 생각했다.

기타가와가 파출소를 찾아온 것은 그다음 주였다. 드디어 8월로 접어들어 매미 소리는 더욱 커지고 마을은 그야말로 나른한 열기 속에 흔들려 보였다. 그 뙤약볕 속을 뇌빈혈이라도 일으킬 것 같은 얼굴빛에 콧등에만 땀이 맺힌 채로 기타가와가 찾아왔다.

"이런. 요전에 다카기가 화냈던 그 마니아예요."

맨 처음 그가 다가오는 것을 알아차린 미야나가 반장이 재빨리 도노오카 소장에게 귀띔해주는 것을 듣고, 세이다이는 서둘러 태세를 갖췄다. 그러나 소장은 세이다이를 말리듯이 어깨에 손을 얹고 작게 고개를 옆으로 흔들었다.

"내가 일단 얘기할 테니. 너는 들어가 있어."

소장의 말을 거역할 수 없다. 세이다이는 얌전히 감시초소 안쪽에 있는 부엌으로 들어가 문을 반쯤 닫았다. 바로 너무도 연약한 목소리가 들려왔다.

"저기, 이곳 경찰 중에서 젊고 귀에 피어스 구멍이 있는 사람, 있죠?"

"피어스 구멍이요, 네."

"-그 사람과 만나고 싶은데요."

문틈으로 슬쩍 살피니 티셔츠에 청바지 차림의 기타가와는 소장이 앉은 책상 옆에서 고개를 숙인 자세로 얘기한다. 마치 교무실에서 꾸중 듣는 초등학생 같은 분위기다.

"무슨 용건이십니까?"

"저-만나고 싶은데요."

"그 사람, 지금 순찰하러 나갔어요. 그래서 한두 시간 뒤에 돌아올 텐데요."

용건이라면 자신에게 말하라고 소장은 말했다. 기타가와는 우물거렸지만, 이윽고 중얼거리듯이 잠시 고향에 돌아가기로 했다고 말했다. 소장은 사정을 들을 뿐 크게 놀라는 모습도 보이지 않고 "그렇군요"라는 말만 했다. 기타가와는 그대로 움직일 기색도 보이지 않았다. 저 바보, 갑자기 그런 얘기를 하면 세상 사람들이 이해줄 것 같아. 세이다이는 몰래 혀를 찼다.

"그래서 용건이라는 것은?"

"그 경찰에게 말하고 싶은데요."

정말 짜증 나는 남자다. 세이다이는 견디지 못하고 모자를 고쳐 쓰고 "뭔데?"라고 말하면서 문을 열었다. 기타가와와 소장이 동시에 놀란 얼굴로 쳐다봤다.

"어-순찰 나간 거 아니었어?"

어쩔 수 없다는 표정으로 일어선 소장을 대신하여 세이다이는 겁먹은 표정으로 한두 걸음 물러선 기타가와 앞에 서둘러 앉았다.

"뒷문으로 돌아왔어. 그래서 용건은?"

기타가와는 잠시 입술을 물고 고개를 숙이고 있다가 이윽고 소장에게 한 말을 그대로 반복했다.

"방세도 못 내고, 이대로는 정말 안 될 것 같아."

거기까지 말하고 그는 겨우 얼굴을 들었다. 그 눈을 보고 세이다이는 놀랐다.

기타가와의 가느다란 눈은 뭔가 이전과는 표정이 달랐다.

"당신이 나랑 동갑이라는 말을 듣고-서둘러 고향으로 돌아가라고 해서-아아, 그런 방법도 있다는 걸 비로소 알았어."

기타가와는 거기까지 말하고 어깨에서 힘이 빠듯이 후우, 하고 숨을 내쉬었다. 대응할 태세를 갖추고 있던 세이다이도 함께 숨을 내쉬었다. 기타가와는 자신의 고향은 호쿠리쿠로 예전부터 돌아오라고 했지만 도무지 결심이 서지 않았다고 말했다.

"그 말을 하려고 나를 찾아왔어?"

"-달리 말할 상대가 없어서."

"아아, 그런 거였어. 알았어. 조심히 돌아가."

좀 더 따스한 말을 해주는 게 좋았을까? 하지만 세이다이는 이런 두부나 애벌레 같은 사람을 좋아하지 않는다. 반응이 둔하고 무엇을 생각하는지 알 수 없는 타입은 더 질색이다. 무엇보다 이 녀석 때문에 이 뙤약볕 속을 수차례 헛걸음했던 걸 생각하면 그리 좋은 표정을 지을 수는 없었다.

"고향으로 돌아가면 더는 그런 짓 하지 마. 여기보다 더 큰 일이 될 거야."

"안 해. -이제는 안 해."

기타가와는 말했다. 그리고 무릎 위에서 주먹을 쥔 채 꿈쩍도 하지 않고 고개를 숙이고 있다. 아아, 역시 싫다. 말하고 싶은 게 있으면 좀 더 확실히 말하면 될 것을. 무심코 거칠게 숨을 내쉬었을 때, 그는 겨우 얼굴을 들었다.

"-오랜만이었어."

"뭐가?"

"사람과 얘기하는 거-누군가가 만지는 거."

"만지다니, 그건 밀친 거지."

"그래도 오랜만이었어. 당신이 동갑이라고 하고, 그리 힘도 세고."

기타가와는 살며시 볼을 붉히고 부끄러운 듯이 말했다. 왠지 등줄기가 서늘해진다. 자신은 이런 녀석이 좋아서 건드린 게 아니다. 두부가 부끄러워하면 어쩌겠다는 거지? 그보다도 이런 축축한 대화는 질색이다.

"나도 조금 더 힘을 내보기로 – 결심했어."

" – 잘됐어."

기타가와는 작게 고개를 끄덕이고, 다시 입을 다물어버린다. 잠자코 마주하고 있을 때 무선기가 삐삐- 하고 울었다. 천만다행이라고 생각하며, 세이다이는 자리에서 일어섰다.

"힘내. 나도 힘낼 테니."

일이 있다고 말하고 반장과 함께 감시초소를 뒤로했을 때, 등 뒤에서 "저기" 하며 부르는 소리가 들렸다.

"잘 지내."

기타가와가 웃고 있지만, 울음을 터뜨릴 것 같은 얼굴로 작게 손을 흔들었다.

세이다이 안에 기묘한 감각이 퍼졌다. 저런 놈을 위해서 결단코 어떤 도움도 주지 않을 거라고 생각했다. 다시 110으로 신고가 들어와도, 반장이 아무리 혼낸다고 해도, 자신은 절대 달려가지 않을 거라고 생각했다. 그런데 세이다이가 터뜨린 분노가 오히려 그에게 어떤 결심을 하게 하고, 감사의 인사까지 받았다. 뭔가 이상한 얘기다.

"꽤 외로웠을 테지. 모두에게 무시당하고 외톨이로 있을 바에야 낯선 경찰관에게 혼나고 떠밀리는 게 나았던 거야."

그날은 저녁에 일이 끝났기 때문에 소장과 주임, 반장과 한잔 마시러 갔다. 상점가에 있는, 조사이서 사람들이 자주 들르는 꼬치구이 집 '고로'에서 생맥주로 건배하고 일단 목을 축였다. 자연스럽게 기타가와 얘기가 화제에 올랐다.

"어때 다카기, 최근 1개월 동안 참 여러 가지 일이 있었지?"

두 번째 맥주를 주문했을 때, 도노오카 소장이 다시 이쪽을 봤다. 세이다이는 "네"라고 작게 고개를 끄덕였다. 분명 여러 일이 있었지만, 여전히 첫 검거를 해내지 못한 처지로 미야나가 반장은 물론 주임이나 소장과 술을 마시는 것은 아무래도 거북했다.

"세상에는 정말 여러 사람이 있어. 같은 말을 해도 같은 반응이 돌아온다고는 단정할 수 없지. 그걸 좀 알았을 거야."

소장이 말하는 동안에 오제키 주임은 혼자 차례로 요리를 주문했다. 사정을 잘 아는 주인장이 기세 좋게 "넵!"이라고 대답하고는 "연골 구이 다섯 개와 파 구이 열 개"라며 큰 소리로 안쪽에 주문을 전한다. 미야나가 반장은 먼저 나온 깍지 콩을 먹고 있다.

"그런 게 재미있으면서도 위태로운 점이지. 좀 전의 기타가와는 다카기의 방식을 고맙게 생각했지만, 상대에 따라서는 화를 내기도 해."

"-맞습니다."

"그때는 각오 했겠지?"

세이다이는 소장을 보고 그대로 고개를 숙였다. 만약 기타가와가 오늘 작별인사를 하러 온 것이 아니라 세이다이의 태도에 화가 나 항의하러 온 것이었다면 어떻게 되었을까? 경위서를 쓰거나 좀 더 무거운 처분을 받았을 것이다. 그러나 그때 세이다이는 일이 어찌 되든 알 바 없다고 생각했다. 앞으로의 일은 아무것도 생각하지 않았다.

"네가 얼마나 욱하는 성격인지는 요 1개월 동안 충분히 알았어. 네 최대 결점은 화가 나면 곧바로 머리 위로 피가 솟구쳐서 앞뒤 분간을 못 한다는 거지. 그래도 이것만큼은 명심해. 너의 행동은 너 혼자만의 책임으로 끝나지 않는다는 것. 네가 무슨 일을 저지르면 반장부터 우리, 그 위에 이르기까지 전부 책임을 물어야 해. 그것이 조직이라는 거야."

일단은 "네" "네" 하며 고분고분 대답했지만, 왠지 싫었다. 마치 자신들이 책임지는 것은 곤란하니 문제를 일으키지 말라는 말처럼 들린다. 조직이라는 것을 방패 삼아 결국은 책임에서 도망치려는 게 아닌가. 세이다이는 계속 먹기만 하는 두 선배를 곁눈으로 바라보면서 안절부절못했다. 어쩌면 소장이라는 사람은 보기와 달리 무사안일주의자일지도 모른다.

"그건 너의 지나친 생각이야. 그저 차분히 행동하라고 말하고 싶었던 거야, 소장은."

미야나가 반장과 둘이 2차로 간 가게에서 세이다이는 갑자기 취기가 돌아 아까 생각했던 것을 입 밖에 내고 말았다. 미야나가 반장은 흠흠, 하면서 잠자코 세이다이의 얘기를 듣더니 틀린 생각이라고 말했다.

"게다가 소장의 말은 거짓이 아니야. 우리는 조직에 몸담은 사람들이란 걸 잊어서는 안 돼. 특히 날 생각해봐, 너의 실습 지도원이지? 결국 네가 무슨 일을 하면 가장 먼저 책임을 져야 한다고."

"결국, 책임을 분명히 하기 위해서 실습 지도원이라는 이름을 붙인 건가요?"

"그야, 그렇지. 네 공적도 실수도 모두 나의 평가로 이어져."

"그래서 반장님은 내가 하는 일에 일일이 참견하는 건가요?"

몸을 내밀고 불만스럽게 보자 미야나가 반장은 불쾌한 듯이 얼굴을 찡그리고 "그런 식으로 말하면 곤란하지"라고 했다.

"그야, 너의 평가가 올라가면 좋지만 그 생각만으로 한 인간을 맡을 수 있다고 생각해? 특히 너 같은 평범하지 않은 녀석을."

"그런 거 몰라요."

세이다이는 내뱉듯 말했다. 재미없다. 속이 뒤집힌다. 모처럼 도시 한구석에 사는 고독한 청년이 시골로 돌아갈 결심하지 않았나. 그가 세이다이의 한마디에 그런 결심을 했다면 "잘했다" 정도는 말해줘야 하는 것 아닌가. 그것으로 110 신호가 한 건 줄었고, 신고가 있을 때마다 잔뜩 긴장하여 내용을 듣고 정확히 지령을 내리고 서둘러 대처하기 위해 달려가는 사람들의 수고를 덜었다.

"뭘 몰라."

미야나가 반장의 목소리는 평소보다 낮고 느리게 들렸다. 세이다이는 취기가 도는 머리를 들고 그 묘하게 진지하고 네모진 얼굴을 응시했다.

"그게 그렇잖아요? 경찰관은 냉정해야 하죠? 어떤 때라도 냉정히 생각할 수 있다면 자신에게 무엇이 이득이고 손해인지 정도는 제대로 계산할 수 있어야죠."

"그야 계산할 수 있지. 그러나 계산대로 되지 않는 게 인간이야. 조금 전 소장도 말했지? 기타가와에 관해서는 나는 너를 막았어―."

"그것이 자신에게 득이었을 테니까요."

"그렇지 않아! 나는 네게 냉정함을 키워주고 싶었던 거야―."

말이야 좋죠! 그렇게 중얼거린 순간이었다. 얼굴에 뜨거운 열기가 작열하고 눈앞에 불꽃이 튀었다. 다음 순간 세이다이는 의자에서 떨어져 있었다. 익숙하지 않은 천장이 눈앞에서 빙글빙글 돌았다.

다음 날 아침, 세이다이는 얼굴이 아파서 잠이 깼다. 특히 왼쪽 눈 아래부터 뺨과 턱에 이르는 부분이 지끈지끈 저리고 열이 났다. 이불에서 기어 나와 거울을 들여다본 그는 비명을 질렀다. 왼쪽 얼굴의 절반가량이 검붉게 부풀어 올라 있다.

"-뭐야, 이게."

어젯밤 대체 무슨 일이 있었던 거지. 이런저런 생각을 하는 가운데 꿈의 단편처럼, 미야나가 반장과 술을 마셨던 일이 떠올랐다. 어젯밤 세이다이는 굉장히 언짢았다. 책임 운운하는 소장과 후배 따위에는 무관심한 주임, 우등생 같은 대답만 하는 반장에게 화가 났다. 그래서 불평을 좀 했더니 맞았다. 그 덕에 남자 얼굴이 엉망이 되었다.

"어떻게 된 거야, 그 얼굴!"

냉찜질로 부기만이라도 빼려고 황급히 세면장으로 달려가 수건을 적시고 있을 때, 운 사납게 미우라가 나타났다. 그는 거울 너머로 세이다이의 얼굴을 보고 놀란 듯 돌아왔다.

"뭐야, 그 얼굴. 어떻게 된 거야?"

"아무 일도 아니야."

"그런 말이 통할 것 같아. 뭐야, 취객이랑 싸웠어?"

"비슷해. 그냥 내버려둬."

말만 해도 얼굴 근육이 아팠다. 세이다이는 잠자코 수건을 꾹 짜서 방으로 돌아왔다. 오늘은 제2 당번을 서는 날이라 오후 출근이다. 오전에는 충분히 쉴 수 있다. 한 방을 쓰는 가토 선배는 분명 어젯밤에는 방에 있었던 것 같은데, 늘 그렇듯 나가버렸다. 텔레비전 스위치를 켜고 혼자서 얇은 요 위에 누워 있자니 미우라가 식당에서 얼음을 가져왔다.

"상대, 알아?"

볼에 든 얼음을 수건에 싸서 다시 얼굴에 대면서 세이다이는 시치미를 떼고 텔레비전을 봤다.

"지금 식당에서 만났는데, 상대도 입 옆에 작은 멍이 생겼어."

그건 기억에 없다. 반장에게 맞고 의자에서 떨어질 때까지의 일밖에 기억나질 않는다. 문득 오른쪽 주먹을 보니 역시 조금 부어 있다.

"바보, 왜 반장님이랑 싸운 거야?"

"어쩌다 보니 그렇게 됐어."

너무나 걱정스러워하는 미우라를 곁눈으로 보며 세이다이는 흥, 하고 콧방귀를 뀌었다. 굳이 말하지 않아도 어젯밤 기억이 돌아오는 순간 괜한 짓을 했다고 생각했다. 어떻게 사죄하면 좋을지, 용서받을 수 있을지 생각하고 있자니 아직 술기운이 남아 있는 머리가 흔들리는 것 같았다. 아아, 나는 대체 무슨 짓을 한 것일까. 그런 생각을 하면서 세이다이는 멍하니 누워 있었다.

◇◆◇

오후에 서에 가서 경찰수첩을 받고 세이다이는 도노오카 소장에게 불려갔다. 옆에는 나가이 계장과 이비 블록담당, 거기에 사이 총괄담당까지 있었다. 모두 경감으로 지역과의 현장 책임을 맡은 사람들이다. 부기는 다소 가라앉았지만, 또렷이 멍이 남아 있는 얼굴로 세이다이는 그들 앞에 서야만 했다. 소장이 약간 눈살을 찌푸렸다. 빨리도 오셨군. 과연 어떤 처분을 받을까, 그런 생각에 자연히 대응할 태세를 갖췄다.

"다카기 경찰, 오늘 제2 당번이지만, 히가시초 파출소로 가."

사이 총괄담당이 세이다이의 멍을 보지 못한 듯한 얼굴로 말했다. 이 사람은 어떻게 경찰이 됐는지 의아할 정도로 몸집이 작은데다 머리가 말끔히 벗어져 있다. 손으로 쥐어놓은 듯 정수리가 뾰족하고 나이는 쉰 전후로 보였다.

"거긴 두 명이 근무하는 파출소인데, 한 사람이 아파서."

뜻밖의 말에 세이다이는 힐끔 도노오카 소장을 봤다. 그러나 소장은 표정 변화없이 작게 고개를 끄덕일 뿐이다. 이것은 어쩌면 미야나가 반장의 책략인지도 모른다. 아니면 서로 치고받고 싸운 두 사람이 곧바로 한 팀으로 일하는 것을 소장이 꺼리는 것이든지. 여하튼 명령이기에 세이다이는 이의를 제기할 수도 없었다.

"오늘부로 히가시초의 가와베 주임이 실습 지도원이 될 거야."

"알겠습니다!"

세이다이는 대답만큼은 씩씩하게 하고 경례를 한 뒤, 풀 죽어 상사들 앞에서 물러났다. 히가시초라고 하면 조사이서보다도 북쪽으로 주택지다. 파출소에 두 사람만 있다는 것은 변화도 없고 평화로운 지역이라는 의미다. 그런 곳에서는 공적을 올리기 어렵다. 마치 유배와 같다. 상사에게 대든 보복이 이것인가. 세이다이는 이런저런 생각을 했다. 밤새워 일하는 오늘 밤에는 틀림없이 시로노 유카리가 올 것이다. 세이다이가 없다는 것을 알면 그녀는 실망할까.

다른 사람들과 같이 서를 나설 때, 미야나가 반장의 모습이 보였다. 사과라도 할까 하는 생각에서 발을 내디딘 순간, 서른 중반으로 보이는 마르고 안경을 쓴 경장이 앞에 섰다.

"가와베요."

전혀 기억에 남지 않는 얼굴이라고 생각하면서 세이다이는 황급히 "잘 부탁드립니다" 하고 머리를 숙였다. 머리 위에서 "나야말로"라는 목소리가 들린다. 부드럽고 다소 조심스러운 목소리였다.

"그 얼굴은 왜 그래? 묻지 않는 게 좋을까?"

가와베 주임의 어조는 매우 온화하고 고압적인 분위기도 없었다. 세이다이는 그저 애매하게 웃기만 했다. 최근 1개월간 늘 행동을 함께해 온 미야나가 반장의 모습이 얼핏 보인다. 그는 이미 자전거에 걸터앉아 제2 당번인 날에는 반드시 가져오는 운동 가방을 어깨에 비스듬히 메고 태연히 이쪽을 보고 있다. 떨어져 있는 탓인지, 미우라가 말한 입가의 멍은 보이지 않았다. 무표정. 무엇을 생각하는지 전혀 읽을 수 없다. 세이다이는 왠지 갑자기 불안해졌다. 혹시 자신은 버려지는 것일까. 어젯밤 일로 완전히 미움을 사게 되었다고 생각하니 슬펐다.

"자, 갈까. 준비는 됐지?"

가와베 주임이 말했다. 세이다이는 "네"라고 얌전히 고개를 끄덕이고 자전거에 올라탔다. 낯선 주임 옆에서 평소와 전혀 다른 방향으로 페달을 밟는다. 쉬는 날마다 미우라와 함께 걸어 다녔기 때문에 전혀 낯선 지역은 아니지만, 제복 차림으로 새 주임을 따라 달리고 있자니 풍경이 꽤 어색하게 느껴졌다. 곧 얼굴에 땀이 맺혔다.

15분 정도 달려 도착한 히가시초 파출소는 복잡한 주택지 한 귀퉁이에 있는 정말로 작은 흰색 단층 건물이었다. 지붕은 기와로 출입구 옆에는 선인장과 나팔꽃 화분이 나란히 놓여 있다. 정면의 벽면을 차지하는 게시판에도 아이들이 크레용으로 그린 그림이 붙어 있고 흡사 목가적이라고 할 만한 분위기가 감돌고 있었다.

"그런데 자네, 역전 파출소 아니었어?"

교대 시간을 기다리고 있던 전 담당자가 조금 이상하다는 얼굴로 세이다이를 올려다봤다. 갑자기 교대를 명령받았다고 설명하자, 기숙사에서 대화를 나눈 적 있는 두 선배는 '그렇군' 하고 고개를 끄덕였다.

"그 얼굴 때문일 거야. 여기는 한가하니까. 좀처럼 사람을 만날 일도 없고."

세이다이가 애매하게 웃는 동안에 가와베 주임은 서둘러 파출소 앞에 있는 화분에 물을 주고 파출소 앞길까지 물을 뿌렸다.

"오늘은 서류 작성이라도 익혀두는 게 좋지 않겠어? 어차피 한가하다면. 좀 전의 두 사람도 아무 일도 없을 때는 내내 시험공부를 해."

인수인계를 끝내고 이전 경찰들이 돌아가자 주임은 뜨거운 커피를 끓이고 천천히 음미하며 마셨다. 막 내린 뜨거운 커피를 마시는 건 실로 몇 개월 만의 일이다. 세이다이는 그가 건네는 커피를 받았다. 역전 파출소와는 전혀 다른 세상이었다.

시간은 천천히 흐른다. 길을 묻는 사람도 없고, 분실물을 신고하는 사람도 없다. 칸 짱처럼 음식 주문을 받으러 오는 사람도, 후지사와 할머니처럼 불평하러 오는 노인도 없다. 마치 세상에서 잊히는 듯, 히가시초 파출소는 한없이 고요했다.

"순회 연락이라도 나갈까?"

귀를 후비면서 가와베 주임이 느긋하게 말했다. 세이다이는 "네"라고 위세 좋게 대답했다. 주임은 쓴웃음을 지으면서 갑자기 생각난 듯이 "아, 아니다"라고 말한다.

"자네 얼굴 때문에 안 되겠군. 자, 나 혼자 다녀올게. 파출소에 있어."

무슨 말을 하는 것인지 세이다이는 당황했다. 자신은 실무연수

기간이다. 그 기간에는 늘 지도 담당자와 행동을 함께해야만 한다. 무엇보다, 누가 와서 길을 물어도 이 주변의 지리는 전혀 모르는 데다, 분실 신고 정도라면 어떻게든 하겠지만 혼자서 제대로 처리할 수 있는 일도 거의 없다. 가와베 주임은 그것을 잊고 있는 것일까?

"괜찮아, 아무도 안 올 거야."

그러나 세이다이의 마음을 꿰뚫어보고 있는 듯이 주임은 빙그레 웃으며 말했다. 그는 순회 연락 카드를 엮은 파일을 옆구리에 끼고 "두 시간 뒤에 올게"라는 말을 남기고 파출소를 나섰다. 세이다이가 "다녀오십시오"라고 말하자, 그가 불현듯 돌아본다.

"무슨 일 있으면 SW로 부르면 돼."

"-알겠습니다."

파출소 주변에는 매미 소리만 들린다. 여기서는 보초를 서도 보람이 없다. 거의 사람이 지나가지 않기 때문에 경찰관의 존재를 알릴 필요가 없다. 게다가 무엇보다도 오늘은 사람에게 보일 수 있는 얼굴이 아니다. 그렇다면 주임이 말한 대로 서류 작성법이나 공부하는 수밖에 없을 것 같다.

같은 파출소 근무인데도 체력의 소모 정도나 긴장도가 이리도 차이가 나다니. 세이다이는 지난 한 달을 떠올려보았다. 온종일 뛰어다니고 땀범벅이 되어 눈앞에 오가는 사람들의 흐름만을 살피는 가운데 7월이 지나가 버렸다. 무엇 하나 제대로 생각할 겨를

이 없었다.

-그러고 보면.

젊은 엄마 품을 떠나 가출한 소년과 자전거를 잃어버린 시건방진 소년은 그 이후에 어떻게 되었을까? 또 친척 집까지 가는 길을 모른다고 당황하던 노인과 지갑을 잃어버렸다며 울 것 같던 중학생은 어떻게 되었을까? 한 사람, 한 사람을, 좀 더 천천히 생각하고 싶었다. 조금 더 제대로 대응하고 싶었는데 모두 어중간하게 끝내고 말았다. 온갖 것들이 폭풍처럼 지나가 버렸다. 이 마을을 사랑해야 한다, 전에 어느 선배가 말했다. 그러나 문제가 너무 많은 데다, 거기에 휘둘리는 동안 사람과의 관계도 순식간에 끝나 버린다. 마을을 사랑하기 위해서는 먼저 사람을 사랑해야 하는데, 그럴 여유가 없었다. 그런 생각을 하자 갑자기 허무한 마음이 들었다.

해 질 무렵이 되어 순회 연락에서 돌아온 가와베 주임은 세이다이가 "이상 없었습니다"라고 보고하자 "그렇지"라며 고개를 끄덕인다. 그러고는 전기식 모기 퇴치기를 감시초소와 수면실에 설치했다. 이 주변은 저녁이 되면 각다귀가 많아져 힘들다고, 그는 담담히 말한다. 마치 휴일을 즐기고 있는 듯 우아한 모습이다.

"이런 파출소 생활이 있다니, 이상한 기분이 들지 않아?"

분명 그 말대로다. 그리 자연적 환경이라고 할 수는 없지만, 석양과 함께 흙과 초목의 냄새가 바람을 타고 흘러든다. 여전히 매미 소리가 들리는 가운데 세이다이는 불현듯 어린 시절 고향의 여름이 떠올랐다.

"조금 떨어졌을 뿐인데, 전혀 다른 세상이네요."

깊이 숨을 내쉬면서 세이다이는 대답했다. 지금 일하는 중이라는 것도, 자신이 이미 스물을 넘기고 사회인이 되었다는 것도 완전히 잊을 것만 같다. 무선기가 삐삐- 하고 우는 것은 여전하지만, 이 파출소에서 처리해야 하는 일은 지금껏 하나도 없었다. 때때로 가스미다이 역전 파출소가 맡은 지역의 주소가 들려서 미야나가 반장은 지금 몹시 바쁘겠구나, 하는 생각을 했을 뿐이다. 그런 때 자기 혼자만 뻔뻔하게 쉬고 있는 것 같아 왠지 마음이 켕겼다.

"같은 관내에 이런 곳이 있다니 정말 몰랐어요."

"사실 이런 데가 많아. 역전 파출소는 어디든 가장 바쁘지. 그런 데 있으면 왠지 사람이 싫어지지. 그 마을도, 뭐도."

오싹했다. 세이다이는 다시 조용히 커피를 마시는 가와베 주임의 모습을 힐끔 쳐다봤다. 주임은 마르고 갸름한 얼굴에 금속 테로 된 안경을 쓰고 있어 왠지 옛 학교의 선생님 같은, 고풍스러운 지식인의 분위기가 풍긴다. 행동과 말씨도 부드럽고 조용해서 분명 역전 파출소 같은 곳에는 어울리지 않는다.

"주임님도 바쁜 파출소에 있었던 적이 있어요?"

"물론. 신주쿠, 가부키초 파출소에 있었던 적이 있어. 그러고 나서 긴시초에도, 롯폰기에도."

주임은 문득 얼굴을 들어 먼 곳을 향하는 눈빛이 되었다. 가부키초나 롯폰기라면 시부야나 이케부쿠로와 나란히 도쿄에서도 가장 바쁜 파출소다. 밤낮을 가리지 않고 사람이 오가고 사건사고가 끊임없이 이어지는, 그런 장소에서 이 사람은 어떻게 일했을까?

"자네는 장래 꿈이 뭐지?"

"장래 꿈이요?"

"계속 지역과에서 지내고 싶어? 아니면, 목표는 있어?"

그런 거 생각해본 적도 없다.

가와베 주임은 "그래"라며 천천히 고개를 끄덕이고, 그래도 조금씩 생각하는 게 좋을 거라고 말했다.

"그것에 따라서 일하는 방식도 달라질 거야. 형사가 되고 싶은 사람은 형사 사건에서, 교통과로 가고 싶은 사람은 교통 처리에서, 그 밖의 희망이 있으면 그 나름으로 일해 자신을 성장시켜야만 해."

분명 그 말대로다. 경찰관이 맨 처음으로 지역과 근무를 하는 것은 파출소 일이 이른바 경찰의 안테나 같은 역할을 하고 있기 때문이고, 경찰관 각각의 적성을 파악하기 위해서라는 것을 학교에서도 배운다. 그러나 지금 세이다이에게는 파출소 일을 배우는 것만으로도 벅차 미래의 일까지 생각할 겨를 따위는 없었다.

"주임님은 역시 지역이 좋으신 건가요?"

지역사회에 밀착하여 시민과의 교류를 소중히 여기고 싶은 사람, 제복이 좋은 사람에게는 파출소가 안성맞춤이다. 게다가 이히가시초 파출소처럼 편하다면 더할 나위 없을 것이다. 세이다이는 주임의 얼굴을 살폈다. 그는 희미한 미소를 지으며 "그렇지"라고 말하며 하늘을 올려다봤다.

"나는 가능하면 주재지에 가고 싶어. 그런데 혼자라서."

"주임님 독신이세요?"

의외였다. 작고 얌전한 아내와 귀여운 아이들에 둘러싸여 생활할 것 같은 분위기의 소유자였다. 게다가 독신은 대개 기숙사에서 생활했다. 그러나 주임은 아파트에서 혼자 생활하고 있다고 했다.

"서른을 넘긴 나이에 늘 동료와 함께 있고, 일과 사생활이 구별되지 않으면 피로가 풀리지 않아."

가와베 주임은 어딘지 여린 웃음을 지으면서 말했다. 이 사람은 틀림없이 섬세한 신경의 소유자일 것이다. 가토 선배처럼 쇠로 만든 게다를 쿵쿵거리며 신고 다니는 남자들만 있는 성가신 생활을 견딜 수 없을지도 모른다. 그래서 주재지에 가고 싶다고 생각하는 것인가. 세이다이는 미야나가 반장과는 대조적으로 보이는 주임을 가엽다 여기면서도 한편으로는 동경심을 가지고 바라보았다.

저녁 식사는 메밀국숫집에서 배달시켜 먹었다. 두 사람의 고요한 밤이 깊어갔다. 9시가 넘어 한 번 근처로 순찰을 나갔지만, 불심검문은커녕 새끼 고양이 한 마리도 보지 못하고 풀이 죽어 돌아왔다.

"가끔 바쁜 날도 있어. 그런데 오늘은 평화롭네."

지루한 시간을 잘 견뎌내는 주임은 조용히 그런 말을 하고 10시에 "먼저 쉰다"며 수면실로 들어가 버렸다. 남겨진 세이다이는 혼자서 어둠을 응시했다. 어차피 같은 급료를 받는 것이라면 편한 곳에 있는 게 낫다. 그편이 훨씬 자신에게 맞다. 그렇지만 이상하게도 바쁜 역전 파출소가 그리웠다.

오전 2시가 지나서 가와베 주임과 교대로 잠을 자게 되었다. 일다운 일을 하지 못해서 거의 피로하지 않았다. 평소라면 기절하듯이 잠들었을 것이라 생각하니 그것도 뭔가 부족한 것 같았다.

–평화롭고 좋기는 한데.

그러나 계속 이런 나날을 보낸다면 세상에서 뒤처질 것 같다. 본래 이런 파출소는 정년이 얼마 남지 않은 사람에게나 맞는다. 그런데 아직 삼십 대인 가와베 주임은 어째서 이런 곳을 좋아하는 것일까? 큰 파출소에 있었을 무렵에 매우 나쁜 경험을 했던 것일지도 모른다. 그러고 보면 사람이 싫어진다는 말을 했었다. 마음에 상처가 있는 사람일까?

누워서 이런저런 생각을 하고 있을 때 갑자기 수면실 문이 열렸다. 호출일까? 무슨 일이지? 세이다이는 어둠 속에서 눈을 떴다. 방 입구에 가와베 주임처럼 보이는 사람의 그림자가 나타났다. 그러나 그 사람은 세이다이를 부르거나 소리를 내지도 않고 방으로 들어와 살며시 문을 닫는다. 어둠 속에 다다미를 밟는 기척이 다가온다. 그 이상한 분위기와 기분 나쁜 침묵에 세이다이는 무심코 몸을 일으켰다. "무슨 일이세요?"라고 말을 꺼내려는 순간, "쉿!" 하는 날카로운 소리가 나고 뜨거운 숨이 귓가에 닿았다.

"–괜찮지?"

깊고 조용한 가와베 주임의 속삭임이 어둠 속에 번졌다. 세이다이는 튀어 오르듯 방 한구석으로 물러났다.

"무, 무슨 일이세요?"

"괜찮지, 응?"

주임의 목소리는 조금 전과는 다르게 들렸다.

"누, 누가 오면 어쩌려고 그래요?"

"괜찮아, 밖은 잠겼어."

주임은 슬금슬금 세이다이에게 다가왔다.

"네가 좋아. 젊고 건강해서."

주임의 손이 세이다이의 팔을 쓱 문질렀다. 이것은 장난이 아니다! 세이다이는 무심코 "우악!" 하고 소리를 지르면서 벌떡 일어났다.

"아, 저는 아니에요. 저는 그런 취미 없어요."

자신의 목소리가 격앙된 게 느껴졌다. 양팔과 목덜미에 소름이 돋았다.

"저는 감시근무를 설게요."

그 말만 남기고 세이다이는 황급히 수면실에서 뛰쳐나왔다. 뒤에서 어깨라도 잡으면 어쩌지? 상대도 유도를 배웠을 것이다. 쓰러뜨려 누른다면 어떻게 하지? 그런 생각을 하면서도 돌아볼 용기조차 나지 않았다.

몇 분 뒤 주임이 충격받은 표정으로 나타났다. 아무 말도 하지 않고 그저 원망하듯이 물끄러미 이쪽을 바라본다.

"저 – 아무에게도 말하지 않을게요!"

무심코 파출소에서 뛰쳐나와, 세이다이는 목적지도 없이 걸었다. 여자가 치한을 만났을 때의 공포라는 게 이런 것이겠구나, 하고 생각했다.

히가시초 파출소의 근무는 단 한 번의 제2 당번으로 끝났다.

"어때 다른 파출소도 공부가 돼?"

휴식을 취한 뒤 다시 가스미다이 역전 파출소로 가게 된 아침, 점검 전에 도노오카 소장이 말을 건넸다. 휴일인 어제까지도 혼자 충격을 끌어안은 채 보내야만 했던 세이다이는, 어쩌면 그 주임과의 하룻밤이 미야나가 반장과 싸운 일로 받은 벌이 아니었을까 하는 의구심을 품고 소장을 응시했다.

"-여러 사람이 있다는 걸 알았어요."

"그야 그렇지. 경찰관도 십인십색 똑같은 사람은 없어. 거기는, 그러니까, 가와베 주임이었지."

도노오카 소장은 가와베 주임의 성적 취향을 알고 있을까? 자신이 희생양이 되었는지 아닌지를 추측하고 있을까? 혹시 같은 성적 취향의 소유자라고 생각하지는 않을까? 동성애가 나쁘다고 생각하지는 않지만, 적어도 세이다이는 그쪽 취향은 아니다. 그런 오해가 소문처럼 퍼진다면 사람의 이목이 신경 쓰여 딱딱한 남성 사회인 경찰에서 견딜 수 없을 것이다.

"그는 미야나가와는 대조적이지. 젊은데 마치 신선 같은 남자야."

그러나 소장은 그렇게 말했을 뿐이다. 세이다이는 꼭 진의를 묻고 싶었다.

"어째서 저를 그 파출소에 보내신 거예요?"

"네 얼굴 때문이야. 그런 얼굴로 사람이 많이 오가는 파출소에 있게 할 수는 없지 않겠어? 그렇다고 실무연수 주에 쉬면 그만큼 네 근무평점에 나쁜 영향이 갈테니, 그곳이 가장 좋을 거라 생각했지."

"-근무평점."

소장의 표정은 여전히 고요했다.

"그날 아침 미야나가가 말하더군. 욱하는 성격으로 가여운 처지에 놓였다고. 그런 일로 쉬게 해서는 안 될 텐데 방법이 없겠느냐고."

좋은 선배다. 조용히 미소 짓는 소장을 올려다보고 세이다이는 왠지 갑자기 부끄러워졌다. 어느 사이엔가 지저분한 의구심의 소유자가 되어버린 것 같다. 이런 마을은 싫다, 이 부근에 사는 사람들은 모두 비뚤어진 근성을 가진 작은 악당들이라고 생각했는데, 세이다이 자신이 그런 인간이 되어가고 있었다.

"너무 미야나가를 곤란하게 만들지 마. 그 사람, 덩치는 크지만 꽤 섬세한 신경의 소유자야. 네가 없는 동안 얼마나 시무룩하던지."

세이다이는 그저 고개를 숙이고 있을 수밖에 없었다. 어째서 매일 고민할 일만 있는 걸까?

평소처럼 하루가 시작되고, 세이다이는 미야나가 반장과 나란히 파출소 밖에서 보초를 섰다. 그제야 겨우 그에게 사과할 수 있었다. 웅얼거리면서 고개를 숙이자, 미야나가 반장은 변함없는 표정으로 "됐어"라고 말했다.

"나도 잘한 건 없어. 하지만 이 일은 연대감이 생명이야. 동료를 믿을 수 없다면 최악이지."

세이다이가 뭐라고 대답하기 전에 어떤 사람이 길을 물어왔다.

혼자서 설명하는 동안, 이번에는 어린아이를 데리고 엄마로 보이는 여성이 "실례합니다"라며 다가온다. 세이다이는 반장과 함께 벽에 붙은 주변 지도를 보며 길 안내를 했다. 아아, 이게 역전 파출소지. 번잡하고 차분하지는 않지만 역시 나는 이렇게 바쁜 편이 그저 한가한 것보다는 성격에 맞는 것 같다. 그러고 있자니 히가시초 파출소에서 보낸 시간이 마치 꿈처럼 여겨졌다.

한 시간의 보초근무를 마치고 감시초소로 들어와 세이다이는 선배들에게 시원한 보리차를 따라주고 오랜만에 일한다는 느낌을 맛봤다.

"그래서 히가시초의 밤은 어땠어?"

늘 그렇듯 상점가의 광고가 들어간 부채로 얼굴을 부치면서 반장이 말문을 열었다. 세이다이는 움찔해서 그를 바라봤다.

"-무슨 의미예요?"

반장은 놀란 표정으로 "뭐?"라고 말한다.

"그러니까 무슨 새로운 수확이 있었느냐고. 이쪽 파출소와는 전혀 다르지?"

아아, 그런 의미였어? 무심코 안도의 숨을 내쉬면서 세이다이는 "한가했어요"라고 대답했다.

"안식처 같았어요. 아무도 오지 않았고 파출소 앞으로 거의 사람도 지나다니지 않았으니까요."

"좋았겠네. 그럼 꽤 느긋하게 잤을 테니."

옆에서 주임이 참견한다. 세이다이는 괜히 오싹했다. 설마 뭔가 알고 있는 건 아니겠지. 아니, 동료를 의심하는 태도는 안 되지. 속으로 자문자답을 반복하면서 "네"라고 대답하는 게 고작이었다.

"서류 작성법을 배우기에는 좋은 곳이야."

"저기, 반장님. 가와베 주임은 –."

어떤 사람이에요? 내가 어떤 일을 당했는지 알기나 해요? 그렇게 말하고 싶었다. 그때 두 명의 소녀가 파출소 입구에 와 섰다.

"이거 주웠는데요."

중학생 정도로 보이는 소녀 중 한 명이 주뼛주뼛 손을 내밀었다. 명품 화장품 파우치다. 세이다이는 황급히 "제가 하겠습니다"라고 말하고 일어섰다.

"그럼, 이쪽으로 들어와."

미야나가 반장이 약간 걱정스러운 얼굴로 자신을 보고 있는 게 느껴졌지만, 이 정도 일은 충분히 할 수 있다는 것을 보여주고 싶었다.

"이건 어디서 주웠어?"

의자에 고쳐 앉은 세이다이는 소녀들에게 의자에 앉으라고 말했다. 그리고 습득물의 일람 명부에 번호를 조회하고 습득물 처리를 위한 서류를 꺼냈다.

"저쪽 공중전화 박스요."

"아, 저기. 잠깐만 기다려."

파출소 일을 간단히 분류하면, 길 안내, 각종 민원서류 수리, 미아와 길 잃은 사람의 보호, 교통 지도로 나눌 수 있다. 또한 사건 사고 중에는 경범죄법이나 소위 명규법酩規法이라고 불리는 '술에 취해 공공에 민폐를 끼치는 행위의 방지 등에 관한 법률'에 저촉하는 사안, 또는 현행범으로 검거하는 것을 다룬다. 그 외의 사건 사고에 관해서는 현장보존이나 초동조치를 하고 이후에는 신속히 각각의 전문 부서에 인계한다. 실로 잡다한 일이 많지만, 습득물 처리는 그중에서도 가장 초보적인 것에 속한다.

먼저 습득자의 주소, 이름, 전화번호 등을 적는다. 그리고 파우치를 주운 장소와 시간을 묻는다. 아직 어린 티가 남아 있는 두 소녀는 흥미로운 표정으로 이쪽을 보고 있다. 소녀들에게는 자신이 어엿한 경찰관처럼 보일 것이라 생각하니, 자연히 얼굴이 딱딱해지고 등이 거만하게 젖혀지는 것 같다.

"그럼 내용물을 확인할 테니 같이 보자."

세이다이는 파우치의 지퍼를 열고 내용물을 하나씩 꺼내 책상 위에 늘어놓았다.

"립스틱. 이건 파운데이션, 마스카라, 아이섀도에 아이라이너. 그리고 응, 이것이 립 브러시인가. 아이브로펜슬에 뷰러도 있어. 기름종이."

하나하나 이름을 말하면서 용지에 적고 있자니 소녀들이 킥킥대며 웃는다. 한 글자, 한 글자, 바르게 적으려고 열심히 볼펜을 움직이던 세이다이는 뭔가 잘못되었나 싶어서 황급히 올려다봤다.

"여자 물건인데 잘 아시네요."

뭐야, 그런 얘기였어. 세이다이는 "그렇지"라고 대답했다.

"내가 순경이라도 여친 정도는 있거든."

"어마! 순경 아저씨도 여친이 있어요?"

두 소녀가 진심으로 놀란 얼굴로 서로를 때리며 웃어댔다.

"그게 아니란다. 여친이 있, 었, 지. 그 순경 아저씨, 옛 여친의 스티커 사진을 아직도 갖고 있을 정도니."

뒤에서 보고 있던 미야나가 반장이 끼어든다. 소녀들은 더욱 놀란 얼굴이 되어 "싫어"라며 비명을 지르고 웃어댄다.

"저기요, 괜한 말씀 마세요."

무심코 반장을 노려보니 이번에는 반장의 웃음소리까지 더해 파출소 안에 웃음소리가 번졌다. 높은 웃음소리는 그것만으로 마음을 부드럽게 풀어준다. 게다가 상대는 귀여운 중학생이다. 어쩔 수 없이 세이다이도 "에헤헤" 하고 웃기로 했다.

화장도구를 꺼낸 파우치 바닥에서 이번에는 액세서리가 나왔다. 금귀걸이 한 세트와 목걸이다. 그리고 1만 엔짜리 지폐 두 장과 공중전화 카드도 있었다.

"럭키! 6개월이 지나면 2만 엔 받을 수 있겠어!"

현금이 들어 있다는 것을 안 순간, 두 소녀는 기뻐서 소리를 질렸다. 세이다이는 "주인이 나타나지 않는다면"이라고 쐐기를 박는 것을 잊지 않았다.

"하지만 주인이 나오지 않겠어? 화장 도구를 잊어버렸다면 꽤 곤란할 테니."

소녀들은 조금 낙담한 표정을 짓는다.

"화장품은 비싸지?"

"엄청 비싸요."

"오호, 너희들 벌써 화장하는 거야?"

세이다이는 재미있어 소녀들을 번갈아 봤다. 이런 아이들과 경계심 없이 대화를 나눌 수 있는 것도 경찰관의 좋은 점이다. 열넷의 소녀들은 피부도 깨끗하고 화장 같은 것은 필요 없어 보인다. 그러나 그녀들은 너무도 당연하다는 듯 "때때로요"라고 대답했다. 조금 더 얘기를 나누고 싶다. 그때 무선기가 삐삐- 하고 울렸다. 세이다이가 귀에 이어폰을 꽂는 모습을 소녀들이 눈을 동그랗게 뜨고 바라본다.

[조사이서 관내. 교통사고 발생. 장소, 가스미다이 1초메 36번 5호 -]

거기까지 듣고 세이다이는 황급히 책상 위의 화장품과 액세서리를 다시 파우치에 넣었다. 미야나가 반장은 이미 나갈 준비를 하고 있다.

"너희들, 고맙다. 주인이 나타나면 연락할게."

습득물 접수증을 건네자 소녀들은 꾸벅 인사를 하고 자리에서 일어났다. 그 뒷모습을 배웅하면서 세이다이는 파우치를 금고에 넣었다. 습득물은 잘 보관해야 한다. 사고가 있으면 안 되기 때문에 주워 온 사람 앞에서 상세히 내용물을 확인하고, 다시 경찰서로 보낼 때까지 안전하게 보관하기 위해 금고에 넣어둔다.

"이것으로 됐어. 가죠."

돌아보니 미야나가 반장이 싱글거리며 "오호"라고 말한다.

"제대로 잘하네."

"네, 완벽하죠."

나란히 자전거에 올라타 서둘러 현장을 향해 달린다. 승용차의 운전자가 휴대전화를 걸면서 운전하다 정차 중인 왜건을 추돌한 사고로, 속도가 높지 않았고 왜건 안에 아무도 없었기 때문에 다친 사람은 없었다.

교통 담당자에게 인계를 마치고 파출소로 돌아오니, 이번에는 가스미다이 역에서 치한이 잡혔다는 연락이 들어왔다. 역시 바쁘니까 좋다. 변화가 있어 좋다. 세이다이는 절실히 느꼈다. 히가시초 파출소에 있었다면 습득물 처리도 못 했을 게 분명하다. 그 날은 왠지 마음이 홀가분했다.

회계 담당의 호출을 받은 것은 다음 날 오전의 일이었다. 때마침 제2 당번인 날이었기 때문에 오후부터 근무였다. 그동안 쌓인 빨래를 빨아 건조기에 넣고, 세이다이는 와카다케 기숙사 1층에서 미우라와 함께 식당 아주머니와 잡담을 하고 있었다. 20년 이상 와카다케 기숙사 주방 일을 해왔다는 아주머니는 얼굴 생김새와는 동떨어진 사유리라는 이름을 가졌는데, 그 때문인지 선배들은 그녀를 귀鬼유리라고 불렀다. 그녀에게서 조사이서에 떠도는 옛날이야기를 듣고 있을 때 전화가 울렸다.

"다카기 순경, 곧 서의 경무과로 와주세요."

큰 교통사고나 흉악사건 등 긴급하게 처리해야 하는 사태가 발생하면 임시 소집이 걸리기도 한다는 얘기는 이전부터 들었다. 그 때문에 독신 기숙사는 대기 기숙사로 불리기도 한다. 경찰 기숙사는 경찰서에 인접해 있는 데다 휴일에도 '대기'라는 마음을 잊어서는 안 된다는 말을 들은 기억도 있다. 단지 어째서 세이다이 혼자만, 그것도 경무과의 호출을 받았는지 알 수 없었다.

"경찰수첩에 아직 스티커 사진 붙여둔 거 아니지?"

귀유리가 그 이름처럼 제법 점이 많은 얼굴을 찌푸렸다. 세이다이가 보기에는 귀유리보다 깨전병이라고 부르는 게 나을 것 같다. 그 동그랗고 평평한 얼굴을 보며 "아니에요"라고 대답하고 고개를 갸웃거렸다. 미우라도 이상하다는 얼굴로 이쪽을 쳐다본다.

"내가 같이 가줄까?"

"바보. 내가 애야?"

"어서 빨리 옷 갈아입어."

깨전병이 그렇게 말해서 세이다이는 건조기에 든 세탁물을 미우라에게 부탁하고 서둘러 서로 갔다. 늘 경찰수첩을 맡아주는 경무과의 담당자가 세이다이를 알아보고 묘한 표정으로 "이쪽"이라고 턱으로 가리킨다. 그가 가리키는 쪽을 보니 '회계'라는 간판이 천장 아래에 매달려 있었다.

"다카기 순경, 어제 습득물을 접수한 건 자네지?"

머리를 7대 3으로 가른 갸름한 얼굴의 계장이 검은 테 안경을 쓰고 이쪽을 향했다. 세이다이처럼 밖에서 일하는 팀의 제복은 세탁해서 바로 입어도 움직임이 많고 금세 땀이 나서 다림질 선이 사라지는데, 계장의 제복은 종잇장처럼 날이 서 있다. 마치 땀 한 방울 흘리지 않는 것처럼 보인다. 그는 어제 세이다이가 소녀들에게 받은 파우치를 들고 있었다.

"내용물을 모두 점검한 뒤에 서류를 작성했겠지?"

"틀림없습니다."

가슴을 펴고 대답했다. 그러자 회계계장의 입가가 일그러지고 눈이 약간 가늘어졌다.

"그렇다면 어째서 서류와 맞지 않지? 이 안에는 금귀걸이 같은 건 들어 있지 않아."

◇◆◇

"진짜, 너란 녀석은."

뒤에서 분명치 않은 목소리가 들린다. 세이다이는 책상 아래 잔뜩 웅크린 채 책상다리에 얼굴을 부딪칠 것 같은 자세로 돌아보았다. 미야나가 반장이 큰 몸을 잔뜩 구부리고 자료 책상의 틈을 들여다보고 있다.

"하지만 그때 분명히 잘 담았다고요." 세이다이는 숨이 막힌 채로 대답했다.

"제대로 했다고? 그럼 왜 귀걸이가 사라진 거야?"

"몰라요, 그런 거."

"멍청이. 네가 제대로 안 하니까 나까지 이런 일을 해야 하잖아."

어제 세이다이가 접수 절차를 밟은 습득물 중에서 금귀걸이만 사라졌다. 처음 그 지적을 받았을 때, 세이다이는 혹시 완고한 회계계장이 귀걸이가 뭔지 모르는 것은 아닐까 하는 생각을 했었다. 그러나 실제로 화장품 파우치 안을 살펴보고 난 후 얼굴에 핏기가 가시는 것을 느꼈다.

"어째서 이렇게 문제가 끊이지 않고 일어나는 거지?"

세이다이의 실수는 지도담당자가 책임지게 된다. 그래서 미야나가 반장까지 호출을 받아 한시라도 빨리 귀걸이를 찾아내라는 엄명을 받았다. 두 사람은 황급히 가스미다이 역전 파출소로 달려와서 두 시간 가까이 파출소 안을 샅샅이 뒤지고 있지만, 금귀걸이의 그림자도 보이지 않는다.

"안녕-."

눈앞에서 누군가의 말소리가 들렸다. 책상 아래서 얼굴만 들어 보니 칸 짱이 늘 신는 고무장화를 신고 웅크린 자세로 이쪽을 보고 있다.

"뭐해? 숨바꼭질?"

칸 짱은 누런 이를 드러내고 몹시 즐거운 듯 말했다.

"아니에요. 뭘 찾고 있어요."

"이런 데 행방불명된 사람이 있어?"

"사람이 아니라 물건. 물건을 찾고 있어요."

세이다이는 무심코 쓴웃음을 지으면서 대답했다. 등 뒤에서 반장의 신음이 들린다. 계속 웅크리고 있으니 다리든 허리든 아플 거다.

"그런 작은 물건은 한 번 없어지면 못 찾지 않아?"

오늘의 제2 당번 담당자가 말했다. 칸 짱이 "뭔데? 뭐야?"라고 묻는다. 세이다이는 책상 아래서 기어나와 손과 무릎의 먼지를 털면서 "없어요"라고 말하고 등을 폈다. 칸 짱이 배달 주문을 받고 파출소를 떠난 후, 세이다이는 미야나가 반장에게 말했다.

"그 정도 아무렴 어때요. 처음부터 귀걸이는 없었던 걸로 할까요?"

말을 마치기도 전에 반장의 표정이 싹 바뀌었다. 세이다이는 황급히 "농담이에요"라고 말했다. 또 얻어맞는 건 싫다. 이제 겨우 얼굴에 멍이 가셨다. 그런데 정말 농담인가 하면 그렇지만도 않다. 고작 귀걸이 하나일 뿐이다. 잃어버린 주인이 나타난다 해도 다른 것은 무사히 돌려받았으니 이 정도는 너그러이 봐줄 것이다. 어쩌면 귀걸이가 있었다는 사실을 까맣게 잊고 있을지도 모른다. 무엇보다 그런 중요한 물건을 잃어버리는 게 제일 큰 잘못이다.

"너, 이 일이 뭐라고 생각해?"

그러나 세이다이의 생각을 꿰뚫어봤는지 미야나가 반장은 소리 죽여 말했다.

"그 두 중학생은 네가 눈앞에서 내용물을 확인했다는 것을 기억해. 서류도 제대로 남아 있고. 물건을 잃어버린 사람은 나중에 그 서류와 맞춰보고 내용을 확인한다고. 그때 귀걸이만 없다고 하면 어떻게 생각할 것 같아? 경찰의 신용은 박살 나는 거야. 경찰이 슬쩍했다고 생각할걸."

귀걸이 하나로 너무 호들갑 떠는 건 아닌가. 고작 그런 일로 시끄럽게 군다면 새로 사주거나 돈으로 변상하면 되지 않을까. 사정을 잘 설명하면 이해해줄 게 분명하다. 그렇게 생각하니 조금은 기분이 나아진다.

"우리가 여자 귀걸이를 슬쩍해서 어쩌겠다는 거예요? 그 정도는 상대도 이해해줄 걸요."

"그런 문제가 아니야. 만약 없어진 게 현금이었다면 어쩔 셈이야? 현금카드였다면? 그게 다이아 반지였다면?"

"그렇게 얘기를 비약하지 마세요."

"비약하는 게 아니야. 하나를 보면 열을 안다고, 너는 너무 무신경해!"

굳이 그런 말까지 할 필요는 없다. 세이다이는 반장을 노려보며 "알았습니다"라고 큰 소리로 대답했다. 이런 자잘한 일로 잔소리 듣는 게 너무 싫다.

"찾으면 되잖아요. 경찰의 체면을 걸고 찾을게요. 찾, 는, 다, 고요!"

세이다이는 책상 위에 가지런히 놓인 서류함을 난폭하게 끄집어내어 하나하나 페이지를 넘기고 뒤적였다. 선배들의 따가운 시선이 느껴진다. 이런 일로 해고라도 해보라지. 귀걸이의 핀으로 눈이라도 쑤실 테니까. 세이다이는 겨우 화를 참으며 계속 귀걸이를 찾았다.

그러나 어디에도 보이지 않는다. 근무시간에도 다른 일은 제쳐두고 계속 귀걸이를 찾았다. 심지어 2층 수면실 서랍까지 뒤졌지만 없었다.

"대체, 어디로 간 거야?"

지금도 또렷이 기억에 남아 있는 금귀걸이의 모습이 떠올랐다. 링 형태의 디자인으로, 한쪽만 없어지지 않도록 두 개를 묶어 파우치 바닥에 넣었다. 그때의 감촉이 여전히 손끝에 남아 있다.

– 역시 없어질 리가 없어.

위세 좋게 말했지만, 시간이 흐르면서 점차 우울해졌다. 아직 주인이 나타나지 않아 다행이다. 만일 그 사람이 물건을 찾으러 와서 기쁘게 내용물을 확인하고, 귀걸이만 없어진 것을 알게 된다면 어떤 얼굴을 할까. 만일 그것이 남자 친구에게 받은 선물이라면 –.

생각하면 생각할수록 마음이 무겁다. 그러나 정말로 구석구석 뒤져도 귀걸이는 나오지 않는다.

"난 모르겠다."

미야나가 반장은 평소처럼 바삐 파출소를 드나들면서 몇 번이고 세이다이의 모습을 살피러 왔다. 그러더니 결국은 어이없다는 듯이 말했다. 세이다이는 이미 뭐라고 말대꾸할 기력도 없었다. 역시 나는 무신경한 걸까. 이런저런 생각을 하는 가운데 기분 나쁜 추억이 하나둘 되살아났다.

세이다이는 어릴 적에도 물건을 잘 잃어버렸다. 그때마다 발을 동동 구르거나 짜증을 내거나 울상이 되어서 잃어버린 물건을 찾으려 애썼다. 그런 세이다이를 보고 어머니는 늘 "꺼냈으면 정리해라"거나 "물건은 제자리에 두라"고 입에 침이 마르도록 잔소리를 했다. 고등학교 시절 처음 사귀었던 여자 친구도 "너는 무신경해"라는 말을 하며 헤어지자고 했었다. 또 도쿄에 올라와서 중화요릿집에서 아르바이트할 때도 "여기는 음식을 내는 곳"이라며 자질구레하게 잔소리를 들었고, 운전면허증을 따러 교습장에 다닐 때는 그렇게 운전했다가는 금세 자동차가 망가지거나 큰 인명사고가 날 거라는 말을 듣기도 했다..

그런 기억을 떠올리고 있자니, 지금껏 물건을 잃어버리고 누군가에게 원망을 듣거나 아르바이트하던 곳에서 식중독 사고를 일으키거나 차로 사람을 치지 않는 게 기적처럼 느껴진다.

–역시 나는 안 되는 건가.

해 질 무렵, 세이다이는 실망해서 푹 어깨를 떨궜다. 다른 사람과 얘기할 기력조차 남아 있지 않다. 그렇게 찾았는데 결국 귀걸이를 찾지 못했다. 정말 어디로 사라진 걸까? 어떻게 하지? 어떻게 책임을 지면 좋을까? 조금 전의 기세는 어디론가 사라지고 식욕을 잃을 정도로 완전히 우울해지고 말았다. 그때 시로노 유카리가 찾아왔다.

지금은 누군가와 기분 좋게 대화할 기분이 아니다. "네"라고 말하는 것도 벅찼다. 세이다이는 허겁지겁 일어나 자리를 피했다. 미야나가 반장이 기분 나쁘게 부드러운 목소리로 "오늘은 혼자야?"라고 묻는다. 자기 여자 친구가 함께 오지 않은 것을 신경 쓰는 것이다. 유카리가 평소처럼 얌전한 목소리로 "네, 오늘은요"라고 대답하는 것이 부엌에서 들렸다.

"이거 매일 물 주세요?"

"아아, 꽃이 잘 펴. 꽃 이름이 뭐야?"

"채송화요. 해가 잘 드는 곳에 두면 가을까지 꽃이 펴요. 꽃이 하루 동안 피어 있으니까 이렇게 시든 건 따버리고—."

세이다이는 냉장고에서 콜라 캔을 꺼내 우울한 마음으로 따개를 당겼다. 제길, 이런 상황에 꽃이나 칭찬하고 있고. 반장이 지금 자기 처지를 잘 알면서도 그런 말로 자신을 놀리는 것이라고 원망하면서, 톡 쏘는 거품 액체를 입에 넣었다. 따끔한 감촉이 목구멍을 지나 텅 비어 있는 위장에 찌릿찌릿 전해진다. 탄산가스가 안에서 부풀어 오르는 것을 불쾌하게 맛보고 있을 때, "어머!" 하는 소리가 들렸다.

"뭐에요, 이게?"

그게 뭔지 알게 뭐야. 나는 조그만 귀걸이 하나로 미래가 닫힐 판국이다. 미야나가 반장은 아마 소장들과 함께 위에 이렇게 보고하겠지. 경찰관으로 부적합. 주의력 산만에 책임감 없음. 제기랄. 뭐든 지껄여보라고.

"이봐, 다카기!"

등 뒤에서 반장이 부르는 소리가 들렸지만 세이다이는 지금 지금 완전히 토라져 대답할 기분이 아니다. 마지 못해 냉장고에 기대서 천천히 고개를 드니, 벌컥 문이 열리고 반장이 안으로 들어왔다.

"—그거."

콜라 캔을 든 채로 세이다이는 미야나가 반장이 내민 손을 응시했다. 울룩불룩하고 두툼한 커다란 손바닥 위에 어울리지 않게 금귀걸이가 살며시 올려져 있었다.

"–어디에 있었어요?"

귀걸이에서 눈을 떼지도 못하고 세이다이는 주뼛주뼛 다가갔다. 틀림없다. 이것은 오늘 수십 번도 더 머릿속에 떠올렸던 그 귀걸이다. 화장품 파우치 바닥에서 나왔던 바로 그 금귀걸이다.

"바보. 잘 찾기는 한 거야? 저 꽃 화분, 채- 뭐였더라. 저 화분 안에 있었어."

"화분 안이요? 왜 그런 데 있어요?"

"나야 모르지."

반장의 등 뒤로 유카리의 놀란 얼굴이 보였다.

"찾았다! 찾았다! 찾았어!"

무심코 환성을 질렀다. 어깨와 등에서 힘이 쭉 빠진다.

반장에게 꿀밤을 맞고, 주임에게 한소리 들어도 세이다이는 계속 까불거렸다.

"소란스럽기는. 나까지 피곤해."

미야나가 반장은 굵은 눈썹을 찡그리며 내심 질린 얼굴을 했지만, 같이 기뻐해주는 것이 분명하다.

"그런데 어떻게 화분 안에 떨어졌을까?"

세이다이도 그것이 궁금했다. 그는 유카리가 선물로 가져온 꽃 화분을 소중하게 생각했다. 다른 선배들도 마찬가지여서 출근할 때마다 다른 장소에 놓여 있는 일도 드물지 않았다. 종일 파출소 밖에 놓여 있기도 하고, 누군가 물을 주었는지 분홍색이나 노란색, 혹은 주황색 꽃들이 물기를 머금고 있기도 했다.

"그 습득물을 처리할 때 어디에 있었지? 책상 위에 놓여 있었나?"

"글쎄요, 기억나질 않아요."

여하튼 귀걸이를 찾았으니 그것으로 됐다. 공훈을 세운 유카리는 얌전히 웃는 얼굴로 세이다이를 바라보고 있다.

"저기, 제가 한턱 낼게요. 뭐든 먹고 싶은 거 말해요."

유카리에게 말하자, 그녀는 더욱 수줍은 듯 웃었다. 그러다가 문득 세이다이에게서 시선을 거두더니 얼굴에서 밀물처럼 웃음이 지워졌다. 다시 얼굴을 들었을 때, 그녀는 어딘가 생각에 잠긴 표정이었다.

"저 – 그렇다면 말하기 좀 어려운데 사실 – 하고 싶었던 말이 있어요."

반사적으로 세이다이는 미야나가 반장과 얼굴을 마주봤다. 설마, 이런 곳에서 고백하려는 것은 아니겠지? 다른 사람도 있는 곳에서, 게다가 파출소 안에서 "좋아해요" 혹은 "우리 사귀어요"라는 말을 듣는다면 어쩌나 하는 생각에 간신히 풀린 온몸의 근육이 다시 오그라들었다.

"어 – 갑자기, 무슨 얘기를요?"

"-가능, 하면."

평소의 유카리답지 않게 계속 긴장한 표정이다. 얼핏 보면 온화한 분위기로 보이지만, 이 여자는 의외로 완고한 성격일지도 모른다. 세이다이는 한순간 그녀와 사귀다 싸웠을 때의 장면까지 상상하고 말았다. 이런 식으로 어두운 얼굴로 무뚝뚝하게 나온다면 어쩌면 좋을까?

"자, 그럼 나는 잠시 나가 있을까?"

오제키 주임까지 서둘러 어색한 듯이 묘하게 마음을 써준다. 그러나 유카리는 주임이 들어도 상관없는 얘기라고 말했다. 세이다이는 다시 반장과 얼굴을 마주본 뒤, 유카리를 응시했다.

"전부터 계속 상담하고 싶었는데, 도저히 입이 떨어지지 않아서요."

유카리는 굳은 표정으로 자신을 둘러싼 세이다이를 비롯한 경찰들을 차례로 보고, 마음을 굳힌 듯이 작게 숨을 내쉬었다.

"사실 제 남동생 일인데요."

"남동생? 외동딸 아니었어요?"

세이다이는 눈을 동그랗게 뜨고 물었다. 분명 유카리를 집까지 데려다준 날, 그렇게 들은 기억이 있다. 그녀는 조부모와 양친과 함께 살고 있다고 말했었다. 그러나 유카리는 조금 미안한 표정으로 세이다이를 보고 작게 고개를 가로저었다.

"남동생이 한 명, 있어요. 중학교 2학년예요."

"중2라면 열넷? 꽤 나이차가 있네요."

이번에는 미야나가 반장이 말했다.

"-엄마가 달라요. 저를 낳은 엄마는 제가 유치원생일 때 돌아가셨고, 그 후 아빠가 재혼했거든요."

유카리는 말하기 어려운 듯 보였다. 그런 걸 묻다니. 반장도 참 무신경하다니까. 세이다이는 반장을 곁눈으로 노려보았다. 곱게 자란 아가씨처럼 보이는 유카리에게 그런 사정이 있었다니 조금은 뜻밖이었다. 전혀 아픔이라고는 모르고 편하게만 자랐을 거라고 생각했다.

"하지만 새엄마도 저를 사랑해주시고, 할아버지와 할머니도 있으니까 별로 마음 쓰지 않아요. 남동생과도 사이가 좋고요-."

그녀는 사실 그 남동생이 1년 전부터 학교에 가질 않는다고 말했다. 처음에는 동급생들의 괴롭힘이 계기였는데 조금씩 학교를 쉬다가 중학교 2학년이 되고부터는 아예 방에서 나오지 않는다는 것이다.

"등교 거부?"

세이다이는 한숨을 쉬면서 팔짱을 꼈다. 불과 조금 전까지도 혹시 사랑 고백이라도 받는 것은 아닐까 싶었는데, 그런 생각은 어디론가 날아가버리고 마음이 침울해졌다.

"밤낮이 뒤바뀌어서 좀처럼 남동생의 얼굴을 볼 수가 없어요. 그런데 얼마 전부터 밤에 집을 빠져나가 어딘가를 다니고 있어요. 게다가 식구들이 어디에 다녀오느냐고 묻거나 나가지 말라고 하면 난폭하게 굴고요. 최근에는 엄마가 다쳤고, 할아버지와 할머니에게도 주먹을 휘두르고 있어요."

온가족이 동생을 두려워하고 겁내면서 점점 지쳐가고 있다고 유카리는 어두운 표정으로 중얼거렸다. 그러나 세상의 이목이 두려운지 부모님은 어디에도 동생 문제를 상담하지 않는다고 한다.

"하지만 이대로 두면 우리 집은 망가질 거예요."

무거운 짐을 떠안은 기분이었다. 도저히 세이다이가 감당할 수 있는 일이 아니었다.

세이다이가 학교를 다닐 때도 도중에 학교에 오지 않는 아이가 있었다. 처음에는 '어라? 무슨 일 있는 건가?' 하면서 빈자리를 바라보지만, 며칠이 지나면 서서히 신경 쓰지 않게 되고 이윽고 그 아이의 존재조차 잊는 게 보통이다.

"아직 1년도 지나지 않았어요."

그렇다면 그녀의 남동생은 반에서 거의 잊혔을 것이다. 달리 악의가 있어서 그런 게 아니라, 중학생 무렵에는 특히 주변 일 따위는 보이지 않는다. 자신의 경험에 비추어봐도 꽤 친한 사이가 아닌 이상, 같은 반 친구가 학교에 오든 말든 사흘쯤 지나면 누구도 신경 쓰지 않는다. 모두 자기 일만으로도 힘겹기 때문일 것이다. 그래서 주위를 찬찬히 관찰할 여유 따위는 없다. 그 무렵을 돌아보면 그런 생각이 든다.

"그럼 지금 다시 억지로 학교에 보내려는 건가요?"

그렇게 말한 순간, 꿀밤이 날아왔다. 미야나가 반장이 마치 귀신 같은 험악한 표정으로 자신을 노려보고 있다. 세이다이는 입을 삐죽거리며 "뭐가요?"라고 낮은 목소리로 투덜거렸다.

"또 너는. 무신경한 소리를 하잖아."

"힘들겠다는 말을 하려고 했어요. 억지로 다시 학교에 가야 한다니 가엽다고요. 가만히 있어도 괴롭힘을 당하는데 괜히 무시당하지 않겠어요. 본인도 불안할 거예요."

턱을 내밀고 도전적으로 반장의 눈을 응시하고 있을 때, "그렇겠죠"라는 유카리의 목소리가 들렸다.

"학교 공부도 따라가지 못할 거고 친구들도 점점 앞서갈 테죠."

"그렇다고 앞으로 평생 갇혀 지낼 수는 없는 일이죠. 언젠가는 밖으로 나와야 할 때가 올 거예요."

미야나가 반장이 깊이 한숨을 쉬면서 말했다.

고등학교 시절에 세이다이는 때때로 수업을 빠지기는 했지만, 학교에 다니는 것은 당연하게 여겼다. 물론 수업을 좋아했던 것은 아니다. 그리고 즐거운 날만 있었던 것도 아니다. 그러나 학교를 쉬어야 할 이유도 발견하지 못했다. 취미반 활동이나 마음에 드는 여학생, 하굣길 친구들과 어울리는 나날이 즐거웠다.

"괴롭힘이 그렇게 심했다고 하던가요?"

"본인은 아무것도 말하려고 하지 않아요."

"학교에서는 뭐라고 하나요?"

"특별히요 - 괴롭힘이 있었다거나 없었다는 말도 하지 않아요. 여하튼 지금 같은 상황에서는 자신들이 감당할 수 없으니 아동상담소 같은 데를 가보라고 했어요. 일단 학교에만 가면 어느 정도 도움을 받을 수 있을 것도 같은데."

유카리는 매우 우울한 표정으로 "학교는 그런 곳이잖아요" 하고 말했다.

그녀는 나오키라는 이름의 남동생이 어릴 적부터 분별력 있고 솔직하고 얌전한 소년이었다고 했다. 나이 차가 있는 유카리나 부모님, 조부모님에게 둘러싸여 다소 어리광을 부리기는 했지만, 완고하고 고집 센 자신보다도 훨씬 상냥하고 주위 사람들에게도 마음을 쓰는 성격이었던 것 같다.

"예를 들면 저는 저 자신이 나쁘다는 걸 알아도 솔직하게 사과하지 못하는 부분이 있거든요. 그래서 미안하다고 생각하면서도 새엄마를 꽤 애먹인 적이 있어요."

유카리는 조금 부끄러운 듯이 말했다. 역시 예상한 대로다. 이런 타입의 여자와 사귀면 처음에는 고집을 부려도 귀엽겠지만, 차츰 그런 성격 때문에 귀찮아진다.

완고한 여자는 다루기가 어렵다. 화가 났을 때 선물을 건네거나 기분을 맞춰주는 일이 통하는 것은 처음 몇 번뿐으로, 점차 "그런 것으로 얼버무려서는 안 돼"라고 말한다. 그리고 끝내는 훌쩍이며 눈물을 보이기도 한다. '세이다이는 내 마음, 전혀 몰라'하면서.

"-그런 게 아닐까요?"

그녀와 정말로 사귄다면 분명 관계가 심각해질 것이다.

"-그런 것도 생각해볼 수 있겠죠."

상대가 조금 가벼운 여자라면 적당히 사귈 수도 있다. 솔직히 자신은 지금 여자 친구가 절실하다. 게다가 이렇게 다 차려진 밥상도 못 먹는다면 남자로서도 수치다. 하지만 완고한 데다 성실하기 짝이 없는 유카리에게는, 헤어지고 싶어도 이제 지겹다거나 흥미를 잃었다는 말은 결코 할 수 없을 것이다. 그녀가 그 정도까지 사귀고 싶은 상대인가 하면, 분명히 그렇지는 않다.

"다카기!"

어느새 멍해 있었다. 자신을 부르는 소리에 "네"라고 대답하면서 고개를 들자, 미야나가 반장이 어이없다는 듯이 노려보고 있다. 마치 세이다이가 등교 거부의 원인이라도 된다는 듯한 표정이다. 세이다이는 여전히 기운 없어 보이는 오제키 주임과 반장을 번갈아 보고, "저는 잘 모르겠어요"라고 말했다. 내용은 자세히 못 들었지만, 여하튼 이런 문제에 관해서는 그것이 솔직한 심정이다. 달리 말할 것도 없고, 일단 무책임하게 도망칠 생각이었다. 그런데 주위의 선배들은 뜻밖에 진지한 표정으로 "그렇군" 하면서 고개를 끄덕인다.

"해결 방법을 알면 사회문제가 되지도 않았을 테죠."

오제키 주임이 제대로 대답하는 모습은 처음 본다. 시가라키 도자기 속 너구리 같은 얼굴을 찌푸리며 고민하는 주임과 팔짱을 끼고 한숨짓는 미야나가 반장을 번갈아 보고, 세이다이는 비로소 이것이 심각한 문제라는 사실을 깨달았다. 하지만 경찰이 이런 문제에 관해 어떻게 손을 쓸 수 있을지는 여전히 의문이다. 유카리에게는 미안한 일이지만 경찰이 나설 자리는 아닌 것 같다.

그때 도노오카 소장이 밖에서 돌아왔다.

"이런 문제는 계속 원인을 고민해봐도 구체적 해결책이 나오지 않아요. 우선은 지금 상태를 어떻게 할지, 그것을 생각해봐야 하지 않을까요?"

오제키 주임으로부터 유카리의 고민거리를 설명 듣고, 도노오카 소장은 먼저 나오키의 얘기를 직접 들어보는 게 좋겠다고 했다.

"우선 생활안전과에 연락해서 청소년계나 가정상담계로 가는 게 좋을 거예요."

각지의 경찰서에는 생활안전과라는 부서가 있고 그 아래 방범, 생활, 보안, 청소년이라는 계가 있는데, 경찰서에 따라서는 그 외에 가정상담계가 설치된 곳도 있다. 경찰은 늘 공공의 안전과 질서 유지에 노력해야 하고, 시민들이 어려움을 겪고 있을 때는 그것을 처리하는 것이 중요한 직무 중 하나다. 아무리 민사 불개입이 원칙이라 해도 시민들의 문제를 상담할 수 있는 창구가 되어 함께 문제 해결의 지름길을 고민하고, 관련 부서로 연락하거나 이어서 취해야 할 조치를 지도한다. 이것은 자칫 문제가 커져 사건으로 확대되는 것을 막기 위한 예방 조치로, 고민이 있을 때 조언을 구할 수 있는 이웃 어른조차 없는 요즘 같은 시대의 소위 도우미 역할이라 할 수 있다.

"그럼 가정상담계와 상담하고 앞으로의 일은 그 사람들과 함께 생각해보자고요."

미야나가 반장이 의욕적으로 말했다. 그러나 유카리는 불안한 표정으로 반장을 올려다본다.

"-그렇다면 식구 중 누군가 경찰서에 가야 하나요?"

"아니요, 우리가 댁으로 찾아가도 됩니다."

그녀는 당황해서 말했다. "그렇게 일이 커지는 건가요?"

"갑자기 경찰이 찾아오면 식구들이 놀랄 것 같아요. 사실 이렇게 경찰에 상담한 걸 알면, 그것만으로 저에게 화낼 거예요."

"이런 일은 가족 모두가 힘을 합쳐야 해요."

소장과 주임이 교대로 입을 열었다. 세이다이는 끼어들 여지도 없었다. 그저 선배나 유카리의 얼굴을 번갈아 바라볼 뿐이다. 경찰이 가출 청소년이나 비행 청소년 문제를 다룬다는 것쯤은 알고 있었다. 그러나 집 안에 틀어박혀 있는 청소년은 사회에 어떤 해도 끼치지 않는다. 그런데도 그런 아이들까지 걱정해야 하는 걸까? 세이다이는 조금 놀랐다. 불평을 듣는 정도에 그치는 것이 아니라 구체적인 대책까지 생각해야만 한다니. 이 일은 경찰학교에서 배운 것보다, 그리고 세이다이가 생각한 것보다 더 많은 일을 처리해야 하는 직업인 것 같다.

"가장 힘든 건 본인 아닐까요?"

마지막으로 소장은 온화한 표정으로 말했다. 주임도 반장도 고개를 끄덕인다. 무엇을 어떻게 할지 모르지만 여하튼 그들의 모습은 분명 듬직해보였다. 세이다이는 "잘 부탁드립니다"라고 말하며 고개를 숙이는 유카리에게 웃으며 걱정 말고 맡겨두라고 하고 싶었지만, 그것이 얼마나 진부한 말인지 깨닫고 황급히 고개를 숙였다.

다음 날, 와카다케 기숙사로 돌아와 죽은 듯 잠든 세이다이를 미야나가 반장이 깨웠다. 창밖에 어둠이 다가온 것을 보면서 일어나자, 반장은 오늘 밤 유카리의 집에 가보자고 말했다.

"오늘 밤이요?"

눈곱을 떼면서 세이다이는 반장을 봤다.

"우리가 그런 일까지 해야 해요?"

어젯밤 들은 유카리 동생의 문제는 오늘 생활안전과 담당에게 잘 전해졌을 것이다. 미야나가 반장은 그 담당자가 되도록 빨리 나오키를 보러 가겠다고 했다며 소식을 전해주었다. 파출소에서 하는 일은 거기서 끝이다. 각각의 전문 부서로 전달하면 그것으로 충분하다.

"너, 너무 차갑지 않아? 유카리 씨의 동생 일이잖아."

미야나가 반장이 세이다이의 이부자리 옆에 책상다리하고 앉아서 굵은 눈썹을 찡그린다.

"생활안전과에 말해두었잖아요?"

"그 사람들도 바빠. 그리 자주 모습을 살피러 갈 시간이 없다고. 우리가 처음 접수한 일이니까. 좀 살펴보는 것도 좋지 않아?"

미야나가 반장은 세이다이가 싫다면 혼자 가겠다고 했다.

"괜찮아. 유카리 씨의 집이라 일단 네게 말했을 뿐이니까."

"그럴 필요 없어요."

"그래? 알았어. 결국, 너는 귀찮다는 거네. 지금 한 청소년이 고통받고 있는데 그렇게 편히 잠이 와?"

아아, 알았다고. 세이다이는 이부자리 위에 고쳐 앉았다. 정말 성가신 선배다.

"그런데 어째서 그렇게 열심히 하는 거예요? 노리코 씨의 남동생 일이라면 이해할 테지만요."

티셔츠에 운동 바지를 입고, 바지 아래로 특대 산마 같은 굵은 털북숭이 다리를 드러낸 반장은, 갑자기 성실해 보이는 얼굴을 하고는 말했다.

"나는 생활안전과에 가고 싶거든. 청소년 문제에 관심이 많아."

세이다이는 잠시 반장의 얼굴을 바라봤다. 처음 듣는 얘기다. 이 선배도 장래의 일을 생각하고 있었구나. 청소년 문제에 관심이 있었구나.

"인생에는 계기라는 게 있어. 그런데 그런 계기도 없이, 단지 부모와 환경이 나빠서 삐뚤어진 청소년들이 많다고 생각해."

"−그야 그렇겠죠."

"어른이 된 뒤에 그걸 바로잡기는 어려워. 그러나 아직 어릴 때는 빨리 바로잡고 새롭게 시작할 수 있지."

미야나가 반장의 표정은 어느 때보다도 온화하고 빛났다. 세이다이는 그 얼굴을 물끄러미 바라봤다. 이 사람은 아마도 철두철미, 열혈청년의 노선을 걷겠구나. 게다가 성실하기까지 하니 지금 같은 시대에 국보급 인재일지도 모른다.

밤이 깊어 저녁식사 때 마셨던 맥주의 취기가 완전히 가셨을 무렵, 세이다이는 미야나가 반장과 함께 시로노 유카리의 집으로 향했다. 자정 가까운 시각에 몰래 집을 빠져나가는 일이 많다는 그녀의 남동생을 기다렸다가 밖에서 말을 걸어볼 생각이었다.

"오늘 밤도 나올까요? 모르는 일이잖아요?"

"나오지 않아도 상관없어. 다른 기회를 노리면 되니까."

경찰관은 엉덩이가 무거워서는 안 된다. 또 헛걸음을 두려워해서는 아무 일도 할 수 없다. 그런 얘기를 귀가 따갑도록 들었다.

그래도 세이다이는 기다리는 게 싫었다. 게다가 근무가 끝난 시간까지 이런 일을 하고 싶지는 않았다.

"너, 슬슬 일에 익숙해졌으면 조금씩 다음 목표를 찾아봐."

"나는 뭐든 좋아요."

"뭐든 좋다니, 너 -."

"천천히 할래요."

고지대에 펼쳐진 주택가의 어둠에 숨어들어 세이다이는 미야나가 반장과 그런 말을 주고받고 있었다. 오늘 밤도 열대야인지, 가만히 있어도 목덜미에 땀이 맺힌다. 여기저기서 여름 벌레가 울고, 때때로 귓가에서 모기의 날갯짓 소리가 들렸다.

잠복이란 게 이런 것일까? 문득 그런 생각이 들었다. 언제 움직일지 모르는 상대를 기다리며, 때로는 며칠이고 풍경에 녹아들어야 하는 작업은 어떤 기분일까? 불안, 긴장, 초조, 책임감 - 그러나 대개 잠복하며 기다리는 상대는 어떤 사건의 용의자거나 중요 참고인이다. 그러고 보면, 평소에 좀처럼 얼굴을 볼 수 없는 가토 선배도 뜻밖에 지루하고 힘든 나날을 보내고 있을지도 모른다. 미야나가 반장도 그렇고, 모두 꽤 성실하고 훌륭하다.

"오, 나왔어!"

자정에서 20분쯤 지났을 무렵이었다. 유카리의 집 대문이 낮고 희미한 소리를 내며 열렸다. 어스름한 가로등 불빛 아래 얼핏 어린아이처럼 보이는 실루엣이 나타났다. 세이다이와 반장은 바지 주머니에 손을 넣고 느릿느릿 걷기 시작했다.

"말, 안 걸어요?"

"잠시 따라가자. 설마 이상한 짓을 하지는 않겠지만, 어떤 목적이 있을지도 몰라."

왠지 가슴이 두근거렸다. 어쩐지 즐거운 기분으로 소년과 일정한 거리를 유지하면서 어둠 속을 걸었다. 소년은 누군가 뒤를 따라온다고 생각하지 못하는 듯 한 번도 돌아보지 않고 비탈길을 내려가 좁은 골목으로 걸어간다. 작고 여린 뒷모습이었다. 지금 어떤 생각을 하고 있을까. 이 세상에는 저런 작은 육체 하나 받아줄 만한 곳도 없는 걸까. 그런 생각을 하자 왠지 갑자기 애절해졌다. 몇 개의 가로등을 지나고 유령 같은 자신의 그림자를 뒤에서 앞으로 이동시키면서, 소년은 오로지 걷는다.

"반장님, 이쪽은 –."

"잠자코 걸어."

이윽고 다다른 곳은 소년이 다니던 가스미 중학교였다. 소년은 어둠 속에 떠 있는 하얀 학교 건물을 물끄러미 올려다본다. 그리고 10분이 지나고, 20분이 지나도 움직이려 하지 않았다. 조금 떨어진 곳에서 미야나가 반장과 나란히 서서 그 모습을 지켜보던 세이다이는 왠지 가슴이 아팠다. 낮에는 절대 방에서 나오지 않는다는 소년이 이런 늦은 밤에 학교를 찾았다. 학교에 다니고 싶어 했을지도 모른다고 생각하니, 견딜 수 없는 심정이 되었다.

"내가 먼저 갈게. 나중에 따라와."

반장이 속삭였다. 쓱, 하고 공기가 움직이고 정신을 차리고 보니 반장의 커다란 등이 소년에게 다가가고 있었다. 소년은 도망칠 마음도 없는지 고개를 숙이고 서 있다. 반장은 소년과 마주하고 무언가를 얘기했다. 여름 벌레가 울고 있다. 가로등 등불 아래서 있는 크고 작은 두 사람의 그림자는 어쩐지 쓸쓸해 보였다.

몇 분 뒤, 반장은 소년과 같이 세이다이 쪽으로 걸어왔다. 멀리서 구급차의 사이렌이 울린다. 소년은 희고 작은 얼굴이다. 세이다이를 알아보고도 아무런 표정 변화도 없다.

"집까지 데려다주자."

세이다이는 천천히 고개를 끄덕이고 두 사람의 뒤를 따랐다.

"매일 밤 이렇게 학교에 왔던 거야?"

"네, 그런 셈이죠."

"사실은 학교에 가고 싶구나."

"그렇지도 않은데. 저도 잘 모르겠어요."

뒤를 따르며 듣고 있자니, 유카리의 남동생은 외모와 어울리지 않게 꽤 어른스럽다. 세이다이는 생각보다 건방진 녀석이라고 생각하면서 두 사람의 대화를 들었다. 생각해보면 세이다이도 중학생 무렵에는 꽤 건방졌었다. 아아, 싫다, 그래도 이 소년보다는 순박하고 귀엽지 않았을까.

"온종일 방에 틀어박혀 있으면 얘기하고 싶은 게 많지 않아?"

"그렇지도 않아요."

"자신이 어떤 마음인지 누군가에게 털어놓고 싶지 않니?"

"별로 그런 생각 안 해요."

말을 붙일 여지가 없다. 세이다이는 어이없어 꿀밤이라도 한 대 먹이고 싶었다. 그러나 상대는 어린 소년이다. 게다가 평범한 아이도 아니다. 여기서는 참아야 한다. 미야나가 반장은 평소처럼 끈기 있게 열심히 말을 건넨다. 청소년 문제에 관심 있다는 말이 거짓은 아닌 것 같았다.

"네 상태가 지금 그다지 좋지 않다는 건 알고 있지?"

"알지만 – 어쩔 수 없죠."

그것으로 소년은 입을 다물어버렸다. 무거운 침묵에 휩싸여 세이다이 일행은 왔던 길을 되돌아갔다. 사실, 지금은 가장 즐거워야 할 여름방학이었다.

3장_ 위기일발, 불심검문

입추가 지나도 맹렬한 더위가 이어졌다. 파출소 앞을 오가는 배낭을 짊어진 초등학생이나 여행 가방을 든 젊은 사람들을 볼 때마다 세이다이는 지금이 여름 휴가철이라는 사실을 다시금 떠올렸다.

"저 사람들, 어디에 가는 걸까? 바다나 산이겠지. 젠장, 빈집 털려도 모른다."

할 수만 있다면 다시 한 번 학창 시절로 돌아가고 싶다. 매일 똑같은 경찰 제복을 입고 무선기나 권총 같은 무겁고 성가신 것을 몸에 매달지 않아도 될 테니까.

"그만 학생 기분에서 벗어나시지."

미야나가 반장의 빈정거림에도 세이다이는 "알아요"라고 대답하는 게 고작이었다. 어차피 학창 시절로 돌아갈 수도 없으니 기분만이라도 학생이 되고 싶었다. 무엇보다, 사회인의 기분이라는 건 계산적으로 타인의 얼굴빛을 살피고 태도만 그럴듯하게 보이면서 본심은 가슴에 묻고 답답하게 살아가는 것이 아닌가. 그런 시시한 어른이 된다고 뭐가 즐겁다는 건지 되레 묻고 싶었다.

"유카리 씨도 말했어. 너는 그날그날 기분이 달라진다고."

"그런 말을 언제 했어요?"

세이다이는 반장을 노려봤다. 차양이 드리워진 그늘에서 보초를 서면서 반장은 "요전에 만났을 때"라고 대답했다. 여자 친구도 아니고 좋아하는 것도 아니지만, 자신을 빼고 만났다니 이상하게 화가 났다.

"네게도 같이 가자고 말했어. 이발하러 간다고 싫다고 했잖아."

세이다이는 그제야 고개를 끄덕였다. 그날은 휴일이었다. 조사이서 지하에는 작은 이발소가 있어서, 늘 바쁜 경찰서 직원들의 머리를 저렴한 가격으로 깎아주는데 싸기만 할 뿐 감각도 뭐도 없었다. 그래서 세이다이는 여자들이 가는 마을 미용실에 가기로 했었다.

그즈음 미야나가 반장은 순회 연락을 나갈 때마다 따로 시간을 내어 시로노 나오키를 만나러 갔다. 그리고 생활안전과 가정상담계의 담당자도 나오키가 다니던 중학교나 학부모회, 아동상담소 등에 연락을 취했다. 그러나 아무리 어른들이 분주히 움직여도 당사자인 나오키는 여전히 방에서 나오려 하지 않았다.

"하긴 1년이나 틀어박혀 있던 아이가 하루아침에 변할 리 없지."

미야나가 반장은 그렇게 말했다. 세이다이는 "그런가요"라고 마음에도 없는 대답을 했다.

세이다이도 처음에는 미야나가 반장과 같이 나오키의 집에 갔었다. 그런데 반장이 나오키의 방에 들어가면 세이다이가 그 집 어머니의 말상대 노릇을 해야 했다. 나오키의 어머니라는 사람은 마흔 즈음으로, 머리카락도 피부도 부스스했다. 립스틱도 바르지 않은 채 언제나 불만스러운 표정으로, "순경 아저씨에게 이런 말을 해도 될지 모르지만"이라고 하면서 계속 불평을 늘어놓았다. 세이다이가 끼어들 틈이 없을 정도의 기세로 늘 똑같은 말을 했다.

"제발 부탁이에요. 반장님은 청소년 문제에 관심이 있으니 괜찮겠지만, 저는 특별히 중년 문제에 관심이 없다고요."

비번이 끝나고 휴일까지도 아줌마의 불평불만을 듣고 있자니 견딜 수 없었다. 삐딱한 생각인지 몰라도 왠지 자신만 손해를 보는 것 같았다. 그런 세이다이에게 미야나가 반장도 "네 마음대로 해"라는 말뿐이었다. 결국, 세이다이는 유카리의 집에 발길을 끊었다. 그와 동시에 세이다이가 야근하는 밤에는 반드시 얼굴을 비치던 유카리도 찾아오지 않게 되었다.

"마음 쓰고 있는 거야. 나와 얼굴을 마주할 때마다 '폐를 끼쳐서 죄송하다'고 말해."

"그래요. 왠지 용도폐기 처분당한 것 같아요."

이리저리 이동하는 사람들을 바라보면서 내뱉듯이 중얼거리자, "너 말이야" 하는 목소리가 들렸다. 돌아보니 미야나가 반장이 굵은 눈썹을 찡그리고 이쪽을 보고 있다.

"뜻밖에 삐뚤어졌어."

"그렇잖아요. 결국은 어려울 때만 찾아오는 거죠. 이상한 놈이 따라왔다거나, 동생이 방에서 나오지 않는다거나, 그럴 때만요."

"당연하잖아."

미야나가 반장은 내심 질렸다는 표정으로 "그게 경찰의 임무니까"라고 말을 이었다. 알고 있다. 알지만 왠지 허무하다. 자기 상황이 나쁠 때만 경찰을 찾으면서 사람들은 매일 땀범벅이 되어 이리저리 뛰어다니는 자신의 노고 따윈 진심으로 알아주지 않는다. 최근 세이다이는 대체 누구를 위해 이 일을 하는지 알 수가 없었다. 내내 그런 생각이 들었다.

"너, 반항하는 거야?"

반장이 그런 세이다이의 마음을 꿰뚫어보고 있다는 듯이 싱긋 웃었다.

"그래요. 반항하는 거예요. 아무리 불심검문을 해도 한 명도 걸려들지 않아서요."

세이다이는 뾰로통한 얼굴로 고개를 돌렸다.

"미안."

그럴 거다.

세이다이도 나름 열심히 하고 있다. 특히 제2 당번인 날에는 잠시 눈을 붙이는 시간까지 쪼개 마을을 순찰하면서 조금이라도 눈에 띄는 사람이 있으면 주저하지 않고 말을 걸고 있다. 자신이 생각해도 놀라울 정도로 눈물겨운 노력이 아닐 수 없다. 그런데, 어째서 지금까지 고양이 새끼 한 마리 잡지 못한 것인지.

아이러니한 것은 세이다이와 함께 있을 때는 범인을 잡지 못하던 미야나가 반장이 혼자서 순찰을 하다가 자전거 도둑이나 공연외설 용의자 등을 잡아왔다는 사실이다.

미야나가 반장뿐 아니라 다른 선배들도 뒤에서 자신을 '역병신'이라고 부른다는 것을 세이다이는 진즉부터 알고 있다. 미야나가 반장이 농담처럼 했던 말을 최근에는 모두가 입에 올리고 있는 모양이다.

"초조해하지 말라고 했지. 이 정도에 삐딱하게 굴면 앞으로 어쩌겠다는 거야?"

"이 정도라고요? 저를 두고 '역병신'이라고 하는 거 다 알고 있다고요."

반장이 쏘아봐, 세이다이는 입속으로 웅얼거렸다. 미야나가 반장은 다소 당혹스럽고 뭔가 어색한 듯 이번에는 자신이 시선을 피한다. 그 몸짓이 마치 자신을 역병신으로 인정하는 것처럼 여겨져 더욱 마음이 초조해졌다. 반장이 아무리 다독여도, 삐죽 나온 세이다이의 입술은 들어갈 생각을 하지 않는다.

"내가 늘 말하잖아. 우리 일은 그렇게 단순히 똑 떨어지는 게 아니라고. 괜한 데 신경 쓰지 말고, 누군가 해야만 하는 일은 전부 받아들여."

"하지만 아무리 그런 일을 해도 평가받지 못하잖아요."

"어라? 너 그런 거에 신경 쓰는 사람이었어? 오호, 뜻밖인걸."

미야나가 반장은 심술궂게 웃으며 "그랬구나"라고 말한다. 그러더니 돌연 진지한 표정을 짓는다.

"그런 말을 하다니, 10년은 빨라. 서류 한 장도 제대로 작성하지 못하는 주제에 뻔뻔스럽게 그런 말을 하네."

"—"

"어쩔 수 없나? 하긴 동기인 미우라가 저렇게 공적을 올리니 초조해하는 것도 무리가 아닐 테지."

"—"

"아무래도 자꾸 비교가 돼. 아무리 생긴 게 달라도 이 정도나 차이가 난다면 마음이 쓰이는 것도 무리는 아니지."

"그렇게까지 말할 건 없잖아요!"

잠자코 듣고 있을 수가 없었다. 세이다이는 턱을 내밀고 미야나가 반장을 노려봤다. 그러나 반장은 냉정한 표정으로 말한다.

"그래? 나는 사실만 말한 건데."

제기랄. 사람을 이렇게까지 얕잡아 본다. 세이다이는 화풀이일 뿐이라는 걸 알면서도 어째서 이런 밉살맞은 선배 밑에 오게 된 건지 분해하며 발을 동동 굴렀다. 그리고 조만간 꼭 울상 짓게 해 주겠다고 다짐하며 소리 없이 입으로만 "바보 반장"이라고 말했다.

그날 밤 세이다이는 미야나가 반장과 함께 수면실로 들어갔다가 반장이 코를 골자마자 일어났다. 낮에 느꼈던 분노가 여전히 남아 있다. 무슨 짓을 해서라도 혼자의 힘으로 불심검문 해서 나쁜 놈을 잡을 작정이었다.

"어? 뭐야?"

혼자 감시초소를 지키던 오제키 주임이 세이다이를 보고 놀란 얼굴을 했다. 세이다이는 도저히 잠이 오지 않는다며 혼자 순찰을 가겠다고 말했다.

"미야나가는?"

"폭풍 수면 중이에요. 피곤한가 봐요. 저 때문에 깨우는 것도 미안해서."

주임은 흠, 하고 왠지 수상쩍은 눈빛으로 세이다이를 쳐다본다. 동료인데도 기분이 좋지 않은데 만약 속셈이 있는 놈이 이런 눈초리를 받는다면 정말 기분이 나쁠 것 같다.

"SW를 잘 사용해. 미야나가가 일어나기 전에 돌아오고. 그렇지 않으면 내가 녀석에게 물어뜯긴다고."

어차피 자기만 생각하는 주임은 그 말만 하고 간단히 세이다이를 보내주었다. 세이다이는 셔츠 자락을 바지에 잘 집어넣고 의욕적으로 파출소를 뒤로했다. 시각은 오전 2시 40분.

먼저 어디로 갈까? 자칫 번화가로 갔다가는 골치아프게 싸움을 말려야 할지도 모른다. 불심검문으로 공적을 올린다. 오늘 밤은 그것이 최고 목표였다. 그래서 '역병신'이라는 불쾌하기 짝이 없는 별명을 뒤엎을 거다. 바보 반장도 "내가 나빴다"며 사과하겠지. 미우라는 공적을 올리더니 처음과는 달리 "요즘 매일매일 즐겁다"고 한다. 어떻게 해서든 본때를 보여주고 싶다. 이런저런 생각을 하며 걷는 동안 어느새 발은 공업 고등학교 쪽으로 향하고 있다. 여름방학에 접어들어 질 나쁜 학생의 모습은 보이지 않지만, 그래도 이 부근부터 이웃한 도영 단지까지는 뭔가 수상쩍은 사람들이 서성이는 분위기다.

인기척 하나 없는 길을 홀로 걷는다. 가로등 불빛에 의지해 가능한 한 멀리까지 둘러보면서, 세이다이는 모퉁이 하나하나까지 세심하게 살피며 밤길을 나아간다. 손목시계를 보고 정각 3시라는 것을 확인했을 때였다. 50미터 정도 앞을 가로지르는 사람의 그림자가 보였다. 그림자는 왼편 골목에서 나와서 그대로 오른편 골목으로 사라졌다. 남자다. 어린아이는 아니다.

–단순히 술취한 사람일까?

취객이라면 불러 세워봤자 시끄럽게 굴거나 도와줘야 할 일이 생길 거다. 아니면 화 나는 소리를 들을 게 뻔하다. 그런데 이미 전차도 끊긴 이 늦은 시각에 대체 어디서부터 걸어온 것일까? 그런 생각을 했을 때였다. 잠깐! 머릿속에 뭔가가 떠올랐다. 세이다이는 재빨리 머리를 굴렸다. 무엇보다, 저 걸음걸이는 취한 사람이라고 볼 수 없다. 그리고 만약 택시로 돌아왔다면 보통은 집 바로 앞까지 타고 와서 내린다. 결국, 저 남자는 단순한 주정뱅이도 귀가를 서두르는 사람도 아니라는 결론에 이르렀다.

정신이 번쩍 들었다. 이건 기회일지 모른다. 움츠러든 심장이 조금씩 뛴다. 세이다이는 성큼성큼 달렸다.

남자가 사라진 모퉁이를 돌아 골목 안을 응시하자 틀림없이 조금 전 사라진 남자의 모습이 보였다. 세이다이의 발소리가 들렸는지, 남자는 슬쩍 돌아보고 더욱 걸음을 빨리한다. 왜 도망가는 거야? 역시 수상해! 세이다이는 남자의 뒤를 쫓아가 "잠깐만요" 하고 말을 건넸다. 골목은 한쪽에는 콘크리트 벽이 이어지고, 다른 한쪽은 도영 단지 앞의 나무 울타리였다. 자동차 한 대가 겨우 지나갈 정도의 폭이다. 깊은 밤의 정적이 세이다이와 남자 사이에 펼쳐져 있다. 소리치고 싶은 것을 필사적으로 참으면서, 세이다이는 속으로 자신에게 차분해야 한다고 말했다. 이런 때일수록 냉정해야 한다, 지금까지 키워온 지식과 경험을 살려야 한다.

"어디에 가십니까?"

취조하는 것처럼 들리지 않도록 주의하면서, 세이다이는 남자를 살펴봤다. 마흔두서너 살쯤 됐을까. 엷은 블루종을 입고, 손에 종이 가방을 든 남자는 얼핏 회사원처럼 보였다.

"어디냐니, 집에 가는 길이죠. 택시가 잡히지 않아서 넓은 길까지 나가려고요."

은테 안경을 쓰고 짧은 머리에도 파마한 남자는 몹시 귀찮다는 듯이 대답했다.

"이런 시간에 말입니까? 어디서 가시는 길입니까?"

"요 앞 친구 집에서요."

남자가 말하는 동안에도 세이다이는 꼼꼼히 그를 관찰했다. 역시 술 냄새는 나지 않는다. 신발도 구두가 아닌 운동화다.

"어디까지 가시는데요?"

"―가와사키 쪽이요."

"가와사키, 어디요? 실례지만, 면허증이든 뭐든 갖고 계십니까?"

"어라, 이거 불심검문인가요?"

"뭐, 그런 셈이죠. 협조해주십시오. 죄송합니다. 늦은 시간이다 보니."

지금껏 공적을 올리지는 못했지만, 그 대신 셀 수 없는 사람들에게 싫은 소리를 질리도록 들어가며 화를 받아온 덕분에 말하는 건 꽤 정중해졌다. 아무 일이 없었다고 해도 상대의 신경에 거슬리지 않도록 웃음으로 얼버무리는 기술도 배웠다. 세이다이는 점점 굳어가는 얼굴로 필사적으로 부드럽게 웃으면서 남자에게 한 걸음 다가갔다.

"면허증은 없어요."

"그러세요? 그럼 그것은 괜찮겠지요? 무거워 보이는 가방이군요. 시간은 오래 걸리지 않을 테니 그 가방, 보여주시겠어요?"

남자는 질린다는 듯이 이쪽을 봤지만, 짐짓 한숨짓고 "좋아요"라고 말했다.

"봐도 아무것도 없어요."

내 생각이 틀린 걸까. 아니면, 괜히 저러는 것일까. 세이다이는 거의 포기하는 심정으로 다시 한 걸음 다가갔다. 그때 남자가 팔을 번쩍 들어 올렸다. 반사적으로 얼굴을 드니 남자가 손에 칼을 쥐고 있었다. 관자놀이 부근에서 단숨에 핏기가 가시는 것이 느껴졌다. 세이다이는 칼에 시선을 고정한 채로 뒤로 물러섰다.

"—무슨 생각이야!"

칼에서 시선을 떼지 않은 채, 세이다이는 '왔군!'이라고 생각했다. 됐어! 이 자식을 잡기만 하면 큰 공적을 올린다!

"시끄러워."

남자는 손에 들고 있는 칼보다 더 눈을 번뜩이며 지금이라도 덤벼들 것 같은 기세다. 바보, 난 '경찰'이라고. 고작 그런 위협이 통할 것 같아. 이런 때일수록 특수 경찰봉이 한몫하지. 세이다이는 재빨리 왼손을 허리로 돌렸다. 다음 순간, 머릿속이 새하얘졌다.

-없다!

언제나 벨트에 매달려 있는 경찰봉이 없다. 미야나가 반장을 깨우지 않기 위해서 어둠 속에서 주섬주섬 짐을 챙기면서 소지품을 제대로 확인하지 못했다.

-큰일이다!

온몸에서 핏기가 가신다. 어쩌지, 찔리는 건가, 죽는 거야?! 갑자기 그런 생각이 머릿속을 채웠다. 태어나 처음으로 공포로 온몸이 떨렸다.

"집, 집어넣어! 그런 물건, 휘두르면, 위, 위, 위, 위험하잖아!"

"가소롭군!"

그 말이 떨어지자마자 남자는 세이다이를 향해 달려들었다. 뭐가 뭔지 알 수 없었다. 여하튼 정신없이 세이다이는 몸을 뒤집어 칼을 피하려고 했다. 그러나 남자의 기세에 균형을 잃고 비틀거리며 바로 옆 벽에 등과 어깨를 부딪치고 말았다. 숨을 헐떡이며 얼굴을 찌푸렸을 때, 아주 가까운 곳에서 "까불고 있어!"라는 남자의 목소리가 들렸다. 얼굴을 들 틈도 없이 남자의 체취와 거친 호흡이 그대로 정지된 세이다이의 머릿속에 퍼졌다. 어느 사이엔가 모자가 날아갔다.

명치에 격렬한 충격이 느껴졌다. 어이쿠, 찔렸다! 극심한 통증에 무심코 몸을 웅크린 순간, "이 새끼"라는 소리와 함께 이번에는 후두부에 강한 통증이 느껴졌다. 이어 남자는 무너져 내리는 세이다이의 몸을 난폭하게 잡아당겼다. 그때 이상한 소리가 들리고 오른쪽 견장에 부착했던 회중전등이 발아래로 떨어졌다. 아, 이젠 안 되겠어. 아아, 이대로 죽는구나.

세이다이는 눈을 꾹 감았다. 귓속에서 자신의 심장 뛰는 소리가 들렸다. 엄마, 미안. 훌륭한 경찰관이 되어 조금은 자랑스러운 아들이 되려고 했는데. 조금은 다시 봐주길 바랐는데. 땅바닥에 웅크리고 앉아 세이다이는 흥건한 피바다 옆에 쓰러진 자신의 애처로운 모습을 떠올렸다. 이것도 순직이라고 할 수 있을까? 아아, 하나도 안 즐겁다. 이대로 권총이라도 빼앗긴다면 어쩌지. 반장이나 소장에게도 당연히 책임을 묻겠지? 아아, 나는 정말 비극의 주인공이었구나. 역시 현실은 드라마와는 다르다. 마쓰다 유사쿠(1980년대를 대표하는 의협심이 강하고 용맹했던 연기파 배우 – 옮긴이) 처럼 "뭐야, 이게"라며 자신의 피를 볼 용기조차 생기지 않는다.

문득 정신을 차리니, 주변에 사람의 인기척이 느껴지지 않았다. 길바닥에 주저앉은 채 세이다이는 조심스럽게 고개를 들어 주위를 둘러보았다. 마치 아무 일도 없었다는 듯이 주변은 정적만 가득하고 어둠이 세이다이를 에워싸고 있다. 자신의 심장 소리만이 괜스레 크게 들렸다. 그런데 이상하다. 살아있다. 세이다이는 배 부근을 만져봤다. 그리고 나서 손을 희미한 가로등 불빛에 비춰보았지만, 피 한 방울도 묻지 않았다. 그 손을 바라보면서, 세이다이는 한동안 꼼짝도 할 수 없었다.

◇◆◇

비틀거리며 역전 파출소에 돌아왔을 때는, 운 사납게 도노오카 소장에 오제키 주임, 미야나가 반장까지 감시초소에 얼굴을 내밀고 있었다. 어떻게든 상황을 얼버무리기 위해 살며시 안을 들여다본 순간, "앗!" 하는 소리와 함께 세 사람이 일제히 세이다이를 쳐다봤다.

가장 먼저 분통을 터뜨린 것은 반장이었다.

"SW로 몇 번을 호출했는데, 안 들렸어?"

이번에는 주임이 화를 냈다. 여기에 마지막으로 도노오카 소장이 "뭐야, 그 복장은?"이라며 소리를 높였다. 세이다이는 웃음으로 얼버무리려고 했지만, 그 순간 갑자기 온몸의 힘이 빠지고 목에서 뜨거운 덩어리가 치밀어 오르는 게 느껴졌다. 지금에서야 머리 꼭대기에서 땀이 났다.

"－불심검문을 했어요. 그랬더니 상대가 갑자기 칼을 빼 들고 덤벼서."

말하는 목소리가 떨린다. 자신을 향해 달려들던 남자의, 눈을 부릅뜬 형상과 손에 쥐고 있던 칼의 광채가 아직도 눈에 선하다. 꿈이 아니었다. 정말로 운이 나빴다면 지금쯤 병원에서 시체로 차갑게 식어가고 있을지도 모른다. 그런 생각을 하자 떨림이 더 커진다.

"머릿속이 새하얘졌어요 배에 한 방 맞았을 때는 정말로 찔렸다는 생각에 엄마 얼굴이 떠올랐어요."

얼굴을 숙이고 거기까지 얘기했을 때, "그저 당하는 대로 있었다는 건가?"라는 목소리가 들려왔다. 올려다보니 평소에 조용한 도노오카 소장이 미간에 깊은 주름을 잡고 이쪽을 보고 있다. 세이다이는 입속으로만 경찰봉 챙기는 걸 잊었다고 대답할 수밖에 없었다. 갑자기 소장이 손을 뻗어 세이다이의 가슴을 움켜쥐고 안쪽 조사실로 끌고 갔다.

"이거지?"

도노오카 소장은 세이다이의 경찰봉을 눈앞에 내밀어, 그것으로 자신의 손바닥을 두드렸다.

"경찰봉을 두고 가서 어찌해볼 방도가 없었다, 그 얘기지?"

세이다이는 그저 잠자코 작게 고개를 끄덕였다. 괜찮아? 다친 데는 없어? 자애로움으로 가득 찬 말을 해주리라 기대했던 것은 섣부른 생각이었다. 자신을 에워싼 선배들, 그중에서도 소장의 분위기는 지금까지 경험했던 것과는 달리 험악하고, 차가웠다.

"당하고, 돌아왔다. 이거지?"

겨우 동료가 있는 밝은 곳으로 돌아왔다고 생각했는데 세이다이는 얼굴을 들 수조차 없었다. 무심코 안도감에 치밀어 오른 눈물이 쏙 들어가고 말았다.

"대답해, 다카기 순경."

"-네, 그렇습니다."

"너는 대체 무슨 생각이야!"

마침내 공기를 뒤흔드는 커다란 소리가 울렸다.

"어째서 지원을 요청하지 않았어!"

도노오카 소장은 초조한 모습으로 세이다이를 노려봤지만, 이윽고 "정말, 너란 녀석은"이라고 깊이 한숨지었다. 오제키 주임이 애매한 웃음을 지으면서 2층으로 올라가는 것이 얼핏 보였다. 미야나가 반장도 벌레 씹은 표정으로 세이다이를 외면했다.

"그래서 배를 맞았어?"

"-맞았다기보다 넘어졌어요."

"그 외에?"

"웅크리고 있을 때 뒤통수를 맞은 것 같아요."

"그래서?"

소장은 크게 혀를 찼다. 다시 생각해보면 확실히 한심한 모습이었다. 그러나 경찰봉을 두고 왔다는 걸 안 순간 이미 머릿속이 새하얘져서 아무것도 생각할 수 없었다.

"어디 봐."

말하기 무섭게 소장은 세이다이의 목을 앞으로 잡아당겼다. 세이다이는 "아파요"라고 말하면서 소장의 눈앞에 남자에게 맞은 뒤통수를 내밀었다.

“아무렇지도 않네.”

“좀 전에 만졌을 때는 혹이－.”

“다치지 않도록 주의하란 말을 수신기를 통해서 하루에도 몇 번이고 귀에 딱지가 앉을 정도로 듣고 있을 텐데?”

소장은 여전히 눈썹을 찌푸린 채로 이쪽을 유심히 본다. 세이다이는 한 손으로 뒤통수를 문지르고, 다른 손으로 배를 문지르면서 소장을 올려다봤다. 왠지 굉장히 불합리한 대우를 받는 듯한 기분이 든다. 진짜로 무서웠다. 죽는 줄만 알았다. 그런데도 돌아오자마자 이렇게 꾸짖어야 하는 걸까. 어째서 ‘무사해서 다행’이라고 말해주지 않는 걸까? 그러나 소장은 그런 세이다이의 기분을 살필 생각따위는 없어 보였다.

“－진짜 이렇게 풀 죽어 돌아오다니.”

어떻게든 화제를 돌려야 한다. 세이다이는 고개를 숙인 채 잠시 생각하다 완전히 잊고 있던 것을 떠올렸다. “맞다!”라고 소리치며 얼굴을 들자, 소장은 의심스러운 표정으로 물끄러미 이쪽을 본다.

“녀석은 정말로 뭔가를 감추고 있었어요. 짐을 보여 달라고 했을 뿐인데, 칼을 꺼냈어요. 수상하죠?”

“－그래서?”

“죄를 짓고 어디론가 숨으려 했던 건지도 몰라요. 아니, 틀림없이 그럴 거예요. 수배, 수배하죠?"

"결국 110번으로 신고하자는 건가? 파출소 소속 경찰이 맞았으니 수배해주세요, 라고?"

소장은 얼굴을 찌푸리며 그런 볼썽사나운 짓을 할 수 있겠느냐고 내뱉듯 말했다.

아무리 의심스러운 상대라도 무엇 하나 확인하지 못한 상태에서는 단순 공무집행방해밖에 안 된다. 혹시 강도나 절도 용의자였다 해도 세이다이는 아무것도 확인하지 못했다.

"그렇게 창피한 짓을 하고 싶다면 네가 신고하던가."

소장은 내뱉듯 그 말만 하고 서둘러 감시초소로 향하다 문득 생각난 듯이 돌아서서 사실 보고서를 작성하라고 말했다.

"사실, 보고서요?"

사건 발생의 시간과 장소, 용의자의 인상착의, 그리고 피해 사실을 상세하고 정확하게 기록해두라는 것이다. 세이다이는 내심 질려서 "알았습니다"라고 대답하는 수밖에 없었다.

"이, 바보."

드디어 소장이 나가자 미야나가 반장이 보리차를 내주면서 짓눌린 목소리로 말했다. 세이다이는 반장을 올려다보고, 받아든 보리차를 단숨에 들이켰다. 목이 말랐다는 것을 그제야 알아차렸다.

"몰래 공이라도 세울 생각이었어?"

그런 소리 마세요, 다들 역병신이라고 부르기 때문이잖아요. 그래서 자는 시간까지 쪼개서 어떻게든 공적을 세우려고 했다. 이 눈물겨운 의지를 어째서 알아주지 않는 걸까?

"누가 그런 일까지 하라고 시켰어? 응? 누가 혼자서 순찰하러 나가라고 했어?"

"오제키 주임님한테 말했더니, 괜찮다고 –."

"저런 사람이 한 말을 곧이곧대로 들었어?"

"그저 –."

"저 사람은 자기밖엔 생각 안 한다고 말했지? 자신이 곤란하지 않으면 뭐든 적당히 말한다고! 멍청이!"

그러고 나서 미야나가 반장은 세이다이가 맞장구를 칠 새도 없이 단숨에 말을 이어갔다. 멋대로 행동하는 것이 얼마나 위험한지 몰랐어? 아무리 당황해도 SW를 뭐로 보는 거야? 상대가 몸으로 덤볐다면 이쪽도 제대로 대항했어야지! 그러려면 뭣 때문에 유도나 체포술을 익힌 거야? 무엇보다 경찰봉을 두고 간 게 제일 말도 안 되는 일이지! 등등.

"이제 – 이제, 충분히 알았어요!"

"뭐야, 그 말투는?"

"저, 사실 보고서, 써야 해서요. 소장님이 돌아오실 때까지 끝내지 않으면 또 꾸중 듣는다고요."

거친 숨을 내쉬고 세이다이는 몸을 돌려 앉았다. 머리 위에서 "아, 그러세요"라는 목소리가 쏟아진다. 세이다이는 기분 좋게 감시초소로 가려다가 문득 멈춰 섰다.

"그런데 보고서 용지는 어떤 거예요?"

미야나가 반장이 어이없다는 표정을 지었다.

날이 밝아오고 거의 날아가는 글자로 대강 사실 보고서를 작성한 후, 세이다이는 일단 서로 돌아가 무참히 찢어진 제복을 갈아입으라는 지시를 받았다.

"날이 밝으면 오가는 사람도 많아질 테니 그런 차림으로 서성거려서는 안 돼."

미야나가 반장의 말에 세이다이는 이미 훤하게 밝아오는 하늘 아래로 나갔다. 자전거에 올라타 천천히 페달을 밟으니 어젯밤 일이 꿈처럼 여겨졌다.

원래 제2 당번인 날은 근무시간이 길고 거기에 수면 부족까지 더해져, 늦은 밤에 있었던 일은 왠지 실감도 나지 않고 몽실몽실한 기억으로만 남는 일이 많았다. 그중에서도 어젯밤 일은 단 몇 시간 전의 일이라고 생각할 수 없을 만큼 TV 드라마나 그 비슷한 것을 본 듯한 감각밖에 남지 않았다. 그러나 그것은 엄연한 사실이었다. 세이다이는 분명 태어나 처음으로 생명의 위기라는 것을 느꼈고, 지금도 남아 있는 이 머리와 배의 통증은 진짜다.

—장난이 아니야.

수련 기간이 끝나면 좋든 싫든 혼자서 행동해야 한다. 어둠 속을 혼자 걷고, 좋은 사람인지 나쁜 사람인지 알 수 없는 상대와 혼자서 맞서야 할 때가 온다. 하루하루를 그런 압박감 속에서 보내야 한다면, 세이다이의 여리고 섬세한 신경은 분명 너덜너덜해질 것이다. 성격도 비뚤어져서 훨씬 나쁜 사람이 되어버릴지도 모른다.

거기까지 생각하고 세이다이는 불현듯 깨달았다. 맞다, 나는 분명 불심검문이 맞지 않는 거야. 생각해보면, 학창 시절에도 여자들에게 자주 말을 건네기는 했지만, 자신은 난봉꾼이 되지 못한다는 것을 깨닫고 어딘가에서 포기했다. 그것은 그저 '맞지 않기' 때문이었다.

이제 억지로 불심검문 하는 것은 그만두자.

새벽녘, 밝아오는 길을 자전거를 타고 달리면서 세이다이는 홀로 결심했다. 어딘가에서 까마귀가 울고 있다. 불심검문 따위 하지 않아도 경찰관으로 일할 수 있다. 오제키 주임이 좋은 본보기다. 눈에 띄는 공적은 없어도 20년 이상 경찰관으로 일하고 있지 않은가. 그렇게 생각하니 갑자기 마음이 홀가분해졌다.

조사이서에 도착하니 뜻밖에 다카치에 지역과장이 있었다. 오늘 밤은 당직이 아니었을 텐데. 세이다이는 눈에 띄지 않도록 걸었다. 그러나 과장은 마치 기다렸다는 듯이 세이다이를 보고 손짓했다. 그 얼굴은 희미하게 웃고 있었다. 세이다이는 애매하게 웃으면서 주뼛주뼛 과장에게 다가갔다. 과장은 아무도 사용하지 않는 서장실로 세이다이를 데려갔다.

"대체 뭐야, 위험했다면서?"

"네."

"다친 데는 괜찮아, 응?"

아아, 다행이다. 역시 다카치에 지역과장이다. 과장만은 나의 기분을 알아준다. 그렇게 생각하니 자애로 가득한 말이 온몸에 스몄다.

"이런 건 상처 축에도 끼지 못한다고 도노오카 소장님이 말씀하셨어요. 머리에는 혹이 생겼고, 여기도 아직 아파요."

나이가 세이다이의 아버지뻘인 과장은 깊은 눈빛으로 찢어진 제복과 온몸을 살피고 세이다이가 말할 때마다 흠흠, 하면서 고개를 끄덕였다.

"그래, 타박상이네."

"네."

"과연. 그래서 꼬리를 말고 돌아온 건가?"

그렇게 말할 건 없잖아. 세이다이는 할 말을 잃었다. "그렇지?" 조용히 물어서 애매하게 입가를 일그러뜨렸을 때였다. "바보 같은 자식!"이라고 귀청이 찢어질 것 같은 소리가 울렸다. 반사적으로 세이다이의 온몸이 움찔했다.

"너 대체 뭐야! 경찰이지!"

"_"

"그런데도 그런 녀석에게 얻어맞고 염치없이 돌아왔어! 지원도 요청하지 않고, 당한 채로 풀 죽어서 돌아온 거야!"

"그, 그게 경찰봉이 -."

"경찰봉이 없다면 권총이 있잖아! 너는 그 허리에 매단 물건을 뭐라 생각하는 거야!"

"-"

"너, 냉큼 그만둬! 지금 당장 그만두고, 고향으로 돌아가!"

성난 목소리가 주변의 공기를 뒤흔든다. 조금 전 소장이 화냈을 때보다 더하다. 세이다이는 공포에 가까운 감각을 맛봤다. 그래, 남자가 치켜든 칼을 봤을 때보다도 더 무서웠다. 무언가를 생각하기에 앞서 눈물이 치밀어 올랐다.

"말해두겠는데, 너처럼 어정쩡한 녀석은 여기를 그만둬도 제대로 된 곳에 갈 수 없어. 그렇지 않아도 이런 불경기에, 너 같은 연약하고 제멋대로 구는 녀석을 채용해줄 만한 일반 기업은 어디를 찾아봐도 없어. 세상은 네가 생각하는 것만큼 쉽지 않아."

시야가 뿌예지고 눈물이 뚝뚝 떨어진다. 왠지 어릴 적 아버지에게 혼났을 때의 일이 떠올랐다. 그때는 어째서 그토록 꾸중을 들었던 것일까?

"알겠어? 네 생명은 스스로 지켜. 그것도 못하면서 어떻게 시민들을 지키겠다는 거야!"

귓속이 윙 울리고, 과장의 목소리가 멀리서 들려왔다. 뭐야, 제기랄, 말도 안 돼. 자신도 이해할 수 없을 정도로 눈물이 끝없이 흘러내렸다.

◇◆◇

"왜 울어? 눈물이 날 만큼 분해?"

고개를 숙이고 발아래만 보고 있던 세이다이의 귀에 다카치에 지역과장의 조용한 목소리가 닿았다.

"뭐가 그리 분하지?"

몰라. 그냥 눈물이 난다고.

"아무도 네 걱정을 해주지 않아서? 한 사람도 '옳지, 무서웠지' 라고 말해주지 않아서?"

"ㅡ그것도, 있어요."

"그 외에는?"

"다들 화만 내니까요ㅡ."

손등으로 눈물을 닦고 세이다이는 겨우 그렇게 대답했다. 도중에 과장은 웃었다. "바보"라고 말하면서 껄껄껄 웃는다. 그 부드러운 파동이 소년 시절을 떠올리는 세이다이를 감쌌다. 울고 있는 자기 앞에서 태연히 웃는 과장이 이상한 아저씨로밖에 보이지 않았다.

"진짜 요즘 젊은 사람들은 못났다니까. 너는 경찰관이기 전에 이미 사회인이야."

"알아요."

"알아서 그래? 사람들이 친절하게 대해주지 않았다고 울고, 혼났다고 울어?"

"–"

"초등학생도 아니고. 그런 응석 부리고 싶으면 고향에 계신 어머니 곁으로 돌아가 젖이라도 더 먹어."

"그런 짓, 안 해요–."

다시 과장의 웃음소리가 들렸다. 한 마디도 지지 않고 대꾸하는, 입만 살아 있는 놈이라고 과장은 조금 전과는 달리 부드럽게 말했다.

"나는 네가 다른 녀석들과는 조금 다르다고 생각해. 처음부터 스티커 사진 소동도 있었고, 얼마 전에는 귀걸이 소동도 있었지?"

"–"

"정말 격이 다른 바보 멍청이지만, 그런 것도 나쁘지 않다고 생각해."

어, 무슨 소리를 하는 거야? 크게 숨을 삼키고 세이다이는 겨우 얼굴을 들었다. 그러나 과장은 어조만 부드러워졌을 뿐 표정까지 온화한 것은 아니었다. 복잡한 표정에 날카로운 시선이 느껴져 세이다이는 다시 황급히 고개를 숙였다.

"나는 네 생명을 책임지고 있어. 고향의 부모님을 위해서라도 너는 사지육신 멀쩡히 있어야 해. 그렇다고 목에 사슬을 묶어둘

수도 없는 일이니, 입에 침이 마르도록 말하는 수밖에 없는 거야. 자신의 생명은 스스로 지켜라, 라고. 경찰관으로 제대로 일을 하고 싶다면 먼저 그것을 머릿속에 넣어둬. 지금은 그 정도만 하면 돼. 다소 엉뚱한 짓을 해도 그런 것으로 혼내지는 않아."

세이다이는 작게 고개를 끄덕이면서 다시 한 번 자신이 경찰관이 되었다는 사실을 실감했다. 뭔가 아주 조금, 과장이라는 사람이 좋아졌다.

세이다이의 실수는 바로 지역과 전체에 알려졌다.

"또 한 건 했다며?"

"어쩔 수 없지. 평소에는 위세가 당당하더니만 위기의 순간에 헛똑똑이야."

얼굴을 마주한 선배들은 한 마디씩 차가운 말을 건넸다. 결국, 세이다이의 몸이 괜찮은지 물어온 것은 미우라와 또 한 사람, 단 하루 함께 일했던 히가시초 파출소의 가와베 주임뿐이었다.

"무섭지 않았어?"

인계를 마치고 기숙사로 돌아왔을 때 주임이 세이다이에게 말을 건넸다. 제복 차림으로 부지 내의 기숙사로 돌아오는 세이다이와 달리 혼자 아파트에서 생활하는 가와베 주임은 체크 면 셔츠에 청바지 차림이라 처음에는 잘 알아보지 못했다.

"네, 완전히 기가 죽었어요."

그날 밤의 기억 때문에 세이다이는 평소 주임과 얼굴을 마주해도 거의 못 본 척하고 말도 하지 않았지만, 이렇게 정면에서 말을 걸어오니 무시할 수도 없었다. 애매하게 웃으면서 세이다이는 힐끔 주임의 얼굴을 봤다.

"그랬겠지. 무서웠을 거야."

주임은 지적으로 보이는 얼굴을 흐리며 마치 자신이 맞은 것 같은 표정으로 우울하게 한숨짓는다. 왠지 의지하고 기대고 싶어질 것 같아, 세이다이는 황급히 그 유혹을 뿌리쳤다. 다카치에 과장에게 들은 말이 떠오른다. 하지만, 나쁜 건 그놈이라고.

"하지만 제 잘못이에요. 자기 목숨은 스스로 지켰어야 했는데."

한껏 가슴을 펴고 말했다. 그러나 가와베 주임은 조금 슬픈 표정으로 또다시 한숨지었다.

"그런 말 해봤자 우리는 육신을 가진 인간이야. 공포심이 없을 리 없지."

"-그야, 그렇지요."

"세이다이! 미야나가 반장이 한숨 돌리고 기운 차리러 한잔하러 가재."

그때 먼저 기숙사에 돌아와 있던 미우라가 타박타박 달려왔다. 그리고 가와베 주임을 향해 사무적으로 고개를 숙인다. 미우라의 얼굴이 평소와 달리 차가워 보인다. 선배에게 '예의 바르게 행동하는' 것을 중요하게 생각하는 미우라답지 않게 무뚝뚝했다.

"아, 그럼 다카기, 다음에 보자고."

가와베 주임은 힐끔 미우라를 보고 시선을 돌려 무표정한 얼굴로 돌아갔다. 왠지 쓸쓸해 보이는 뒷모습을 바라보는 세이다이의 귓가에 미우라가 "이봐"라고 속삭였다.

"저 사람은 조심하는 게 좋아."

힐끔 미우라를 보자, 뭔가 의미심장한 표정으로 이쪽을 본다. 그는 기숙사로 돌아가면서 말을 이었다.

"여러 소문이 있어."

"－소문?"

그렇다면 미우라도 알고 있는 건가? 미우라도 나름 귀에 들어오는 소문이 있을지 모른다. 이런저런 생각을 하는데, 전혀 뜻밖의 말을 한다.

"저 사람, 어떤 종교에 들어간 게 아닌가 하는－."

"－종교?"

"젊은 남자를 살살 유혹하는 모양이야."

미우라는 진지한 표정으로 어떤 종교인지는 알 수 없다고 덧붙인다. 세이다이는 그 얼굴을 물끄러미 응시했다. 그리고 껄껄껄 웃었다. 물론 그 말이 틀린 건 아니다. 그런데 미우라는 세이다이가 자기 말을 진지하게 받아들이지 않는 것으로 생각하는 듯하다.

"너, 저번에 저 사람과 같이 일했지? 그때 어땠어?"

"뭐가?"

"그러니까 유혹당했냐고."

"내가 신흥종교 같은 데 걸려들 사람이냐?"

"모르지. 진짜 평범한 사람이 심리 통제를 당하니까. 그래서 무서운 거야."

어려운 표정으로 "신흥종교란 건 말이지" 하고 얘기를 꺼내는 동기를 보고 세이다이는 문득 생각했다. 어쩌면 이 녀석은 그런 분야로 나가고 싶은 게 아닐까? 신흥종교 집단은 경찰의 어느 부서가 담당하는 걸까? 옴진리교 사건 때는 경시청 전체가 움직였다고 하던데, 지금은 종교문제에 관한 부서가 따로 있는 건지 잘 모르겠다.

"너 그런 데 관심 있구나."

세이다이가 묻자 미우라는 조금 부끄러운 듯 "그런가"라고 대답한다.

"그런 거 다루고 싶은 거야?"

"아직 분명하지는 않아. 일단 지금은 일을 배우는 것만도 벅차서."

여전히 정답만 말하는 녀석이다. 세이다이는 고개를 끄덕이면서 내심 초조했다. 자신은 공적을 올리기는커녕 상사에게 꾸중을 듣지 않고 그냥 지나가는 날이 없는 데다 매일 실수 연발인데, 미우라는 벌써 미래를 생각하고 있다. 나는 어쩌면 좋을까? 대체 무엇이 하고 싶은 걸까? 전혀 모르겠다.

땀을 씻어내고 점심을 먹을 때 미우라는 다시 가와베 주임의 얘기를 꺼냈다. 세이다이는 어젯밤에 한숨도 자지 못한 데다 이후에도 보고서를 쓰거나 상사한테 불려가 혼이 나는 통에 잠이 몰려와 견딜 수 없었다. 그런데도 미우라는 만일 가와베 주임이 진짜 신흥종교 집단에 들어갔다면 큰 문제라고 미간에 주름을 잡고 말을 이어간다.

"그 사람은 그런 데 안 들어갔어."

"어떻게 그걸 알아?"

"나는 그런 유혹을 받지 않았으니까."

"하지만 '유혹당했다'고 말하는 사람이 있대."

"누구야, 그게?

"잘 몰라. 소문이니까. 그렇지만 그 사람이 주변과 잘 어울리지 않는 건 사실이잖아? 분위기가 다른 것 같지 않아?"

"그러니까, 그런 게 무슨 상관이야."

"어? 뭔가 아는 거야?"

귀찮아졌다. 세이다이는 여전히 진지한 표정으로 이쪽을 보는 미우라를 보고 깊이 한숨지었다. 이런 이야기는 하고 싶지 않다. 무엇보다, 아무에게도 말하지 않겠다고 약속했다. 그러나 나라면 신흥종교에 들어갔다는 소문을 견디지 못할 것이다. 그러면 직장에 있을 수 없다. 가와베 주임은 결코 나쁜 사람은 아니다. 온화하고 친절한 사람이다. 언제인가 주재소에 가고 싶다는 작은 꿈을 가진 사람일 뿐이다.

"그 사람이 조금 괴짜인 것은 분명하지만, 그래도 조용하게 살고 싶어 해. 도심 파출소보다 주재소에 가고 싶다고 말했어. 독신이기 때문에 어렵겠지만, 사람이 싫어지는 곳에서 그저 바쁘게 사는 걸 좋아하지 않을 뿐이야."

"역시 눈에 띄지 않는 곳에서 종교 활동을 하려는 거야."

미우라가 이렇게 의심이 많은 사람이었던가. 세이다이는 무심코 얼굴을 찡그리고 "그런 게 아니라니까"라며 고개를 저었다. 이렇게 된 바에야 어쩔 수 없다.

"그 사람은 말이야–."

주변에 인기척은 없었다. 그래도 세이다이는 힐끔힐끔 식당 안을 둘러보고 조금 몸을 숙인 후, "아무에게도 말하지 마"라고 목소리를 죽였다. 미우라도 흰 얼굴을 이쪽으로 내민다. 가까이서 보니 정말 피부도 매끄럽고 속눈썹도 길다. 이런 녀석에게 말해도 괜찮을까? 역시 망설여진다. 그러나 여기까지 말해놓고 그만두면 그게 더 이상할지도 모른다.

"……야."

"뭐? 못 들었어."

"그러니까–동성애자야."

"–"

미우라가 등을 폈다. 놀란 듯 눈이 커졌다.

"아무한테도 말하면 안 돼."

넋이 나간 미우라에게 세이다이는 단호하게 말했다. 미우라는 젓가락을 허공에 든 채, 믿을 수 없다는 얼굴을 하고 있다.

"나, 약속했어. 얘기가 퍼지면 내가 약속을 깬 게 되어버려."

"약속했다니 – 세이다이, 너, 설마."

역시 생각한 대로다. 세이다이는 아연실색하여 이상한 생각 말라고 말했다.

"내가 남자랑 그런 걸 할 것 같아?"

그래도 미우라는 반신반의하는 얼굴이다. 정말 싫다. 경찰학교를 나와서 4개월 반이다. 이 녀석은 대체 어느 사이에 이런 눈초리를 갖게 된 걸까?

"그럼 어떻게 알았어?"

"잠시 눈을 붙이는 데 쫓아왔어."

"쫓아왔어?"

갑자기 목소리가 커져서 세이다이는 황급히 "쉿!" 하고 미우라의 입을 막으려 했다. 여기까지 말했으니 방도가 없다. 크게 한숨 지은 뒤 세이다이는 조심스럽게 그날 밤 있었던 일을 말했다. 마지막으로 그 일로 성폭행을 당한 여자의 마음을 조금은 알게 되었다고 하니, 미우라가 진지한 얼굴로 "그랬구나" 하고 고개를 주억거린다.

"뭐든 겪어볼 일이야."

"치워. 뭐든 좋다고 해도 정도가 있어."

"그러나 여성들이 겪는 피해는 실제로 우리 같은 남자들이 다루기에는 어려움이 많잖아. 치한 정도라면 그나마 나을 수도 있지만, 성폭행이라면 피해자를 상대로 대체 무슨 말을 하면 좋은지 알 수도 없고."

그 말은 맞다. 아직 그런 피해를 호소하는 여성을 다룬 경험은 없지만, 상처받은 여성에게 떠올리기도 싫은 일을 떠올리게 하고 조서를 꾸미는 일은 생각만으로도 가혹하다.

"그래도 그런 경험이 있으면 조금은 상대의 마음을 이해할 수 있겠지. 안 그래?"

거기까지 말했을 때, 미우라는 갑자기 풋, 하고 웃음을 터뜨렸다. 그러고는 평소 조용하던 그답지 않게 배를 잡고 깔깔대며 웃는다.

"그렇게 웃을 일은 아니지."

"그게 – 네가"

"– 뭐야?"

"그런 사람들이 좋아하는 타입이라고는 생각 못 했어."

"멍청이, 남자가 반해도 전혀 안 기쁘거든."

아무에게도 말하지 못하고 혼자 고민했었다. 이 애처로운 마음을 모르냐고 말하고 싶었다. 웃고 있는 미우라를 보니, 아무래도 그는 동성애자는 아니라는 생각에 왠지 안심했다.

"뭐야. 나는 신흥종교에 빠졌다고 생각했는데."

미우라는 웃음기가 남은 얼굴로 그렇게 말했다. 세이다이는 다시 미우라를 바라봤다. 조금 전에 생각했던 것을 물어보고 싶었다.

"너, 앞으로 어떤 일을 하고 싶은지 생각해봤어?"

"앞으로의 일? 아아, 아까 했던 얘기."

미우라는 다시 젓가락을 움직이면서 "글쎄"라고 말한다.

"막연하게는."

"그런 종교에 관련된 일?"

그러자 미우라는 평소의 진지한 표정으로 돌아와, 종교는 경찰이 간섭할 문제가 아니라고 말했다. 세이다이에게는 그 말이 뜻밖이었다. 은둔형 외톨이인 아이부터 거리를 배회하는 노인, 부부싸움까지 세상에 경찰이 관여하지 않는 문제는 없다고 생각했기 때문이다.

"예컨대 종교단체의 이름을 걸고 이상한 물건을 팔거나 옴진리교 사건 같은 일이 발생한다면 각각의 문제에 대처해야겠지만, 헌법으로 종교의 자유를 보장하고 있기 때문에 경찰이 종교단체에 간섭할 수는 없어."

'종교의 자유'라는 말은 세이다이도 들은 적 있다. 만약 경찰이 사상이나 종교의 자유까지 침해한다면 그것은 사상 탄압이 될 것이다.

"그러면 신흥종교에 관심 있다는 것은 무슨 얘기야?"

"그런 정보를 수집하는 게 좋아."

"정보?"

"이 세상을 움직이는 힘이라는 게 있잖아? 사람이 집단이 되었을 때 갖는, 일종의 에너지랄까."

"에너지란 말이지."

"그런 에너지에 관심이 있어."

매우 추상적인 말이다. 미야나가 반장처럼 청소년 문제에 관심 있다거나, 교통사고를 취급하고 싶다거나, 도둑을 잡는 일을 하고 싶다는 말과는 어딘가 뉘앙스가 다르다.

"예를 들어, 집단 조직범죄나 국제 스파이 사건 같은 거."

그 말을 듣고서야 겨우 수긍이 갔다. 미우라는 공안을 목표로 하는 것이다. 아, 그렇구나. 세이다이이는 다시금 눈앞의 친구를 응시했다.

"너, 그런 데 관심이 있는 거야?"

"세상이 어떤 힘으로 어떻게 움직이는지, 그걸 알아내고 생각하는 게 재미있어."

세이다이이도 뉴스 정도는 보지만, 정치나 국제문제 등 이치만 따지는 복잡한 문제에는 그다지 흥미가 생기지 않는다. 역시 이 녀석. 생긴 게 자신과는 전혀 다르다. 그런 녀석과 자신을 비교하면 조금 한심하지만, 지금은 어쨌든 어엿한 경찰이 되는 것이 먼저다.

◇◆◇

[조사이서 관내, 변사체 발견. 110 신고 접수 중]

그 지령이 날아든 것은 다음 제2 당번이던 이른 아침이었다. 지난번 당번일 때 말도 안 되는 실수를 했던 세이다이로서는 그날 새벽만큼 최악은 아니었다. 시발 전차始發電車가 움직일 시간이 되고, 이윽고 무선기를 통해서 6시 시보가 들렸다. 오늘은 이렇다 할 일 없이 하루가 끝나는 건가 싶었는데, 순간 수신기가 삐삐- 하고 울렸다.

[장소, 가스미다이 3초메 27번 4호. 갈 수 있는 차량 있습니까?]

[가스미다이 4, 다른 건 취급 중]

[가스미다이 1, 다른 건 취급 중]

왠지 가슴이 두근거렸다. 변사체? 확실히 그렇게 들었다.

[경시청 알았다. 경시청에서 조사이로]

[조사이입니다. 오버.]

[PB원 파견 부탁합니다. 가스미다이 3초메 27번 4호. 단독주택으로, 다니와－]

지도를 보고 있던 미야나가 반장이 "가자"라며 돌아봤다. 세이다이는 대답 대신 황급히 파출소에서 달려나갔다. 미루나무 아래 세워둔 자전거에는 이미 아침 이슬이 내려앉았다. 쓱 안장만 닦고 서둘러 자전거에 걸터앉는 사이에도 미야나가 반장은 SW로 서로 연락한다. 세이다이는 수신기의 이어폰에 신경을 집중했다.

[신고자는 지인인 우치야마라는 여성. 최근 2, 3일 연락이 되지 않아 걱정 중이었는데, 이 집 주인이 실내에서 목을 맸음. 신고자는 현장에서 대기 중. 지금도 110에 신고 중－]

[조사이 알았다. PB원이 가고 있는 중!]

파출소에서 근무하는 지역 경찰관은 통신지령본부와 직접 교신은 할 수 없다. 그 때문에 SW로 서와 연락을 취하고, 서에서 통신지령본부와 교신한다.

[또한 현장보존에 유의하고, 신고자의 신원 확인과 피해자의 상황 보고 요망. 타살 여부, 현장의 주변 상황 등 보고하도록. 이상 경시청]

요전에 칼을 휘두르는 남자와 마주했을 때와는 또 다른 긴장감이 온몸을 뒤흔든다. 왠지 울고 싶어지는 흥분 혹은 공포심이 손발의 근육을 긴장시켜 페달을 밟는 발이 잘 움직이지 않는다. 변사체라고? 목을 맸다고?

[조사이에서 가스미다이 역전 3에게]

[가스미다이 역전 3입니다. 오버!]

앞서가는 미야나가 반장이 자전거 핸들에서 한쪽 손을 떼고 SW의 마이크를 잡는다. 세이다이는 손으로 벨트에 장착한 SW 본체의 소리를 높였다.

[조사 전무 출동 준비 중. 오버!]

[가스미다이 역전 3, 알겠습니다!]

사건이 발생한 집은 시로노 유카리의 집과도 가까운, 고지대 주택가의 외곽에 있었다. 숨을 헐떡이며 자전거를 끌고 비탈길을 오르니, 옅은 아침 안개에 싸여 길가에 쭈그려 앉아 있는 그림자가 보였다. 세이다이이는 이미 물바가지라도 뒤집어쓴 듯 온몸이 땀으로 흥건했다. 그 그림자는 인기척을 느끼고 비틀거리며 일어섰다. 미니스커트 아래로 긴 다리가 쭉 뻗어 있다.

"이쪽이에요. 이쪽!"

유행하는 샌들을 신고 있는 그녀가 신고자임이 틀림없다. 나이는 스무 살 전후, 아니 어쩌면 아직 십 대일지도 모른다. 햇볕에 까맣게 그을려 뛰는 모습이 마치 까부는 것처럼 보였다.

"우치야마 씨? 110에 신고하신 분이죠?"

미야나가 반장의 질문에 그녀는 크게 고개를 끄덕였다.

"저, 저 -."

"일단 보죠."

자전거를 집 앞에 세우고, 반장은 이쪽을 돌아본다. 미니스커트 차림의 발랄해보이는 우치야마라는 여자는 왠지 자살사건과는 어울리지 않는 것처럼 보였다. 세이다이이는 그런 그녀를 곁눈으로 바라보면서 반장을 따랐다.

"저도 가야 하나요?"

등 뒤에서 겁에 질린 여자의 목소리가 들린다. 당연하죠, 라고 말하려고 할 때, 반장이 "그냥 계세요"라고 대답했다.

"어느 방인지만 가르쳐줄래요? 당신은 여기서 기다리고 있어도 됩니다. 아아, 어디에 가지 말고, 여기에 있어요. 나중에 천천히 얘기를 듣기로 하죠."

그녀는 고개를 끄덕인다. 예전에 시부야 부근에서 봤다면 일단 말을 걸었을 것이다. 꽤 가벼워 보이는 여자다. 그러나 그녀는 가느다란 눈썹 아래 하늘색 아이섀도를 칠하고 아이라인을 그린 두 눈을 동그랗게 뜬 채 깜박이지도 못하고 있었다.

"2층-2층이요. 계단을 올라가면 바로 오른쪽 방이에요."

여자는 하늘색 매니큐어를 바른 손가락으로 울타리에 둘러싸인 집을 가리켰다.

"-냄새가 나서, 곧 알 수 있을 거예요."

세이다이는 무심코 집 쪽을 돌아봤다. 냄새? 부패하고 있다고? 지금부터 그런 곳에 들어가야 하는 걸까? 갑자기 불안해졌다. 무선으로는 확실히 목을 맸다고 했다. 부패한, 목을 맨 사체라고?

"좋아, 일단 살펴보자."

미야나가 반장이 결심한 듯이 말했다. 세이다이는 고개를 끄덕일 마음도 생기지 않아서 풀 죽어 뒤를 따를 수밖에 없었다.

현관문을 열자 외부 공기와는 전혀 다른 냄새가 콧구멍을 자극했다. 음식물 쓰레기의 냄새는 아니다. 거의 본능적으로 이것은 심상치 않은, 어떤 것의 부패를 알리는 냄새라는 걸 알 수 있었다.

"너, 먼저 가."

구두를 벗은 미야나가 반장이 돌아보고 중얼거렸다. 세이다이는 눈을 동그랗게 뜨고 반장을 올려다봤다.

"제가요? 싫어요."

"멍청이, 가라고 하면 가!"

말하자마자 미야나가 반장이 세이다이의 팔을 잡고 계단 아래로 밀었다. 싫다고 저항하는 세이다이와 실랑이가 벌어졌다. 어째서 이런 때만 앞서가야 하냐고 불평하려고 할 때, 열린 현관 저편에서 우치야마라는 여자가 이쪽의 모습을 살피고 있는 것이 보였다. 아차, 나는 경찰이다. 이런 한심한 모습을, 시민에게 그것도 젊은 여자에게 보여서는 안 된다.

"–알았어요."

선배의 손을 뿌리치고 세이다이는 어쩔 수 없이 크게 가슴을 폈다. 그러나 견딜 수 없는 냄새 때문에 허세를 부리려는 마음이 바로 위축된다. 내쉬는 숨이 작게 떨린다.

"자, 갑니다."

"좋아, 가."

미야나가 반장이 단호히 고개를 끄덕이는 것을 확인하고, 세이다이는 계단을 올랐다. 이런 단독주택의 나무계단을 오르는 것은 실로 오랜만이다. 그러나 양말을 신은 발로 나무의 온기나 매끄러운 감촉 등을 맛볼 여유는 없었다. 이 위에는 사체가 기다리고 있다.

"쓸데없는 곳은 만지지 마. 감식이 들어올 가능성도 있으니까."

등 뒤에서 말소리가 들렸다. 세이다이는 한층 긴장하여 마른침을 삼켰다. 썩은 냄새가 한층 강해진다. 발아래서 계단이 삐걱거리는 소리에 신경이 따끔거렸다. 가슴에 장착한 SW에서 미야나가 반장의 콜사인을 부르는 소리가 들려왔다.

[조사이 2호가 그쪽으로 가고 있다. 그쪽 상황은 어떤가? 오버]

"지금 현장에 들어가는 중입니다. 오버."

[알겠다.]

계단 끝에 올라 세이다이는 돌아봤다.

"조사이 2호가 현장에 도착할 때까지 기다릴까요?"

몇 계단 아래에 있는 미야나가 반장은 네모난 얼굴을 찡그리고 "바보"라고 말했다.

"이 마당에 아직 그런 말을 해야겠어? 조사이 2호가 와도 이런 일은 신입이 해야 해."

한 가닥 기대를 걸어보았지만 덧없는 꿈이었다. 세이다이는 어쩔 수 없이 바지 주머니에서 손수건을 꺼내 그것으로 입가를 눌렀다. 이것으로 명백히 심상치 않은 냄새를 막을 수는 없었지만, 그래도 없는 것보다는 낫다.

"어서, 가."

반장이 등을 떠민다. 세이다이는 반쯤 걸린 문 틈새로 새어 나오는 아침 햇살을 응시했다.

한 걸음, 또 한 걸음, 낯선 집으로 나아간다. 여기까지 와서 물러설 수 없다. 무엇보다 바로 뒤에는 미야나가 반장이 완전히 퇴로를 막고 버티고 서 있다. 각오를 다지고 서둘러 문을 열고 안을 확인하는 수밖에 없다. 어차피 한 번은 경험하지 않으면 안 되는 일이다. 경찰관이 되었으니 사람의 죽음과 무관할 수 없다는 것쯤은 세이다이도 잘 알고 있다. 하기 싫은 일은 서둘러 끝내자. 그렇게 자신에게 말하고 용기를 내어 문틈으로 얼굴을 집어넣었다가 곧 물러섰다. 돌아보니 미야나가 반장이 턱을 내밀고 이쪽의 반응을 살피고 있다.

"수사 전무를 불러올게요."

보통 기업에서는 전무라고 하면 중역을 의미하지만, 경찰에서는 글자 그대로 '전문적으로 맡는다'는 의미에서 '전무'라는 말을 사용한다. 안테나 역할을 맡은 지역과와는 달리, 형사나 교통 등 역할이 한정된 부서의 전문 경찰관을 그렇게 부르는 것이다.

"-그래서 제대로 봤어?"

미야나가 반장은 조금 믿을 수 없다는 표정으로 물었다.

"죽었을 게 뻔하잖아요. 이 냄새에, 게다가 공중에 매달려 있는데요."

손수건으로 입가를 누르면서 세이다이는 반장을 노려봤다. 위아래에서 뭔가 치밀어 오른 느낌이다. 미야나가 반장은 "그야, 그렇지"라고 고개를 끄덕이고 곧 SW로 손을 뻗었다.

"가스미다이 역전 3이 조사이에."

[조사이입니다. 오버]

"지금 막 확인했습니다. 틀림없이 사망했습니다. 오버."

[알았다. 그래서 사체는 어떤 상태인가? 오버]

반장이 세이다이를 밀며 다시 보고 오라는 듯이 손짓했다. 그리고 그 사이에 마치 자기 눈으로 본 것처럼, 사체는 목을 매고 사망했으며 부패해서 냄새가 심하게 난다는 보고를 한다.

남자는 커튼을 통해 약한 아침 햇살이 들어오는 실내에서 입구에 등을 돌린 채 매달려 있다. 원래는 두 칸짜리 방의 칸막이를 없앤 방은 넓고 다다미가 깔려 있어 분위기로 보면 남자의 방 같았다. 남자는 원래는 칸막이가 있던 상인방上引枋에 벨트 같은 물건으로 목을 맸다. 발아래에는 디딤돌 대신에 사용한 헌 잡지 다발이 구르고 있었다. 그리고 그 부근에 사후 배설한 것으로 짐작되는 오물이 퍼져 있다. 시체 썩는 냄새와 배설물의 냄새가 섞여 강렬한 악취를 풍기고 있다. 실내의 공기조차도 죽음을 상징하는 듯 고여 있었다.

세이다이는 사체 앞을 돌아가서 사망한 것이 젊은 남자라는 것을 확인하고 방을 뛰쳐나왔다. 그리고 미야나가 반장을 밀치듯이 계단을 달려 내려갔다. 구역질이 치밀어 오른다. 아주 잠깐 보았을 따름이지만, 옅은 어둠에 잠긴 실내에서도 완전히 변색했음을 알 수 있는 사체의 낯빛이 눈에 각인되었다. 죽었다. 틀림없다. 진짜로, 그것은 사체였다. 실물의 사체!

"이봐 침착해. 밖에는 신고자가 있으니까 볼썽사납게 굴면 안 돼."

등 뒤에서 반장의 목소리가 들려온다. 그랬다. 그 여자가 기다리고 있다. 그러나 아무래도 구역질이 멈추지 않는다. 시큼한 액체가 입안에 번졌다. 세이다이는 몇 번이고 침을 삼키고 겨우 구두를 신고 밖으로 나와 크게 심호흡을 했다. 겁먹은 표정의 우치야마라는 여자가 "그렇죠?" 하고 고개를 갸웃거린다. 세이다이도 아무 말 없이 고개를 끄덕였다.

"저 사람, 알아요?"

"친구라고 해야 할까요 – 전 남자 친구예요."

그녀가 조금 주저하며 말했을 때, 미야나가 반장도 집에서 나와 역시 크게 심호흡을 한다.

"헤어진 남친이래요."

"남친? 저 사람 몇 살이죠?"

여자는 죽은 남자가 스물둘이었다고 했다. 올해 봄까지는 전문학교에 다녔지만, 지금은 무엇을 하고 있는지 모른다고 한다. 외아들로 아버지는 현재 단신부임 중이고, 어머니도 남편을 챙기기 위해 부임지로 간 것 같다고 말했다.

"헤어진 남친 집에 어떻게 왔어요? 그것도 이런 이른 아침에."

반장이 고개를 갸웃거렸다. 세이다이도 묻고 싶었지만, 입을 열면 욕지기가 날 것 같아서 그냥 입을 다물고 있었다. 우치야마라는 여자는 충격이 가라앉으면서 새로운 흥분을 느끼는 것 같았다.

"헤어졌다고 해도 친구고, 지난주 즈음에도 전화가 왔었어요. 목소리가 굉장히 어두웠어요. 그래서 조금 마음에 걸렸는데 2, 3일 전부터 전화를 받지 않고 휴대폰도 전원이 꺼져 있더라고요. 그래서 어제 밤 새워 놀고 첫 전철로 돌아오다 배도 고프고 해서 잠시 들러봤어요."

요령이 없다고 할까, 좀처럼 이해할 수 없는 설명이었다. 여하튼 몇 번 집에 전화를 걸어도 아무도 받지 않아서 그의 어머니가 집을 비웠다고 생각한 그녀는, 사귈 때 자주 왔던 집이기도 하고 비상키가 있는 곳도 알고 있어서 가벼운 마음으로 들렀던 것 같다.

"뭔가 짐작 가는 거라도 있어요?"

그녀가 "몰라요"라고 말하며 고개를 흔들고 있을 때, 조사이 2호가 도착했다. 순찰차 담당 선배는 미야나가 반장의 설명을 들은 뒤에 통신지령본부에 무선으로 보고했다. 몇 분 뒤, 조사이 4호도 도착했다. 당장에라도 뇌빈혈을 일으킬 것 같은 세이다이의 주위는 갑자기 어수선해졌다.

형사과의 과장 대리가 부하를 데리고 도착했을 무렵에는 개를 산책시키거나 조깅하던 사람들이 무슨 일인가 싶어 발길을 멈추고, 쓰레기를 버리러 나온 이웃 주부가 현장을 지켜보기도 했다. 회색 경찰복 차림의 한 무리가 잰걸음으로 사체가 있는 집 안으로 들어간다. 현관 옆에 서서 세이다이는 멍하니 푸른 하늘을 올려다봤다.

새로운 아침이다. 그러나 이 아침을 맞이할 수 없는 인간이 바로 곁에 있다. 며칠 전부터 홀로 공중에 매달려 있던 인간이 있다. 그런 생각을 하니 뭔가 이상한 기분이 들었다. 스물둘이다. 나보다 한 살이 어린 주제에.

누군가의 목소리가 들렸다. 돌아보니 형사과 선배가 현관 안에서 손짓하고 있다. 세이다이는 손끝으로 자신을 가리키고, 상대가 고개를 끄덕이는 것을 확인하고 나서 황급히 그쪽으로 달려갔다.

"2층에 올라가 사체를 내려."

"ㅡ헉! 제가요?"

"그래, 너."

무심코 미야나가 반장을 눈으로 찾았다. 그러나 보이지 않는다.

"뭐든 경험하는 거야. 자, 배짱을 키워봐."

삼십 대 후반으로 보이는 선배는 세이다이의 어깨를 톡톡 두드리고, "자"라고 기분 나쁘게 웃는다. 계단을 내려온 다른 형사나 순찰차 담당 선배들도 모두 입가에 묘한 웃음을 짓고 있다. 이봐, 진짜?! 세이다이는 다시 부패한 냄새가 감도는 집에 올라가야 했다. 선배의 명령을 거역할 수는 없다. 몇 분 전, 과장 대리가 주변 상황과 사체의 상태로 보아 사인은 자살이라고 판단 내렸다.

"우리가 받침대에 올라 목에서 벨트를 벗길 테니, 넌 아래서 사체를 안아. 죽은 사람이니 조심해서 다루고."

창문이 열린 탓인지 방 안에는 아까만큼 냄새가 심하지 않았다. 그래도 냄새가 완전히 사라진 것은 아니다. 공중에 매달린 채 낯선 남자들의 시선을 받는 사체에서는 아직도 냄새가 나고 있다.

"–역겨워."

무심코 얼굴을 찌푸리자, 누군가 머리를 때렸다.

"우리는 이보다 더 심한 것도 봐왔어. 자, 감식하는 사람의 마음이 어떨지 조금은 알겠지?"

왠지 눈물이 날 것 같았다. 세이다이는 사체 옆에 서서 예상했던 것보다 단단하고 맥 빠진 몸뚱이를 안아야만 했다.

"벨트 끊는다, 잘 잡아."

"잠, 잠깐만 기다려주세요."

"아니, 못 기다려. 간다, 얍!"

기합과 동시에 이미 인간이라 할 수 없는 몸뚱이가 엄청난 무게로 세이다이를 짓눌렀다. 팔 안에서 사체의 몸이 어긋나 무심코 비틀거리자 죽은 남자의 창백한 얼굴이 바로 눈앞에 보였다. 공포와 시체 썩는 냄새로 아무것도 생각할 수 없다. 비명을 지르면서 세이다이는 그저 사체를 끌어안고 있었다.

◇◆◇

새하얀 얼굴을 한 키다리 청년이 어스름한 방 안에서 이쪽을 향해 손짓하고 있다. 안 돼, 가면 안 돼. 하지만 생각과 달리 발은 저절로 움직인다. 안 돼, 싫어. 몸부림치는 가운데 어느 사이엔가 방 안에 들어간다.

"와줬어."

어딘가에서 소리가 들린다. 세이다이는 당황하여 주변을 둘러본다. 그러자 바로 눈앞에 청년의 얼굴이 있다. 기묘하게 높은 천장에서, 굉장히 긴 로프에 매달린 채, 청년은 흰자위를 드러내고 웃고 있다. 그만둬, 너 따윈 몰라, 장난해, 라고 크게 소리 지르려 했지만 목소리가 나오지 않는다.

"이봐, 이봐!"

"우와아아아!"

"다카기! 정신 차려!"

눈을 뜨자 청년과는 다른 얼굴이 그를 내려다보고 있었다. 세이다이는 잠깐 멍한 얼굴로 위를 올려다봤다. 샤워라도 한 듯 온몸에 땀이 흥건하다. 심장이 격렬하게 뛴다.

"꿈이야, 꿈."

그 목소리를 듣고 겨우 가토 선배가 자신을 불렀다는 것을 알았다. 세이다이는 무심코 안도의 숨을 내쉬고 이부자리에서 천천히 몸을 일으켰다. 사각팬티 한 장만 입은 가토 선배는 세이다이의 옆에 책상다리하고 앉아 얼굴을 찌푸리면서 머리를 긁적인다.

"그만 좀 해. 밤이면 밤마다……. 제발 잊어."

"-죄송해요."

처음 자살사건을 취급한 뒤로 벌써 열흘 이상이 지났다. 스물둘이라는 젊은 나이에 목을 매 죽은 청년은 나중에 들은 얘기로는 죽기 일주일 전 어머니가 단신부임 중인 아버지를 보러 갔을 때도 전과 다름없는 모습이었다고 한다. 어머니가 아버지의 부임지로 가는 일이 드물지 않고, 길게는 한 달 가까이 도쿄를 비운 적도 있어 외자식인 청년은 늘 혼자서 집을 지켰다. 그러던 것이 어째서 목을 매게 된 것인지. 유서는 남아 있었지만 '죄송해요.'라고 적힌 메모 정도로 자살 이유에 대해서는 언급하지 않았다.

"너, 위세만큼은 좋은데, 뜻밖에 소심하구나."

"섬세하다고 말해주세요."

"입만 살아서."

가토 선배는 담배를 입에 물면서 어이없다는 듯 말했다. 머리맡의 자명종 시계는 오전 3시 조금 지난 시각을 가리키고 있다. 오늘 밤도 1시가 넘어서 기숙사로 돌아온 선배가 막 잠이 들려는 참에 깨운 것 같다.

그러나 가토 선배는 그리 화를 내지도 않고 잠자코 담배 연기를 내뿜는다. 그리고 "하는 수 없지"라고 중얼거렸다.

"처음에는 다 그래. 나도 경찰관이 되자마자 분신자살한 사람을 처음 봤는데, 거의 한 달간 닭고기 꼬치구이는 냄새도 못 맡았어."

"닭고기 꼬치구이요?"

선배는 빈정거리듯 입가를 찡그리고 "지금은 엄청 먹지만"이라고 말을 이었다. 세이다이도 담배로 손을 뻗었다. 겨우 땀이 식었지만, 여전히 심장이 두근거린다.

"우리가 하는 일이 꽤 지저분하죠?"

학창시절부터 사용하는 지포 라이터로 불을 붙이고 세이다이는 깊이 담배 연기를 마셨다. 실내에 기름 냄새가 퍼진다.

"인간은 그리 깨끗하지 않아. 사체만 특별히 그런 게 아니야. 예컨대 아무리 미인이어도 매일 화장실에 가고 머리에서 비듬이 떨어지거나 때가 생기잖아. 그런 인간을 다루는 일이니까 더러운 게 당연해."

"—"

"말하는 것도, 하는 짓도, 깨끗하기만 한 게 아닌데, 특히 그런 부분만 봐야 하는 것이 우리 일이기도 해."

"—슬프지 않아요?"

라고 묻자, 가토 선배는 후, 하고 담배 연기를 내뿜으면서 "그럼 안 되지"라고 말했다.

"인간은 슬프구나, 라고 말할 수 있는 건 방관자뿐이야. 실제로 그 소용돌이에 들어가야만 하는 사람은 그런 말을 할 틈도 없어."

분명 그렇다. 하나가 끝나면 또 다른 하나, 차례차례 문제가 일어난다. 지금부터 앞으로 몇 년간이나 자신은 그런 소용돌이 속에서 지내야 하는 걸까. 그것을 생각하자, 아찔했다.

"선배는 어떻게 형사가 됐어요?"

"나?"

가토 선배는 조금 진지한 표정으로 "글쎄"라고 신음한다. 세이다이는 몸을 틀어 그를 마주봤다.

"인간이 싫어지거나 하지는 않아요? 사람을 믿지 못하게 되거나."

그러자 가토 선배는 크게 고개를 갸웃거리고 뭔가 맛없는 것을 먹은 듯한 표정을 지었다.

"그런 일이 없는 건 아니야. 그러나 인간이란 흑과 백으로 나눌 수 없어. 모두에게 사랑받고 훌륭하다고 칭송받는 사람이 범죄를 저지르기도 하고, 벌레 같은 놈이 우연히 사람을 돕기도 하고. 범죄자에게도 배울 점이 있어."

필터 가까이까지 피운 담배를 재떨이에 짓이겨 끄면서, 가토 선배는 후, 하고 마지막 연기를 내뿜었다.

"이런 밤중에 진부한 얘기는 하고 싶지 않지만. 너, 용기라는 것에 관해 어떻게 생각해?"

분명 초등학교 시절, 교실 칠판에 '용기'라고 적은 종이를 붙였던 기억이 있다. 그러나 새삼스레 질문을 받으니 뭐라 답해야 할지 몰랐다.

"내가 최고의 용기를 느낄 때가 언제인지 알아?"

"－압수 수색할 때요?"

"범인이 자백할 때야."

생각해보면 지금까지 세이다이는 가토 선배가 맨정신에 진지하게 얘기하는 모습을 본 적이 거의 없다. 원래 생활이 불규칙하고 좀처럼 얼굴을 볼 수 없는 데다, 가끔 일찍 일을 끝내면 곧 술을 마시러 가는 사람이라 늘 수면 부족으로 휘청거리거나 술에 취해 있는 모습이었다. 그런데 오늘 밤 가토 선배는 평소와 달리 진지하다.

"생각해봐. 여기서 한 번 더 힘을 내면 공적을 세우거나 칭찬받을 수 있다면 누구든 쉽게 용기를 내겠지. 그러나 범인은 솔직히 털어놔 봤자 기다리는 건 재판이나 징역, 그런 거야. 자칫 잘못하면 콩밥을 먹는 정도가 아니라 일생이 끝장 날지도 몰라. 그걸 알면서도 각오를 다지지 않으면 안 되는 용기라는 건 굉장하다고 생각해."

그런 것일까? 자신이 나쁜 짓을 저질렀기 때문에 그런 처지에 처하는 게 아닐까? 그러니 그것을 인정하는 건 당연하지 않을까? 자기 생각을 말하자, 선배는 "그야 그렇지만"이라며 크게 고개를 끄덕였다.

"그러나 인간은 초조하면 발버둥 치게 마련이잖아? 누구든 자신이 저지른 일은 뒤로 미루고 나 몰라라 하고 시치미 떼고 싶어져. 그런데 자기 잘못을 사람들의 비난에도 불구하고 자신의 입으로 인정하는 것은, 엄청난 용기가 필요해. 따라서 모든 것을 자백한 뒤, 피의자들은 한결같이 무거운 짐을 내려놓은 얼굴이야."

그 얼굴을 보면 역시 인간은 아직 쓸 만하다는 생각이 든다며, 선배는 이불 위에 벌렁 누웠다.

"이제 자자. 나 내일도 일찍 나가봐야 해."

그 말이 떨어지고 얼마 지나지 않아 크게 코 고는 소리가 들렸다. 세이다이는 천천히 담배를 피우고 나서 다시 누웠다.

–용기.

자주 듣는 말인 건 분명하다. 그러나 평소엔 잊고 있는 단어다. 그 목을 맨 청년에게도 조금 용기가 있었다면 좋았을까? 스물둘의 어린 나이로, 그는 무엇에 그리 절망해야만 했을까? 고민을 털어놓을 사람이 한 사람도 없었던 걸까? 이런저런 생각을 하니 괜스레 마음이 침울해진다. 제기랄, 살아 있다면 한 방 먹여주고 싶다.

아무리 잊으려고 해도 불현듯 그 죽은 청년의 얼굴이 떠오른다. 냄새와 구역질까지 되살아나 힘든 나날이 이어졌다. 사람들은 여름 휴가라고 놀러 다니는데 진짜 사체를 처리해야 했던 자신은 매일 밤 악몽에 시달린다. 인생 최악의 여름이다. 여전히 미야나가 반장을 따라 마을을 이리저리 뛰어다니면서, 세이다이는 왠지 자신이 부쩍 늙어버린 것 같다는 느낌이 들었다.

"너, 정말 얼굴빛이 안 좋아."

미야나가 반장까지 살짝 눈살을 찌푸리며 말했다. 세이다이는 괜히 한심스러워 "그렇죠?"라며 어깨를 떨구었다.

"마른 것 같기도 하고."

"혹시 씐 거 아니야?"

이쪽은 진지한데 반장은 농담조로 그런 말까지 한다. 그러나 어쩌면 농담이 아닐지도 모른다. 그래서 그런 꿈까지 꾸는 것일지도 모른다. 더위에도 불구하고 양팔에 소름이 돋는다. 세이다이는 매달리듯 반장을 봤다.

"어쩌면 좋죠, 저는."

"그걸 내가 어떻게 알아?"

"그런 차가운 말, 마세요."

반장에게 다가가려는데 꿀밤이 날아들었다. 휙, 돌아보니 도노오카 소장이 어이없다는 얼굴로 서 있었다.

"더위를 타는 거야. 마음이 풀려서 그래."

차가운 표정으로 그렇게 말해서 세이다이는 풀 죽어 고개를 숙였다. 미야나가 반장도 장난 거리를 발견한 어린애 같은 표정으로 슬금슬금 멀어져간다.

"몸을 움직이고 지쳐서 쓰러지면 꿈을 꾸겠어? 마냥 편히 있으니까 그렇게 되는 거야."

경찰봉을 두고 순찰을 나갔던 밤 이후, 도노오키 소장은 꽤 엄해졌다. 이전에는 무표정이어도 나름 너그러워 보였지만, 최근에는 잔소리가 많아졌다.

"그보다, 요즘 불심검문은 하는 거야?"

"–아아, 그냥저냥."

"그냥저냥? 그냥저냥 불심검문을 하는 놈이 어디 있어?"

"아, 그게 아니라 반장님과–."

"반장은 반장. 다카기는 다카기. 좀 더 적극적으로 해. 언제 성적을 올릴 거야?"

"–"

"한 번의 실수로 무서워진 거야? 헌팅의 달인이었다며?"

시끄러워! 그렇게 받아칠 수 있다면 얼마나 속 시원할까. 그러나 그런 기력조차 생기지 않는다. 여자를 꼬이러 가거나, 목이 터질 정도로 노래방에서 노래를 부르거나, 여자 친구와 바다라도 간다면 얼마나 즐거울까. 그러나 경찰이 여자를 꼬이러 다닌다는 게 알려지면 큰일이다. 게다가 이런 짧은 머리로는 멋을 낼 수도 없다. 동료들과 노래방에 간다고 해도 제대로 스트레스 해소가 될리 없고, 바다에 가도 남자끼리는 재미없다. 시시했다. 한번 기분전환이 필요했다.

나오는 건 한숨뿐이다. 아무리 소장이 기합을 넣어도 도무지 의욕이 생기지 않는 그날도 그대로 끝나는가 싶었다.

그런데 그날 밤, 세이다이는 작은 발견을 했다. 뭔가 마음을 달래줄 게 없을까 하고 짐 정리를 하고 있을 때, 예전에 프로야구 야간시합을 보러 갔을 때 산 작은 라디오가 나왔다. 그것은 명함 크기로 두께가 1센티미터 정도였다. 평소 제복의 가슴주머니에 넣는 무선기와 거의 같은 크기다. 시험 삼아 이어폰을 꽂고 스위치를 켜보았다. 음질이 좋다고는 할 수 없지만, 그래도 분명 라디오 방송이 들렸다. 세이다이는 한동안 멍하니 라디오를 들었다. 그리고 알아차렸다.

그래. 지금 내 생활에 부족한 건 음악이었어.

눈이 번쩍 떠진다는 것은 이런 것을 두고 하는 말이다. 세이다이는 기분이 좋아졌다. 어째서 음악을 잊고 있었을까. 경찰학교에 들어갈 때까지 세이다이는 늘 음악에 둘러싸여 생활했었다. 특별히 다룰 줄 아는 악기가 있는 건 아니었지만, 소리로 가득한 공간에 잠겨 있는 것이 좋았다. 그런데 어느 사이엔가 음악과 멀어지고 음반도 사지 않게 되어, 요즘은 히트곡이 무엇인지도 모르는 지경에 이르렀다.

이대로라면 세상에서 멀어진다. 윤택함도 사라지고 정말로 분위기도 모르는 재미없는 사람이 되어버릴 거다.

갑자기 두려워졌다. CD 재생기는 지금 이 방에도 있다. 그러나 혼자만 쓰는 방이 아니다. 가토 선배도 생각해야 하고, 무엇보다 매일 파김치가 되어 잠에 곯아떨어지든가 아니면 술에 취하든가 해서 음악을 들을 여유는커녕 그 즐거움조차 까맣게 잊었다.

"그래, 일하는 환경을 즐겁게 만들어야지."

불현듯 혼잣말이 나왔다. 세이다이는 오랜만에 듣는 라디오의 야구 중계에 귀 기울이면서 작년 여름, 재작년 여름, 그보다 훨씬 전 도쿄에 막 상경했을 당시의 여름까지 떠올렸다. 세월이 흘렀어. 이제 옛날로는 돌아갈 수 없구나. 그런 생각에 왠지 감상적인 기분이 들었다.

다음 날은 당직 근무일이어서 세면도구를 챙겨 파출소로 갔다. 세이다이는 짐과 같이 챙겨온 라디오를 몰래 듣기로 했다. 시험 삼아 무선기 이어폰을 빼서 라디오에 연결해보았다. 수신기의 이어폰 코드는 색깔도 형태도 시판용과는 달라 다른 이어폰을 사용하면 곧 들통이 날지도 모른다.

[-다음 교통 정보는 오후 7시 35분에 전해드리겠습니다.]

예상한 대로였나. 비록 형태는 달라도 이어폰 잭의 크기는 같다. 당연히 라디오도 잘 들렸다. 세이다이는 수신기와 함께 라디오를 가슴주머니에 넣었다. 꽤 주머니가 불룩해졌지만 상관없다. 게다가 조사이서 관내에 지령이 날아올 때는 무선 수신기에서 삐삐- 하고 소리가 나기 때문에 그때 신속하게 바꾸면 된다. 이제는 기나긴 밤도 지루하지 않다, 늘 음악과 함께 있을 수 있다고 생각하니 그것만으로도 즐거웠다.

음악을 들으면서 바라보는 마을은 평소와는 전혀 달랐다. 리듬이 있다. 약동감이 있다. 드라마틱하다. 세이다이는 평소보다 훨씬 부드러운 눈빛으로 주위를 바라볼 수 있었다.

그날 밤은 소년들의 싸움이나 취객들의 소동을 처리하면서 지나갔다. 자정을 넘기자 이번에는 소음 문제로 신고가 잇따랐다. 거기에 교통사고도 일어나고 마지막에는 초등학교 수영장에 들어가 수영하는 바보 같은 사람까지 등장했다. 세이다이는 무선수신기가 삐삐- 하고 울릴 때마다 재빨리 이어폰을 바꿔 끼고 정보를 듣거나 선배와 같이 현장으로 뛰어갔다.

"이렇게 더우니 수영하고 싶은 마음도 이해하지 못하는 건 아니지만."

수영장에서 돌아오는 길에 그렇게 말하자, 미야나가 반장이 이쪽을 바라본다.

"꽤 이해심이 있는데."

"전 원래 너그러워요."

"잘도 말한다. 심경의 변화라도 있었어? 잡담도 안 하고, 불평도 안 하니까 왠지 기분이 나빠."

사실은 음악 덕분이다. 그러나 입이 찢어져도 그렇게는 말할 수 없었다. 세이다이는 "나도 어른이 되었다고요"라며 얼버무렸다. 그때 또 무선기가 삐삐- 하고 울었다.

[조사이서 관내, 교통 인사사고. 소방청에서 전송. 장소 가스미

다이 5초메 18번 6호. 승용차와 자전거에 의한 교통 인사사고입니다-]

5초메라면 파출소로 돌아가는 길, 바로 앞이었다. 세이다이는 반장과 마주보고 고개를 끄덕인다. 세이다이는 자전거에 올라타 이런 때는 어떤 음악이 어울릴까 생각하면서 자전거 페달을 밟는 다리에 힘을 주었다.

구부러진 골목을 지나 조금 넓은 길이 나왔을 때 헤드라이트를 켠 채 멈춰 있는 차가 보였다. 헤드라이트 불빛 속에 사람이 쓰러져 있었다. 미동도 없는 그 사람 주위로 검은 얼룩이 퍼진다. 그 장면을 본 순간, 간신히 추스른 기분이 순식간에 무너졌다. 아아, 제기랄. 사고가 끊이지 않네!

무심코 한숨을 내쉬는데 자전거를 세울 틈도 없이 운전자로 보이는 중년 여자가 황급히 뛰어왔다.

"제, 제가 피해자예요! 이런 밤중에 자전거를 타는 사람이 있을 거라고는 생각하지 못하잖아요? 갑자기 휙 달려왔다고요!"

자세한 얘기는 나중에 들을 테니 일단 진정하라고 미야나가 반장이 말했다. 그러나 여자는 반미치광이처럼 자신은 잘못한 게 없다, 뺑소니 치지 않았다고 거듭 말한다. 이 더운 밤에 시끄럽게 울리는 목소리는 사람을 짜증나게 만든다. 그만 입 좀 다물어. 세이다이는 간신히 그 말을 속으로 삭이고 그녀를 곁눈으로 노려봤다.

부상자는 삼십 대의 회사원으로 보이는 남자였다. 코와 귀에서 피가 난다. 가까이서 보니 옆에 기타 케이스가 떨어져 있다. 밴드 활동이라도 하는 걸까. 일하면서 좋아하는 음악을 계속하는 건지도 모른다.

"정신 차려요!"

쓰러져 있는 남자에게 말을 걸어보지만 반응이 없다. 모처럼 기운을 차렸는데 다시 사체를 보다니 정말 싫다. 제발 정신 차려! 살라고! 살아서 좋아하는 기타를 연주해. 무심코 가슴주머니에서 라디오를 꺼내 그의 귓가에 대고 스위치를 켰다. 이어폰을 빼자 스피커에서 80년대에 히트했던 그리운 멜로디가 흘러나왔다.

◇◆◇

애매미의 울음소리가 주위에 가득했다. 여름방학이 얼마 남지 않았다는 것을 알리는 소리다. 풀다 만 문제집이나 공작숙제, 자유연구, 미루기만 해서 알 수 없는 날씨나 기온의 기록, 그림일기가 걱정되어 놀아도 그리 즐겁지 않을 무렵이다. 그때 들었던 매미 소리를 세이다이는 지금 조사이서 옥상에서 듣고 있다.

"번호!"

나가이 계장의 목소리가 울린다. 끝부터 "하나!" "둘!"이라는 소리가 이어졌다. 이어서 "수첩!"이라는 목소리.

"넣어!"

"경찰봉!"

"꺼내!"

"넣어!"

그리고 "수갑" "경찰 호각" "권총"이 이어진다.

나흘에 한 번씩 돌아오는 낮 근무일 아침은 반드시 받는 점검이지만, 세이다이는 이 시간이 싫었다. 스티커 사진 소동 이후에 두세 번에 한 번꼴로 반드시 다카치에 지역과장이 자신 앞에서 걸음을 멈췄기 때문이다. 특히 오늘 아침은 와카다케 기숙사에서 밥을 먹고 있을 때부터 미우라나 선배들에게 "오늘 아침도 당하겠어"라는 말을 들었다. 충분히 각오하고 있다. 그래도 역시 우울했다.

"휴대품을 꺼내!"

몸집이 작은 나가이 계장은 호령할 때마다 뒤꿈치를 들고 가슴을 뒤로 젖힌다. 머리 꼭대기부터 나오는 소리에 맞춰서 세이다이는 경찰봉, 수갑, 경찰 호각, 경찰수첩을 순서대로 꺼낸다. 그동안의 훈련 덕에 모든 과정이 절도 있게 이어졌다.

언제나 그렇듯 다카치에 과장이 부하들 사이를 걷는다. 턱을 당기고 곧장 앞을 응시한 채로, 세이다이는 그 기척을 좇았다. 이윽고 발소리가 다가온다. 세이다이 앞에 선 과장은 그를 노려봤다. 역시나, 왔다!

"오늘은 라디오를 갖고 있지 않나?"

"－이것뿐입니다."

그 말을 확인이라도 하듯이 과장은 세이다이의 제복 오른쪽 가슴을 가볍게 두드린다. 그저께, 그 교통사고 덕에 세이다이가 라디오를 갖고 다닌다는 사실이 들통나고 말았다. 그러나 부상이 가벼운 덕인지, 그 라디오 덕인지 부상자는 의식을 차릴 수 있었다. 부상자가 기타를 갖고 있었기 때문에 음악을 좋아할 거라고 생각해서 무심코 나온 행동이었다. 만약 그대로 의식을 잃었다면 매우 위험한 상태였기 때문에, 세이다이는 '생명의 은인'이 되었다. 부상자 가족들은 눈물을 흘리면서 고맙다고 했다. 세이다이는 그날 밤 태어나 처음으로 감격 비슷한 것을 맛봤다. 그 덕에 자살 소동 이후의 우울함도 마침내 털어버렸다.

"우쭐대지 마."

과장은 그 말만 하고 멀어져 갔다.

과장한테 꾸중 듣지 않은 그날, 세이다이는 실로 오랜만에 밝은 기분으로 파출소에서 하루를 보낼 수 있었다. 나는 생명의 은인이다. 그보다, 고맙다는 말을 듣는다는 게 이렇게 기분 좋은 일이구나. 저녁이 되어서 그날의 제2 당번 담당에게 인계를 마치고, 자전거를 타고 조사이서에 돌아가는 길도 이상할 정도로 상쾌하게 느껴졌다.

"매일 오늘만 같으면 좋겠다."

무심코 중얼거리자 곧바로 옆에서 "멍청이"라는 말이 들려온다. 미야나가 반장은 가늘고 길게 째진 눈으로 차갑게 이쪽을 노려보고 곧 시선을 외면해버렸다. 기분이 좋은 세이다이와는 달리 미야나가 반장은 온종일 언짢은 표정이다. 이유는 모르겠지만, 무슨 말을 해도 전혀 반응하지 않고 상대도 해주지 않는다.

"무슨 일 있어요?"

"뭐가."

"왠지 오늘 기분이 안 좋아 보여요."

강변 산책로에도 매미 소리가 내려앉고, 하늘에는 둥그런 조각구름이 떠 있다. 그러나 그 구름 저편 위로 얇은 비단을 늘인 듯한 가을 구름이 보였다. 자전거 통행로와 가스미 강을 가르는 울타리 너머 작은 틈에는 억새가 자라고 있다. 어느 사이엔가 가을이 다가오고 있다. 무엇보다 해 지는 시각이 하루하루 다르다.

"너랑 상관없어."

"그야 그렇지만. 그래도 평소 반장님답지 않아요. 누가 와도 퉁명스럽고요."

미야나가 반장은 흥, 하고 콧방귀를 뀌고 무시한다. 왠지 기분이 나쁘다. 세이다이는 힐끔 옆을 보았다. 만일 자기가 그랬다면 당장에라도 꿀밤을 얻어맞았을 것이다.

내가 사람의 목숨을 구한 걸 질투하는 걸까? 설마, 그럴 리는 없다. 미야나가 반장은 "아주 잘했어"라며 세이다이의 머리를 쓰다듬으며 칭찬해주었다. 그렇다면 어째서? 이런저런 생각을 하고 있을 때, 옆에서 깊은 한숨 소리가 들렸다. 큰 입을 꾹 다물고 턱을 내민 채로 미야나가 반장은 공허한 표정을 짓고 있다.

"-설마 노리코 씨와 무슨 일이 있는 건 아니죠?"

조심스럽게 떠봤다. 그러자 반장의 표정이 바뀌더니 눈알을 굴리며 이쪽을 본다. 역시!

"싸움이라도 했어요?"

"-그런 거 아니야."

"제가 상담해줄게요. 여자라면 뭐든 물어보세요."

반장은 의심스러운 표정으로 이쪽을 노려봤지만, 조금 고민하더니 "기숙사에 가서"라고 말했다.

그러고 보면 요즘 미야나가 반장의 여자 친구 노리코 씨가 찾아오지 않는다. 이전에는 밤 근무를 하는 날이면 두 번에 한 번은 얼굴을 내밀었고, 시로노 유카리와 나란히 찾아오는 일도 드물지 않았는데, 유카리가 오지 않고부터 노리코도 찾아오지 않는다. 분명 무슨 일이 있다.

기숙사에 돌아가 서둘러 목욕을 마치고 반장과 함께 저녁을 먹으려고 현관까지 내려왔을 때, 전화가 걸려왔다. 각자의 방에 전화기가 없었기 때문에 기숙사 전화로 호출을 받는다. 선배 중에는 휴대전화를 가진 사람도 많고, 세이다이도 갖고 싶었지만, 파출소 근무를 하는 세이다이에게 휴대전화는 무용지물일 뿐이다.

"여보세요? 나야, 가츠호."

수화기를 통해서 들려온 것은 학창시절 친구의 목소리였다. 세이다이는 무심코 "오호!"라고 큰 소리로 대답했다. "잘 지냈어?"라고 말하자, 이번에는 저쪽에서 "오호!"라고 대답한다.

"오랜만에 한잔할래?"

가츠호는 지금 백화점에서 일한다. 마지막으로 본 것이 세이다이가 경찰학교에 들어가기 직전이니, 벌써 1년 전의 일이다. 그런데 마치 지난주에도 만난 것 같은 말투로 성가신 인사 따위 거르고 바로 본론에 들어가는 것이 세이다이는 이상하리만큼 기뻤다.

생각해보면 최근 1년간, 세이다이는 음악과 마찬가지로 지금까지 누려온 모든 생활을 잘라버렸다. 학창시절 1년 내내 함께 지낸 친구들을 떠올릴 여유조차 없었다.

"언제 시간이 되는지 말해줘. 너 주말도 괜찮아?"

"쉬는 날도 있어. 또 누가 오는데?"

"지금부터 물어봐야지. 확실하지는 않지만 모을 수 있는 만큼 모으려고. 모두 네가 어떤 모습일지 기대하고 있으니까."

다음 주 금요일이나 토요일이라면 야근을 끝내고 쉴 수 있다. 가츠호에게 그렇게 말하자, 그는 다른 친구들에게도 물어보고 정확한 시간과 장소가 결정되면 다시 연락하겠다며 전화를 끊었다.

"뭐야, 즐거운 얼굴이네."

평소처럼 비치샌들을 신고 기다리고 있던 미야나가 반장이 재미없다는 표정으로 말했다. 그렇지. 그렇지 않아도 기분이 안 좋은 반장에게 나만 즐거운 모습을 보이는 것은 역시 내키지 않는다. 세이다이는 "별로요"라고 웃음으로 얼버무리고, 서둘러 기숙사를 나왔다.

그런데 어떤 친구들이 모일까? 그들은 먼저 세이다이의 머리를 보고 웃을 것이다. 그렇게 짧아, 라며 놀랄지도 모른다. 그리고 친구 중에서 가장 뜻밖의 진로를 선택한 세이다이의 최근 생활에 관심을 보일 게 분명하다. 걸으면서도 이런저런 생각을 하니 무심코 얼굴에 웃음이 떠오른다. 아아, 좋은 일은 이어지는구나.

"설마, 여자는 아니겠지?"

미야나가 반장이 놀리듯 말했다. 세이다이는 "설마요"라며 호들갑스럽게 얼굴 앞에서 두 손을 흔들었다.

"정말?"

"대학교 때 친구예요."

흠, 소리를 내는 미야나가 반장의 얼굴은 평소보다 음흉해 보인다. 세이다이는 "진짜예요"라고 대답하고 무엇을 의심하는 것인가 싶어 오히려 상대의 얼굴을 힐끔거렸다. 그러나 가까운 선술집에 자리를 잡을 때까지 미야나가 반장은 내내 입을 다물고 있었다. 생각보다 심각한 얘기일지도 모른다, 가벼운 다툼 정도가 아닌 것 같았다.

"처음에는 아무래도 좋은 거였어."

이윽고 생맥주가 나왔을 무렵에 반장은 겨우 입을 열었다. 세이다이는 잠자코 반장의 얼굴을 응시했다.

"요컨대 질투야. 내가 유카리 씨의 집에 가잖아?"

"아아, 그럼 유카리와의 관계를 의심하는 거예요?"

반장은 맥주를 절반가량 벌컥벌컥 마시고 나서 후, 하고 한숨을 내쉰다. 그러더니 눈을 부릅뜨고 이쪽을 노려봤다.

"네가 제대로 안 하니까, 그런 오해가 생기는 거야."

"왜요?"

"그게 그렇잖아. 네가 유카리 씨와 사귀었다면 노리코도 그런 오해는 안 했을 거야."

"그런 말을 해도―."

"너, 어째서 그녀와 사귀지 않는 거야?"

세이다이는 대답할 말을 잃었다. 이것만큼은 어쩔 수 없다. 번쩍이는 게 없었다고 할까, 몇 번을 만나도 가슴이 설레지 않는다고 할까, 그런 이유였다.

"요컨대 인연이 아닌 거죠."

"인연, 말이지. 너 그 여자를 어떻게 생각해?"

"글쎄요. 평범한 여자라고 생각하는데요. 진지하고 착실하죠."

반장은 탁자에 팔꿈치를 대고 깊이 한숨을 쉬며 몸을 내밀었다. 큰 머리를 숙이고, 그는 눈만 들어 세이다이의 얼굴을 본다. 그러고 나서 다시 후, 하고 크게 숨을 내쉬었다.

"여자는 무서워."

"무-무슨 말이에요, 갑자기? 유카리가 어쨌다는 거예요?"

"유카리 씨가-."

미야나가 반장의 얼굴에는 분명 고뇌의 표정이 깃들어 있었다. 낮에 파출소에 있을 때는 나름 자신의 감정을 감추고 있었지만, 지금은 표정이 현저히 어둡다.

"나와 사귄다고 말했대."

"뭐요? 두 사람 사귀는 거예요?"

얼빠진 소리를 지른 순간, 반장의 굵은 팔이 세이다이의 머리를 힘껏 때린다.

"멍청이! 그녀가 멋대로 그렇게 말했다니까."

맞은 머리를 문지르면서 무슨 일인지 이해하지 못한 채로 멍해 있는 세이다이 앞에서, 미야나가 반장은 남은 생맥주를 단숨에 마시고 곧 두 번째 잔을 주문했다.

"유카리가 어째서 그런 일을-."

"나도 몰라. 아무렇지 않은 얼굴로 그녀에게 '노리코 씨에게는 미안하지만, 가족도 찬성했다'고 말했다는 거야."

뭐요? 말문이 막혔다. 무슨 일인지 전혀 알 수 없다. 반장의 말에 의하면, 사소한 일로 반장과 다툰 노리코는 아무리 유카리의 일은 '오해'라고 해도 미심쩍어했다고 한다. 그러다가 유카리에게 직접 물어보기로 하고, 어느 날 아침 출근하는 그녀를 기다렸다고 한다.

"노리코는 처음에 생각했던 대로 가볍게 말했대. 사실 질투가 나기도 하고 조금 걱정된다고 말이지. 이웃인데 자신의 집에는 오지 않으면서 유카리네 집에는 자주 들른다고."

반장은 두 번째 맥주도 벌컥벌컥 마셨다. 세이다이이는 자신의 맥주잔으로 손을 뻗을 기분이 아니어서 반장의 네모난 얼굴을 빤히 보고만 있었다.

"노리코는 유카리 씨의 입으로 나오키에 대한 이야기를 듣고, 걱정하지 말라는 말을 듣고 싶었대. 그런데 유카리 씨는 차가운 얼굴로 '미야나가 씨는 이미 가족이나 마찬가지예요'라고 말했다는 거야." 반장은 온몸의 힘이 쭉 빠지는 듯 축 늘어져 고개를 숙였다.

"노리코는 한 방 얻어맞은 것처럼 충격을 받아서 역시 배신당했다고 생각하는 것 같아."

그 이후 노리코는 미야나가 반상이 무슨 말을 해도 들으려고 하지 않고, 유카리는 또 유카리대로 나 몰라라 하고 있다는 것이다.

"일이 이 지경이 되니 나도 가만있을 수 없어서 유카리 씨에게 물었지. 어째서 그런 거짓말을 했느냐고? 그런데도 그녀는 '내가 무슨 말을 했던가요?'라며 오리발이야."

설마 유카리가 그런 일을 했을 거라고는 생각할 수 없었다. 세이다이이는 왠지 등줄기가 오싹해지는 느낌에 그저 평범하고 수수한 여자로만 보이던 유카리의 모습을 다시 떠올렸다.

"신에게 맹세해, 나는 아무것도 안 했다고. 그런데 바람을 피웠다느니, 양다리를 걸쳤다는 말을 들어봐. 어쩌면 좋을까?"

석 잔째 맥주를 주문하고 반장은 머리를 감쌌다. 분명히 이것은 터무니없는 재난이다. 머지않아 노리코와 결혼할 생각이었던 반장으로서는 낙담할 수밖에 없을 것이다.

몇 시간 뒤 노리코가 나타났을 때, 미야나가 반장은 완전히 취해 있었다. 세이다이가 몸을 흔들어도 "우우" 하고 짐승 같은 소리만 낼 뿐 일어나려 하지 않는다. 그런 반장을 보고 노리코는 어이없는 듯이 웃으면서 "엄청 마셨나 봐요"라고 말했다. 술기운이 돌면서 대범해져 "이번만큼은 확실히 하겠다"던 반장의 명령을 받고 전화로 노리코를 불러낸 것까지는 좋았는데, 그 이후 정작 본인은 정신을 잃었다. 세이다이는 노리코가 단단히 굳은 표정으로 나타날 거라 예상했지만, 그녀는 뜻밖에 웃으며 나타났다. 그 웃는 모습이 몹시 눈부셔 보였다.

"반장님이 난폭하게 굴어 힘들었어요."

깨우는 것을 포기하고 세이다이는 호들갑스럽게 한숨을 쉬며 말했다. 노리코는 약간 눈살을 찌푸리고는 "미안해요"라고 말했다.

"사소한 일에 휘말리게 해서요."

"그건 괜찮은데, 유카리의 일은 정말 오해예요. 어째서 그녀가 그런 거짓말을 했는지는 잘 모르겠지만요."

전혀 취하지 않은 세이다이는 노리코와 건배를 했다. 남의 여자 친구라도 이렇게 여자와 마주 앉아 술을 마실 수 있다는 것이 즐거웠다. 게다가 이런 술자리는 정말 오랜만이었다. 역시, 여자는 좋다.

"하지만 다른 사람도 아닌 유카리가 그렇게 자신만만하게 말하니 역시 걱정이 되었어요."

그렇다. 특이한 성격이나 조금은 괴짜 같은 분위기의 여자라면 그럴 법하다고 여기겠지만, 유카리이기에 믿기 어렵고 괜히 섬뜩했다.

"그녀도 여러 가지 스트레스가 있었을 거예요."

"그렇다고 남의 사랑을 방해하는 건 아니죠."

한숨짓는 노리코의 표정에서 분노는 읽을 수 없었다. 오히려 같은 여자로서 안쓰러움 같은 것을 느끼는 것 같았다.

"휴일까지 나오키를 만나러 가는데 고맙다고 하기는커녕 그런 이상한 장난을 치다니, 반장님이 가여워요."

"하지만 저 사람도 나빠요. 그렇게 생각하게 만든 틈이 있었을지도 모르고, 내게 설명할 때도 뭔가 모호하게 말하니까요."

마치 엄마 같은 눈빛으로 미야나가 반장을 바라보면서 노리코는 온화하게 중얼거렸다. 틀림없는 사람이구나. 미야나가 반장이 정말로 좋은 사람과 만났다는 걸 알 수 있었다.

"이 사람, 뭐든 자신이 전부 짊어지려고 해요. 아무리 경찰관이라고 해도 슈퍼맨은 아닌데."

이런 선배와 한 팀이 되어 힘들죠, 라는 말에 세이다이는 "진짜로요" 하며 웃었다. 그러나 마음속으로는 기뻤다. 서툴러도 솔직한 이런 여자 친구가 있는 사람이라면 신뢰할 수 있을 것 같았다.

◇◆◇

파출소에는 정말로 다양한 사람들이 찾아온다. 길을 묻거나 분신물 신고 등 파출소에 용무가 있는 경우가 있는가 하면, 수상한 사람으로 지목되어 잡혀 오는 경우도 있다. 어느 경우든 단순한 길 안내가 아닌 이상 나름의 절차가 필요하다.

"뭐라고요? 이렇게 서류가 많아요?"

심하게 말하자면, 오른쪽에 있는 것을 왼쪽으로 옮기는 데도 그럴싸하게 이름 붙여진 서류를 작성하지 않으면 안 되는, 정말로 성가신 작업이다. 세이다이는 원래 책상 업무가 맞지 않는다. 어릴 적부터 책상에 앉아 있는 게 너무 싫어서 한숨을 내쉬면서 불평을 늘어놓았다.

"하기 싫은 일은 서둘러 끝내. 또 순찰 할 시간이 없어진다고."

세이다이처럼 서류 작성을 싫어하는 미야나가 반장은 "불평하지 마"라고 말하면서도 평소만큼 표정이 험악하지는 않다. 그도 그럴 것이 그는 세이다이에게 빚이 있다.

반장이 홧술을 마시고 인사불성으로 취해 있는 동안에 세이다이가 노리코의 오해를 풀어 반장은 연인과 화해했다. 물론 그 후에 거하게 한턱 얻어먹었지만, 한두 번 얻어먹는 것으론 부족하다는 생각이 들 정도로 미야나가 반장은 정말로 만족스러운 얼굴을 하고 있다. 반장의 네모난 얼굴을 보면서 세이다이는 부러워 견딜 수 없었다. 자신도 여자 친구를 사귀고 싶다. 날이 갈수록 그 생각은 더 간절해진다.

–그렇기는 해도.

시로노 유카리와 사귈 마음은 도무지 생기지 않는다. 게다가 지금 생각해보면 세이다이의 감이 맞았다. 여자 친구가 급해서 적당한 마음으로 그녀와 사귀었다면 지금쯤 터무니없는 일을 당했을지도 모른다. 그런 생각을 하고 있을 때, 파출소 밖에서 "이봐, 어이!"라고 누군가 소리를 질렀다. 세이다이는 얼굴을 들어 소리가 나는 쪽을 확인하고 크게 혀를 찼다. 또 그 녀석이다.

"이봐! 이쪽으로 와! 이리 와, 이리!"

파출소에 찾아오는 사람 중에서 세 번째 부류에 속하는 사람이다. 즉, 아무 용무도 없는데 그냥 찾아오는 경우다.

"안 와? 이봐! 오라고 말했지!"

후지사와 할머니처럼 단순히 불평을 늘어놓기만 하거나, 시로노 유카리나 근처 초밥집 아저씨처럼 간식을 가져오면서 잡담하고 가는 것이라면 환영할 수도 있다. 그러나 실제로는 그저 평소에 쌓인 울분을 풀기 위해 오는 사람도 적지 않다.

“알지? 상대해서는 안 되는 거.”

미야나가 반장이 짓눌린 목소리로 말했다. 세이다이는 곁눈으로 반장을 쳐다본 뒤 다시 고개를 숙여 서류 작성을 계속했다.

“안 들려? 이쪽으로 오라고 말하잖아. 이봐!”

그러나 남자는 집요하게 세이다이를 비롯한 경찰들을 부른다.

경찰들은 그를 ‘다이키치’라고 불렀다. 하지만 원래 그의 이름은 ‘大吉’로 ‘오요시’라고 읽는다. 그런데 그 남자가 나타나는 날은 급히 달려가야 할 큰 사건이 일어나지 않아 ‘운수가 좋다’는 의미의 다이키치로 불리게 되었다고 한다. 결국, 오늘 밤도 평화로운 밤이 될 것 같다. 그렇기는 해도 그의 목소리는 꽤 시끄러웠다.

“또 심사가 뒤틀리는 일이라도 있었던 걸까요?”

“마누라 생각이 난 건가?”

다이키치는 약 2년 전부터 자주 얼굴을 내밀었다고 한다. 이른바 가스미다이 역전 파출소의 단골 중 한 사람이었다. 이전에는 목수로 제법 잘나가던 시절도 있었는데, 거품경제가 꺼지고 불경기가 되고서는 모회사에서 잘리고 게다가 아내까지도 떠나 지금은 근근이 살아가고 있다고 한다.

“이 자식 듣고 있어?”

세이다이가 처음 다이키치를 보았을 때, 그는 싸움을 걸듯 ‘개새끼’ ‘쓰레기 같은 놈’이라고 마구 욕을 해대고 주먹을 날리려고 했다. 얼마나 화가 났던지 '저런 놈은 하루 이틀 유치장에 처넣어야 한다'고 생각했다. 하지만 공무집행방해로 체포해봤자 그저 주정뱅이다. 도노오카 소장은 괜한 원한을 샀다가는 나중에 골치 아파질 것이라고 말했다.

"술기운을 빌려 울분을 해소하는 사람도 드물지는 않아. 제정신일 때는 그저 얌전한 일반 시민일 뿐이니 일일이 신경 쓰지 마. 저 사람도 저런 식으로 에둘러 한탄하는 거니까."

이어 오제키 주임이 다이키치가 경찰을 눈엣가시로 여기는 이유를 들려주었다. 그는 너구리 같은 낯짝을 이죽거리며 소장의 눈을 피해 "사실은 말이지……"라고 입을 열었다.

"저 작자 마누라와 달아난 남자가, 바로 경찰이었거든."

경찰 중에도 다른 사람의 아내와 정을 통하는 남자가 있다니……, 세이다이는 눈을 동그랗게 뜨고 주임의 말을 들었다. 경찰도 인간이고, 연애야 자유니 그런 일이 절대 없으리라고 장담할 수는 없는 일이다.

"이 새끼, 해볼 테면 해봐!"

술에 취해 혀 꼬부라진 소리로 목청껏 소리치는 다이키치도 사실 불쌍한 남자였다.

주정꾼을 잘 다룰 수 있다면 그만큼 수월하다. 실제로 그다지 업무에 방해가 되지 않는다면 그냥 내버려두는 게 상책이다. 세이다이는 이제 그가 무슨 말을 하든 무시하기로 했다. 이런 상황에서 참을 수 있다니 자신이 대견했다. 그런데 어찌 된 일인지 아무 소리도 들리지 않는다. 살펴보니 다이키치가 이번에는 행인을 상대로 행패를 부리고 있다. 역 앞에서 누군가를 기다리던 젊은 여성은 다이키치가 다가오자 총총히 달아났다. 그는 다시 다른 사람에게 다가간다.

"좀 위험하지 않아요?"

세이다이는 눈살을 찌푸리고 미야나가 반장을 보았다.

"난감한 아저씨네."

반장도 난처하다는 얼굴이다. 세이다이는 반장과 나란히 파출소 밖에 서 있었다.

"갈까요?"

"잠시 그냥 지켜보지. 아무도 상대해주지 않으면 포기하고 돌아가지 않겠어?"

당장에라도 달려가고 싶어 몸이 근질거렸다. 그런데 반장은 차분하다. 다이키치는 비틀거리며 사람들에게 다가가기는 해도 해코지할 마음은 없어 보인다. 외로운 남자다. 어차피 내일 아침에는 자기혐오에 빠지겠지. 반장의 말처럼 화내기에는 애처롭다. 말벗도 하나 없나? 도망친 아내와의 사이에 아이는 없는 걸까?

그런 생각을 하고 있을 때, 역에서 학생처럼 보이는 젊은 남자 셋이 나왔다. 때마침 젊은 여자 앞을 가로막은 다이키치를 발견하고는 그중 한 사람이 그에게 다가간다.

"옳지. 일반 시민이 도와주는 게 낫지. 모두가 그에게 무관심하지는 않다고."

미야나가 반장이 만족스러운 듯 중얼거렸다. 그렇구나. 경찰복을 입고 있을 때는 지나친 간섭을 삼가는 게 좋다. 무슨 일이든 공공연한 것이 되어버린다. 나대지 말고 눈에 띄는 일은 하지 말자. 이제 그만 들어갈까?

그때였다. 작은 비명이 들렸다. 놀라 뒤돌아보니 누군가 바닥에 쓰러져 있다. 조금 전의 젊은이들이 다이키치를 에워싼 채 발로 차고 있었다.

"무슨 짓이야!"

세이다이는 한달음에 달려갔다. 미야나가 반장도 날카롭게 호각을 불며 달려왔다. 그 순간 젊은이들은 마치 거미 새끼처럼 흩어져 도망치고 다이키치 혼자만 쓰러진 채 배를 움켜잡고 있다.

조금 전까지 고래고래 소리치던 다이키치의 입가에 피가 흐르고 신음이 새어 나왔다. 꼬질꼬질 너러운 떠돌이 개처럼 비참하리만치 한심했다. 부축하려 하자, 그는 핏발선 눈으로 노려본다.

"네놈 도움 따윈 필요 없어!"

그리고 바닥에 양손을 짚고 천천히 일어섰다. 피 묻은 입가에 자조적 웃음이 떠오르고 초점 잃은 눈가에는 분노가 이글거린다. 그는 긴 한숨을 내쉰 뒤 허우적거리며 어디론가 걷는다. 그 쓸쓸하고 지친 뒷모습에 세이다이는 무심코 말을 건넨다.

"괜찮겠어요? 때린 사람들, 그냥 둘 거예요?"

세이다이는 황급히 그 앞을 막아섰다. 그러나 그는 귀찮다는 듯 돌아섰다.

"지금 잡으러 갔어요. 입이 찢어졌죠? 고소할 수도 있는데, 안 할 거예요?"

그는 세이다이를 무섭게 노려보고 피범벅이 된 침을 길바닥에 퉤, 하고 뱉었다.

"시끄러워. 잘난 척 종알거리긴. 미리 말해두는데, 난 죽어도 네 놈들 도움 같은 거 안 받아."

쥐어짜듯 말하고 무시하듯 그대로 걷기 시작한다.

"잠깐 파출소에 들렀다 가세요. 응급처치라도……."

"시끄러워! 난 파출소에 불려갈 짓 안 했어."

그의 초점 없는 흐리멍덩한 눈에 분노가 한층 이글거린다.

"내 일에 상관하지 마! 내버려둬!"

그러고 그는 허우적거리며 가버렸다. 축 늘어진 등이 마치 울고 있는 것처럼 보였다. 찜찜하다. 조금 푸근하게 대했더라면 그의 마음도 달라졌을지 모르는데, 자신의 안이한 대처가 부끄러웠다. 사람의 마음은 간단히 바뀌지 않는다. 그의 경찰에 대한 증오심은 매우 클 것이다.

도망간 사람들을 놓치고 돌아온 미야나가 반장이 숨을 몰아쉬며 짙은 눈썹을 실룩거리고는 어깨를 으쓱해 보인다.

"기회였는데……, 허심탄회하게 얘기하다 보면 마음이 통했을 걸."

"_"

"경찰을 미워하는 건 알레르기 같아. 마음을 터놓기 전에 거부 반응부터 먼저 오니 어쩔 수 없는 일이야."

세이다이는 왠지 힘이 빠졌다. 다이키치 또래의 사람이 타 직종의 사람과 친해지기란 결코 쉬운 일이 아니다. 그래도 안타깝다. 그는 나름 매력적인 남자다. 개인적으로 친분을 쌓으면 뜻밖에 기분 좋은 이야기 친구가 되지 않았을까? 같이 선술집에 앉아 어깨동무를 하고 웃었을지도 모른다. 그런데 그는 세이다이를 보지 않고, 경찰 제복만 보고 자신의 적이라 단정한다.

나는 그저 나일 뿐인데. 경찰이든 아니든 옷만 벗으면 모두 똑같은데. 갑자기 시시해졌다. 왠지 모르게 찜찜하다.

세이다이는 그날 밤새도록 보초를 서도 속이 후련해지지 않았다. '순경 아저씨'라는 호칭에 익숙해진다는 건 다카기 세이다이라는 존재가 흐릿해진다는 의미일까?

"어머, 순경 아저씨!"

반장과 조용히 마을을 순찰하고 있을 때였다. 느닷없이 골목 저편에서 반색하는 목소리가 들렸다. 멈춰 서 목소리가 나는 쪽을 보니 가로등 불빛 아래 누군가가 연신 손을 흔들며 이쪽으로 부리나케 달려온다. 또 순경 아저씨인가……. 어차피 뭐라고 불평을 하거나 뭔가 제멋대로 부탁하겠지. 내심 마음의 준비를 했다.

"순경 아저씨! 꺅!"

꺅? 혹시 무슨 사건에라도 휘말린 건가? 그런데 다음 순간 눈앞에 나타난 것은 짧은 머리의 젊은 여자다. 하물며 활짝 웃고 있다. 영문을 몰라 어안이 벙벙한 순간, 그녀가 마치 자신의 몸을 던지듯 세이다이를 끌어안는다. 흐릿한 땀내와 함께 부드러운 감촉이 이마에 닿는다.

"순경 아저씨, 사랑해요!"

무슨 일이 벌어지고 있는지도 모른 채, 그저 온몸이 굳었다. 한순간 심장이 멈출 것 같았다.

"저기, 잠깐만."

미야나가 반장이 그녀를 잡아뗀다. 간신히 얼굴을 보니, 이십대 후반쯤 되는, 화장기 없는 여자다. 반장에게 팔뚝이 잡힌 그녀는 뭔가 얼빠진 얼굴로 어린애가 보채듯 온몸으로 거부한다.

"싫어요! 놔요!"

"술에 취했어요?"

"술 냄새는 안 나는데."

"순경 아저씨, 사랑해요!"

세이다이가 버둥거리는 사이, 그녀는 반장의 손을 뿌리치고 다시 세이다이에게 매달린다. 그러고 기쁜 듯 웃으며 연신 "사랑해요"라고 외쳤다. 주변 집들의 창문이 차례로 열리고, 사람들이 하나둘 밖을 내다본다.

"뭐, 뭐예요? 이게."

여자의 몸에 칭칭 감긴 채, 세이다이는 뒷걸음질 치며 도움을 청하듯 반장을 바라봤다. 지금 세이다이는 개인 신분이 아닌 경찰이다. 여자의 등 뒤로 손을 두르는 것도 곤란하다. 반장도 난처한 듯 목덜미를 긁적거린다.

"병이야."

병? 그때 골목 저편에서 이번에는 한 남자가 달려온다.

"도모미!"

남자는 여자 이름을 부르면서 헉헉 숨을 내쉰다. 육십 대 정도로 보이는데 파자마 차림이다.

"죄송합니다. 제 딸아이인데, 요즘 상태가 좋지 않아서요. 왜 그런지 경찰 제복만 보면 흥분하네요."

그는 딸 이름을 부르며 말한다.

"도모미, 이제 집에 가자."

"꺅! 순경 아저씨!"

그녀는 필사적으로 저항한다. 세이다이는 뭐가 뭔지 도통 알 수 없는 상황에서 그저 온몸이 땀에 젖은 여자에게 안겨 이리저리 휘청거렸다. 왠지 애처롭다. 오랜만에 여자의 살갗과 닿았지만 외로워질 따름이다. 이 여자도 내 제복만 보는구나. 그녀의 아버지는 세이다이에게서 힘껏 딸을 떼어내 두 손으로 끌어안다시피

하고 지친 표정으로 애원한다.

"제발 빨리 가주세요. 댁들이 있으면 계속 소란을 피울 겁니다."

세이다이와 반장은 아무 일도 못 하고 황급히 골목을 빠져나왔다. 여전히 등 뒤에서는 "꺅, 순경 아저씨!" 하는 여자 목소리가 들려온다. 높고 투명한 목소리가 묘하게 애처로웠다. 뺨에도, 어깨에도, 가슴에도, 온몸 구석구석 여자의 감촉이 남아 지금도 가슴이 두근거리지만, 전혀 흥분되지 않는다. 그녀는 특별히 세이다이를 좋아하는 게 아니다. 어떤 사람에게는 분노와 증오를 일으키고, 또 어떤 사람에게는 독특한 집착을 불러일으키는 이 제복은 대체 무엇일까? 그 생각만이 머릿속을 맴돈다.

"남자도 그런 사람 있잖아. 간호사 옷을 입은 여자에게 이상한 욕정을 느끼는. 아니면 여경이라든가."

반장의 설명은 알 것도 같고 모를 것도 같았다. 반장이 말한 대로 조금 전의 여자는 그저 병이다. 안타까운 일이지만, 이 경찰 제복에는 생각보다 훨씬 큰 마력이 숨겨져 있는지도 모른다. 그런 제복을 앞으로 계속 입어도 될까? 과연 입고 있을 수 있을까? 그런 생각을 하지 않을 수 없었다.

◇◆◇

9월의 첫 주말에 세이다이는 오랜만에 시부야로 갔다. 학교도 개학했을 텐데 거리는 십 대들로 붐볐다. 스물을 넘긴 사람은 움츠리고 걸어야 할 정도로, 그들은 자유로이 제멋대로 걸었다.

–언제 와도 굉장해.

세이다이로서는 그리운 광경이었다. 자신도 얼마 전까지 그들과 비슷한 모습으로 특별한 일 없이 이 거리를 서성였다. 먼 과거의 일이 아니다. 지금도 마음만 먹으면 도발하듯 팔다리를 드러낸 여자를 얼마든지 꼬일 수 있다.

"옛 친구들을 만났다고 너무 지나치게 행동해서는 안 돼. 자신의 처지를 잘 분별해."

어제 미야나가 반장에게 들은 말이 불현듯 떠올랐다. 제기랄. 말 많은 선배는 휴일이면 데이트를 할 수 있으니 좋겠지만, 자신은 여자 친구도 없이 삭막한 생활을 이어가고 있다. 반장은 그런 후배의 절실한 마음 따윈 전혀 배려하지 않는다.

"잘못해서 원조교제라도 해봐. 경찰관이라는 것만으로 신문에 대서특필 될 테니."

잘 알고 있다. 여자에게 돈을 주고 욕망을 채우려는 생각은 절대 없다. 그러나 혈기 넘치는 젊은 경찰관들이 무미건조한 기숙사에 갇혀 있는 것은, 그것만으로도 상당히 건강하지 못한 상황이다. 이해심 있는 상사나 선배 중에는 때때로 후배를 데리고 밤거리로 놀러 가서 나름의 배출구를 마련해주는 사람도 있다지만, 세이다이의 주위에 그런 선배는 없었다.

–이렇게 여자들이 많은데 어째서 내게는 한 사람도 오지 않는 거지.

왠지 불운을 타고난 것 같다. 그래도 이렇게 바라보고 있는 것만으로도 눈이 밝아지는 것 같다. 경찰 제복을 벗으면 자신은 그저 한 명의 젊은이에 지나지 않는다. 아무리 힐끔힐끔 여자를 바라봐도 누구 한 사람 비난하지 않는다. 세이다이는 마치 감옥에서 벗어난 듯한 해방감을 맛봤다.

오늘은 오랜만에 학창시절 친구들과 만나는 날이다. 모처럼 시부야까지 왔으니 내친김에 쇼핑이라도 할 생각에 세이다이는 서둘러 기숙사를 나섰다. 생각해보면 사회인이 되어 월급을 받는데도 기숙사 생활로 놀 틈이 없어 먹고 마시는 것 이외에 돈을 쓰는 것도 꽤 오랜만이다. 화려하고 가벼운 차림의 여자들을 바라보면서 레코드점에 들르고 옷을 보러 다니다 보니 어느 사이엔가 양손 가득 짐이었다.

저녁 무렵, 약속 장소에서 만난 친구들은 예상대로 제일 먼저 세이다이의 머리를 보고 경악했다.

"진짜 짧다!"

"오호! 생각보다 꽤 잘 어울리는데?"

오랜만에 만난 친구들은 하나같이 그런 말을 하며 "건강하구나" "오랜만이다" 하고 재회를 기뻐해주었다. 한여름보다 서서히 저녁이 빨라지는 거리를 걸으면서, 세이다이는 이전과 변함없는 친구들과 함께 있어 행복하다는 생각을 했다.

오늘의 간사를 자청한 가츠호가 예약한 곳은 이른바 서양식 주점이었다. 천장 가까이 굵은 대들보가 가로지르고, 흰 벽에는 밝은 색채의 그림 접시가 장식된 곳으로, 세이다이 또래의 젊은 사람들로 붐볐다. 밝은 웃음소리와 술렁거림이 활기찬 음악과 함께 그를 감쌌다. 평소 꼬치구이 집이나 선술집에서 엔카나 야간 야구경기의 중계를 들으면서 술을 마시는 것에 익숙해진 세이다이에게는 모든 것이 굉장히 신선하게 느껴졌다.

"정말 오랜만이네."

"이렇게 많이 모인 것도 진짜 오랜만이야."

"건배!"

모인 것은 모두 일곱 명이었다. 세이다이와 가츠호 외에 일반 기업에 취직한 나카자키와 다케우치, 부친이 경영하는 문방구에 취직한 타니, 그리고 여자 동창인 사쿠마 야스코와 후쿠나가 후미코가 참석했다. 남자들은 별다른 변화가 없어 보였지만, 야스코와 후미코의 변신은 눈부셨다.

"예뻐졌네."

세이다이는 야스코와 후미코를 번갈아 보고 감탄했다. 뭐라고 하면 좋을까, 전체적으로 참하고 차분한 분위기에 화장이 화려하지 않은데도 세련된 느낌이다.

"싫다, 뭐야, 새삼스럽게."

야스코와 후미코는 얼굴을 마주 보고 킥킥댔다.

"아줌마가 됐다고 말하고 싶은 거지?"

"그런 거 아니야. 성인 여성이라는 느낌이랄까."

세이다이가 솔직히 대답하자, 그녀들은 더 크게 웃었다.

"너 여자랑 얘기하는 거 오랜만이지? 그래서 더 그래 보이는 거야."

타니가 장난스러운 표정으로 말한다. 여자들이 가볍게 노려봐도 전혀 주눅 들지 않는 것은 예전과 똑같았다.

"그야 그렇지. 경찰은 남자들의 직장이니까."

세이다이는 맥주를 마시면서 조금 진지하게 대답했다.

가츠호가 흥미진진한 표정으로 이쪽을 보았다. 세이다이는 자신에게 집중하는 친구들을 훑어보고 약간 빼기면서 말했다.

"세상이 그리 만만한 곳은 아니니까. 이렇게 온갖 사람들이 있을 것이라고는 생각지 못했어. 여러 가지로 힘들어."

"경찰수첩, 갖고 있어? 보여줄래?"

이번에는 야스코가 몸을 내민다. 세이다이는 오늘은 없다고 대답했다. 아직 실습 중이라 경무과에 맡겨둔다고 말하자 주위 친구들은 일제히 크게 고개를 끄덕였다.

"역시. 꽤 엄격하게 관리 받는구나."

"규율 같은 것에는 까다로워. 여하튼 세상의 이목이 있으니까. 경찰관이 뭔가 했다 하면 그것만으로 서슬 퍼런 얼굴들을 하잖아."

후미코가 킥킥 거리며 웃었다. 부드럽고 가볍게 웃는 그녀의 얼굴은 이전과는 전혀 다르게 빛이 나서 가슴이 뛰었다. 응, 예쁘다. 전에는 몰랐지만 후미코는 꽤 좋은 여자다.

"그보다 세이다이가 그런 일을 하다니. 믿기지 않아."

후미코의 말에 세이다이는 웃으며 "그렇지?"라고 대답했다. 후미코는 그리 크지는 않지만 예쁘게 생긴 눈동자를 빛내면서 고개를 끄덕인다.

"그래서 지금 뭘 하고 있어? 실습이라고는 해도."

둘이서 잠시 얘기하고 싶은데 곧 옆에 앉은 녀석이 끼어든다. 어쩔 수 없다. 오늘은 정말 오랜만에 만난 자리다.

"나? 지금은 파출소 근무 중이야."

"호오, 파출소!"

"권총도 차겠지?"

"당연하지. 근무 중에는 늘 휴대해."

"'휴대'라니 역시 말투부터 딱딱하네."

세이다이가 한 마디 할 때마다 친구들은 환성을 질렀다. 이윽고 요리가 나오고 와인이 나왔다. 와인에 익숙하지 않은 세이다이에게는 그 새콤달콤한 액체가 주스처럼 느껴졌다.

"바빠? 위험한 일은 없어?"

후미코가 다시 이쪽을 보고 말했다. 그녀의 표정에서는 단순히 우정을 넘어서는, 조금 과장하자면 모성애 같은 것이 느껴졌다. 무엇보다 그녀는 친절했다. 역시 좋다. 세이다이는 일부러 눈살을 찌푸리며 와인을 한 모금 마시고 조금 심각한 표정을 지어 보였다.

"없는 건 아니지. 한 번, 불심검문을 했거든. 한밤중에 혼자서 걷는 남자에게 말을 걸었는데 갑자기 칼을 휘두르며 덤볐어."

후미코가 놀라서 크게 눈을 떴다. 다른 친구들도 숨을 삼키고 귀를 쫑긋 세운다. 세이다이는 빙그레 웃었다. 오늘의 주인공은 바로 나, '순경'이 아닌 다카기 세이다이이다.

올리브유를 듬뿍 넣은 시금치 샐러드와 특대 사이즈의 피자, 닭고기 수프, 서양식 정어리구이를 입에 넣으면서, 세이다이는 특수 경찰봉을 두고 순찰을 했다가 남자에게 칼로 위협당한 일을 조금 긴장한 목소리로 들려주었다.

"얼마나 위험했다고. 진짜 오줌을 지릴 뻔했어. 처음엔 죽나 보다 했어."

친구들은 놀라서 소리를 지르고, 두 여자는 무서운지 말도 못했다.

"그래서 파출소에 돌아갔더니 상사는 불같이 화를 내, 엎친 데 덮친 격으로 힘들었어."

와인을 홀짝거리면서 세이다이는 웃었다. 역시 후미코가 빈 잔을 채워준다. 아, 역시 여자는 좋다. 이렇게 자연스럽게 배려해주는 존재란 정말로 고맙구나. 서서히 술기운이 돌기 시작한 머리로, 세이다이는 곰곰이 생각했다.

"그런 일, 잘하네."

다케우치가 한숨을 쉬면서 중얼거렸다.

"그래도 다른 사람도 아닌 네가 그런 일을 한다는 게 웃겨."

나카자키도 수긍한다.

"우리는 그런 긴장감은 없어."

"대신에 세이다이의 직장은 망할 일은 없지? 불황이든 뭐든 관계없잖아."

우울하게 중얼거리는 것은 타니였다.

"우리는 굉장히 힘들어. 영세기업이니까. 취급하는 단가도 작고, 아아 그러고 보니 나, 경찰에게 하고 싶은 말 있어–."

냅킨으로 입 주위를 닦으면서 세이다이는 타니를 봤다.

"우리 가게 주변 상점에 물건을 슬쩍하는 사람이 많아서 피해가 막심해. 문방구라서 단가는 낮지만 그걸 다 합치면 꽤 큰돈이거든. 어떻게든 해줄 수 없어?"

세이다이가 무슨 대답을 하기도 전에, 이번에는 가츠호가 "우리도 그래"라고 말했다.

"백화점이라 경비원도 있고 사복 차림의 경비요원도 있지만, 그래도 물건을 몰래 집어가는 사람들이 있어. 그런 사람들에게는 조금 엄격한 처벌을 할 필요가 있지 않을까?"

"아, 그리고 내가 말하고 싶은 것은 뭐니 뭐니 해도 주차단속이야. 우리도 놀이 삼아 도내를 돌아다니는 게 아니고 주차 공간이 없으니까 어쩔 수 없이 세우거든. 고작 2, 30분 정도밖에 안 돼. 그런데 그걸 몇 번이고 견인해 가는 거야."

영업으로 외근을 나가는 나카자키가 평소의 울분을 토해내듯 말했다. 갑자기 사방에서 이런저런 얘기가 나오고 세이다이는 그저 눈만 깜빡거렸다.

"그리고 검문. 그런 거 갑자기 하면 길이 막히잖아."

다시 타니가 말한다. 타니는 얌전한 성격에 사람을 좋아한다고 생각했는데 아무래도 아닌 것 같았다. 아니, 사회인이 되고 변한 것일지도 모른다. 여하튼 세이다이는 "나한테 그런 말을 해도……"라고 대답하는 게 고작이었다.

"지금 나는 파출소 일밖에 하지 않아서. 좀도둑의 피해는 신고를 받은 시점에서 현장으로 가기는 하지만–."

"나, 안 좋은 경험을 한 적 있어."

세이다이의 말을 끊고 이번에는 야스코가 입을 열었다. 학창시절에는 화장기도 없고 미야나가 반장처럼 네모난 얼굴에 덩치 큰 여자애였는데, 지금은 머리 모양도 바뀌고 나름 볼 만해졌다.

"순경 아저씨는 필요 이상으로 태도가 거만하지 않아?"

야스코는 사람을 시험하는 눈초리로 힐끔 이쪽을 본다. 세이다이는 손에 들고 있던 잔을 테이블에 내려놓고 다시 그녀 쪽을 봤다. 한쪽에서 후미코가 와인 잔을 채우는 게 보인다. 그 시점에서 세이다이 안에서 후미코와 야스코 사이에 큰 차이가 벌어졌다.

"섬세함 같은 게 없어."

야스코는 몇 개월 전에 밤거리에서 노출광을 만났다고 한다. 잔업이 있어서 귀가가 꽤 늦었는데 갑자기 뒤에서 누군가가 등을 두드렸다. 놀라서 돌아보니, 모자에 선글라스, 마스크를 한 남자가 뒤에 서 있고 거길 훤히 내놓고 있었다고 한다.

"정말 무서웠어. 그 남자가 말했거든. '다음번에 만나면 덮치겠다'고."

야스코는 공포에 떨면서 주위를 둘러봤다고 한다. 그러고는 숨을 삼키고 비명을 지르는 대신 파출소로 뛰어들었다. 그런데 그곳에 있던 삼십 대 후반쯤 되어 보이는 경찰관의 태도가 정말로 거만했다고 한다.

"탱크처럼 뚱뚱해서, 사람을 위아래로 훑어보고 '그래요?'라고 말하는 거야. '거길 만지라는 말은 안 했어요?' 하면서. 그럴 리 없잖아! 응?"

남자들은 빙그레 웃고 있다. 사실 세이다이이도 한바탕 웃음을 터뜨릴 뻔했다. 길가에서 노출광과 만나 그걸 만지는 여자가 있다면 한 번쯤 보고도 싶다. 그러나 자신과 같은 경찰이 시민에게 그런 태도를 보였다는 얘기를 듣고 마냥 웃을 수만은 없었다.

"그곳을 노출하는 걸로는 어떤 피해도 입히지 않는다고, 그렇게 말하는 거야. 게다가 그 순경은 빙그레 웃으면서 '사람에 따라서는 좋은 구경 했다고 생각할지도 모른다'고 했다고!"

끝내 참을 수 없다는 듯이 가츠호와 다케우치가 웃음을 터뜨렸다. 후미코까지 "미안"이라며 웃는다. 당사자인 야스코도 득의양양한 얼굴로 웃었다.

"나는 절대 그러지 않아. 실제로 그런 위험에 처한 여자를 집까지 데려다준 적도 있고."

세이다이는 조금 화가 나서 말했다. 그러나 야스코는 여전히 의심스러운 표정으로 "그래?"라고 말한다.

"요즘만 그런 건지도 모르지. 조만간 익숙해져서 그 순경처럼 변해버리는 거 아니야?"

"익숙해진다는 건 무섭네."

지금까지 얌전했던 후미코까지 입을 열었다. 이봐, 오늘은 나를 격려하기 위해 모인 거잖아. 너희들 어느 사이에 그렇게 경찰에게 적대감을 느끼게 된 거야. 후미코는 힐끔 세이다이를 보고 황급히 "세이다이, 네 얘기 하는 거 아니야"라며 얼굴 앞에서 손을 흔든다.

"어떤 일이든 익숙해지는 건 무서워. 우리가 사회에 나온 지 이제 2년째지? 역시 작년만큼 신선하지는 않아."

친구들은 모두 의미심장한 표정을 지었다.

"이렇게 얘기하고 있으면 예전 그대로인 것 같지만, 다들 변했을 거야. 조금씩 회사에 물들고 자기가 놓인 입장에서만 생각하고."

"그야 어쩔 수 없지. 그게 사회인이 되는 것이니까."

"그래, 어쩔 수 없어. 그런데 난 최근에 어떤 사물을 자기의 가치관으로만 판단하는 건 왠지 무섭다는 생각을 했어."

세이다이는 또다시 감동했다. 이전에는 조금만 이치를 내세워도 성가셨는데, 이렇게 오랜만에 만나니 모두 견실한 어른으로 보인다. 게다가 온화한 말이나 자연스러운 배려도 멋지지 않은가.

"그만두자! 오늘은 이런 거북한 얘기는 그만하자. 오랜만에 이렇게 모였으니 좀 더 재미있는 얘기를 하자고."

가츠호가 분위기를 바꾸려는 듯 말했다. 야스코가 메뉴판으로 손을 뻗고, 추가로 요리를 고른다. 그러는 동안에 나카자키와 다케우치는 회사의 보너스나 유급 휴가에 관해 얘기했다. 야스코는 메뉴판을 한 손에 들고 가츠호가 일하는 백화점에서 할인받을 수 있는지를 묻고 있다. 다니는 세이다이가 소속한 조사이서만이라도 괜찮으니 경찰에게 문구류를 납품할 수 없는지 알아봐 달라고 말을 꺼냈다. 그러는 동안에 후미코는 다 먹은 접시를 치워 테이블에 빈 공간을 만들었다. 세이다이의 관심은 아무래도 후미코에게 집중될 수밖에 없었다.

"잘 챙기는구나."

세이다이가 말하자 후미코는 웃으면서 회사 회식으로 몸에 뱄다고 말했다.

“종합직이라도 이런 데까지 신경 쓰지 않으면 여러 가지 말들을 들어. 다행히 싫지는 않아, 좋아.”

그래, 싫지 않다고 말하는 게 아니라 좋다고 말한다. 가정적이다. 틀림없이 요리도 잘할 거다. 어떻게 하면 후미코와 둘만 있을 수 있을지, 세이다이가 조금씩 술기운이 도는 머리로 고민할 때였다. “미안해!”라는 목소리가 등 뒤에서 들려왔다. 세이다이는 돌아보고 그대로 얼어붙었다.

“늦었지, 진짜 미안해.”

긴 머리를 쓸어 넘기면서 손에 쥔 손수건으로 얼굴에 부채질하는 것은 난조 마나가 아닌가. 적당히 취한 세이다이는 입을 벌린 채, 달려왔다고 말하며 테이블 끝자리에 앉는 그녀를, 멍하니 쫓는다. 갑자기 가슴이 빠르게 뛰는 것 같다. 왜? 어째서? 그런 의문이 머릿속을 맴돌았다.

“그럼 마나가 왔으니 다시 건배!”

가츠호가 기쁜 듯이 말했다. 추가로 주문한 요리가 나오고 친구들은 조금 전보다 더 큰 소리로 “건배!”라고 외치면서 잔을 기울인다.

“잠시 회사에 들렀다 오느라고.”

마나가 옆자리의 나카자키를 향해 얘기하는 것을 들었다. 세이다이는 그녀에게서 눈을 떼지 못한 채 옆자리의 가츠호를 팔꿈치로 찔렀다. 조금이라도 술이 들어가면 얼굴이 빨개지는 가츠호는 오늘 밤도 와인색에 뒤지지 않는 낯빛이 되어 기분 좋은 표정으로 "왜?"라고 얼굴을 가까이한다.

"왜 재가 왔어?"

소리를 죽여 가츠호의 새빨간 귀에 대고 물었다. 예전에는 그도 세이다이처럼 머리를 길렀지만, 지금은 세이다이만큼은 아니지만 깔끔하게 머리를 잘랐다. 세이다이의 질문에 그는 의아하다는 듯이 고개를 갸웃거린다.

"왜? 야스코가 부른 모양이야. 아무렴 어때."

"알잖아?"

세이다이는 무심코 말이 거칠어졌다. 그래도 필사적으로 목소리를 죽여 날카롭게 속삭였다. 그러나 가츠호는 아무렇지 않은 표정으로 "신경 쓰지 마"라고 말할 뿐이다.

"이미 지난 일이잖아. 서로 친구니까 지나치게 신경 쓰지 않는 게 좋을 거라고 야스코도 마음 써준 거야."

세상에, 신경 쓰지 말라니. 그 말은 억지다. 난조 마나는 경찰수첩에 붙였던 스티커 사진 속의 전 여자 친구다. 세이다이는 갑자기 어색함에 안절부절못했다.

"너답지 않아. 게다가 마나는 전혀 신경 안 써. 그러니까 여기에 왔겠지."

"그렇지만-."

"다카기 군!"

그때 마나가 큰소리로 세이다이를 불렀다.

"오랜만! 잘 지냈어?"

다카기 군이란다. 그렇게 부르는 건 처음이었다. 사귀고 있을 무렵, 그녀는 언제나 '세이다이'라고 이름으로 불렀다. 바뀐 호칭이 그녀와의 거리를 느끼게 했다. 세이다이는 어쩔 수 없이 "안녕"이라고 말했다. 여기서 도망쳐서는 안 된다.

"너도 잘 지냈어?"

"보는 대로."

민소매 블라우스로 드러난 동그란 어깨를 살며시 으쓱하면서 마나는 빙그레 웃는다. 세이다이는 약간 눈썹을 찡그리며 가까스로 입 끝으로만 웃었다. 야스코가 서둘러 얘기를 시작했다.

"마나, 좀 탔어. 어디 다녀온 거야?"

"파리에."

"파리? 좋았어?"

"일이야, 일."

야스코와 마나의 대화에 귀를 기울이면서 세이다이는 마음이 뜨끔거렸다. 젠장. 사쿠마 야스코가 이전부터 마나와 친하다는 것은 알고 있었다. 그러나 마나를 부를 생각이었다면 먼저 자신에게 한 마디쯤 해주는 게 좋지 않았을까? 그러면 당황할 일도 없었을 테고, 무엇보다 어느 정도는 각오했을 것이다.

"일로 파리에 가다니, 좋겠어."

"그렇지도 않아. 일, 너무 힘들어."

마나는 웃으면서 그렇게 말하고, 세이다이의 시선을 느낀 듯이 정면으로 이쪽을 바라봤다.

"올해부터 정식채용 됐어."

"아아-그래."

그녀는 광고 비디오 제작회사에 취직했다. 학창시절부터 광고 쪽으로 나가고 싶다고 말했는데, 어렵게 들어간 회사에 1년간 인턴 기간이 있다는 것까지는 세이다이도 알고 있었다. 열심히 해서 정식채용 될 거라고 다짐하던 그녀를 떠올리고, 세이다이는 둘 사이에 흘러간 세월을 다시 한 번 실감했다.

"진짜로, 머리 짧게 잘랐네?"

"-응."

"꽤 잘 어울리는데? 그런데 귀걸이는 그대로네?"

"-근무 중에는 빼."

마나는 희미하게 눈웃음을 짓는다. 세이다이는 뭔가 애달픈 생각에 무심코 그녀에게서 시선을 거두었다. 불쑥 후미코가 마음을 쓰는 듯한 표정을 짓고 있는 것이 보였지만, 지금 와서 웃어 보일 기분도 아니었다.

-나, 꽤 빠져 있었구나.

그것은 뜻밖에 충격적 깨달음이었다. 그녀에게 미련이 남아 새로운 여자 친구를 사귀고 싶어 하면서도 행동으로 옮길 마음은 들지 않았다. 인정하고 싶지 않지만, 자신은 아직 마나를 잡고 있다, 여전히 그녀가 마음에 남아 있다는 것을 처음으로 알았다.

"그래서? 다들 무슨 얘기하고 있었어?"

마나의 목소리를 들으면서, 세이다이는 왠지 갑자기 조금 전과는 반대방향으로 술기운이 돌기 시작한다고 느꼈다. 뭐였더라, 그래 그랬었지. 똑같은 말이 빙글빙글 소용돌이쳤다.

얼마 뒤에 일행은 서양식 주점을 뒤로하고 이번에는 노래방으로 향했다. 초점을 맞추려고 애썼지만, 세이다이의 눈에 시부야의 완만한 비탈길이 환영처럼 흔들려 보였다.

눈부신 조명이나 상점에서 흘러나오는 활기찬 음악, 사람들의 웅성거림, 그리운 친구들의 웃는 얼굴, 누군가를 부르는 소리, 모든 것이 마치 꿈속에서의 일 같다. 여기는 나의 거리였다. 나의 청춘이었다.

"다카기, 괜찮아? 더 있을 거지?"

누군가의 목소리가 들렸다. 세이다이는 하늘을 올려다보고 울부짖듯이 "괜찮아!"라고 대답했다.

바로 앞에 긴 머리를 찰랑거리며 걷는 마나가 있다. 안이 훤히 들여다보이는 비닐 숄더백을 메고 튀지 않는 청바지를 입었다. 그런 차림으로 허리 부근에 감도는 관능미를 마구 뿌리며 마치 헤엄치듯이 걸어간다.

– 내가 많이 좋아했구나.

그 허리에 팔을 두르고 조금 짧은 머리카락을 만지면서 나란히 걷던 계절이 있었다는 게 거짓말 같았다. 그 무렵의 세이다이는 자신이 경찰관이 될 것이라고는 생각하지 못했다. 그저 막연히 자기 방식대로 잘 살아가면 그것으로 족하다고 생각했다. 그래서 가츠호나 다케우치처럼 필사적으로 취직자리를 찾지 않고 당분간 아르바이트로 먹고살 생각을 했었다. 자유로운 것이 최고다, 답답한 넥타이나 책임감 따윈 자신에게는 터무니없는 것이라고 공언했었다.

그러나 무엇보다 자유를 원하면서도 마나 만큼은 진지하게 생각했었다. 제멋대로인 성격이지만, 그녀에게만큼은 그러지 않았다. 그런데 평소와 다름없는 작은 싸움 뒤에 서로 험악한 말이 오가고, 그것이 결국 그녀와의 이별이 되고 말았다.

"정말, 괜찮아?"

조금 전부터 몇 번이고 말을 거는 쪽을 보니, 후미코가 자신을 걱정스러운 얼굴로 바라보고 있다. 세이다이는 고개를 천천히 끄덕이며 후미코의 어깨에 팔을 둘렀다.

"응. 오늘, 끝까지 가보자!"

"내일, 일찍 나가야 하지 않아?"

그런 것 같기도 하다. 8시 반에는 옥상에 정렬해서 점검을 받아야 한다. 정렬, 번호, 수첩 – 구령에 맞춰서 일사불란한 동작으로 모든 소지품을 확인한다. 나흘에 한 번, 반드시 돌아오는 점검 의식은 생각해보면 꽤 성가시다. 세이다이는 아침 점검이 무엇보다도 싫었다. 일반 회사원들도 이제는 다소 가볍게 살아가지 않는가.

"괜찮아. 식은 죽 먹기야."

후미코의 작고 동그란 어깨를 안고 한 손을 크게 흔들면서 호기롭게 마음에도 없는 말을 했을 때, 마나가 힐끔 돌아보았다. 그 시선이 세이다이의 가슴에 꽂혔다.

"상당한 신분이야."

냉랭한 시선에 어울리는 차가운 말이었다. 세이다이는 후미코의 어깨를 안은 채 성큼성큼 마나에게 다가갔다. 귓가에서 "위험해"라는 목소리가 들렸지만 상관없었다.

"저기, 난조 씨는 내게 무슨 할 말 있어? 혹시 질투해? 나와 후미코가, 이러고 있으니까 질투 나?"

술기운에 혀가 꼬였다. 그래도 세이다이는 애써 눈의 초점을 맞추며 마나를 계속 응시했다.

"무슨 소리야. 단지 공무원은 여유롭다고 생각했을 뿐이야. 수습 기간 중에 '끝까지 가자'고 말할 수 있어 좋겠다고."

마나는 그 말만 하고 고개를 돌렸다.

"아, 뭐야. 그래 경찰관에게 그런 말, 해도 된다고 생각해?"

이번에는 그녀 옆에 걷던 가츠호가 얼굴을 찌푸렸다.

"그만해. 너, 그렇게 술버릇이 나빴어? 후미코가 싫어하잖아."

"무슨 소리야. 싫어하기는. 아니지, 후미코?"

후미코는 난처한 듯 미간을 찌푸리고 있다. 아아, 마나만 나타나지 않았다면 오늘 밤 후미코와 잘되었을지도 모른다. 친구들과 헤어진 뒤에 둘이서 잠시라도 얘기를 나누고 싶었다. 그런데 계산이 크게 어긋나버렸다. 모든 게 네모난 얼굴의 야스코 탓이다. 그렇게 생각하자 괜히 화가 치밀었다. 세이다이는 후미코에게서 팔을 풀고, 이번에는 앞에 가는 야스코의 어깨에 팔을 둘렀다.

"싫어. 이 주정뱅이야!"

야스코가 짜증을 내는 순간, 세이다이는 자신이 무슨 말을 하려고 했는지를 잊어버리고 말았다. 그래서 "너, 못생겼어"라고 말하는 대신에 "에헤헤" 하고 웃어버렸다. 아아, 굉장히 취했다. 자신도 뭐가 뭔지 알 수 없었다.

"야스코는 참 예뻐졌어. 정말 못 알아볼 뻔했다니까."

아니다. 이런 말을 할 생각이 아니었다. 칭찬하고 싶은 것은 야스코가 아니라, 후미코다. 아니, 후미코가 아니라, 마나다. 예뻐졌구나, 만나고 싶었어. 그렇게 말하고 싶다. 아아, 나 뭘 하는 거야. 야스코가 기뻐하는 모습을 보고, 다른 친구들이 "놀리지 마"라고 말하는 것을 들으면서, 생각과는 다른 것을 큰 소리로 떠들다 정신을 차려보니 어느 사이엔가 노래방에 와 있었다.

"경시청 순경, 다카기 세이다이, 노래 부르겠습니다!"

텔레비전 모니터에 비치는 가사조차도 흐릿하여 보이지 않는다. 그래도 세이다이는 큰 소리로 몇 곡을 부르고, 후미코와 야스코가 노래 부를 때는 앞에 나가서 방해했다. 마나에게 다가가서는 안 된다, 그녀에게 절대 말 걸지 않겠다고 다짐하면서 화풀이로 후미코를 안았다. 그녀의 머리카락에서 좋은 냄새가 났다. 눈을 감고 가슴 깊이 그 냄새를 맡고 싶다. 그리고 마음속의 추억을 깡그리 지우고 싶었다. 아아, 마나, 너, 정말 나를 떠난 거야?

"역시 좋지 않았던 걸까?"

"좋지 않았어. 마나가 오고부터지? 갑자기 술에 취해서는 이상하게 소란을 피우고."

누군가의 말소리가 들렸다. 잔 속의 얼음이 울리는 소리. 팔꿈치가 저리다. 게다가 어깨가 묘하게 굳어 있다.

"그럼 다키기, 아직 모르는 거야?"

"몰라. 내가 말 안 했어."

속삭이는 소리가 한 마디, 한 마디 귀에 닿는다. 세이다이는 촉촉한 눈으로 주위를 살폈다. 아, 내가 잠이 들었나? 여기는 어디지? 조금 전에 어디에 있었더라?

"생각해봐, 마나에게 차이고 나서 이 녀석 경찰이 된 거잖아? 아마 여전히 미련이 남았을 거야."

"그래, 그런 다카기에게 말할 수 없었겠지."

"그런데 저 두 사람, 아주 잘 지내네."

"그러게. 일이라고 하지만, 나카자키도 파리에 같이 갔었던 모양이야."

그 말을 듣는 순간, 세이다이는 놀라서 벌떡 일어났다. 목이 마르다. 옅은 조명의, 낯선 가게다.

"–"

가츠호와 다케우치, 거기에 후미코가 놀란 얼굴로 이쪽을 보고 있다. 다른 사람들은 어떻게 되었을까. 기억나지 않는다.

"깼어?"

가츠호가 조용한 목소리로 말했다.

"다른 친구들은?"

"갔어. 너, 꽤 소란을 떨었어."

"–내가 무슨 짓 했어?"

"기억 안 나? 후미코와 야스코를 끈적하게 끌어안고, 그러고 나서 다른 손님들이랑 싸움을 벌이려고 했어."

그러고 보니 그런 것도 같다. 노래방에 가서 노래를 부르고, 여자처럼 헤어밴드를 한 젊은이들의 멱살을 잡고, 엘리베이터 벽을 힘껏 발로 차고– 모든 것이 꿈속의 일 같다.

"필사적으로 막았어. 경찰관이 폭행사건에 휘말리면 안 되잖아."

"–마나, 나카자키랑 사귀어?"

그 자세로 한곳을 응시한 채 까칠한 목소리로 물었다. 그 순간 가츠호가 놀란 얼굴이 되었다.

"-들었어?"

다른 친구들의 얼굴을 쳐다본 뒤에 후미코가 미안한 듯이 입을 열었다. 세이다이는 수긍하기보다는 실망해서 고개를 끄덕였다.

"작년 말부터."

가츠호가 조용히 말했다. 세이다이는 눈앞의 잔으로 손을 뻗어 차가운 물을 단숨에 마셨다. 이어서 한 잔 더 물을 마시고 한숨을 토했다. 그랬구나. 결국 나는 마나에게 완벽하게 과거의 존재가 되었구나, 세이다이는 속으로 그렇게 중얼거렸다.

가게를 나와 밤이 깊은 거리를 어슬렁어슬렁 걷는 세이다이의 마음속에 과거에는 경험한 적 없는 아픔이 퍼져나갔다. 그 감각이 그를 집어삼킨다.

"미안. 나, 혼자서도 괜찮아."

이토록 마나에게 미련을 갖고 있으리라고는 미처 생각하지 못했다. 그런데 그녀는 이미 새 남자와 사귀고 있다. 그것도 나카자키와.

"역까지만. 다카기, 내일 일찍 나가야 하지?"

아아, 모든 것은 먼 과거의 일이 되어버린 건가. 그 빛나는 나날은 이제 돌아오지 않는 건가. 앞으로 가을을 맞이하려고 하는데, 나는-.

"듣고 있어? 다카기?"

퍼뜩 정신을 차리니, 후미코가 걱정스러운 듯이 이쪽을 보고 있다. 세이다이는 "듣고 있어"라고 대답했다.

"걱정하지 마. 괜찮아."

꼭지가 돌도록 취해 폐를 끼친 사과로 그녀를 집에 데려다주는 중이었다.

"그런데 다카기, 술 많이 세졌더라?"

"그야 단련이 됐으니까."

"그런 것도 단련이 돼?"

막차는 의외로 붐볐지만, 전철을 타는 것도 아주 오랜만이었다. 게다가 전철이 조금만 흔들려도 살이 닿을 거리에 후미코가 있다. 마나만 나타나지 않았다면 좀 더 즐거운 시간을 가졌을 텐데.

"나도 다카기가 경찰관이 된 거, 만날 때까지 믿을 수 없었어. 그래서 오늘 만나서 과연 그렇구나, 했어."

후미코의 목소리가 작아서 세이다이는 약간 몸을 기울여 귀를 가까이 가져가야 했나. 다시 후미코의 머리카락에서 향기가 난다. 아아, 이 아이를 안고 싶다. 세이다이는 점점 더 안절부절못했다.

시부야에서 가까운 역에서 내려 후미코와 나란히 낯선 길을 걷는 동안에 세이다이의 기분은 이리저리 흔들렸다. 아무 말 하지 말고 그냥 안을까. 조금 저항해도 입을 맞출까. 그러나 상대는 후미코다. 옛날부터 소중하게 여겨왔던 친구다. 게다가 그녀는 세이다이의 심적 동요를 알고 있다. 그러나 후미코라면 나를 위로해줄 수 있을지도 모른다. 모성애가 강한 그녀라면 분명 받아들여 줄 것이다.

"저기."

어깨에 팔이라도 두를까? 그런 생각을 했을 때 후미코가 입을 열었다.

"아직 모두에게는 비밀인데."

세이다이는 공중에 손을 든 채로 가능한 한 태연한 얼굴로 "뭔데?"라고 물었다.

"나, 내년 봄에 결혼해."

손이 허공에서 갈 곳을 잃었다. 자신을 향해 미소짓는 후미코에게, 들어 올린 손으로 머리를 긁적이면서 "진짜?"라고 말하는 것이 고작이었다.

4장_ 포기는 아직 일러!

계속 뒤척이면서 잠이 들지 못했다.

방 안에는 가토 선배의 코 고는 소리가 규칙적으로 울린다. 공기가 움찔움찔 진동할 정도다. 특히 코가 삐뚤어지도록 마시고 돌아온 날 밤, 가토 선배의 코 고는 소리는 거의 폭력에 가까울 만큼 사람을 위협한다. 대개는 세이다이가 취해서 먼저 잠이 들기 때문에 신경 쓰이지 않지만, 오늘 밤은 도무지 견딜 수 없었다. 후미코를 아파트까지 데려다주고 기숙사로 돌아왔을 때, 가토 선배는 이미 꿈속이었다.

– 왜 이런 선배와 한방을 쓰게 된 걸까.

지금은 술이 말끔히 깼다. 대신 위가 거북하고 가슴은 바늘로 찌르는 듯이 고통스럽다. 가만히 있어도 잠들기 힘들 정도다. 세이다이는 여러 차례 뒤척이고, 혀를 차고, 짜증이 나서 한숨을 몰아쉬었다.

"아, 정말 시끄럽네."

만일 가토 선배가 들었으면 "뭐라고?" 하면서 쇠 게다로 발길질을 했을 말을 입 밖에 내어본다. 그래도 코골이는 멈추지 않았다. 제길. 혼자 있고 싶다. 아무도 신경 쓸 필요 없고 혼자 편안히 쉴 수 있는 공간에 있고 싶다.

−나, 내년 봄에 결혼해.

후미코의 웃는 얼굴이 떠오른다. 1년 만에 만난 그녀는 정말 예뻤다. 그래서 세이다이는 정말 오랜만에 가슴이 두근거렸다. 그런데 결혼을 한다니. 그 사실을 몰랐기 때문에 꽤 진지하게 그녀에게 구애할 마음이었다.

그런 때 마나가 등장했다.

마나. 자신을 바라볼 때의 그 감정이 담기지 않은 싸늘한 눈빛. '다카기 군'이라고 아무렇지 않은 표정으로 세이다이를 부르는, 그 침착함. 대체 어떤 여자였던 것일까. 게다가 나카자키와 사귀다니. 화가 나기는커녕 자신이 이렇게 심하게 동요할 줄은 몰랐다.

−그런 여자 때문에.

아무리 익숙하지 않은 와인을 벌컥벌컥 들이켰다고 해도 끝내

기억이 끊길 정도로 취태를 보인 자신이 너무나도 비참했다. 게다가 만약 후미코가 약혼했다는 말을 하지 않았다면 그녀를 껴안았을지도 모른다.

그 시점에서 설렘도 날아갔다. 단지 후미코의 친절함에 매달리고 싶었다. 욕망의 분출구로 삼고 싶었다. 후미코라면 자신을 받아줄 것 같았다. 단지 그뿐이었다. 아니, 후미코가 아니라 누구라도 좋았을지 모른다.

그랬다면 세이다이는 지금보다 더 지독한 자기혐오에 빠지고, 학창시절 친구들로부터도 한 걸음 더 멀어졌을 것이다. 그렇게 되지 않은 것만으로도 다행이라고 생각했지만 뭔가 부족했다. 의지할 바 없는 외로움이 세이다이를 옭아맸다.

–나는 대체 무엇을 하는 거지.

가토 선배의 코 고는 소리는 전혀 잦아들지 않는다. 세이다이는 뒤척이다 '우오오' 하는 소리를 내고 시트와 베개 사이에 머리를 파묻었다. 그러고는 악문 잇새로 '바보, 멍청이. 제기랄!'이라고 중얼거렸다. 이런 한심한 생활을 할 생각은 없었다.

결국, 잠을 거의 자지 못한 채 아침이 왔다. 세이다이는 멍한 머리로 거북한 위장을 안고, 무뚝뚝하고 울적한 상태로 식당으로 내려갔다.

"어라, 안 먹어?"

세이다이보다도 한 발 앞서 식당에 내려 온 미우라는 언제나처럼 나토를 젓가락으로 빙글빙글 젓고 있다. 오늘 아침도 기분 좋아 보인다. 너는 좋겠다, 마음이 편해서. 우수한 동기생의 얼굴을 힐끔 보고, 세이다이는 크게 한숨을 몰아쉬었다.

"–먹고 싶지, 않아."

"뭐야, 아깝게."

"됐어. 그냥 좀 내버려둘래?"

"무슨 일이 있든 몇 그릇을 먹던 네가–."

"식욕이 없어."

"어디, 아픈 데라도 있어? 열이라도 있는 거 아냐? 좀 보자."

"귀찮아! 내버려두라고 했지."

그때까지 소란하던 식당이 한순간 고요해졌다. 미우라는 젓가락을 든 채 놀란 얼굴로 이쪽을 본다. 세이다이는 황급히 주위를 둘러보고 목소리를 죽여 "먹고 싶지 않아"라고 중얼거렸다. 미우라는 잠시 물끄러미 바라본 뒤 크게 고개를 끄덕인다.

"그래. 알았어. 어제 과음했구나. 늦게 들어왔나 보네."

"–"

"옛 친구들과 만났어? 어땠어? 즐거웠어?"

크게 숨을 삼키고, 가슴을 펴며 턱을 당긴다. 자신을 쳐다보는 미우라를 노려보자, 그는 눈만 깜박인다.

"괜한 거 묻지 말고 어서 먹어. 나 먼저 갈게."

"먼저라고–아, 잠깐만 기다려. 된장국이라도 마시고 가!"

등 뒤에서 미우라의 목소리를 들으면서 세이다이는 거칠게 자리에서 일어나 식당을 나왔다. 도중에 깨전병 사유리 씨가 이상한 표정을 짓는 것이 얼핏 보였지만, 무시했다.

"-혼자 있고 싶어."

어젯밤보다 그 생각이 더 간절해졌다. 이곳에 있는 한 그것은 무리다. 미우라는 계속 말을 걸어오고, 방에는 가토 선배가 있다, 게다가 업무 중에는 미야나가 반장과 한 팀으로 일해야 한다. 지금 세이다이는 화장실 갈 때를 빼고는 혼자가 될 수 없다. 그것이 현실이었다.

출근 준비를 하고 밖으로 나가니, 기숙사와 경찰서 사이의 좁은 공간에 메마른 바람이 불었다. 더위는 여전하지만 올려다보면 하늘은 조금 높아져 있다. 이미 9월이었다. 가을의 바다가 보고 싶다, 문득 그런 생각이 들었다. 이대로 차든 오토바이든 좋으니 달려가고 싶었다.

아침부터 근무가 있는 날은 늘 그렇듯 점김으로 하루가 시작된다. 평소처럼 옥상에 정렬하고 호령에 따라 모든 소지품의 점검을 끝내면 세이다이를 비롯한 경찰들은 '훈시장'이라 불리는 서내에서도 가장 넓은 강당에 집합한다. 수사본부가 설치되는 경우에는 본부실로도 사용되는 넓은 강당에는 긴 테이블과 파이프 의자가 놓여 있고, 전면에 큰 칠판이 걸려 있다.

"기립!"

칠판 옆에 서 있는 다카치에 지역과장이 평소와 다름없이 낭랑하게 소리를 높였다. 앞쪽에 자리를 잡고 앉아 있던 경찰관들이 일제히 일어난다. 그들의 앞에는 과거에 유도로 이름을 날렸다는 구로키 서장이 서 있다.

"경례!"

평소였다면 아무리 졸려도 이때쯤이면 정신을 차리고, 새로운 하루가 시작되었다는 것을 실감했을 것이다. 그러나 오늘 아침, 세이다이는 경례 하나 하는 데도 왠지 나른하게 느껴졌다. 이제 학생도 아닌 어엿한 사회인인데, 기립이나 경례를 하는 게 당치 않게 느껴졌다.

"덥다."

구로키 서장은 몸집이 크고 단단한 사람으로, 커다란 얼굴은 다소 붉은 기를 띠고 있고 균형 잡힌 이목구비를 갖고 있다. 하지만 시꺼먼 팔자 눈썹 탓인지 어딘지 사람 좋은 촌스러운 얼굴로도 보인다.

"관사 마당에 코스모스를 심었는데 오늘 아침 꽃봉오리가 맺히기 시작했다. 덥다고 말하는 동안 어느새 가을이 찾아왔다. 여름 동안 쌓인 피로가 나타날 때가 됐으니, 여러분은 건강 관리에 힘쓰도록. 기력은 충실한가?"

서장은 최근에 흰 머리가 부쩍 눈에 띈다. 그것이 젊은 시절에는 용맹스럽고 아귀처럼 보였을 서장의 용모를 부드럽게 바꿔놓았다. 평소 습관처럼 처음 몇 분간은 가벼운 이야기나 최근 읽은 책 내용을 말하는 것도 마치 교장 선생님 같다.

–가을 바다, 좋을 텐데.

서장의 말을 흘려들으면서 세이다이는 멍하니 생각에 잠겼다. 결국, 올해는 한 번도 바다에 가지 못했다. 바다는커녕 수영장도 가지 못했다. 햇볕에 탄 것은 얼굴과 팔뿐이다. 근무할 때 모자를 쓰고 밤 근무가 긴 탓에 얼굴 절반과 목 뒤쪽만 유독 새까맣게 탔다. 이마에도 선이 생겨서 볼품이 없다.

"–최근 우리 관내뿐 아니라 다른 곳에서도 근무 중 경찰관이 다치는 사고가 자주 발생하고 있다. 이것은–."

보통 직장인이라면 유급휴가를 내고 훌쩍 바다로 떠나면 된다. 영업사원들은 일을 땡땡이치고 영화를 보고 올 수도 있다고 다케우치는 말했다. 타니처럼 아버지의 일을 돕는 친구는 휴가도 자유롭게 쓰고, 아침에도 느긋하게 출근할 것이다. 무엇보다 경찰을 제외하고는 누구도 밤새도록 마을을 걸으며 순찰하지 않는다.

옛날에는 즐거웠는데, 지금 나는 굉장히 재미없게 사네. 나는 왜 경찰관이 된 걸까?

–왜 이런 곳에 있는 거지.

세이다이는 멍하니 생각했다. 주위 사람들은 모두 등을 쭉 펴고 서장의 얘기를 경청하고 있다. 옆자리의 미우라도 수첩을 꺼내 진지한 표정으로 서장의 훈시나 앞으로 이어질 과장의 지시를 적고 있다.

"-결국, 불심검문 대상자에게 어떤 태도를 보여야 할지를 다시 한 번 생각할 필요가 있다. 그리고 경찰봉의 적절한 사용법, 칼로부터 우리의 몸을 지켜주는 방호복의 활용에 관해서도 다시 한 번 더 확인하도록."

매일 땀범벅이 되어 마을 이곳저곳으로 달려가고, 시민들을 위해 일해도 개중에는 칼을 휘두르는 놈도 있다. 단지 경찰관이라는 이유로 이쪽의 사정이나 어떤 사람인지도 상관하지 않고 적의를 드러내는 놈도 적지 않다. 어째서 그런 놈들을 위해 일해야 하는 걸까. 어째서 이 평화로운 나라에서 '방호복'까지 입어야 하는 걸까.

"지겨울 정도로 말하지만, 불심검문 할 때의 안전 확보와 조기의 철저한 신체 수색을 빠뜨리지 말고-"

애당초 내 주제에 맞지 않아. 자신은 좀 더 마음 편하고 느긋하게 살아가는 것이 성격에 맞는다. 그것을 알면서도 왜 경찰학교에 들어갔는가 하면-.

-그래. 보여주고 싶었다.

언제쯤이더라. 분명 가츠호나 다케우치가 일자리가 정해지고 한결 여유로운 모습을 찾았을 때였다. 당시 세이다이는 친구 중에서 홀로 아르바이트를 하고 있었다. 대학을 나왔다고 해서 바로 사회의 틀 속에 들어가야만 하는 것은 아니라고, 취직하지 않고 좀 더 자유롭고 자기답게 살아가는 방법이 있을 것이라고 생각했다. 그런데 마나가 평소와 달리 진지한 표정으로 취직할 생각은 없는지 물었다. 그때 세이다이는 자기는 회사원이 될 주제가 못 된다며 웃었다.

"그럼, 네 주제는 뭐야? 뭘 할 수 있어?"

"조만간 발견하지 않겠어? 여하튼 나는 억척스러운 타입도 아니고, 내게 맞는 자리를 찾으려면 여러 가지를 확인해야만 할 거야."

"그걸 모르는 것도 아니고, 억척스럽게 살라고 말할 수도 없지만, 그래도 생활은 어쩔 셈이야? 이대로 자잘하게 아르바이트나 하면서 부모님에게 기댈 생각이야?"

그때 세이다이는 성난 얼굴로 그녀의 시선을 외면한 채, 담배를 피우며 심하게 다리를 떨기까지 했다. 둘이 자주 만났던 카페에서 있었던 일이다. 그때의 카페 분위기까지 똑똑히 기억하고 있다. 세이다이는 짜증이 났다. 마나가 자신에게 설교하는 것 같아 너무 싫었다. 홧김에 그녀에게 시끄럽게 그런 소리 하지 말라고 했던 것 같기도 하다.

"인생은 저절로 다 돌아가게 되어 있어. 한평생은 순식간에 끝나버리고 이 지구도 언제 멸망할지 몰라. 그렇다면 일단 재미있게 사는 게 제일 중요하지 않을까?"

"재미있는 것은 좋지만, 생활은 어떻게 할 거냐고 묻잖아."

"그래서 열심히 아르바이트하고 있어. 나는 그리 부자가 되고 싶지 않아."

"아르바이트만으로 평생 먹고 살 생각이야?"

그런 마나의 모습은 처음이었다. 세이다이를 똑바로 쳐다보며 도망치려는 것을 절대 용서하지 않겠다는 듯 진중하게 몸을 내민 그녀에게서는 박력마저 느껴졌다. 그러나 세이다이는 그런 모습이 마음에 들지 않았다. 그저 늘 자신의 곁에서 즐거운 것을 보거나 함께 즐거움을 찾아내 웃을 수 있는 관계이기를 바랐다.

세이다이도 미래의 일을 전혀 생각하지 않은 것은 아니다. 주위 친구들이 점차 앞서 나아가는 것을 바라보면서, 마음속으로는 '나는 이대로 좋을까'라는 생각에 고민하기도 했다. 또 아르바이트하는 곳에서 대충 무책임하게 일하는 하는 녀석을 보면 '제대로 일도 못 한다'며 모순되는 감정을 느끼기도 했다. 나다운 삶을 찾아가는 자신을 마나가 곁에서 지켜봐주길 바랐다. 그런데 마나는 "헤어질까"라고 말했다.

"농담이 너무 심하잖아."

"농담 아니야. 전부터 생각했던 거야. 이제 그만 헤어지자. 이대로 함께 있다가는 추억까지 더럽혀질 것 같아."

마나는 마지막으로 조금은 진지하게 인생에 관해 생각해보는 게 좋을 거라는 말을 남기고 떠나갔다.

말도 안 되는 소리. 남의 인생에 참견은. 남자인 내게 고개를 숙이라고? 당시 세이다이는 꽤 화가 나 있었고, 또 허세를 부렸다. 그러는 동안 마나가 후회하고 틀림없이 돌아오리라, 그때까지 미련 따위는 보이지 않겠다고 고집을 부렸다. 그러나 며칠이 지나도, 몇 주가 지나도 마나로부터 연락은 없었다. 친구한테 전해듣기로, 마나는 새로운 직장에서 매우 바쁜 나날을 보내고 있다고 했다. 세이다이는 비로소 초조해졌다. 이대로는 정말 혼자서만 뒤처지는 것 아닐까 하는 생각이 들었다.

그러나 이제 와서 무엇을 어떻게 하면 좋을지 알 수 없었다. 초조해할수록 마음이 혼란스러워졌다. 횟술을 들이키다가, 어느 날 지갑을 잃어버려 파출소로 달려갔다. 거기서 어떻게 얘기가 흘러갔는지, 경찰관이 되어보라는 말을 들었다.

"말도 안 되는 소리 말아요. 왜 내가 그런 험한 일을 해요? 머리도 바짝 잘라야 하고, 멋없는 제복을 입어야 하고, 정말 촌스러워요."

처음에는 그런 식으로 웃어넘겼다. 그러나 마음 어딘가에서는 "야호! 찾았다" 하고 환호성을 질렀다. 누군가가 '함께하자' '네가 필요하다'고 말해주길 내내 기다리고 있었는지도 모른다는 걸 나중에서야 깨달았다. 그때의 세이다이는 안심하고 있을 곳이 필요했다. 자신이 머리를 숙이고 조심스럽게 들어가는 곳이 아니라, '자, 오라' 하고 말해주는 곳을 원했다.

지금 생각해보면 단순한 권유에 불과했다. 그래도 그때 만난 중년 경찰관은 어떤 의미에서는 세이다이의 인생을 바꾼 사람이다. "너 같은 사람이 필요하다"는 그 경찰관의 한 마디가 따끔거리며 아팠던 마음의 구멍에 쏙 들어왔다. 그리고 세이다이는 친구들보다 반년 늦은, 작년 가을에 경찰학교에 들어갔다.

세이다이가 늘 제멋대로라며 포기하고 한숨짓는 마나에게 훌륭한 경찰관이 된 모습을 보여주고 싶었다. 사회적으로 신뢰받는, 누구에게 말해도 부끄럽지 않은 일을 하면서 '나는 다시 태어났다'고 말하고 싶었다. 그러면 마나가 생각을 바꾸지 않을까? 성숙해진 자신을 다시 봐주지 않을까?

"-여기에 오늘은 또 한 가지 중요한 얘기가 있다. 사실 어젯밤, 이 조사이서 관내에 방화로 의심되는 화재가 두 건 이어서 발생했다."

어수룩한 얘기다. 헤어진 상대의 마음을 되돌리려는 생각으로 자신의 인생까지 결정하다니. 그녀를 잊지 않겠다며 경찰수첩에 스티커 사진까지 붙이고. 그러는 동안에 마나는 세이다이를 완전히 잊고 지금은 대학 동기인 나카자키와 사귀고 있지 않은가.

-나카자키 따위랑.

녀석도 녀석이다. 아니, 가츠호도 그렇다. 조금 배려해서 전화한 김에 한마디 해줬더라면 좋지 않았을까. 남의 일이라고 다들 제멋대로다. 모두 자신만 생각한다. 세상이 원래 그런 거라면 다른 사람을 위해 달려가는 자신은 바보 중의 바보에 지나지 않는 걸까.

문득 모든 것이 터무니없다는 생각이 들었다. 저런 박정한 여자를 위해 매일 이렇게 살고 있다니. 새로운 여자 친구도 사귀지 않고, 클럽도 전화방도 가지 않고 전혀 건강하다고 할 수 없는 금욕생활을 이어왔다니.

"–동일범에 의한 것인지, 아니면 우연히 벌어진 사건인지는 알 수 없지만, 무차별로 행해지는 범행으로, 때에 따라서는 큰 재해가 될 수도 있다."

아아, 제기랄! 불을 붙이며 돌아다니고 싶은 건 바로 나라고! 세이다이는 머리를 쥐어뜯고만 싶었다. 여하튼 혼자 있고 싶다. 나는 원래 예민한 사람이다. 때로는 혼자서 무릎을 끌어안고 인적이 끊긴 바다에서 보내고 싶다.

어느 사이엔가 서장의 훈시가 끝나고, 이어서 다카치에 과장의 지시가 있었지만, 세이다이는 전혀 진지하게 들을 기분이 아니었다. 그저 호령이 들려올 때만 인형처럼 '기립' '경례'를 반복했다. 훈시장에서 나왔을 때, 옆에 있던 미우라가 다시 말을 걸어왔다.

"왜 그래? 세이다이답지 않아. 밥도 안 먹고, 짜증 내고."

"–아무 것도 아니야."

"아무것도 아닌 게 아니지? 걱정돼서 묻는 거야. 그런 마음으로 일하다가 자칫–"

"그때는 그때고."

외면하며 대답하자, 미우라가 뜻밖에 힘을 줘서 세이다이의 팔을 잡았다. 그러나 세이다이는 그 손을 뿌리치고 미우라를 노려보며 말했다.

"너 같은 우등생은 말해도 몰라. 어차피 나는 만족스럽게 불심검문도 못하는 조사이서의 역병신이니까."

미우라는 눈살을 찌푸리고 똑바로 이쪽을 본다. 한 점 흔들림 없는 그 눈빛이 세이다이를 괜히 짜증나게 했다.

"왜 그런 식으로 말해?"

시끄럽다. 여자 친구도 필요없고 오로지 사명감에 불타 경찰관이 된 녀석에게 무슨 말을 한들 알아먹을 리 없다. 세이다이는 작게 콧방귀를 뀌고 혼자서 걸었다. 여하튼 지금은 혼자 있고 싶다. 그뿐이다.

"이봐, 다카기, 같이 가."

밖으로 나오니 미야나가 반장이 변함없이 큰 소리로 부른다. 아아, 귀찮다. 세이다이는 잠자코 자전거에 걸터앉아 토라진 채 반장의 뒤를 따랐다. 도중에 샛길로 빠져 어딘가로 가버릴까, 하고 몇 번이나 생각했지만, 이 제복을 입은 채로 마을을 서성일 수는 없다.

"왠지 오늘 아침은 기분이 별로인 것 같네."

반장이 빙그레 웃으면서 돌아봤다. 그래도 세이다이는 대꾸하지 않았다. 파출소에 도착해서도 다른 사람들과 말을 섞지 않고 혼자 조용히 있었다.

"어젯밤 무슨 일 있었지?"

미야나가 반장이 세이다이의 표정을 살피며 말을 건넸다.

"－없었어요."

가능한 한 무표정하게 답해도 반장은 한쪽 입가만 슬며시 올리고 비아냥거리는 듯한 웃음을 짓는다. 그것이 더욱 사람의 신경을 거슬리게 한다. 아아, 진짜 밉살맞은 얼굴이다.

"거짓말. 어제 나갈 때는 그렇게 까불던 녀석이 오늘은 이렇게 울적해 한다면 누가 봐도 어제 뭐가 있었던 거지."

"－"

"속세의 독기에 당했어?"

"－"

"옛 친구가 부러워 보였어?"

"－"

"아니면, 반한 아가씨라도 생긴 거야."

"시끄러워요."

미야나가 반장의 눈썹이 움찔거렸다. 안에 있던 도노오카 소장이 놀란 표정으로 이쪽을 본다. 어이쿠! 세이다이는 입술을 비쭉이고 눈을 감았다. 순간, 파출소 안에 험악한 기류가 흘렀다.

"저기－이 근처에 '주게무'라는 앤티크 숍이 있다고 들었는데요."

그때 젊은 여성이 들어왔다. 세이다이는 얼른 얼굴을 들어 "주게무요?"라고 말하면서 다가갔다. 반장과 마주하는 것보다는 모르는 사람과 말하는 것이 더 낫다. 관내에 있는 상점 주소와 전화번호가 적힌 파일을 살펴보는데, 등 뒤에서 미야나가 반장의 목소리가 들려온다. 초조하게 파일을 살펴도 '주게무'라는 가게는 보이지 않는다.

"모르겠네요."

파일에서 얼굴을 들고 세이다이가 무정하게 대답하자, 온화하게 이쪽을 지켜보던 여성은 순간 당혹스러운 표정으로 고개를 갸웃거린다.

"분명 있다고 들었어요. 상점가에서 조금 벗어난 곳이라고 하는데, 역전 파출소에서 물으면 곧 알 수 있을 거라고 해서 –"

그 말에 그냥 모르는 척하고 있으니, "그 가게 이름이 뭐라고요?"라고 물으면서 도노오카 소장이 안에서 나왔다. 여성이 가게 이름을 말하자, 그는 "아아" 하고 고개를 끄덕이더니 곧 감시초소 밖으로 나가 손가락으로 길을 가리키면서 친절히 안내한다. 도노오카 소장의 뒷모습을 바라보면서 세이다이는 자신이 한심해 견딜 수 없었다.

◇◆◇

감시초소 안쪽에 있는 조사실에서 세이다이는 도노오카 소장과 마주 앉았다.

"바쁠 때는 어쩔 수 없지만, 적어도 다른 사람에게 물어야지."

"—하지만 파일에 나와 있지 않아서."

"파일에 없어도 매일 이 부근을 돌아다니다 보면 대개의 가게는 기억하는 법이야."

"—"

"무슨 일이 있었는지는 모르지만, 일에 개인적인 감정을 끌어들이지 마."

안다. 다 안다고. 일에 사적인 감정을 끌어들이면 안 된다. 사회인이라는 자각을 해라. 주어진 일은 크든 작든 온 힘을 다하라. 늘 상대를 배려하라. 귀에 딱지가 앉을 정도로 듣고 있다고.

"상대가 여성이라 괜찮았지, 꿍꿍이가 있는 질 나쁜 녀석이나 망상에 사로잡힌 놈이었다면 이쪽이 어떻게 나오느냐에 따라서 덮쳐올 가능성도 있어. 우리 일이 그런 거야."

그래, 그래서 자신의 목숨을 스스로 지키라는 거 아니야. 생명의 안전을 염려하면서 해야만 하는 일이라니, 그 자체가 내게는 너무 버겁다고.

"잠시 걷다 와."

이윽고 소장은 세이다이의 어깨를 두드리며 그렇게 말했다. 야호! 혼자서 바람을 쐴 수 있는 건가. 한순간 기대했지만, 미야나가 반장이 "갈까?" 하고 세이다이를 불렀다. 뭐야. 역시 혼자 있을 수 없는 거야? 세이다이는 일부러 들릴 정도로 크게 한숨짓고 느릿느릿 반장을 따랐다. 바람을 쐰다고 해도 밖은 여전히 덥다. 그렇다고 이 제복을 입고 카페에 들어갈 수도 없다.

여름방학도 끝나 아이들의 모습이 보이지 않는 상점가를 잠자코 걸었다. 반장은 얼굴을 아는 상점 주인과 만날 때마다 가볍게 말을 건네고 인사를 주고받지만, 세이다이에게는 아무 말도 하지 않았다.

–나는 어째서 이런 마을에 있는 거지.

만일 경찰관이 되지 않았다면, 어쩌면 평생 들어설 리 없었을지도 모르는 마을. 게다가 경찰로 일하는 탓에 이상한 면만 보게 된 마을. 낮에 이 마을은 노인과 여자로 가득하다. 생각해보면 당연한 일이다. 남자들은 모두 일하러 나간다. 넥타이를 매고 만원 전차에 흔들리며 도심의 빌딩 속으로 사라진다.

남자들이 빠져나간 마을을 걷는다. 주차금지 구역에 영업 차량을 세우고, 손님에게 고개를 숙이면서도 생동감 넘치게 일하는 회사원에 비하면 경찰이란 건 굉장히 지루한 일이다. 아무리 누군가는 해야 하는 일이라고 하지만, 어째서 그게 내 일이 되어야만 하는 걸까? 그런 생각이 계속 커졌다.

그로부터 일주일이 더 지났지만 세이다이는 여전히 침울했다. 이렇게 계속 우울했던 적은 지금까지 단 한 번도 없었다. 그러나 그러는 동안에도 계속 일은 해야 한다. 매일 미야나가 반장에게

"가자!"라는 말을 듣고, 무선기가 삐삐- 하고 울릴 때마다 이어폰을 귀에 꽂고, 파출소를 찾아온 사람들에게 길 안내를 하거나 습득물 신고를 받고 밤에는 순찰을 한다.

"이제 차분히 일을 처리하게 되었는걸."

때때로 미야나가 반장이 조용한 어조로 말을 걸어왔다.

"실무연수도 이제 보름쯤 남았지. 조금씩 혼자서 판단하고 움직이는 게 좋아."

"네"라고 대답하면서도 세이다이는 전혀 기쁘지 않았다.

다툼. 주정뱅이. 교통사고. 주어지는 일은 모두 담담히 해결한다. 일이기에, 월급을 받고 있기 때문에. 그래도 그 이상은 마음이 움직이지 않는다. 아무리 사람들이 "고맙다"고 말해도 세이다이의 마음속 응어리는 사라지지 않는다.

-나는 무엇이 하고 싶은 걸까?

장래 일은 아무것도 생각하지 않고 마나에게 달라진 모습을 보여주겠다는 생각만으로 지내왔다. 하지만 자신은 원래 치안유지나 시민에게 봉사하는 일을 할 주제가 못된다. 평범한 회사원은 싫고, 그렇다고 달리하고 싶은 것도 없었기 때문에 어쩌다 보니 경찰관이 되었을 뿐이다.

"오늘 밤, 뭐 먹고 싶어?"

제2 당번인 날이었다. 저녁에 순회 연락에서 돌아온 세이다이와 반장에게 오제키 주임이 물었다.

"이 녀석이 더위를 먹었는지 기운이 없네요. 뭔가 기운이 나는 게 좋겠어요."

미야나가 반장이 힐끔 이쪽을 보고 대답한다. 오제키 주임은 잠시 생각하더니 "좋았어"라고 말하고 자전거를 타고 어디론가 사라진다.

"느긋하네."

게다리처럼 자전거 페달을 밟는 주임의 뚱뚱한 뒷모습을 보면서, 미야나가 반장은 경멸을 감추지 않고 토해내듯이 말한다. 그러나 세이다이는 저런 식으로 여유롭게 지낼 수 있는 오제키 주임이 어떤 의미에서는 부러웠다. 무슨 일이든 초조해하지 않고 어떤 욕을 먹든 태연한 얼굴로 지낼 수 있으니, 너구리 같은 얼굴을 한 저 아저씨의 배짱도 상당하다.

어차피 일이라는 것은 생계를 유지하기 위한 것이다. 그렇다면 수입도 안정적이고 도산할 걱정도 없고 하기 싫은 책상 업무도 아닌 이 일이 어떤 의미에서는 최고의 직장일지도 모른다.

–그렇게 결론 내리면 돼.

그래, 단순히 월급을 받기 위해 일한다고 생각하면 느긋할 수 있다. 성가신 일은 생각하지 말고 오제키 주임처럼 살 수 있다면 그 나름으로 좋을지도 모른다. 그러나 자신은 왜 그런 결론을 내리지 못하고 있는 것일까? 심각하게 고민하는 것을 싫어하면서 어째서 이리도 개운하지 못한 나날을 보내고 있는 것일까? 생각할수록 알 수 없었다.

한 시간이 지나서 오제키 주임은 콧노래를 부르며 돌아와 작은 개수대 앞에서 부지런히 요리를 했다. 나도 요리를 배워볼까? 세이다이는 진지하게 생각했다. 지금 자신에게 필요한 것은 오로지 결심일지도 모른다. 그것이 바로 어른이 되는 것이다. 그렇게 생각하니 역시 쓸쓸했다.

그런데 오제키 주임이 돌연 다른 곳에 배치되었다. 어느 날 밤, 세이다이가 방 안에 누워 만화책을 읽고 있는데 미야나가 반장이 "큰일이야!"라며 달려왔다. 그러고는 그 너구리가 다른 곳으로 가게 되었다고 했을 때, 세이다이는 주임이 근무 태도 불량으로 한가한 마을 파출소로 발령받은 것은 아닌가 생각했다.

"생활안전과로 간대."

그런데 미야나가 반장은 벌레라도 씹은 얼굴로 한숨지으며 말했다.

"생활안전과요?"

"데려갔어."

"데려갔다고요? 오제키 주임을요?"

세이다이는 멍한 얼굴로 반장을 바라봤다. 대체 무슨 일인거지? 전혀 영문을 알 수 없다. 생활안전과에서 오제키 과장의 요리 솜씨를 높이 평가라도 했다는 것일까.

"세상에, 생활안전과라니."

생활안전과는 미야나가 반장이 목표로 하는 청소년계가 있는 곳이다. 설마 오제키 주임이 선수를 칠 것이라고 생각하지 못했던 반장은 분해 보였다.

"어째서 생활안전과에 가게 된 거예요?"

"몰라."

"거기로 가고 싶어 했다는 얘기 들어본 적 있어요?"

"아니! 그렇게 일하기 싫어하는 사람도 없다고 생각했지!"

미야나가 반장은 분한 마음을 숨기지 않고 "뭣 때문에!"라며 울부짖음에 가까운 소리를 지른다.

세이다이에게도 오제키 주임의 얘기는 어떤 의미에서는 충격이었다. 그런 선배가 주변에 있으면 자신도 게으름을 피우면서 지낼 수 있을 거라고 생각했다. 태만하게 일하는 기술도 배울 수 있을 것이고, 선배가 그런 태도로 일하니 후배도 그럴 수밖에 없다는 식의 논리를 내세울 수도 있을 것이라 생각했다. 그런데 대체 어떤 이유로 생활안전과가 주임을 영입해가기에 이른 것인지 꼭 알고 싶었다.

다음 날, 세이다이는 도노오카 소장에게서 그 이유를 들을 수 있었다.

"얼마 전에 생활안전과에서 각성제 단속 위반으로 몇 명인가를 체포한 거 알고 있지?"

그러고 보니 아침 조례 때, 구로키 서장이 그런 얘기를 한 적이 있었다. 점검을 마친 후 땀을 닦으면서 들었던 기억이 난다.

"그 정보를 입수한 것이 오제키 주임이야."

소장은 파일을 넘기면서 미야나가 반장을 보고 말했다.

"저래 보여도 그는 정보원을 관리하고 있었거든. 그저 놀러 다닌 게 아니었다는 거지."

소장이 나간 후 미야나가 반장과 둘이 파출소에 남은 세이다이는 '정보원'에 관해 물었다.

"정보원이란 말하자면 조직 밖의 협력자야. 마을 사정에 관해 잘 알고 있고 정보를 가져다주는 사람이지. 정보원을 많이 갖고 있다는 것은 마을의 사정을 파악하기 쉽다는 뜻이고, 그렇게 되면 결국은 사건의 단서를 잡기 쉬워."

"그것을 오제키 주임이 했다는 거예요?"

미야나가 반장은 팔짱을 끼고 한숨을 쉬면서 "당했어"라고 말했다. 분한 듯 혀를 차고 이어 한숨짓는다.

"정말 몰랐어. 전혀 의욕이 없는 사람이라고 생각했는데."

"반장님은 제게 저런 사람을 보고 배우지 말라고 했죠?"

세이다이는 놀리듯이 말했다. 미야나가 반장은 기분 나쁘다는 듯 얼굴을 돌려 한쪽 귀를 잡아당겼다.

"-맙소사. 그렇게까지 철저하게 자신이 하는 일을 숨기는 사람이라고는 생각하지 못했어. 정말 사람은 겉보기로는 알 수 없네."

세이다이는 흥이 깨져 그런 반장을 바라봤다. 직구 승부만으로는 안 된다고 놀려주고 싶었다.

반장은 선수를 빼앗기고, 또 오제키 주임의 진짜 모습을 간파하지 못했다는 데 분해했다. 역시 이곳에 빈둥대는 사람은 없는 걸까? 대충 시간을 때우는 사람은 없는 걸까? 오제키 주임에게서 태만한 근무 태도를 배우려 한 세이다이와는 차원이 다르다. 생각해보면, 미야나가 반장처럼 일 년 내내 마을을 돌아다니는 것도 힘들겠지만, 정보원을 관리하고 신뢰관계를 구축하여 쉽게 얻을 수 없는 정보를 입수하는 것이 훨씬 더 어려운 일 같다. 게다가 아무도 모르게 말이다. 그런 사람이야말로 달인으로, 터무니없이 태만한 사람으로 생각했던 너구리 아저씨를 다시 볼 수밖에 없었다.

"나도 생각 좀 해봐야겠어."

미야나가 반장은 혼자 중얼거리고는 계속 한숨짓는다. 세이다이는 "저도요"라고만 대답했다. 나쁜 본보기조차 사라진 이 마당에 과연 언제까지 경찰관으로 지낼 수 있을까. 역시 이 직장은 자신에게 맞지 않는 게 아닐까. 그것에 관해 조금 신중하게 생각할 필요가 있다는 생각이 들었다.

"너는 좋은 경험을 했어. 연수 중에 저런 선배까지 볼 수 있었다니, 귀중한 경험이야."

반장의 말을 흘려듣고, 세이다이는 가스미다이의 역전을 지나가는 사람들을 바라봤다. 모두 자신보다 더 나은 환경에서 일하는 것처럼 보였다.

그날 오후 10시가 지났을 때였다. 순찰 중이던 세이다이와 반장의 무선 수신기가 가슴주머니 안에서 삐삐- 하고 울었다.

[조사이서 관내. 방화로 의심되는 화재 신고. 장소. 가스미다이 4초메 7의 16. 갈 수 있는 차량, 있습니까?]

세이다이는 미야나가 반장과 눈이 마주쳤다. 가스미다이 4초메라면 지금 있는 곳에서 걸어서 14분 이상 걸린다. 만약 자전거를 가지러 파출소까지 돌아가면 시간이 더 걸릴 것이다.

[조사이 2, 가스미다이 6초메]

[경시청 알았다. 조사이 2 현장으로]

순찰차인 조사이 2호가 현장으로 달려간다는 것을 듣고 세이다이는 가슴을 쓸어내렸다.

[가스미다이 중학교 뒤. 주차장에 세워둔 차 커버가 불에 탄 흔적이 있다는 신고 접수]

한쪽 귀로만 무선을 듣고 있을 때, 미야나가 반장이 혀를 차는 소리가 들렸다.

"설마. 활개를 치는 건가?"

세이다이는 이어폰을 빼면서 반장을 봤다. 반장은 힐끔 이쪽을 보고 "나쁜 예감이 들어"라고 말했다.

"그놈이라면 오늘 밤 또 여러 곳을 태울지 몰라."

"그놈이라뇨?"

고개를 갸웃거리는 세이다이를 보며, 반장은 의심스러운 듯 말했다.

"요즘 방화 사건이 많지? 아무래도 동일범이 저지른 일 같아."

"그랬나요?"

그 순간 꿀밤이 날아왔다.

"얼마 전에도 서장이 말했잖아."

그러고 보니 그런 것도 같았다. 맞다, 화재는 소방서 담당이네, 라는 생각을 했던 기억이 되살아난다. 세이다이가 "그랬죠"라며 크게 고개를 끄덕이는 사이, 반장은 찌푸린 얼굴로 걷는다.

"이런 좁은 지역에서, 게다가 불씨라고는 없는 장소만 타고 있어. 연쇄 방화가 분명하니 충분히 주의를 요한다고-."

"기억해요. 그런데 방화에 주의하라고 하지만 구체적으로 어떻게 해야 하죠?"

"방어할 방법이 없으니 곤란한 거야. 우리가 할 수 있는 일은 이렇게 순찰을 강화하고 부지런히 불심검문에 힘을 쏟는 정도야."

"그런데 소지품을 검사한다고 해도 성냥이나 라이터 정도는 누구나 갖고 있잖아요?"

"그래도 태도에 미심쩍은 점은 없는지, 주소는 이곳인지, 그런 점만으로도 확인할 수 있어."

세이다이가 "하지만"이라고 말했을 때, 미야나가 반장이 눈을 동그랗게 뜨고 이쪽을 노려봤다.

"너, 정말 할 마음은 있는 거야? 내가 아무것도 알아차리지 못했을 것 같아? 얼마 전부터 너 완전히 의욕이 없어."

미야나가 반장은 굵은 눈썹 아래에 있는 눈동자를 빛내면서 세이다이를 응시했다.

"무슨 일이 있었냐고 물어도 '귀찮다'며 대답도 하지 않고. 누구나 다른 사람이 건드리길 원치 않는 부분이 있으니 잠자코 지켜보고는 있지만, 최근 더 의욕을 잃은 것 같아."

세이다이는 입을 삐죽이며 고개를 숙였다. 이런 설교가 싫다. 미우라든 아니면 미야나가 반장이든 경찰관이 된 것을 후회하지 않는, 이 일에 긍지를 가진 사람은 세이다이의 망설임이나 고민을 이해할 리 없다. 그래서 세이다이는 최근에는 미우라에게도 어느 정도 거리를 두고 있다. 미우라는 걱정했지만, 자신의 마음은 일절 털어놓지 않았다.

"말해두겠는데, 너는 아직 실무연수 중이야. 벌써 해이해져서 앞으로도 쭉 그러겠다는 거야?"

"–"

"여긴 흐리터분한 마음으로 있다가는 곧 사고로 이어지는 그런 곳이야. 어디에 위험이 숨어 있는지 알 수 없어. 그런 직장이 싫다면–."

"－그래서, 생각 중이에요."

자신도 모르게 말이 나왔다. 세이다이는 힐끔 미야나가 반장을 보고 "생각 중이에요"라고 다시 말했다.

"무슨 의미야?"

반장이 짓눌린 목소리로 말한다. 세이다이는 크게 숨을 삼키고 힘껏 고개를 들었다.

"어차피 전 불심검문도 한 번 못했고, 따지고 보면 어쩌다 우연이 겹쳐 경찰관이 된 거라, 아무래도 잘 맞지 않는 거 같아요."

미야나가 반장은 턱을 당기고 미간을 살짝 찡그린 채 세이다이를 똑바로 응시했다. 꿀밤이 날아올까? 아니면, 불같이 화를 낼까? 그런데 뜻밖에도 반장은 낮은 목소리로 "그래"라고 말할 뿐이다. 그리고 다시 걷기 시작한다. 잠깐 숨 막히는 침묵이 이어졌다. 세이다이는 자신이 한심스럽게 느껴져 아무 말도 할 수 없었다.

"네 인생이니까. 나는 어떤 말도 해줄 수가 없어."

"－"

"맞지 않는다고 생각한다면 그만둬야지."

반장의 목소리는 평소와 달리 부드럽고 차분했다. 그것만으로도 세이다이는 아무 말도 할 수 없었다. 좀 더 멋지게, 나는 가고자 하는 길이 따로 있다고 말할 수 있다면 얼마나 좋을까. 이런 생각을 하고 있을 때 다시 무선 수신기가 울렸다.

◇◆◇

서로 아무 말 없이 이어폰을 귀에 꽂자, 다시 방화로 의심되는 화재 신고 내용이 들려왔다. 조금 전 신고를 받은 후, 아직 10분도 지나지 않았다.

[노상에 정차되어 있던 오토바이가 불타고 있다는 신고입니다-]

미야나가 반장이 힐끔 이쪽을 본다.

"일단 돌아가자. 자전거가 있는 게 낫겠어."

반장은 방향을 돌려 걷는다. 세이다이는 잠자코 그 지시에 따랐다.

"네 마음은 알겠어. 하지만 근무 중에 쓸데없는 생각은 마. 내일이라도 일이 끝나고 나서 천천히 얘기하자."

"-괜찮아요. 그러지 않아도."

아무렇게나 내뱉은 말로 들렸을까? 걸으면서 힐끔 이쪽을 보는 미야나가 반장의 눈빛은 왠지 슬퍼 보였다. 그때 SW가 미야나가 반장의 콜사인을 불렀다.

"지금부터 PB로 돌아갑니다. 오버."

[알겠습니다. 오늘 밤 다시 방화 화재가 일어날 가능성이 있으니 충분히 주의해주세요. 오버!]

[가스미다이 역전 3, 알았습니다!]

SW는 관할서 내에서의 무선교신에 사용하기 때문에 서로 얼굴을 아는 사람끼리 무선을 주고받는다. 그래서 통신지령본부와의 교신보다 말투가 부드럽다. 오늘 밤 리모콘 담당자는 분명 형사과 계장이었다.

9월에 접어들어 하복에서 춘추복으로 제복이 바뀌었다. 그러나 이렇게 잰걸음으로 걸으면 밤에도 땀에 흠뻑 젖는다.

"이 일이 싫어?"

근무 중에는 쓸데없는 생각말라던 미야나가 반장이 불쑥 입을 열었다.

"-그렇진 않아요."

"뭔가 달리하고 싶은 게 있는 거야?"

"-그런 것도 없어요."

"-그래."

그리고 작게 한숨 소리가 들렸다. 솔직히 왠지 미안했다. 반장은 다시 아무 말도 하지 않았다. 찰랑찰랑 두 사람의 휴대품이 흔들리는 소리만 들린다. 나중에 이 경찰복을 입고 선배와 나란히 밤거리를 걸었던 나날을 그리워하게 될까? 불현듯 그런 생각이 들었다. 그때 자신은 어떤 일을 하면서 어떻게 지내고 있을까? 나도 옛날에는 경찰관이었다고 누군가에게 말할 수 있을까?

그런 생각을 하고 있자니, 불현듯 사흘이 멀다 하고 110번으로 신고하여 경찰관을 불러내던 남자가 떠올랐다. 세이다이와 동갑으로 무직에, 불결하고, 마르고, 고독하고, 빈곤한 처지로 도쿄 안에서 자신이 속할 곳을 발견하지 못했던 기타가와라는 남자다. 세이다이는 자신도 그와 크게 다르지 않다고 생각했다. 언제라도 간단히 뒤처지고 순식간에 그저그런 변변치 않은 사람이 되어버릴지 모른다.

결국, 그날 밤 관내의 네 곳에서 연쇄 방화사건이 일어났다. 자동차 커버나 쓰레기, 버려진 자전거가 불에 탔다. 다행히 빨리 발견해서 큰불로 이어지지는 않았다. 하지만 세이다이를 비롯한 경찰들은 잠시 눈 붙일 사이도 없이 마을을 순찰하고 그대로 아침을 맞이했다.

"제기랄. 역시 후들거리네."

다음 담당자와 교대하고 본서로 돌아오니 미우라가 쓴웃음을 지으면서 다가왔다. 세이다이는 "나도"라고 대답했다. 그러나 이 생활도 어쩌면 얼마 남지 않았다고 생각하니 이전만큼 화가 나지는 않았다. 피곤한 탓도 있지만, 불평해도 어쩔 수 없다는 기분이 들었다.

"왠지 요즘 너, 변했어."

기숙사에 돌아가는데, 미우라가 묘한 표정으로 말했다.

"어른이 되었다고 할까, 차분해졌다고 할까. 전과 분위기가 달라. 왠지 멋있어."

세이다이는 무심코 코웃음을 쳤다.

"무슨 소리야. 네가 더 멋지지. 차근차근 성과를 올리고 상사의 평가도 좋고 미래의 비전도 확실하고."

"그렇지만—."

"나는 아냐. 계속 이러다가 한 사람도 체포하지 못할 게 분명해. 그래서 요즘 포기했다고 할까—."

그렇게 말했을 때, 미우라의 표정이 굳었다. 세이다이는 황급히 입을 다물었다. 아직 경찰을 그만두겠다고 결심한 것은 아니다. 게다가 열혈 우등생인 미우라에게 쓸데없는 걱정을 끼치고 싶지 않았다.

"세이다이, 너 설마—."

"아아, 피곤하다! 얼른 씻고 자자!"

도망치는 것 같다고 생각하면서, 세이다이는 서둘러 기숙사로 들어갔다. 아아, 요즘 나는 정말 나답지 않아. 어려운 것만 생각하고 고민한다. 자신은 그런 것과는 무관한 사람이라고 생각해왔는데 마나를 만난 이후 완전히 엉망이 되어버렸다. 내가 여자들처럼 이럴까 저럴까 갈팡질팡하는 그런 남자였다니.

"아아, 제기랄!"

기분이 더러웠다. 할 수만 있다면 불이라도 지르고 싶은 심정이다.

그날은 어두워질 때까지 계속 잠을 잤다. 그리고 혼자서 저녁을 먹으러 밖에 나왔다가 8시가 넘어서 다시 잠자리에 들었다. 아무 생각도 하기 싫을 때는 그저 잠자는 게 상책이다.

"이봐, 다카기! 일어나! 지원 요청이다!"

그런데 몇 시간이 지났을까. 돌연 째진 종소리가 같은 목소리가 잠을 방해했다.

"-뭐, 뭐예요?"

잠에 취한 눈으로 올려다보니 이미 제복으로 갈아입은 미야나가 반장이 빛을 등지고 인왕상처럼 서 있다.

"화재야! 이번 것은 커!"

"-화재요? 또요?"

멍한 얼굴로 불을 켜고 머리맡에 있는 자명종 시계를 들어서 봤다. 오후 11시 반이다.

"정신 차려! 일단 서둘러 옷 갈아입고 서로 가자!"

그 말만 남기고 미야나가 반장은 황급히 방을 나갔다. 세이다이는 잠시 멍해 있다가 겨우 정신을 차리고 머리를 좌우로 흔들며 일어섰다. 화재다. 반장은 '이번 것은 커'라고 말했나. 어디가 불타고 있는 걸까.

경찰복으로 갈아입으면서 세이다이는 화재 현장을 상상해봤다. 사실, 진짜 화재 현장을 본 적은 없다. 경찰관이 되고 공원 쓰레기통이 불타는 것을 본 것이 고작이다. 요즘 연쇄적으로 일어난 방화사건도 다른 파출소가 맡은 지구에서 발생하거나, 순찰차가 바로 출동했기 때문에 쓰레기 집하장이나 자동차가 불탄 현장을 실제로 보지는 못했다.

"화재라며?"

현관에서 다급하게 신발을 신고 있을 때, 미우라도 긴장한 표정으로 달려 내려왔다.

"어디서 불이 났어?"

"몰라. 반장님이 큰불이라고만."

"그럼, 또 방화?"

"그건 몰라. 먼저 간다!"

"기다려!"

미우라와 앞서거니 뒤서거니 하며 달려갔을 때는 이미 비번인 선배들이 긴장한 표정으로 서에 모여 있었다. 조사이서의 1층은 평소와 달리 긴장된 분위기가 감돌고 있었다. 사람들이 빈번하게 드나들고 무선기가 쉬지 않고 소리를 낸다.

"자세한 것은 도중에 설명할게. 일단 현장까지 차로 갈 테니, 타!"

형사과 계장이 엄중한 표정으로 소리쳤다. 세이다이는 선배들을 따라서 잰걸음으로 주차장의 왜건에 올라타 등에 형광 선이 들어간 조끼를 입었다.

"현장은 가스미다이 5초메 17의 4. 목조 2층 건물로 오래된 아파트다. 한 시간 전부터 4초메 중학교 부근에서 방화로 의심되는 화재가 있어 그쪽의 불을 완전히 잡지 못한 상황에서 새로운 화재가 발생했다."

조수석에 올라탄 계장이 큰 소리로 설명한다. 세이다이는 긴장한 채 그 말을 들으며 앞 유리창 너머를 응시했다.

"일단 현장 주변의 도로를 봉쇄하고 구경꾼들을 정리한다."

길모퉁이 몇 개를 지나자 앞 유리창 너머로 넓은 밤하늘이 대낮처럼 환한 빛을 내고 있는 것이 눈에 들어왔다. 현장은 110번 마니아인 기타가와가 살았던 아파트 근처다. 세이다이도 여러 차례 왔던 곳으로 최근에 겨우 익숙해졌다. 그 집들 중 어딘가가 불타고 있다. 심장이 쿵쾅쿵쾅 조금씩 빠르게 뛴다.

몇 분 뒤, 세이다이는 교통과 선배 한 명과 함께 손에 정지등을 들고 왜건에서 내렸다. 현장에서 2, 30미터는 떨어져 있는 곳인데도 버스가 다니는 길에서 탄내가 났다. "엄청나네!" "불이야, 불이 났어!"라고 하면서 잠옷 차림의 아이들 몇몇이 흥분한 표정으로 달려왔다.

"너, 이름이 뭐야?"

선배가 의외로 차분한 표정으로 말했다. 세이다이가 이름을 말하자, 선배는 세키네라고 자신을 소개했다. 스물대여섯 살쯤 되었을까, 얼굴이 동그랗고 어려 보이는, 모모타를 닮은 남자였다.

"이 모퉁이부터 차량 진입을 차단하는 거야. 들어가려는 차가 있으면 막아."

세이다이는 "알겠습니다"라고 크게 대답했다.

"왠지 오늘은 꺼림칙하네. 사고 처리를 하고 돌아왔더니. 좀 전에 4초메에서 화재가 있었지? 힘들게 진화했더니 이번에는 여기야."

"아침까지 버틸 수 있을까"라는 말과는 달리, 사람 좋아 보이는 그의 얼굴에 피로의 기색은 보이지 않는다. 세키네 선배는 때마침 깜빡이를 켜고 모퉁이로 접어드는 차에게 정지등을 흔들며 다가간다.

"죄송합니다. 지금 요 앞에 화재 사고가 있습니다."

창을 열고 얼굴을 내민 운전자에게 부드러운 어조로 상황을 설명한다.

"화재요? 어디요? 우리 저 앞에 살아요."

운전자는 갑자기 걱정스러운 표정으로 세이다이가 서 있는 길 쪽을 본다.

"댁이 몇 번지인가요?"

"5초메의 8의 7이에요."

"아, 그럼 괜찮습니다. 불이 난 곳은 17번지에요. 죄송합니다만, 긴급 차량이 지나가야 해서 저쪽으로 우회해주십시오."

대단하다. 한 번 듣고 주소를 기억한다. 세이다이는 감탄하면서 그들의 대화를 듣고 있었다. 그때 또 깜빡이를 켜고 차가 다가왔다.

이번에는 세이다이가 달려가 선배를 흉내 냈다.

세키네 선배의 말대로 두 사람이 정지등을 흔들면서 서 있는 모퉁이로 여러 대의 구급차가 사이렌을 울리면서 드나들고, 조사이서의 차량 외에도 본청에서 나온 차량도 들어갔다.

"이거 일이 커지네."

동그란 얼굴의 세키네 선배가 한숨지으며 말했다.

"이 정도로 부상자가 나왔다면 자칫하면 몇 명이 사망할지도 몰라. 가엽게."

우리가 이렇게 서 있는 동안 바로 눈앞에서, 연기에 휩싸이고 불길에 휘감겨 고통스럽게 숨을 거두는 사람이 있을지도 모른다. 그런 생각을 하니 세이다이는 갑자기 등골이 오싹해졌다.

"만일 또 방화라면 방화 살인사건이 되니 틀림없이 수사본부가 설치될 거야. 그렇게 되면 큰일이야. 알지?"

잠자코 고개를 절레절레 흔들자, 선배는 동그란 눈알을 굴리면서 "엄청난 일이 돼!"라며 크게 고개를 끄덕였다.

"힘든 건 형사들 아닌가요?"

세이다이는 조심스럽게 물었다. 세키네 선배는 동그란 뺨 근육이 떨릴 정도로 거칠게 고개를 좌우로 흔들며, "그 정도로 끝나지 않아"라고 말했다.

"사실은 나도 경험은 없어. 그러나 듣기로는, 일단 사람의 출입이 많아지지. 따라서 혼잡해지고 다른 과 사람들도 이런저런 일들을 도와야 해. 서 전체가 움직이게 된다고."

세이다이는 감탄하면서 미야나가 반장보다 앳되보이는 선배를 봤다. 그때 SW가 세키네 선배를 불렀다. 서둘러 마이크를 손에 들고 대화를 나눈 뒤, 그는 "알겠습니다!"라고 대답했다.

"사고가 났대. 지금 데리러 온다니 나는 가지만, 너는 누가 올 때까지 여기 있어. 알았지? 멋대로 움직이면 안 돼. 괜찮겠지?"

10분도 지나지 않아 교통과 순찰차가 왔다. 세키네 선배는 "그럼 수고"라는 말을 남기고 가버렸다. 혼자가 된 세이다이는 계속 정지등을 흔들면서 누군가 와주기를, 또는 SW로 불러주기를 기다렸다.

-수사본부라.

텔레비전 드라마와 다른, 진짜 형사들이 나타날 것이라 생각하니 피해자가 측은하기도 했다. 그러나 한편으로는 왠지 모르게 가슴이 두근거렸다. 물론 같은 방을 쓰는 가토 선배도 형사지만, 그래도 수사본부에 소집되는 토종 형사들을 꼭 한번 보고 싶었다. 두 시간 후 차량이 데리러 올 때까지, 세이다이는 내내 그런 생각을 했다. 어차피 그만둘 것이라면 그런 장면을 보고 난 이후라도 늦지 않다.

다음 날은 쉬는 날이었지만, 세이다이와 동료들은 소집되어 오전 내내 화재 현장의 보존을 도왔다.

"-심하네."

어젯밤은 화재 현장까지 가지 못했기 때문에 피해가 어느 정도인지 전혀 알지 못했다. 그러나 날이 밝고 그 참상을 직접 눈으로 보니 얼떨결에 숨을 삼킬 정도로 심각했다.

그것은 그야말로 집의 사체였다. 지붕과 2층 바닥이 모조리 불에 타고 검게 그을린 기둥 몇 개만 남아 가을을 맞이한 하늘이 훤히 올려다보였다. 군데군데 타고 남은 가구가 흩어져 있었지만, 어느 집에 있었던 물건인지, 원래 무엇이었는지도 알 수 없을 정도다. 주변은 아직 매캐한 탄내로 가득하고 열기가 남아 있는지 물을 뿌리는 곳마다 흰 수증기가 피어올랐다. 날이 밝고 참상을 보려고 멀찍이 모여든 구경꾼도 손수건으로 코를 막고 있다. 이것이 화재라는 것인가. 화염은 그야말로 모든 것을 앗아가는구나. 세이다이는 충격을 받고 사는 곳과 재산, 그리고 생명까지 빼앗긴 사람을 마음 깊이 위로했다.

오늘 아침, 세이다이를 비롯한 경찰들은 서장의 훈시를 듣고 화재사건으로 세 명이 사망했다는 것을 알았다. 노부부와 독신 남성이 목숨을 잃었나. 이렇게 인생을 끝내는 사람이 있다니. 나쁜 짓도 하지 않고 열심히 살았는데. 6, 70년을 살아온 인생을 이런 식으로 앗아가다니. 세이다이뿐 아니라 서의 모든 경찰이 침통한 표정을 지었다. 용서할 수 없어. 절대로 이런 짓은 해서는 안 된다고 세이다이는 태어나 처음으로 범죄에 분노를 느꼈다.

"오늘 점검 결과가 나와 예단할 수는 없지만, 방화사건으로 판명되면 본서에 특별수사본부가 설치된다. 그때는 여러분도 자신에게 맡겨진 임무뿐 아니라, 특별수사본부의 수사 활동을 적극 지원해야 한다. 서 전체가 사건의 조기 해결에 임하게 될 것이다."

구로키 서장은 평소와 달리 엄한 표정이었다. 강당과 경찰서 안도 긴장한 분위기가 역력하다. 경찰서 밖에는 기자들이 서성였다.

"젊군."

현장 보존용 로프를 치고 그 앞에 긴장한 채 '쉬어'자세로 서 있을 때, 뒤에서 목소리가 들렸다.

"불, 갖고 있어?"

담배를 입에 문 남자가 김을 세모나게 잘라 붙인 듯한 눈썹을 크게 움직이면서 다가온다. 팔에는 '수사'라고 적힌 팥색 완장을 차고 있다. 세이다이는 서둘러 주머니에서 일회용 라이터를 꺼냈다.

"이런 현장에서 담배를 피우는 것도 왠지 송구한 생각이 들어서 잠시 쉬러 왔어."

남자는 세이다이가 불을 켠 라이터에 담배 끝을 가져간다. 그리고 흰 연기와 함께 "땡큐"라고 말한다. 맛있게 담배 연기를 마시며 현장을 올려다보는 형사에게 세이다이는 "저기"라고 말을 걸었다.

"역시 방화인가요?"

연기가 눈에 들어갔는지, 그 형사는 약간 눈을 가늘게 뜨면서 힐끔 세이다이를 본다. 그러고는 가슴 깊이 연기를 마신 뒤 "그래"

라고 고개를 끄덕이며 중얼거렸다.

◇◆◇

조사이서는 사람들로 북적이고 어수선해졌다. 세키네 선배나 구로키 서장이 말했던 대로, 화재의 원인은 방화로 판정되고 특별수사본부가 설치되었다. 신문에서는 '공포' 또는 '방화마'라는 단어를 쓰며 주민의 불안을 대서특필했다.

"빨리 잡아주세요. 그런 흉악한 인간이 마을에 서성인다고 생각하면 밤에도 잠을 잘 수 없어요."

자주 파출소를 찾아와 스트레스를 풀던 후지사와 할머니가 굳은 얼굴로 찾아온 것은 그다음 날의 일이었다.

"저희도 열심히 하고 있습니다."

오제키 주임이 빠지고, 아직 보충 경찰관이 오지 않은 탓에 세이다이도 때때로 혼자 움직여야 하는 일들이 많아졌다. 습득물 취급이나 길 안내는 그런대로 해냈기 때문에, 도노오카 소장이 순회 연락을 나가고, 미야나가 반장이 순찰을 하고 있을 때는 세이다이 혼자서 파출소를 지키는 일도 많았다. 후지사와 할머니는 "진짜야"라고 말하면서 권하지도 않았는데 파이프 의자를 펼치고 앉았다.

"방화 소동이 일어난 건 이미 꽤 오래전이지? 바로 잡았으면 이런 일은 벌어지지 않았을 게 아니야?"

세이다이가 애매하게 고개를 끄덕이자, 그녀는 마을 사람들도 크게 술렁이고 있다며 여러 가지 소문을 들려주었다. 세이다이는 불현듯 오제키 주임의 모습이 떠올랐다. 그러고 보니 주임은 이 할머니와 얘기를 나누는 걸 귀찮아하면서도 끈기 있게 '흠흠' 하면서 들었다. 그렇게 정보원을 늘리고 여러 가지 실마리를 얻었던 것이 분명하다.

"그야 역시 무서우니까."

세이다이의 얼굴을 들여다보면서 할머니는 크게 고개를 끄덕인다. 그날은 평소와 달리 힘이 담겨 있었다.

"그런데 약았다고 할까. 사람의 약점을 파고든다고 할까. 이런 때 소화기를 팔러 다니는 사람이 있다니까. 당신은 어떻게 생각해?"

"소화기 판매요?"

"소방서 쪽에서 왔다면서. 방향이 그쪽이라는 말인 것 같은데, 이것만으로도 속지 않겠어? 지금은 모두가 불안하니까. 그러니 사게 되지."

세이다이는 감탄하면서 듣고 있었다. 과연 그렇구나. 그저 파출소에서 보초를 서고, 경찰복을 입고 다니는 것만으로는 마을의 진짜 속사정을 알 수 없구나.

"아파트에 사는 사람도 쓰레기를 제멋대로 버리면 안 되지. 우리 집 뒤가 아파트이기는 하지만-."

정보를 얻는 것은 좋지만, 역시 이 할머니는 말이 길다. 세이다이는 그래도 열심히 들어주었다. 그저 '열심히 노력하고 있다'고 말하는 것만으로도 시민들이 안심한다는 것을 조금은 알았기 때문이다.

불안하게 생각하는 것은 후지사와 할머니만이 아니었다. 순회연락을 나갔던 도노오카 소장은 방문하는 집마다 방화범을 빨리 잡아달라고 했다며 한숨을 쉬었다.

"저도요. 걷기만 해도 불러세워서 '경찰은 뭘 하냐?'고 하질 않나. 저를 에워싸고 따졌다니까요."

한 발 앞서 파출소로 돌아온 미야나가 반장도 벌레 씹은 얼굴로 말했다.

"괜찮을 거예요. 특별수사본부도 생겼으니까요."

세이다이는 두 선배의 얼굴을 번갈아 보면서 "이제 시간 싸움이에요"라고 말했다. 그러나 반장뿐 아니라 소장도 심각한 표정으로 팔짱을 끼고 있을 따름이다.

"방화범은 생각보다 잡기 어려워. 불심검문에 걸린 사람이 라이터를 가졌다고 해서 그것으로는 어떻게 할 수가 없잖아."

"잡을 수 있는 건 범인이 불을 지르기 위해 움직일 때밖에 없는데, 그것도 목격자의 신고가 있어야 해."

선배가 결코 낙관적으로 보지 않는다는 것을 알고 세이다이는 풀이 죽었다. 수사의 프로들이 찾아왔으니 자신들은 그저 안심하고 있으면 될 줄 알았는데, 그리 간단한 일이 아닌 것 같다.

"형사과 사람의 얘기로는 방화 사건은 가장 패턴화하기 어렵다고 해. 동기만 해도 울분 해소나 병적인 것, 또는 쾌감을 느끼기 위한 것 등 다양한 데다 불을 붙이는 게 어렵지 않다 보니 여자끼리도 저지를 수 있는 범죄라는 거야."

소장의 설명을 들으면서 세이다이는 수사본부는 어떤 방법으로 범인을 잡을지 궁금해졌다. 역 앞에는 평소와 다름없이 사람들이 오간다. 범인은 태연히 이런 사람들 속에 섞여 생활하고 있을 게 분명하다. 대체 어떤 인물일까? 경찰은 어떤 방법으로 수사망을 좁힐까?

왠지 모르게 불안정한 기분으로 오전 시간을 보내고 있을 때, 고쥬방의 칸 짱이 주문을 받으러 왔다. 오제키 주임이 떠나고 난 후 세이다이의 식생활은 확실히 궁핍해졌다. 그래서 뭘 먹을지 고민하기 전에 찾아오는 고쥬방에 신세를 지는 일이 부쩍 많아졌다.

"우리 사장님도 무서워해. 식당에서는 원래 화재나 식중독에 엄청 신경을 쓰는데, 아무리 주의를 기울여도 밖에서 불을 붙이면 속수무책이라면서."

평소에는 가벼운 농담만 하는 칸 짱조차 마을의 연쇄 방화사건에 관해서는 무관심할 수 없는 것 같았다. 세이다이는 왠지 비난받는 듯한 느낌에 주춤주춤 물러서면서도 구체적으로 무엇을 해야 할지 몰라 답답했다. 그저 빨리 범인이 잡히기만을 바랐다.

같은 경찰서인데도 특별수사본부의 수사방침과 수사활동에 관한 얘기는 세이다이를 비롯한 경찰관들의 귀에는 들어오지 않았다. 비밀 엄수의 의무 때문인지 수사원들은 어떤 정보도 흘리지 않았다. 바람을 가르며 바삐 걷는 형사들은 경찰관 선배지만, 전혀 다른 세계의 존재처럼 여겨졌다.

– 역시 멋지다.

그들이 한 무리로 서 밖으로 나가는 모습을 볼 때마다 세이다이는 한숨을 내쉬며 진지하게 지켜봤다. 특별수사본부로 사용되는 강당이 있는 조사이서 7층은 한밤중에도 환하게 불이 켜져 있고, 끊임없이 사람들이 오간다. 또 형사들이 먹을 도시락을 가져오는 사람, 이불을 대여하는 업자나 세탁업자의 출입도 빈번하여 기숙사와 본서 사이에 있는 주차장에도 차가 늘었다.

세이다이는 경찰을 그만두기 전에 드라마처럼 멋진 '남자들의 세계'를 보고 싶었다.

특별수사본부가 설치되고 나서 열흘이 지났다. 관내는 현재 비상경계 중으로, 비상시에는 근무시간 외의 경찰관에도 소집이 걸린다. 그래서 세이다이는 평소처럼 밖으로 술을 마시러 나가지도 못하고 기숙사에서 홀짝대는 정도로 그쳤다.

그날 밤, 식당에서 함께 술을 마시던 미우라와 몇몇 선배가 각자의 용무로 자리를 비웠을 때였다. 조금 떨어져 있던 미야나가 반장이 양손에 캔 맥주와 잔을 들고 다가왔다.

"네 얘기인데."

반장은 세이다이의 맞은편에 앉아 자연스럽게 입을 열었다.

"그만두고 싶다고 말했었지, 요전에."

세이다이는 천천히 고개를 끄덕였다. 방화 소동으로 바빠서 잊었을 것이라고 생각했는데, 역시 반장은 기억하고 있었다.

"진심이야?"

"-아직, 확실히 결정하지는 않았어요."

"그만두고 싶은 이유는 뭐야? 달리하고 싶은 일이 있는 건가?"

"-특별히 없어요. 그저 이 일이 맞지 않는 게 아닐까 해서요."

"맞지 않는다-."

"나는 반장님이나 미우라처럼 장차 꼭 하고 싶은 일이나 그런 것도 없고. 공적을 올리지도 못하고."

이미 비어 있는 잔을 만지작거리면서 세이다이는 입을 삐죽이며 작은 목소리로 대답했다. 경찰관이 된 동기도 단순하기 그지없고, 이대로 계속 경찰 일을 해도 떠나간 사랑은 돌아오지 않는다는 것을 깨닫게 되었다는 말은 도저히 할 수 없었다.

"네가 생각한 거니까, 내가 뭐라 말할 수는 없지만. 일단 조금 더 생각해봐."

미야나가 반장은 세이다이의 잔에 맥주를 따라주면서 "너무 성급하게 결론 내리지 않는 게 좋을 거야"라고 말을 이었다.

"연수 중이니 이 일에 맞는지 안 맞는지는 아직 잘 모르고, 단지 기분만으로 포기하는 것도 좋지 않아."

반장의 목소리는 평소와 달리 온화하고 조용했다. 잔을 들어 맥주를 마시면서 세이다이는 애매하게 고개를 끄덕였다.

"내 동기 중에도 일찌감치 그만둔 녀석이 있어."

세이다이는 반장을 봤다. 네모난 얼굴에 있는 작은 눈은 잘 보면 눈썹이 길어서 제법 귀엽다.

"세 명이 있어. 그리 드문 일도 아니지."

기숙사에 있을 때는 늘 티셔츠에 트렁크 차림인 미야나가 반장은 정강이를 긁으면서 그만둔 동기생들 얘기를 해주었다. 한 사람은 음주운전 탓으로, 한 사람은 시골 아버지가 쓰러져서, 그리고 다른 한 사람은 '기대와 다르다'는 이유로 지금의 세이다이처럼 실습 중에 자취를 감췄다고 한다.

"가장 억울한 건 음주운전을 하다 들킨 녀석이야. 울면서 자신의 경솔한 행동을 정말로 후회했어. 평범한 회사원이 되었지만, 가끔 만나면 늘 '속세의 바람은 매몰차다'고 말해. 시골로 돌아간 녀석은 지금은 화과자 가게를 운영하고 있고."

"또 한 사람은요?"

반장은 "글쎄"라고만 말했다. 처음에는 기세 좋게 경찰 일을 그만뒀지만, 가끔 만날 때마다 다른 일을 하는 것 같더니 결국은 연락이 끊겨 지금은 어디서 무슨 일을 하는지 모른다고 했다.

"본인은 어떻게 생각할지 모르겠지만, 내가 보기에는 경찰을 그만뒀다고 해서 꼭 좋은 방향으로 나아간다고 볼 수 없어. 분명한 목적도 발견하지 못하고 꿈같은 얘기만 늘어놓아도 세상은 그리 녹록하지 않거든. 우리는 급료도 확실하고 웬만한 일이 아니면 해고당하는 일도 없어. 그런 점에서는 혜택받았지. 물론 생활면에서는 참아야 할 게 많지만, 그런 것을 1년도 해내지 못하는 녀석이 세상에 나간다고 뭘 참고 뭘 해낼 수 있겠어?"

뭔가를 하지 못해도 어떻게든 해낼 수 있을 거다. 하지만 미야나가 반장이 말한 것도 충분히 이해할 수 있었다. 학창시절 친구들을 만났을 때 세이다이도 그렇게 느꼈다. 이제 어린애가 아니다. 각자 자신이 몸담은 사회에 적응하면서 앞으로 나아간다. 무책임하고 원래 태만한 성격인 자신 같은 사람은 틀림없이 끈 떨어진 연 같은 인생길밖에 걸을 수 없을 것이다.

"게다가 말이야."

미야나가 반장은 새로 캔을 따면서 맥주를 조금 흘렸다.

"다른 일은 어떤지 잘 모르지만, 이만큼 보람 있는 일은 없다고 생각해. 그래서 나는 진심으로 열심히 해볼 생각이야. 너, 특별히 이 일이 싫은 건 아니지?"

"-아직 잘 모르겠어요."

"하지만 일단 지루하지는 않지?"

"그야 그렇죠."

확실히 어제와 같은 오늘은 없다. 매일 새로운 사건사고가 일어나고 그때마다 마을 안을 우왕좌왕한다. 반장처럼 보람을 느낀다고 대답할 수는 없지만, 지루해할 틈이 없다는 것만큼은 분명한 사실이었다.

"그래도 전 불심검문도 제대로 못 하고, 역시 맞지 않아요—."

"그럼, 너는 어떤 일에 맞아?"

그 질문에 세이다이는 말문이 막혔다. 자신도 고민했다. 공부도 싫고, 예술 방면에도 그다지 재능이 없고, 운동선수가 되려고 해도 이미 늦었다. 어릴 적에는 이런저런 희망이 있었지만, 지금은 생각나지도 않을 만큼 모두 흐릿한 꿈으로 거품이 되어 사라졌다. 대체 나는 무엇을 하고 싶은 거지? 무엇을 하기 위해 히로시마에서 도쿄로 와서 대학까지 간 거지?

"그런 어려운 거 생각하는 거 질색이에요."

미야나가 반장은 어이없다는 듯 눈썹을 위아래로 움직이며 "그렇겠지"라고 쓴웃음을 지었다. 그리고 "나도 좋아하지는 않아"라고 말했다.

"그런데 경찰이 되어 겨우 목적 같은 것을 찾았어. 그전까지는 나도 너와 별반 다르지 않았지. 전부 이 세계에 들어온 후에 찾은 거야."

뜻밖이었다. 그러고 보면 미야나가 반장이 왜 경찰을 꿈꾸게 되었는지, 그 전에 무슨 일을 했는지, 세이다이는 지금껏 한 번도 들은 적이 없다.

"반장님-."

반장에게 물어보려고 하는데, 식당 밖에서 본서와 내선으로 연결된 전화가 날카로운 소리를 내며 울렸다. 미야나가 반장은 황급히 식당에서 달려나갔다. 그리고 통화를 마친 후 식당 입구에 얼굴만 내밀고 소리쳤다.

"다카기! 지원 요청이다. 또 화재야!"

세이다이도 튕기듯 자리에서 일어섰다. 달음박질로 계단을 뛰어오르는데, 미야나가 반장이 획 돌아섰다.

"일단 지금은 그만두지 마. 이런 때는 한 사람이라도 필요해. 여하튼 서둘러 결론 내지 마. 알았지?"

선배는 말을 마치자마자 계단을 달려 올라갔다.

"최근 이 부근에서 방화로 의심되는 화재가 계속 발생하고 있습니다. 쓰레기는 지정된 날 아침에 내어주시고, 야간에는 절대 내놓지 말아주십시오. 또 현관 앞에 오래된 신문이나 잡지 같은 타기 쉬운 것을 내놓지 않도록 주의해주십시오."

와카다케 기숙사 밖에서 소방청의 안내 차량이 천천히 이동한다. 경찰은 순찰을 강화하고, 소방청에서도 대대적으로 주의사항을 알리는 대책을 세웠다. 세이다이는 소방청의 안내 차량에서 나오는 방송 내용이 굉장히 귀에 거슬렸다. 가뜩이나 경찰에 대한 주민들의 비난이 날로 거세지고 있는데 그걸 부채질하는 것 같았다. 대체 누가 나쁜 짓을 했는지 알 수 없을 정도다.

"순찰을 강화한 건가요?"

"어째서 범인을 잡을 단서 하나 파악하지 못한 거죠?"

"경찰은 악질 방화범이 활개 치도록 내버려둘 생각인 건가요?"

지극히 평범해 보이던 마을 사람들까지 똘똘 뭉쳐 경찰에게 증오의 감정을 드러내고 있었다. 비난받을 때마다 세이다이는 왠지 자신이 나쁜 짓을 한 것처럼 이상하게 몸 둘 바를 몰랐다.

"수사본부는 뭘 하는 거야? 빨리 잡으면 우리까지 싫은 소리를 안 들어도 되잖아."

미우라의 방에 누워 세이다이는 고개를 돌려 창밖을 봤다. 열린 창 너머로 보이는 본서는 오늘 밤도 불빛으로 번쩍번쩍하다. 귀를 기울이면 사람들이 웅성거리는 소리와 전화벨 소리가 들려올 것만 같다.

"내가 느끼기에도 확실히 주민의 비난이 거세지고 있어. 개중에는 가엽다는 얼굴로 '힘들죠'라고 말을 걸어오는 아주머니도 있지만 조금 얘기를 나눠보면 역시 빨리 잡아달라는 말이야."

책상에 앉아서 책을 읽고 있던 미우라도 조용한 목소리로 대답한다.

"다시 한 번 큰불이 나면 이번에는 다들 공황에 빠질 거야."

"공황이라. 우리는 어떻게 될까?"

그러자 미우라는 다다미 바닥에 손을 짚고 "어떻게 될까?"라고 되물으면서 한숨짓는다.

"여하튼 그런 일이 벌어지기 전에 범인이 잡히길 바랄 뿐이야."

수사본부에 소속된 선배 형사들이 밤낮을 가리지 않고 열심히 방화범을 쫓고 있다는 것은 잘 알고 있다. 그러나 세이다이는 자신이 경찰이라는 사실도 잊고, 전문가 집단이면서 어째서 빨리 범인을 잡지 못하는 거냐며 시민의 편에 서고 싶은 심정이다. 당신들 월급 받고 있잖아? 그럼 확실히 해! 그런 말을 해주고 싶었다.

"이러다가 우리가 연수를 마칠 때까지 잡지 못할지도 몰라."

세이다이는 크게 기지개를 켜면서 중얼거렸다.

이미 가을에 접어들었다. 지역 실무연수도 고작 일주일밖에 남지 않았다. 이렇게 길고 무더운 여름도 없었다고 세이다이는 최근에 자주 생각했다. 실무연수가 끝나면 세이다이와 미우라는 다시 경찰학교로 돌아가 어엿한 경찰관이 되기 위한 마지막 과정인, '초임 종합교양'을 밟는다. 그리고 이번에야말로 진짜 순경으로서 홀로서기를 한다.

"그런 식으로 간단히 포기하면 안 돼. 지금 이 순간에도 범인은 어느 집 처마 끝에 라이터 불을 붙이고 있을지 몰라. 그런 녀석을 계속 내버려두다니, 절대 그런 일은 있을 수 없어."

미우라는 결의에 찬 얼굴로 진지하게 이쪽을 보면서 말한다. 세이다이는 "그야, 그렇지만"이라고 말하며, 무심코 입가를 찡그리고 우수한 동기생에게서 시선을 거뒀다. 아무래도 녀석은 나와는 생긴 것 자체가 다르다. 지역 실무연수가 끝나고 초임 종합교양이 끝나면 진지하게 자신의 길에 관해 생각해야만 한다. 정말로 이대로 경찰관으로서 살아갈 것인지, 자신에게 맞는 다른 적절한 직업은 없는지, 자신의 내면에 잠자고 있는 새로운 가능성에 눈을 돌려야 한다고 다시금 생각했다.

"경찰의 명예를 걸고 범인을 꼭 잡아야 해."

결연한 표정으로 자신의 빛나는 미래만을 바라보는 미우라에게, 세이다이는 "응"이라는 말 이외는 할 말이 없어 조금 토라졌다.

"그렇다고 왜 우리까지 이런 불합리한 일을 당해야 하느냐고. 언제 소집될지 몰라 외출은커녕 술도 마시러 나가지 못하고, 이건 연금 상태나 다름없어."

"그런 소리 마. 온 마을이 방화범에 떨고 있는데 아무리 사복 차림이라도 경찰관이 술을 마시며 들떠 있으면 되겠어?"

"그거야, 그렇지만."

"이럴 때는 우리가 하나가 되어서 대응해야 해."

"그거야, 그렇지만."

"우리도 더 힘을 내서 자신의 힘으로 범인을 잡을 수 있도록 만반의 태세를 갖추지 않으면 안 돼."

"그거야, 그렇지만."

정말 설교 같은 소리만 하는 녀석이다. 세이다이는 팔베개하던 팔을 바꾸고 반대편으로 몸을 뒤집었다. 너무 잘난 친구라 같이 얘기하는 것만으로 꼬깃꼬깃 구겨지는 느낌이다. 자신의 삐뚤어진 마음 탓일까? 아니면 주저함이라고는 전혀 없는 동기생에 대한 질투일까?

"그래도 왠지 활활 타고 있는 것을 보고 있으면 꽤 개운한 기분이 들지 않아?"

무심코 말하고 돌아보자 미우라가 이쪽을 노려보고 있다. 세이다이는 황급히 "농담이야"라고 덧붙였다. 미우라도 범인이 잡히지 않아서 초조해하고 있다. 진지한 표정이나 잦은 한숨으로 그런 심정을 충분히 알 수 있었다.

방화범이 잡히지 않아서 가만히 있어도 일이 많은 파출소는 더 소란스러워졌다. 수상한 사람을 봤다는 신고도 많아지고, 이웃의 누군가가 조금이라도 이상한 행동을 하면 여러 사람이 찾아와 눈살을 찌푸리며 목소리를 낮춰 말한다. 작은 정보라도 필요한 때이고 훈시 때마다 시민이 전해주는 정보를 소중히 생각하라는 얘기를 듣기 때문에, 세이다이는 평소라면 흘려듣고 말, 지어낸 얘기처럼 들리는 정보에도 진지하게 귀를 기울여야 했다.

"경찰의 힘에도 한계는 있다. 그것을 보완하는 것이 시민들의 힘이다. 이런 때일수록 시민들과 협력관계를 강화해야 한다."

도노오카 소장도 심각한 얼굴이고, 미야나가 반장도 평소보다 꼼꼼히 마을 사람들과 얘기를 나누며 순찰을 했다.

지금까지 발생한 방화 화재가 벌써 열일곱 건에 이른다. 가장 큰 피해는 사망자가 나왔던 아파트 화재였지만, 그 이후에도 단독주택의 창고에서 불이 나거나 일반 창고와 차, 사용하지 않는 개집이 불타기도 했다. 세이다이가 듣기로는 방화범에게도 습관이 있어서 자동차 커버를 태우거나 쓰레기에 불을 붙이는 등 일정 패턴이 있다고 한다. 그러나 이번 범인은 경찰이나 지역 주민을 비웃기라도 하듯이 너무도 대담하고 거리낌 없이 불을 붙이며 돌아다니고 있다.

"범인은 이 근방에 사는 사람이 아닐지도 몰라."

미야나가 반장이 깊이 생각에 잠겼다가 입을 열었다. 제2 당번이라서 나란히 순찰을 나온 밤이었다. 두 사람은 도중에 눈에 띄는 사람에게는 모두 말을 건넸다. 불심검문이 필요 없는 사무직 여성이나 노인에게도 지금 귀가하는 중인지, 집은 어느 부근인지를 묻고 "조심히 돌아가세요" 혹은 "수상한 사람을 보시면 110번으로 신고해주세요"라고 말했다. 그렇게 관할 지역을 천천히 둘러보는 중이었다.

"그럼, 일부러 불을 붙이려고 여기까지 온다는 거예요?"

세이다이가 묻자, 반장은 눈살을 찌푸리고 천천히 고개를 끄덕였다.

"생각해봐. 화재란 자칫하면 어디까지 번질지 모르는 거야. 잘못해서 자기 집까지 태울 가능성도 있지 않겠어?"

"그러나 옆 마을에서 왔는지 아닌지를 어떻게 구분해요?"

"우리가 할 수 있는 일은 계속 불심검문을 하는 거야. 그걸로 수상한 사람을 발견할 수도 있으니까."

그때였다. 멀리서 희미하게 소방차 사이렌 소리가 들리고, 동시에 가슴의 무선기가 삐삐- 울렸다.

세이다이와 미야나가 반장은 순간 우두커니 멈춰 서 서로의 얼굴을 보면서 각자 이어폰에 신경을 집중했다.

[조사이서 관내, 방화로 인한 화재. 장소 가스미다이 7초메. 출동 가능한 차량, 있습니까?]

한쪽 귀로 미야나가 반장이 "왔다!"라고 말하는 소리가 들렸다. 7초메는 미우라가 담당하는 지역이다.

"다카기, 긴장해. 연쇄 방화라면 범인은 지금 이 부근을 서성이고 있다는 거니까."

"이쪽을 지나갈까요?"

"알 수 없지. 여하튼 상대를 잘 봐. 계속 관찰해! 이어폰을 빼지 말고."

반장은 힘주어 "가자!"라고 말한다. 세이다이도 다시 걸었다. 불길한 예감이 드는 사이렌 소리가 미적지근한 밤바람에 실려 높고 낮게 들려온다. 귓가에서는 통신지령본부와 각각의 순찰차, 관할

서의 교신이 끊이지 않고 이어졌다.

대체 어떤 녀석이 오늘 밤에도 불을 붙이고 다니는 거야. 어쩌면 지금 이 순간에도 방화마는 작은 라이터 하나만 손에 들고 어딘가에서 몸을 숨기고 있을지도 모른다.

그런 생각을 하면서 걷는 동안에 무선을 통해 작은 화재가 주민에 의해서 진화되었다는 내용이 전해졌다. 다행히 큰불로 번지지는 않은 것 같다. 세이다이는 마음속으로 깊이 안도의 숨을 내쉬었다. 처음 큰 화재 현장을 본 이후, 세이다이는 화재의 공포를 통렬히 느꼈다. "다행이네요." 미야나가 반장에게 말했을 때, 이번에는 어깨에 걸려 있던 SW가 시끄럽게 소리를 높였다.

[긴급, 긴급! 7초메 3이 PS로!]

[7초메 3, 보고하라!]

[7초메 3, 미우라입니다! 수상한 사람을 발견했습니다. 현재 자전거로 도주! 장소는 가스미다이 7초메, 24! 골목길을 달려 도중 중입니다!]

분명 미우라의 목소리였다. 뛰면서 말하고 있는지 목소리가 중간중간 끊겼다. 세이다이는 무심코 송수신기를 들어 귀에 가까이 가져다 댔다.

[PS에서 미우라 PM! 상대의 인상착의를 보고하라!]

[아, 그게, 7초메 3이 조사이 PS! 지금 달려서 추격 중! 상대는 가스미다이 역 방향으로 가고 있습니다!]

그 순간 심장이 죄여왔다. 세이다이는 미야나가 반장과 얼굴을 마주 보고 누가 먼저랄 것 없이 역전 파출소를 향해 달렸다. 상대가 자전거로 도망친다면 우리도 자전거를 타야 한다.

[PS에서 미우라 PM! 인상착의 보고하라!]

[7초메 3, 미우라입니다. 아, 조금만 기다려주세요.]

그것으로 무선 교신은 끊겼다. 허리에 찬 수갑과 경찰봉을 울리면서 세이다이는 파출소를 향해 달렸다.

◇◆◇

SW가 몇 번이고 미우라를 호출한다. 그러나 "조금만 기다려주세요"라는 말을 끝으로 응답은 없다.

"어떻게 된 걸까요?"

불길한 생각에 가슴이 죄어왔다. 세이다이는 헐떡거리며 물었다. 옆에서 달리는 미야나가 반장도 거친 호흡을 내뱉으며 "무슨 일이 있나?"라고 말한다.

"숨이 차서 그런 건 아니겠죠?"

"그럴 리가 없지, 너라면 몰라도 미우라야."

[PS에서 미우라 PM! 응답해! 미우라!]

겨우 선선해졌는데 이렇게 달리고 있자니 금방 땀이 난다. 심장이 빨리 뛰는 것은 달리고 있어서만은 아니다. 미우라에게 무슨 일이 있는 걸까? 대체 어떻게 된 걸까?

"미우라에게 무슨 일이 있는 것 같아."

숨을 헐떡이면서 역전 파출소로 돌아오니, 도노오카 소장도 미간에 주름을 잡고 심각한 표정으로 SW를 듣고 있었다.

"알아봐주세요."

책상에 양손을 짚고 세이다이는 몸을 내밀어 소장을 봤다. 소장은 "조용히!"라고 말하기라도 하듯이 미간에 주름을 잡고 험악한 눈으로 주위를 둘러본다.

"무선이 안 되면, 전화로 물어봐주세요!"

"멍청이! 이런 때 유선이 당키나 해?"

수화기를 집으려는데 등 뒤에서 미야나가 반장의 성난 목소리가 들렸다. 경찰에게 SW 무선은 전화와 같다는 것이다. 세이다이는 한층 초조해져 "어떻게 된 거야!"라고 화를 내면서 접어서 벽에 세워두었던 파이프 의자를 걷어찼다. 미우라는 어떻게 된 걸까? 그 성실하고 강직한 녀석에게 정말 무슨 일이 일어난 걸까?

"저, 잠시 둘러봐도 될까요? 무슨 일이 있다면 –."

"안 돼. 근무 중이야!"

도오노카 소장의 미간 주름이 한층 깊어졌을 때, SW에서 [7초메 1이 PS로!]라고 호출하는 소리가 들렸다. 모두 일제히 입을 다물고 귀를 기울였다.

[PS다, 무슨 일이야!]

[미우라 PM의 위치를 모르겠습니다. 현재 수색 중인데, SW로 긴급발신 호출을 계속해주십시오!]

[조사이 PS 알았다!]

이어서 SW는 계속 미우라를 호출했다. 미우라 PM, 응답하라! 미우라 PM, 응답하라! 초조해하는 목소리로 계속 호출한다. 그때 이번에는 무선기가 삐삐- 하고 울었다.

[경시청에서 조사이서 관내로. 교통인사사고. 장소, 가스미다이 2초메. 대응할 차량 있습니까?]

[조사이 1, 가스미다이 7초메]

[경시청 알았다. 조사이 1, 현장으로 출동 바람. 장소, 가스미다이 2초메 18번지 6호. 가스미다이 공원 뒤편이라 함. 승용차와 보행자의 교통인사사고 – 또한, 부상자는 – PM인 듯함. 소방청에서 들어온 신고에 의하면 – PM이 승용차에 치인 것 같다고 함 – 조사이 1는 신속하게 현장으로 출동하여 상황을 보고 바람. 오버!]

조사이 1호 순찰차가 무선으로 [알았다!]고 답하는 동안에 세이다이는 역전 파출소를 뛰쳐나갔다. 미우라다, 미우라가 차에 치였다. 그 순간, 더는 아무것도 생각할 수 없었다.

"기다려, 다카기! 이봐!"

등 뒤에서 미야나가 반장의 성난 목소리가 들려왔지만, 세이다이는 이미 자전거에 앉아 맹렬히 페달을 밟고 있었다.

바보. 대체 어떻게 된 거야. 차에 치였어? 바보, 멍청이! 눈물이

나올 것만 같았다. 가슴이 아파서 견딜 수 없다. SW에서는 분주히 주고받는 교신이 들려온다. 부상을 입은 것은 미우라 PM인가? 한시라도 빨리 현장 상황을 확인하고, 부상 정도를 파악하라. 한편으로는 조금 전의 방화 현장에 출동했던 경찰관과의 교신이 교차하고 있다. 수사전무 현지에 도착, 야마다 계장, 검증 중-.

가스미다이 공원 뒤편이라면 역전 파출소가 담당하는 지구가 아닌가. 미우라는 대체 누구를 쫓아 그런 곳까지 달려왔던 것일까?

필사적으로 자전거를 달려 가스미다이 공원을 가로질러 달리는데, 밤하늘이 붉게 물들어 있는 것이 눈에 들어왔다. 구급차의 비상등이 붉을 빛을 내며 회전하고 있다. 공원 출구에 도착해서 자전거를 내팽개치고 구급차로 달려갔다. 운전석 쪽에서 무선으로 뭔가 말하는 소리가 들린다. 흰 헬멧을 쓴 구급대원들이 들것을 옮기는 참이었다. 세이다이는 그쪽으로 달려갔다. 들것 위에 누워 있는 부상자의 얼굴을 들여다본 순간, 세이나이는 비명이 터져 나올 것만 같았다.

"미우라!"

미우라는 가뜩이나 하얀 얼굴이 백지장 같이 변해서 들것 위에서 고통스러운 듯 얼굴을 찡그리고 있었다.

"어떻게 된 거야, 미우라! 괜찮아?" 세이다이가 큰소리로 계속 불러대자 미우라가 가늘게 눈을 뜨고 초점이 맞지 않는 눈으로 이쪽을 본다.

"-죄송, 합니다."

"사과 안 해도 돼! 나야, 나! 다카기!"

이번에 미우라는 "아"라고 말했다. 그리고 억지로 옅은 웃음을 지었다. 세이다이는 온몸이 떨리는 것을 멈출 수 없었다. 눈물이 나올 것 같았다.

"다카기-잡아, 줘. 틀림없이 범인이야."

힘겹게 숨을 내쉬면서 미우라는 신음하듯 말했다.

세이다이는 들것에 매달려 미우라의 얼굴에 귀를 가져갔다.

"내게 들키고 곧 도망쳤어. 필사적으로 쫓았는데-자전거에서 범인을 끌어내 실랑이를 벌이고-찻길로 밀쳐져서-그 차까지 놓쳤어."

미우라는 헐떡이면서 필사적인 표정으로 이쪽을 본다.

"어떤 놈이야? 엉? 어떤 새끼야?"

"-여자야. 삼십 대 정도의. 머리 길이는 어깨 정도에 얼핏 보면 사무직 여성-검은 숄더백을 매고, 바지정장 차림-옅은 색의. 차는-못 봤어."

얼굴 곳곳에 찰과상을 입고, 그토록 자랑스럽게 여기던 경찰복에 엄청난 양의 피가 배어 있는 상태로 미우라는 의식이 멀어지는 것을 어떻게든 견디고 있는 것처럼 보였다.

"알았지-방화범은, 여자, 야."

순찰차의 사이렌 소리가 들려왔다. 세이다이가 약간 등을 펴는 사이에 구급대원은 미우라를 구급차에 실었다. 함께 구급차에 오르려고 하자, 미우라가 "오지 마!"라며 외치며 고개를 들려고 했다. 어디에 그런 힘이 남아 있는지 놀랄 정도로, 또렷하고 큰 목소리였다.

"나 대신에 – 부탁해. 부탁해."

세이다이는 그 자리에 얼어붙었다. 순찰차가 도착하고 주변이 시끄러워졌다.

"조사이 후생병원으로 갑니다. 함께 가시겠습니까?"

구급대원이 재촉하듯 물었다. 고개를 끄덕였지만, 다리가 앞으로 움직이지 않았다. 지금 미우라가 한 말이 세이다이의 안에서 울린다. 자신을 똑바로 바라보던 눈동자, 정신을 잃으면서도 필사적으로 자신을 보던 얼굴이 눈에 선했다.

"미우라! 미우라!"

그때, 미우라의 지도를 맡은 노무라 반장이 달려왔다.

"따라가주세요!"

세이다이는 노무라 반장의 등을 밀었다. 반장은 잠시 얼떨떨한 표정을 지었지만, 잠자코 황급히 구급차에 올랐다. 멀리서도 순찰차의 사이렌 소리가 들려온다. 무선기가 곧바로 무언가를 말한다.

구급차가 사이렌을 울리면서 떠나고, 세이다이는 겨우 돌아서 사고 현장을 봤다. 방금 도착한 순찰차의 헤드라이트가 주위를 비추고 있다. 도로 위에는 미우라를 치고 도망친 차의 앞유리로 보이는 유리 조각이 흩어져 반짝이고 있다. 그 훨씬 앞쪽 바닥에는 경찰관 모자가 떨어져 있고, 몇 미터나 떨어진 곳에 피바다가 펼쳐져 있었다. 차에 치일 때 미우라가 얼마나 강한 힘에 부딪혀 멀리까지 날아갔는지를 짐작할 수 있었다. 세이다이는 숨을 삼키고 주변을 둘러보았다.

[다카기 PM! 응답하라, 다카기!]

정신을 차리니 SW가 자신의 이름을 부르고 있었다. 그러나 세이다이는 마비된 듯 그 자리에 우두커니 서 있었다.

몇 분 뒤, 겨우 정신을 차리고 느릿느릿 공원으로 돌아와 내팽개친 자전거를 일으켜 세운 후 천천히 SW로 손을 뻗었다.

"가스미다이 역전 4가 가스미다이 역전 1에게."

젠장, 미우라에게 만일 무슨 일이 생기면 어떻게 하지.

[가스미다이 1, 도노오카다. 다카기인가!]

저토록 이 일을 좋아하고 또 언제나 열심히 했는데, 이런 일을 당해서는 안 된다. 지금부터 시작이 아닌가. 지금부터 어엿한 경찰관이 되려고 했는데. 저렇게 피를 흘리고, 고통스럽게 -.

[다카기 PM! 응답하라! 다카기!]

"아 - 다카기입니다. 오버."

[현재 위치를 보고하라! 어디에 있나?]

평소 무표정한 소장이지만 무선 목소리만으로도 충분히 초조해하고 있다는 걸 알 수 있었다.

"미우라 – 미우라 PM으로부터 범인의 인상착의를 들었습니다."

"알았다! 즉각 본서로 돌아와라! 오버!"

"본서로요?"

"그래. 본서로 돌아와! 지금 당장!!"

SW의 작은 송수신기를 통해 들려오는 소장의 목소리는 조금 떨리고 있는 것 같았다. 세이다이는 "알았습니다"라고만 대답하고 느릿느릿 자전거에 올라탔다. 심장이 여전히 움츠러든 상태다. 페달을 밟으면서도 무릎에 힘이 빠져 발끝에 힘이 전해지지 않았다.

– 좋았어. 여자다.

미우라의 얼굴과 필사적으로 외치던 목소리가 떠오른다. 범인은 도망치다 잡힐 것 같으니 미우라를 차로 밀었다. 대체 무슨 짓을 한 거야. 대체 어떤 여자야. 그런 생각을 하자, 다시 분노가 치밀었다. 젠장, 어자라고 봐주지 않는다. 반드시, 이 손으로 잡겠어. 그런 생각을 하면서 떨리는 손발을 움직였다.

조사이서에 돌아온 세이다이는 곧장 다카치에 지역과장에게 가서 미우라의 상태를 보고하라는 지시를 받았다. 다카치에 과장은 평소와 달리 험악한 표정으로 보고를 듣고 크게 고개를 끄덕였다.

"그래서 미우라의 부상 정도는?"

"-모릅니다. 병원까지 따라가려고 했는데 미우라가 거절했습니다. 그동안에 범인을 쫓으라고요."

"그럼 아무도 가지 않은 건가?"

"노무라 반장님이 함께 갔습니다."

과장은 초조한 듯 한숨짓고, 평소처럼 낮은 목소리로 "알았어"라고 말했다. 그리고 다시 이쪽을 본다.

"방금 4킬로미터 이내에 긴급배치 지령을 내렸어. 너는 파출소로 돌아가 소장의 지시를 따르도록. 알겠어? 동료가 이런 일을 당했어. 무슨 수를 써서라도 피의자를 확보하도록."

과장은 그 말만 하고 황급히 떠났다.

다시 자전거를 달려 느릿느릿 파출소에 돌아오는 동안에도 무선기는 끊임없이 삐삐- 하고 울어댄다.

[-22시 43분, 연쇄 방화 용의와 PM 뺑소니 사고에 대하여 조사이서를 중심으로 반경 4킬로미터 이내에 긴급배치를 명한다. 연쇄 방화사건의 범인은 삼십 대 전후의 여성으로 얼핏 사무직으로 보임. 어깨까지 오는 머리 길이. 옅은 색의 바지정장 차림. 검은색 숄더백을 소지하고 있음. 뺑소니 차량은 흰색 승용차로 앞유리가 파손된 것으로 보임-]

한편 SW에서도 끊임없이 교신이 오간다. 그걸 듣고 노무라 반장에 이어 이비 블록담당과 나가이 계장도 미우라가 수용된 병원으로 갔다는 것을 알았다. 지역과, 교통과뿐 아니라 조사이서의 경찰관 중 손이 비는 사람은 모두 움직인다.

–나 대신에, 부탁해

미우라의 목소리가 귀에 울렸다. 세이다이의 가슴에서는 분노와 함께 말할 수 없는 공포가 크게 부풀어 올랐다. 경찰관이란 목숨을 걸고 해야 하는 일이라는 사실을 다시 한 번 실감했다. 일전에 경찰봉을 잊고 무방비 상태로 불심검문을 하다 칼을 휘두르던 남자와 만났을 때보다 훨씬 더 생생하면서 공포를 동반하는 감각이다.

"수고! 본서에 보고는 끝냈어?"

드디어 역전 파출소에 도착하니, 앞에 몇 대의 순찰차가 서 있고 엄청난 수의 경찰관이 와 있었다. 얼굴을 아는 사람도 있지만, 모르는 얼굴도 있다. 모두 긴급배치 때문에 소집된 선배들이 분명했다. 그들은 험악한 얼굴로 상사의 지시를 받고 있다.

"미우라와는 얘기했지?"

사람들 사이에서 빠져나온 도노오카 소장이 뜻밖에 조용히 말했다. 세이다이는 잠자코 고개를 끄덕였다.

"–괜찮을까요? 많이 고통스러워하던데, 피도 엄청 흘리고–"

세이다이는 그제야 비로소 자신의 목소리가 떨리고 있다는 것을 알았다. 떨림이 온몸으로 퍼지는 것 같아 입술을 깨물었다. 싫다, 싫어. 이런 일은 질색이야. 세이다이의 마음속 어린아이의 목소리가 들려왔다. 이제 그만두자, 아니 끝내자. 목소리는 울부짖으며 필사적으로 호소한다.

"뺑소니 사건은 교통과 기동수사대가 움직이고 있어. 우리는 미우라가 쫓던 여자를 찾는다! 지원팀과 같이 개미 새끼 한 마리도 놓치지 않겠다는 각오로 임하도록!"

사이 총괄담당의 불호령이 떨어진다. 경찰관들은 일제히 사방으로 흩어진다. 세이다이는 잔뜩 기합이 들어간 선배들의 모습을 멍하니 지켜보았다.

미우라는 "부탁해"라고 말했다. 자신이 놓친 피의자를 세이다이가 잡기를 바랐다. 친구의 부탁을 들어주고 싶다. 그러나 세이다이의 다리는 한 걸음도 나아가려 하지 않는다. 자기 안의 무언가가 급속도로 위축되어 간다. 아아, 이대로 기숙사로 돌아가고 싶다. 이불을 뒤집어쓰고 아침까지 내리자고 싶다. 아무 일도 없었던 것으로 돌리고 싶다. 모두 악몽일 뿐이라고 생각하고 싶었다.

"다카기 순경?"

그때 뒤에서 누군가의 목소리가 들렸다. 눈에 익은 제복을 입은 여경이 팔짱을 끼고 이쪽을 보고 있다. 세이다이는 "네"라고 대답하고 작게 고개를 갸웃거렸다.

"'네'라고 대답할 때가 아니지? 안 가?"

소년처럼 굵은 일자 눈썹에 동그란 얼굴을 한 여경이었다. 그녀는 턱을 내밀고 도전적인 눈빛으로 자신을 올려다본다. 세이다이가 멍하니 있으니, 통화하던 도노오카 소장이 전화를 끊고 이쪽을 본다.

"오늘 밤 지원 온 교통과 고자쿠라 순경이야. 미니 순찰차 근무를 하고 있어서 관내 지리에는 빠삭해."

세이다이는 "네"라고 대답하며 방금 소개받은 여경을 빤히 봤다. 그러고 보니 조사이서의 주차장에서 본 적이 있다. 그러나 얘기를 나눈 적은 없었다. 연수 중에는 여경과 친하게 지내지 말라고 선배들에게 엄하게 주의를 받았기 때문이다.

"뺑소니 차량이나 방화범을 쫓기에는 차가 있는 편이 좋지. 어서 가."

소장의 말이 끝나기 무섭게 고자쿠라 순경은 "다녀오겠습니다!"라고 말하고 파출소를 나와 앞에 주차해둔 미니 순찰차를 향해 걸어간다. 그러고는 운전석 문에 팔을 얹고 여전히 멍하니 서 있는 세이다이를 향해 "서둘러!"라고 소리쳤다.

"저-."

"쓸데없는 소리 할 시간 없어. 선배를 기다리게 할 셈이야?"

도노오카 소장에게 떠밀려 세이다이는 묘한 기분으로 미니 순찰차로 달려갔다. 여자와 한 팀이 되어 기쁘지만, 이런 때 여경과 한 팀이라니 든든할 리 없다.

"시간이 관건이야. 정신 차리라고!"

고자쿠라 순경이 일자 눈썹 아래의 눈을 빛내면서 날카롭게 말했다. 그리고 세이다이가 조수석에 앉자 마자, 서둘러 차를 출발시킨다. 세이다이는 시트에 몸을 젖히고 왠지 거북한 기분으로 잠자코 조수석에 앉아 있을 수밖에 없었다.

역전 로터리를 빙그르르 돌면서 고자쿠라 순경은 입을 열었다.

"꼭, 잡자고."

◇◆◇

밤이 깊어가는 마을을 천천히 달리는 미니 순찰차의 조수석에 앉아 세이다이는 주위를 살폈다.

[-범인은 전차나 버스, 택시로 도주한 것으로 추정되기 때문에 각자 모든 교통수단을 고려하는 동시에 부상을 입지 않도록 주의할 것. 그리고 철저하게 범인의 수색, 불심검문을 실시할 것]

무선 수신기를 통해서 들려오는 통신지령본부의 지시는 너무 빨라서 무슨 말을 하는지 제대로 알아들을 수 없을 정도다. 한편 미니 순찰차에서도 세이다이의 SW와 같은 내용이 들려온다. 두 사람 다 눈으로는 주위를 살펴보면서 무선 내용에 귀 기울이고 있어서 대화를 나눌 여유는 없다. 그래도 세이다이는 옆에서 핸들을 잡은 고자쿠라 순경의 제복이 얼핏 보일 때마다 왠지 거북했다. 가볍게 말을 건넬 수 없는 여경과 이런 좁은 공간에 나란히 앉아 있는 것만으로도 마음이 어수선했다.

"부상당한 게 네 동기라며?"

작은 모퉁이를 돌고 다시 인기척 없는 골목을 천천히 달리면서 고자쿠라 순경이 입을 열었다. 세이다이는 긴장한 채 "네"라고 힘없이 대답했다. 그러자 "또!"라는 말이 들렸다.

"대답은 분명히!"

"-"

"긴장감이 부족해서 그런가? 사망자까지 나온 연쇄 방화에 동료의 부상, 게다가 뺑소니 사건이라니, 우리 관내에서 처음 있는 일이야."

세이다이는 힐끔 옆을 봤다. 말도 잘하는 여자다. 그 정도는 자신도 알고 있다. 고자쿠라 순경은 계속 정면을 주시하면서 "앞을 봐"라고 말했다.

"한눈팔 때가 아니야. 이 골목 어디에 범인이 숨어 있을 수도 있어."

"-그건 알지만."

"뭐야, 그 말투. 내가 여자라고 얕보는 거야?"

"그렇지 않아요."

"않습니다, 라고 해야지. 이래 봬도 내가 선배니까."

"-네."

미치겠다. 무엇보다, 고자쿠라 순경의 목소리는 이곳에는 어울리지 않았다. 마치 애니메이션의 성우나 장난감에서 나올 것 같은, 어린애 같은 엉뚱한 목소리로 "선배니까"라고 말해봐도 긴장감이 들지 않는다. 그러기는커녕 등에서 힘이 빠져나가는 그런 목소리다.

"너희들, 우리 과에서도 꽤 소문이 많아."

"그래요?"

"천하일품이라고 평하는 사람도 있고, 터무니없는 괴짜라 평하는 사람도 있고."

고자쿠라 순경은 거기서 깊이 한숨을 쉬었다.

"신입이 다쳤다는 말을 들었을 때는 틀림없이 너일 거라고 생각했어. 요즘 무슨 일만 있으면 다카기라는 이름이 들려서."

듣고 있자니 미우라가 아니라 자신이 무사한 것을 왠지 유감으로 여기는 말처럼 들렸다.

"모두 설마, 했지."

"—미안하네요."

"뭐가?"

"못난 제가 이렇게 멀쩡해서."

무심코 토라져 말하자, 곧바로 "바보야?"라는 말이 돌아왔다.

"좋을 것도 나쁠 것도 없지. 누가 다치든 곤란하니까. 우리는 같은 조직이야. 동료라고."

"—"

"토라지거나 위축될 일이 아닌데, 왜 그런 식으로 말하는 거지?

생각하기에 따라, 너는 그렇게 주위에 걱정을 끼치고 있다는 얘기로 들려. 미우라는 틀림없이 괜찮을 것이라는 생각이 어쩌면 일을 이렇게 만들었을지도 몰라. 두 사람 모두 신입인 것은 분명한 사실인데."

어린애 같은 목소리로 속사포처럼 말을 쏟아내면서 고자쿠라 순경은 빙그르르 핸들을 돌리고 좁은 골목에서 골목으로 나아간다.

"여하튼 누구인가 하는 문제가 아니야. 요컨대 경찰관이라는 거지. 알겠어?"

"－네."

그녀는 모퉁이 하나를 통과할 때마다 차를 멈추고 빈틈없이 주위를 살핀 후, 가볍게 액셀러레이터를 밟아 앞으로 이동한다. 그 집중력과 긴장감이 고스란히 전해졌다. 세이다이이는 왠지 주춤거리면서 자신도 열심히 주위를 둘러봤다. 무선 수신기는 2, 3분에 한 번은 삐삐- 하고 울며 세이다이이를 압박한다. 그러는 틈틈이 그들과 마찬가지로 관내를 순찰 중인 순찰차로부터 보고가 들어왔다.

[조사이 3이 경시청에]

[조사이 3, 말하라]

[부상당한 PM은 중태입니다. 지금 긴급수술에 들어갔습니다.]

[PM은 중태. 긴급수술에 들어갔다. 경시청, 알았다. 오버]

다시 가슴이 아팠다. 아아, 이 순간 미우라의 생명의 등불이 꺼져가고 있다. 세이다이는 무릎 위에서 힘껏 주먹을 쥐었다. 옆에 고자쿠라 순경이 없었다면 큰소리를 질렀을 것이다.

"저 사람에게, 불심검문 해."

그 말에 세이다이는 황급히 얼굴을 들었다. 앞 유리창 너머에 작은 그림자가 보인다. 상의를 벗어 어깨에 걸치고 한 손에 가방을 든, 너무도 여유로워 보이는 뒷모습이다.

"이제 어떤 사람이든 불심검문을 하는 거야. 자, 내려!"

엄격하게 말하는 고자쿠라 순경을 따라 세이다이는 황급히 차에서 내렸다. 잰걸음으로 남자에게 다가가자 회사원처럼 보이는 남자는 천천히 돌아보고, 이상하다는 듯한 표정을 짓는다. 세이다이는 애써 부드럽게 "안녕하세요"라고 말했다.

"지금 돌아가시는 길인가요?"

이미 오후 11시가 넘었다. 그러나 남자는 취한 모습은 아니었다. 그는 약간 눈살을 찌푸리고 작게 고개를 끄덕였다.

"이 근방에서 방화사건이 자주 일어나고 있는 건, 아시죠?"

"아아 – 알죠."

얼핏 보기에 성실하고 사람 좋아 보이는, 검은 테 안경을 쓴 남자였다. 나이는 마흔 전후쯤 되었을까.

"오늘 밤에도 화재가 있었습니다. 그래서 저희도 이렇게 순찰을 하고 있고요."

"아, 그래요."

그 말만 하고 남자는 다시 천천히 걸었다. 세이다이는 황급히 그의 앞을 가로막듯이 섰다. 그러자 남자는 비로소 눈살을 찌푸리며 불쾌한 표정을 짓고, 작은 눈으로 쳐다본다.

"나와는 상관없어요."

"네. 알고 있습니다. 단지 오늘 밤은 피의자를 쫓던 경찰관이 차에 치이는 사건까지 일어나서 - ."

"그래서. 뭐요? 나와는 상관없다고 하잖아. 일을 마치고 돌아가는 길이야."

남자는 노골적으로 귀찮은 듯이 한숨을 쉬고 세이다이를 피해 다시 걸으려 했다. 어째서 이렇게까지 경찰관을 피하고 비협조적 태도를 보이는 걸까? 세이다이 안에 남자에 대한 의심이 뭉글뭉글 고개를 쳐들었다.

"잠시 말씀 좀 들어보시죠. 특별히 아저씨를 의심할 이유는 없으니까요."

"당연하지."

남자는 더욱 험악한 얼굴로 이번에는 물끄러미 세이다이를 응시했다.

"나와는 상관없는 일이라고 몇 번을 말해. 귀찮은 건 딱 질색이야. 그러니 평화롭게 살아가는 시민을 번거롭게 하지 마."

"번거롭다 - ."

"피곤해. 그만 집에 가고 싶어."

남자는 지긋지긋하다는 듯 세이다이를 봤다.

"방화로 여기저기 시끄럽지만, 나랑은 관계없어. 경찰관이 다쳤다고 해도 근무 중에 그런 거니 어쩔 수 없는 일이잖아."

세이다이는 그 말을 듣고 어이없어 남자를 응시했다. 관계가 없다고? 당신이 사는 집이 방화로 불에 탈지도 모르는데도?

"댁에 방화사건이 일어나지 말란 법이 없는데도요?"

"그럼, 그러기 전에 범인을 잡으면 되잖아. 그게 당신들 일이지? 아무튼, 난 관계없다는 거. 그뿐이야."

남자는 그 말만을 남기고 서둘러 가버렸다. 뒤에서 천천히 따라오던 미니 순찰차로 돌아가면서 세이다이는 거칠게 숨을 내쉬고 멀어져가는 남자의 뒷모습을 한두 번 돌아봤다. 고자쿠라 순경은 아무 말도 하지 않고 그대로 액셀러레이터를 밟아 다른 골목으로 들어섰다.

"–뭘, 생각하는 거야?"

남자가 사라지고, 세이다이는 내뱉듯이 입을 열었다.

"자기 집도 언제 불이 붙을지도 모르는 판국에, 뭐가 '상관없다' '관계없다'는 건지."

"그런 사람, 드물지 않아. 이웃 사람이 죽었다고 해도 관계없다고 말하는 사람."

고자쿠라 순경이 장난감에서 나오는 것 같은 목소리로 말한다.

"그런 사람일수록 자신이 사건이나 사고에 휘말리면 누구보다 크게 소란을 떠는 법이야."

"대체 무슨 생각을 하는 걸까요?"

"어쩔 수 없어. 모두 자기 일만으로도 힘에 부친 거야."

힘에 부친다고? 그런 사람들을 위해서 나는 목숨까지 바치고 있는 걸까? 실제로 지금 사경을 헤매는 경찰관이 있다. 그렇게 생각하니 이 경찰관이라는 직업이 터무니없는 일이라는 생각이 들었다. 세이다이는 작은 돌만 밟아도 그 진동이 고스란히 전해져 오는 미니 순찰차 안에서 고자쿠라 순경의 옆얼굴을 응시했다.

"만약 세상 사람들이 모두 그렇다면 이 세상은 엉망이 되겠지. 그래서 적어도 나는 행복하다고 생각해."

"행복이요?"

고자쿠라 순경은 작게 미소를 지었다.

"나는 그렇게까지 제멋대로는 아니니까. 조금은 다른 사람들을 생각할 여유가 있으니까."

"—"

"깨달은 사람이 움직이면 돼. 사람들에게 똑같은 것을 요구할 수는 없으니까."

행복. 자신이 행복한지, 불행한지 세이다이는 지금껏 단 한 번도 생각해본 적이 없다. 조금 전에 만난 남자에 대한 분노도 잊고 세이다이는 그런 사고방식도 있구나 하고 생각했다.

덜그럭덜그럭, 미니 순찰차 안에서 이리저리 흔들리면서 세이다이는 고자쿠라 순경과 함께 골목과 모퉁이를 샅샅이 돌아보았다.

"방화범은 틀림없이 행복하지 않은 사람이야. 미우라를 친 사람도 지금쯤은 어떤 기분일까? 뺑소니는 백 퍼센트 검거돼. 검거된 후에 무엇이 기다리고 있는지를 생각한다면 지금쯤 살고 싶지 않은 기분일 거야. 그런 사람들에 비하면, 우리는 훨씬 행복하지 않아?"

그런 식으로 생각한 적은 한 번도 없었다. 어떻게 방화범을, 또는 미우라를 친 범인을, 불행한 사람이나 가여운 사람이라고 여길 수 있을까? 세이다이는 살짝 입을 삐죽거리는 것 이외에 어떤 대답도 할 수 없었다.

"미우라는 안 됐지만, 틀림없이 지금 살기 위해 필사적으로 싸우고 있을 거야. 게다가 우리 모두 그를 위해 기도하고 있어. 그리고 그를 대신해서 이렇게 필사적으로 피의자를 찾고 있어. 어떤 의미에서는 그것도 행복한 일이라고 생각하지 않아?"

그래, 기도하고 있다. 세이다이는 무릎 사이에 두 손을 모아 힘껏 깍지를 꼈다.

[-22시 43분, 연쇄방화용의자 및 PM 뺑소니 사건에 대하여, 조사이서를 중심으로 4킬로미터 이내의 배치를 23시 30분부로 6킬로미터 이내로 확대한다. 연쇄 방화사건의 범인은 삼십 세 전

후의 여성으로 사무직 여성 같은 차림. 머리는 어깨까지 오는 길이로, 옅은 색 바지정장을 착용. 검은색 숄더백을 소지하고 있음. 뺑소니 차량은 흰색 계열의 승용차로 앞유리창 파손, 또한 왼쪽 사이드미러 및 안테나 파손. 6킬로미터 이내의 각 PS는 중심도로의 검문, 철저한 범인 수색과 불심검문의 실시를－]

시간만 흘러간다. 범인은 이미 어딘가로 도망쳐버린 게 아닐까? 이 어둠에 숨어들어 완전히 자취를 감춘 게 아닐까? 그런 생각만으로 숨 막히는 절망감이 번졌다. 역시 그저 불행한 사람이라고 말하고 있을 때가 아니다. 행복이든 불행이든 관계없다. 불행하다고 해서 무슨 짓을 해도 용서받을 수 있는 것은 아니다. 타인의 삶을 위협해도 되는 것은 아니다.

"다카기, 사고 현장, 보고 왔겠지?"

불쑥 고자쿠라 순경이 입을 열었다. 떠올리고 싶지 않지만, 기억에서 지워지지 않는 광경에 관해 세이다이이는 주섬주섬 말했다.

"알아. 나도 사고 현장은 나름대로 꽤 보고 있으니까. 그래도 가스미다이 공원 뒤쪽이라면 차들이 그리 속도를 내는 곳이 아닌데."

"하지만 미우라는 꽤 멀리 튕겨 나갔어요. 녀석의 모자도 멀리 날아갔고, 핏자국도."

"그렇다면 음주운전일 가능성도 있어. 그리고 그 길을 이용할 만큼 주변 지리에 빠삭한 사람. 결국, 근처 주민이라는 얘기지."

고자쿠라 순경은 "그러니 초조해할 필요 없어"라고 중얼거렸다.

"어차피 아침이 되면 많은 수사관들이 움직일 테고, 빠져나가지 못해."

핸들을 쥐고 고자쿠라 순경은 혼잣말처럼 중얼거린다. 그리고 고개를 돌려 이쪽을 바라봤다. 가로등의 흐릿한 등불을 받아 소년처럼 씩씩한 눈썹과 그 아래의 빛나는 눈동자가 보인다.

"그러니 이것저것 욕심 부리지 말고, 우리는 꼭 방화범을 찾자고. 어때?"

"하지만 찾는다고 해도－"

"포기하지 말고 잘 보라는 얘기야. 알았어? 50미터쯤 가서 저 모퉁이 앞에서 잠시 차를 세울 거야. 관할 지역을 계속 돌 테니까 어딘가에 숨어 있을지도 모르는 범인을 절대로 놓쳐서는 안 돼."

그 기백에 밀려 세이다이는 "네"라고 고개를 끄덕였다. 어린애 같은 분위기를 가진 고자쿠라 순경의 대체 어디서 이런 에너지가 나오는 걸까? 세이다이는 이 긴장감 속에서 과연 언제까지 집중력을 유지할 수 있을지 자신이 없었다. 그런데 그녀는 하루 근무를 끝내고 지원 요청을 받아 다시 현장에 달려왔다. 그리고 말 그대로 기어를 중간 드라이브에 넣은 채 거의 액셀러레이터를 밟지 않고 끈기 있게 온 마을을 아주 천천히 이동한다. 그녀의 옆얼굴에서는 불만도 피로도 엿볼 수 없었다.

[－이미 전차도 버스도 끊긴 시간이기 때문에 피의자는 택시를

이용하여 도주한 것으로 짐작됨. 각 경관들은 -]

마을의 모퉁이를 돌고, 또 돈다. 통신지령본부에서는 변함없이 세이다이를 비롯한 경찰관들을 격려하듯 같은 말이 반복하여 흘러나왔다. SW를 통해서는 수상쩍은 사고 차량의 검색과 각 중심도로 검문 상황에 대한 교신이 이어진다. 이미 오전 1시가 지났다. 제복 아래 가슴 안쪽이 이상할 정도로 두근대는 것을 느끼면서, 세이다이는 고자쿠라 순경과 함께 마을을 구석구석 누볐다. 이윽고 미니 순찰차의 패널 시계가 오전 2시를 가리켰다.

[조사이 3이 경시청에]

[조사이 3, 보고하라]

[수술 중인 PM이 현재 수혈할 혈액이 부족하여 긴급 수송을 기다리고 있습니다.]

[현재 수혈할 혈액의 긴급 수송을 기다리고 있음. 경시청, 알았다.]

미우라가 싸우고 있다. 힘내. 살아줘 - . 무심코 두 눈을 꾹 감고 하나님이든 부처님이든 일단 누구라도 떠올리려고 했을 때, "다카기!"라는 날카로운 목소리가 들렸다.

" - 네."

세이다이는 고자쿠라 순경을 보고, 그녀가 손가락으로 가리키는 방향으로 시선을 돌렸다. 막다른 작은 골목에 있는 전봇대 너머로 언뜻 그림자가 보인 것도 같았다.

◇◆◇

미니 순찰차 안에서 세이다이는 숨죽인 채 눈을 부릅뜨고 골목을 응시했다. 분명 누군가 있다. 전봇대의 그림자로는 잘 알 수 없지만, 틀림없다.

"차를 조금 앞에 댈게. 내려서 불심검문 해."

고자쿠라 순경이 속삭이듯이 말했다. 세이다이는 재빨리 "네"라고 대답하고 소리 나지 않게 미니 순찰차에서 내려 성큼성큼 골목을 향해 걸었다. 심장이 두근두근 뛴다. 손바닥에 땀이 난다.

이윽고 전봇대 너머의 그림자가 움직였다. 그리고 세이다이를 보고 놀란 듯이 우두커니 멈춰 선다. 뭐야, 남자잖아? 세이다이는 코로 거칠게 숨을 내쉬면서 남자에게 다가갔다. 실망감으로 어깨에서 힘이 빠지는 순간, 관자놀이 부근이 섬뜩했다. 무턱대고 다가가지 마. 마음속에서 위험 신호가 켜졌다.

남자는 블루종 주머니에 양손을 넣고 있다. 블루종? 아무리 가을이라도 너무 이르지 않아? 손에 뭔가를 쥐고 있는 걸까? 여러 생각이 머릿속에서 마구 날뛴다. 이십 대 전후나 중반쯤. 청바지에 운동화. 머리는 짧다. 정수리는 머리카락을 세웠다. 순간, 몇 가지 주의사항이 떠오른다. 안전거리를 확보하라. 손의 움직임에 주의하라. 상대에게서 눈을 떼지 마라. 경찰봉을 잊지 마라.

"이런 시간에 무엇을 하고 계십니까?"

까칠한 목소리가 나온다.

"아-아무것도요."

상대의 목소리도 까칠하다.

"이 집에 사십니까?"

"아-아니요. 잠시 산책이나 할까 해서요."

말하면서 세이다이는 한 걸음, 상대에게 다가갔다. 산책 중이라면 이런 막다른 골목까지 들어올 리 없다.

"좀 수상하게 보이나요. 하하."

남자는 어정쩡한 웃음을 짓는다. 주머니에 집어넣은 양손은 그대로다.

"주머니에 뭐가 들어 있나요?"

"네? 아니. 별거 아니에요."

"그럼, 잠시 보여주시겠습니까? 괜찮죠?"

상대의 표정 변화를 한순간도 놓치지 않기 위해 남자의 얼굴을 뚫어지게 응시했다. 남자는 크게 눈썹을 찡그리고 팔을 움직였다. 그리고 세이다이가 손 쪽으로 시선을 보낸 순간, 남자는 토끼처럼 뛰어 도망쳤다. 세이다이의 옆을 빠져나가 맹렬한 속도로 달린다.

"기다려!"

세이다이도 황급히 뒤를 쫓아 달렸다. 골목을 돌아가는 당황한 남자의 뒷모습이 보인다. 뒤를 쫓아 골목을 돌자 조금 전 내린 미니 순찰차 쪽으로 남자가 달려가는 게 보였다.

"멈춰! 그놈 세워요!"

"멈춰요!"

고자쿠라 순경의 날카로운 목소리가 밤거리에 울렸다. 그녀는 양손을 펼쳐 앞을 가로막았다. 도망치던 남자는 순간 멈춰서 이쪽을 돌아봤다.

"멈춰!"

남자는 세이다이가 쫓아오는 것을 알고 아주 잠시 주저하며 발을 구르더니 결심한 듯 주머니에서 빛나는 물건을 빼 들었다.

"오지 마! 오지 마!"

남자가 비명처럼 소리를 높인다. 그리고 손을 휘둘렀다. 반사적으로 세이다이의 발이 멈췄다. 또 칼이야! 목덜미부터 뒤통수에 걸쳐 저릿한 감각이 올라온다. 고자쿠라 순경도 숨을 삼켰다.

"-그런 거 휘두르면 그냥 끝나지 않아. 버려. 이쪽으로 던져."

떨리는 숨을 삼키면서 세이다이는 짓눌린 목소리로 말했다. 더 이상 상대를 흥분시켜서는 안 된다.

"오-오지 말라고 했어!"

상대의 목소리도 떨렸다. 젠장, 이런 때는 어떻게 하면 좋지. 무선으로 지원을 요청할 틈이 없다. 그러나 이 녀석은 분명 무슨 짓인가를 저질렀다. 이대로 놓쳐서는 안 된다. 아아, 어쩌면 좋지? 그런 생각을 하고 있을 때였다. 고자쿠라 순경이 재빨리 달려들어 순식간에 남자와 몸싸움을 벌인다. 아스팔트에 작은 발소리가 울리고 칼이 바닥에 떨어졌다. 땅바닥에 떨어진 둔탁한 빛을 내는 물건을 본 순간, 세이다이는 무언가를 생각할 틈도 없이 힘껏 달려들어 남자에게 태클을 걸었다. 심장이 입 밖으로 튀어나올 것 같다. 귓속에서 피가 역류하는 소리가 들린다. 온몸에 아드레날린이 휘몰아친다.

"이 자식! 나쁜 짓은, 하는 게 아니야!"

함께 바닥에 쓰러지면서 팔을 잡고 크게 비틀어 올리자, 남자는 세이다이의 몸 아래에 깔려 "아파!"라고 비명을 지른다.

"수갑, 수갑 채워! 다카기!"

이번에는 머리 위에서 날카로운 목소리가 들린다. 시키는 대로 세이다이는 정신없이 자신의 허리를 더듬어 늘 장착하고 다니는 수갑으로 손을 뻗었다.

"공무집행방해로 체포한다!"

숨을 몰아쉬면서 세이다이는 등 뒤로 비튼 남자의 손목에 수갑을 채웠다. 검은 세라믹 재질의 수갑은 마치 장난감 같은 가벼운 소리를 내며 남자의 손목을 돌아 멈춘다. 세이다이 밑에서 세차게 반항하던 남자의 몸이 갑자기 축 늘어졌다.

"다카기, SW로 보고!"

남자에게 수갑을 채우자마자 고자쿠라 순경이 지시했다. 숨을 몰아쉬며 남자를 일으켜 세우면서 세이다이는 "네"라고 대답하고 돌아봤다. 고자쿠라 순경의 눈동자가 빛나보였다.

세이다이는 SW로 수상한 사람을 체포했다는 내용을 보고하고 소지품을 확인했다. 남자의 블루종 주머니에서 작게 말린 여성의 팬티가 열 장이나 나왔다. 게다가 면허증으로 신원을 조회해보니, 몇 년 전에도 여성 속옷을 훔치다 체포된 전력이 있었다. 결국, 여성 속옷을 훔치는 상습 절도범이다.

"수고했어. 이제 우리가 처리할게."

미니 순찰차에 피의자를 태우고 조사이서로 돌아온 세이다이는 간단한 체포 절차를 밟은 뒤에 남자를 형사과 선배에게 인계하고 격려를 받았다.

"올 여름이 되기 전부터 속옷 도난 사건이 많았는데 전부 저 자식 짓일지도 몰라. 어쩌면 월척일지도 모른다고."

그러고 보면 속옷 절도 피해가 속출한다고 들었다. 심야의 경찰서는 대낮처럼 환한 형광등 불빛을 내뿜으며 기묘하게 활기찬 분위기였다. 세이다이는 마치 꿈을 꾸는 듯한 기분으로 다카치에 지역과장에게 "첫 공적이군"이라는 말을 들었다.

이것이 첫 공적인가. 그토록 바랐지만 진즉에 포기했던 불심검문 성공과 첫 검거인가. 하필이면 이런 날에, 목표로 하지 않았을 때 말이다.

"모두 미우라 일로 마음이 안 좋아. 이런 때 검거라니 아주 잘했어. 그런 마음으로 아침까지 힘내. 긴급배치는 해제됐지만, 모두 아직 경계를 늦추지 말도록."

다카치에 과장의 "부탁한다"라는 말에 경례로 답하고 다시 조사이서 밖으로 나왔다. 빵빵- 클랙슨 소리가 났다. 평소에는 쫄래쫄래 걸어다니는 꼬마처럼 보이던 미니 순찰차의 운전석에서 고자쿠라 순경이 손을 흔들었다.

"과장님이 뭐래?"

세이다이는 조수석에 올라타면서 "'잘했다'고요"라고 대답했다. 고자쿠라 순경은 만족스럽게 웃는다.

"선배, 덕이에요."

"그래? 나도 경찰이니까. 그 정도는 해."

액셀러레이터를 밟고 솜씨 좋게 핸들을 돌리면서 고자쿠라 순경은 밝게 말한다. 그런 무서운 상황에서 그녀는 침착했다. 게다가 "자, 이번에 기필코 방화범을 잡자"라고 말한다. 씩씩한 사람이다. 세이다이는 내심 혀를 내둘렀다. 조금 전 남자를 체포할 때도 이 동안童顔의 선배가 피의자에게 태클 걸 시간을 만들어주었다. 그 후 수갑을 채울 때도, SW로 보고할 때도, 세이다이는 고자쿠라 순경의 지시를 따랐다. 그렇게 생각하니, 그녀가 얼마나 든든하고 신뢰할 수 있는 파트너인지 알 수 있었다.

"고자쿠라 선배, 나이가 몇이에요?"

"여자에게 그런 걸 물어? 스물둘."

선배는 애써 어른처럼 보이는 얼굴을 하고 말했다.

오전 2시 반이었다. 속옷 절도범을 체포한 흥분도 가라앉고 피로가 밀려와 세이다이는 차츰 말수가 줄었다. 그런데 미우라의 용태를 보고하는 무선 내용이 들리지 않는다. 젠장, 수술은 어떻게 된 거야. 나와 미우라는 대체 어떤 아침을 맞이하게 될까. 점차 멍해지는 머리로 그런 생각을 하고 있을 때, 무선 수신기가 삐삐-하고 울렸다.

[조사이서 관내. 방화화재 신고. 장소, 가스미다이 3초메]

온몸의 신경이 일제히 깨어났다.

"또다! 또 불이 났어!"

이어폰에 신경을 집중하면서 말하자, 고자쿠라 순경이 "어디?"라고 묻는다. 세이다이는 손을 들어 기다리라는 표시를 하고 통신지령본부의 교신 내용에 집중했다.

"3초메래요 - 언덕 위. 22의 3번지니까 - 으음 뭐라고 하는 치과 옆이에요."

"알았어!"

고자쿠라 순경은 단숨에 액셀러레이터를 밟았다. 그리고 그 속도로 골목으로 들어간다.

"잠, 잠깐만 - ."

"언덕에서 내려오는 길을 감시하자."

"언덕 위에서 내려오는 길은 여럿 있잖아요?

"이 시간에 전철은 다니지 않아. 그리고 범인은 경찰관이 마을에 곳곳에 배치돼 있다는 걸 잘 알고 있을 거야. 그렇다면 어떻게 할까?"

세이다이와 마찬가지로 방금 전까지 수마와 싸우던 고자쿠라 순경의 목소리는 다시 장난감에서 나오는 소리처럼 높고 빨라졌다.

"나라면 아침까지 어딘가에 숨어 있을 거야. 아침 출근 시간이 되어 눈에 띄지 않을 때까지! 이런 마을에 숨어 있을 곳이라면 – ."

" – 신사 쪽일까요?"

치한이나 노출광이 출몰해서 밤이 되면 여자 혼자서는 다니지 않는 곳이다. 그러나 사원이나 신사가 밀집한 그 부근이라면 숨기에는 그다지 적합하지 않다. 그런 생각을 하는 사이에도 무선기에서는 통신지령본부와 각 순찰차 사이의 교신이 이어진다. 긴박한 대응도 들려왔다.

[경시청에서 각국으로. 조사이시 관내에 발생한 방화 의심 화재에 대하여, 최근 빈번히 일어나는 연쇄 방화사건의 가능성이 높다고 생각되기에 오전 2시 38분, 조사이서를 중심으로 4킬로미터 이내에 배치를 다시 발령한다. 각 경관은 주요 중심도로뿐 아니라, 피의자가 도주에 사용할 가능성이 있는 도로에 검문소를 설치하고 엄중히 불심검문, 경계할 것. 관계서 확인 요망. 고탄다]

[고탄다, 알았다!]

[로쿠고]

[로쿠고, 알았다!]

[산겐자야]

[산겐자야, 알았다!]

[도고시]

[도고시, 알았습니다!]

[유키가야오즈카]

[유키가야오즈카, 알았다!]

세이다이는 숨도 내쉬지 못하고 그들의 교신 내용을 들었다. 조금 전에도 느꼈던 것이지만, 지금 이 어둠 속에서 조사이서에 인접한 다른 경찰서의 경찰관들까지 단 한 사람의 방화범을 체포하기 위해 일제히 움직이고 있다는 사실을 확실히 실감할 수 있었다.

[고도시 1이 경시청에]

[고도시 1, 보고하라!]

[제2 겐힌, 고도시 3초메 교차점부터 배치합니다.]

[경시청 알았다.]

[유키가야오즈카 3이 경시청에!]

[유키가야오즈카 3, 보고하라!]

[간하치 거리, 오쿠사와 3차로에서 검문 중]

[경시청 알았다.]

[지유가오카 1이 경시청에]

[지유가오카 1, 보고하라!]

[메구로 거리, 야쿠모 3초메에서 검문 중]

[경시 206은 나가하라가이도 히라즈카 교차점에서!]

[경시 204는 간시치 거리, 오모리히가시 교차점에서!]

[마고메 4는 야마노테 거리 오사키 우체국 앞에서!]

[경시청, 알았다!]

4킬로미터 이내에 배치된 각 경찰서의 순찰차가 범인의 퇴로를 막고 있다. 거의 스무 대에 가까운 순찰차가 배치되었다. 조사이서 주변에서 조금씩 범위를 좁히고, 이번에야말로 이 어둠 속에 숨은 방화범 – 아니, 방화 살인범을 자루 속으로 쥐를 몰아넣듯이 죄어간다. 이번에야말로 기필코! 모두가 한마음이다.

세이다이는 가슴이 뜨거워지는 것을 느꼈다. 동료가 있다, 자신이 생각하는 것보다 훨씬 많은 동료가 지금 이 시각, 하나의 목적을 향해 움직이고 있다.

"어때?"

옆에서 고자쿠라 순경이 묻는다.

"모두 움직이고 있어요. 엄청난 박력이네요."

무심코 한숨을 내쉬며 중얼거리자, 고자쿠라 순경도 무선을 들었는지 조금 분한 얼굴을 했다.

"왠지 흥분되네요. 모두 이번엔 잡겠다며 우리 관내를 포위하고 있어요."

세이다이의 머릿속에 무수한 비상등, 셀 수 없이 많은 경찰관들이 한 곳을 향해서 포위망을 좁혀오는 모습이 생생히 그려졌다.

[경시청에서 각국에. 오전 2시 38분. 조사이서를 중심으로 4킬로미터 배치가 현재 진행 중. 각 경관은 이에 –]

"모두 필사적이네. 그럼 –."

고자쿠라 순경이 크게 한 번 숨을 삼켰다. 그러고는 차에 장착된 무선기로 손을 뻗었다.

"미니 순찰차 3호가 PS에."

[미니 순찰차 3호, 보고하라!]

"지금 막 동승한 다카기 PM이 무선 수신기로 방화신고를 전해 들었습니다. 현재 현장 부근으로 부근의 범인 수색을 하겠습니다. 오버!"

이봐, 잠깐만. 현장 부근이라니, 그건 아니지. 지금 우리가 있는 곳은 2초메고, 그러면 우리가 맡은 지역을 벗어나는 게 된다고. 그러나 세이다이가 당황하는 사이에 [미니 순찰차 3호는 현장 부근. 알았다]라는 목소리가 들려왔다.

"자, 그럼 우리도 가볼까."

고자쿠라 순경은 빙그레 웃으면서 세이다이를 돌아보았다. 배짱 한번 두둑하네.

세이다이와 고자쿠라 순경이 조금 높은 언덕의 주택지를 향하는 사이에 여러 대의 소방차가 심야의 공기를 뒤흔들 만큼 엄청난 사이렌을 울리면서 달려갔다. 통신지령본부에는 조사이서에서 화재 현장으로 수사계장을 보냈으며 방화 가능성이 크다는 보고가 들어갔다. SW에서는 "역시 아직 근처에 있어" "이번만큼 놓치지 마"라는 대화가 오갔다.

"다카기라면 사찰과 신사 중 어디가 좋을 것 같아?"

핸들을 잡고 고자쿠라 순경이 이상할 정도로 들뜬 목소리로 묻는다.

"둘 다 싫어요. 이 시기에는 수풀이 울창한 곳에는 각다귀가 있잖아요."

"그래. 그렇다면 인기 없는-묘지겠네."

"묘지요? 거기 가는 거예요?" 무심코 옆을 봤다. 고자쿠라 순경은 환한 표정으로 "물론"이라고 대답한다.

"설마, 무섭다고 말하려는 건 아니지?"

"안 그래요. 그런데-선배는, 아무렇지 않아요?"

"나는 유령이나 지벌(신神이나 부처에게 거슬리는 일을 저질러 당하는 벌-옮긴이)같은 거 안 믿어. 진짜로 무서운 건 살아 있는 사람이야."

똑 부러진다. 세이다이이는 혀를 내두르고 한숨을 내쉬며 미니순찰차의 조수석에서 밖의 어둠을 바라봤다. 그러는 중에도 무선기에서는 선배들의 다급한 교신이 들려왔다. 이윽고 예전에 시로노 유카리를 데려다줄 때 그녀가 '이상한 사람들이 모여 있다'고 말했던 편의점 앞을 지났다. 왼쪽으로 신사의 풀숲을 바라보면서 길은 완만한 커브를 이루고 있다.

"이 정도로 어두우면 이게 경찰 순찰차라는 것도 모를 거야."

어둠이 깊어졌다. 가로등의 수도 점차 적어지고 미니 순찰차의 헤드라이트만이 더듬더듬 굽이도는 길을 비춘다. 오른쪽에는 허연 응회석 담장이 이어지고 그 담장 너머가 묘지다.

"미니 순찰차 3호가 PS에. 범인을 찾기 위해 잠시 차에서 내립니다. 이후의 연락은 다카기 PM를 호출해주십시오. 오버."

엔진을 끄고 마지막으로 본서에 연락을 넣은 뒤에 고자쿠라 순경은 "그럼 이제 움직여볼까"라고 말했다.

"여름도 지났는데 좀 참아주세요."

어두워서 그녀의 실루엣조차 어렴풋하다. 세이다이는 조심스럽게 차에서 내렸다. 갑자기 풀벌레 소리가 온몸에 스며들 정도로 주변을 감쌌다. 예전에는 드물지 않던 귀뚜라미 소리가 매우 애처롭고도 슬프게 들려왔다. 회중전등을 비추며 주위를 살펴본 후에 고자쿠라 순경이 말했다.

"어쩌면 아직 여기에 도착하지 않았을지도 몰라. 그리 시간이 오래 지나지 않았고, 처음은 어딘가 다른 장소에 숨었다가 이동해올 가능성도 있고."

"어째서요?"

"그야 모기에 물릴 게 뻔하니까. 다카기가 좀 전에 그렇게 말했잖아."

"아아-."

모든 것은 추측에 지나지 않는다. 무엇보다, 묘지라도 모기에는 물린다. 단지 자신들이 할 수 있는 일이 달리 떠오르지 않았다.

"수사원은 충분해. 점차 도피로가 차단되고 있을 거야. 그렇다면 우리는 여기서 잠복할까?"

고자쿠라 순경이 정면에서 회중전등으로 얼굴을 비춘다. 세이다이는 눈을 가늘게 뜨며 "네"라고 대답하는 수밖에 없었다. 묘석이 나란히 서 있는 묘지 안을 걸어 입구가 잘 보이는 곳을 찾아 거기서 회중전등을 껐다. 벌레 소리가 두 사람을 집어삼킬 것처럼 세차게 울린다. 전혀 무서워하는 기색을 찾아볼 수 없는 고자쿠라 순경은 근처 묘석에 걸터앉았다. 5분. 10분. 시간만 흘러간다. 참고 참아도 하품이 멈추지 않았다.

"선배."

"응."

"밤중에 남자와 여자가 이런 곳에서 둘이 있으면 보통 어떻게 생각해요?"

"데이트 중이라 생각해."

어둠 속에서 그녀가 이쪽을 보고 있는 것이 느껴졌다. 그리고 속삭이듯이 "멍청이"라고 말하는 소리가 귀에 닿는다.

"이런 차림만 아니라면?"

"그야 그렇죠."

고자쿠라 순경은 보통은 어떤 옷을 입을까. 문득 궁금했다. 그다지 화장이 짙어 보이지는 않는데, 눈썹은 그린 걸까? 여경도 그렇고 간호사도 그렇고 제복을 입을 때는 멋지지만, 사복으로 갈아입는 순간 촌스러워 보이는 사람도 있다. 고자쿠라 순경은 과연 어떨까? 어쨌든 경찰 일은 힘들다. 남자인 자신도 힘이 드는데 젊은 여자가 밤중에 묘지에서 잠복이나 하고.

"저기, 선배."

"또 뭐야?"

"어째서 경찰이 되려고 했어요?"

"나? 그야-."

그때 갑자기 고자쿠라 순경이 입을 다물었다. 하하하, 역시 아무 생각이 없는 게 분명해. 세이다이가 "어째서요?"라고 다시 말을 걸었을 때였다. 예상했던 것보다 훨씬 작은 손이 세이다이의 손을 꽉 움켜잡았다.

◇◆◇

세이다이는 깜짝 놀랐다. 심장이 튀어나올 듯 세차게 뛰고 이마까지 후끈 달아오른다. 대체 뭐야? 당황해하는데 이번에는 뜨거운 입김이 귀에 닿았다. 뭐야, 그럴 마음이 생긴 거야?

"누가 있어."

귓가에 고자쿠라 순경이 속삭였다.

"무전기 음량 낮춰. 절대 들켜서는 안 돼. 손전등도 켜지 마."

잠깐 펼쳐진 달콤한 상상은 그 한마디에 말끔히 어디론가 날아가버렸다. 정말 놀라운 시력의 소유자다. 그런 생각을 하면서 손끝으로 더듬더듬 무전기 음량을 최저로 낮추고 묘비 뒤에서 묘지 입구를 열심히 살폈다. 그러나 어둠 속에 사람의 인기척 같은 것은 전혀 느껴지지 않았다.

"아무도 없어요."

고개를 돌려 속삭인다. 바로 등 뒤에 있던 고자쿠라 순경이 "그럴 리 없어"라며 낮게 대답했다.

"있어. 분명 누가 있다고."

그러나 아무리 숨죽여 주변을 둘러봐도 보이는 것은 묘비의 실루엣뿐이다. 그런데도 그녀는 등 뒤에서 "그럴 리 없다"고 속삭인다. 어느 사이엔가 그녀는 세이다이의 허리춤을 잡고 있다. 그 자세로 두 사람은 마치 기차놀이라도 하듯 묘비 사이를 살금살금 걸었다.

"분명 입구 근처에서 인기척이 있었어. 어둠 속이라 분명하지는 않지만, 뭔가가 움직였다고."

묘지를 한 바퀴 돌아 다시 원래 있던 곳으로 돌아오자, 고자쿠라 순경은 꽤 분한 듯 말했다.

"하지만 아무도 없잖아요. 유령이었을까요?"

농담으로 한 말인데, 맵게 등을 때리고는 날카롭게 "그만해!"라고 속삭인다.

"농담이라도 가만 안 둬."

헉헉, 숨을 몰아쉰다. 사실은 무섭구나. 겁먹었으면서 센 체는. 세이다이는 무심코 웃음이 터질 것 같았다. 이 여자, 꽤 고집불통이네. 청개구리 같은 타입에, 조금만 놀려도 토라진다. 세이다이는 은근히 이런 타입에 끌렸다.

"농담이에요." 그렇게 말한 순간, 멀리서 잔뜩 숨죽인 발소리가 들려왔다.

"난 정말 유령 같은 거……."

"쉿!"

이번에는 세이다이가 황급히 그녀의 입을 막았다. 입을 막은 세이다이의 손끝으로 생각보다 훨씬 촉촉하고 탄력 있는 뺨의 감촉이 전해져왔다.

"……누가 있어요. 발소리가 들렸어요."

그녀의 귓가에 속삭이고는 살며시 손을 뗐다. 그리고 허리를 숙이고 살금살금 걸었다. 다시 허리가 묵직해진다. 고자쿠라 순경이 아까처럼 그의 허리춤을 꽉 잡고 있다.

"혼자 걸어요."

"어두워서 잘 안 보여."

억지소리를 한다. 흠, 꽤 귀여운걸. 세이다이는 묘지 입구로 다가가 다시 귀를 기울였다.

들린다. 또각, 또각 하는 발소리. 아직 묘지 밖이다. 남자일까, 여자일까. 그저 이 길을 지나가는 사람일 뿐일까? 여기로 들어오면 먼저 어떻게 해야 하지…….

이것저것 생각하는 동안 발소리는 그대로 묘지 앞을 지나쳤다. 세이다이는 엉거주춤한 자세로 묘지 출구로 달려가 그 뒷모습을 확인했다. 흐릿한 가로등 불빛에 드러난 것은 남자였다. 옆구리에 잡지 같은 것을 끼고 고개를 돌리며 걸어간다.

"쫓아가서 뭘 하는 작자인지 알아볼까요?"

뒤돌아보고 속삭이자 고자쿠라 순경은 흐릿한 빛 속에서 동그란 눈을 힐끔거리면서 그저 고개만 절레절레 저었다.

"어째서 이런 시간에 나다니는지……."

"아마 술집 같은 데서 일할 거야. 걸음도 전혀 술 취한 것처럼 보이지 않고. 이런 데서 얘기하다가 그 틈에 피의자가 나타나면 그게 더 위험해."

과연 일리 있는 말이다.

"그럼 돌아갈까요?"

결국, 그 말만 하고 둘은 움츠렸던 등을 펴고 다시 원래 있던 자리로 돌아왔다. 그녀는 입을 꾹 다물고 잠자코 세이다이 옆에 앉았다. 5분이 지나고, 다시 10분이 지났다. 아아, 지금 미우라는 어쩌고 있을까. 피의자가 묘지 안으로 도망쳐 숨어 있을 것이란 생각은 그저 돌발적인 상상에 지나지 않은 걸까. 그러나 달리 떠오르는 생각은 없었다.

바람이 한차례 지나간다. 이곳이 도시라고 느껴지지 않을 만큼 무수히 많은 벌레들의 합창이 서늘한 한기를 느끼는 두 사람을 감싼다.

"좀 전에 얘기 말이야."

불쑥 고자쿠라 경관이 입을 열었다.

"……좀 전에 무슨 얘기요?"

"왜 경찰이 됐냐던……."

"아, 맞다. 그 이유가 뭐예요?"

어둠 속이라 서로의 얼굴은 보이지 않는다. 그러나 그녀가 피식 웃은 것 같았다.

"아무한테도 말하면 안 돼."

"이래 봬도 꽤 입이 무거워요. 믿어주세요."

"그래? 좋아. 원래 흥미가 있어서 합기도도 했지만, 경찰이 된 직접적인 계기는……."

"계기는요?"

"실연이야."

"오호."

뭐라 대답하면 좋을지 몰랐다. 자신과 같은 이유가 아닌가.

"단순하다, 생각하지?"

"아니요."

"자위대라도 상관없었지만."

"자위대요?"

"여하튼 조금 세상에서 벗어나고 싶었어. 그리고 다시는 평범한 사무직 여성이 되고 싶지 않았어."

마치 세이다이 자신의 이야기를 그녀의 입을 통해 듣는 기분이었다.

"처음에는 말도 안 되는 선택을 했다며 꽤 후회했지. 기숙사에 돌아와서 이불을 뒤집어쓰고 울기도 했어. 정말 아무래도 좋은 사소한 일로 말이야."

희미하게 한숨짓는 소리가 들렸다. 왠지 안쓰러워 세이다이는 무심코 그녀의 어깨라도 안아주고 싶었다. '인생이란 게 힘들지요?'라고 말하면 꽤 멋져 보이지 않을까? 잠시 말도 안 되는 생각을 했다. 상대는 선배에, 하물며 경찰복을 입은 여경이 아닌가.

"진짜 첫해에는 엄청 울었어. 지금이니까 말할 수 있지만."

세이다이의 마음이 움직이는 것을 알 리 없는 그녀는 다시 속삭였다. 뭔가 말해주고 싶다. 진부한 소리는 할 수 없었다. 무엇보다 그녀는 자신보다 먼저 이 생활을 경험했다. 1년이나 울며 지냈고, 현재의 고자쿠라 순경이 되었다. 그런 나날을 보내온 상대에게는 '훌륭하다'는 한 마디가 제일 적합할 것이다. 그런 생각을 할 때, 훌쩍이는 소리가 들렸다. 이봐, 왜 이래. 그때 일이라도 떠올린 거야?

–아니다!

그 소리는 좀 더 먼 곳에서 들려왔다.

"–선배."

"–들었어."

그녀가 속삭이듯 대답한다. 옆에서 숨죽인 선배의 기척을 느끼면서 세이다이는 다시 귀를 기울였다.

훌쩍, 훌쩍. 역시 들린다. 좀 더 귀를 기울이자 이번엔 여자가 흐느끼는 소리가 희미하게 들려왔다.

"누가 울어요."

세이다이가 속삭였다. 그러자 고자쿠라 순경의 손이 가슴 속을 파고든다.

"그만해. 이런 시각에 묘지에 여자 울음소리라니."

그는 문득 웃겨서 어둠에 가려진 그녀를 돌아봤다.

"역시 무서운 거죠?"

"당연하잖아. 대체 누가 이런 밤중에 묘지에서 흐느껴 울겠어?"

듣고 보니 그렇다. 그러나 울음소리가 똑똑히 들린다. 무서워하고 있을 때가 아니다. 세이다이는 지금 잠복근무 중이다.

그는 걸터앉아 있던 묘석에서 미끄러지듯이 일어나 엉거주춤

한 자세로 천천히 걸었다. 이번에도 고자쿠라 선배가 허리에 매달린다.

"발소리 나지 않게 살며시 가보자."

한 걸음. 다시 한 걸음. 울음소리가 나는 쪽을 향해 천천히 묘지 안을 걷는다.

"……, ……"

여자는 흐느끼거나 때때로 뭔가를 중얼거린다. 그 소리가 겨울의 틈새바람처럼 들려왔다. 진짜로 바람이 지나갈 때마다 여기저기서 솔도파(묘지에 꽂아둔 뾰족하고 갸름한 나무판자 - 옮긴이)가 달그락달그락 소리를 낸다. 뭔가 불길하다. 그 소리를 가르며 세이다이는 천천히, 아주 천천히 소리 나는 쪽으로 걸었다.

"손전등, 떨어뜨리지 말아요."

"알았어! 너나 넘어지지 마."

무서워하는 주제에 할 얘기는 다 한다. 그 음성에 떠밀리듯 세이다이는 부섭다는 생각을 떨쳐내고 앞으로 나아간다. 울음소리는 때때로 끊겼다가 다시 이어진다. 그들이 숨어 있던 곳과 정반대 방향이다.

"-대체 왜."

이윽고 놀랄 만큼 똑똑히 여자 음성이 들렸다. 세이다이는 고자쿠라 순경과 함께 묘비 뒤에 숨어서 다시 귀를 기울였다.

"어째서 아무 데도 없는 거야."

분명 그렇게 말했다. 그리고 흑흑, 하고 흐느끼는 소리가 들린다. 점차 가까이서 들이는 저 소리는 정말로 유령의 음성일까? 진짜 유령과 만난 적이 없어서 확신할 수는 없다.

"어디에 있어. 슈짱, 도와주러 와줘."

고자쿠라 순경이 귓가에 "들었어?"라고 속삭였다. 세이다이는 고개를 끄덕였지만, 어둠 속이라 보이지 않을 것이라는 생각에 다시 "네"라고 대답했다.

훌쩍, 훌쩍, 코를 훌쩍이는 소리. 이어서 신음을 토해내듯 오열한다. 달그락달그락 솔도파가 운다. 으스스한 분위기가 절묘하게 맞아떨어진다.

"사람이야. 틀림없어."

고자쿠라 순경이 일어서는 기척이 느껴진다.

"그러면."

세이다이도 따라서 일어섰다.

"됐어? 셋 하면 나가서 전등을 비춰."

상대가 유령이 아니라는 것을 확신하고 다시 침착해진 고자쿠라 순경의 지시에 따라서 견장에 달려 있던 손전등을 손에 들었다.

"여자라고 얕잡아 보면 안 돼. 만일 미우라가 쫓던 자라면 자칫 무슨 짓을 저지를지 몰라."

"네."

"간다. 하나, 둘, 셋!"

두 사람은 동시에 손전등 스위치를 켰다. 두 줄기의 빛이 어둠 속을 달리고, 묘지 안을 헤맨다. 몇 초 뒤, 묘비에 기댄 채 바닥에 웅크리고 앉아 있는 여자가 보였다. 갑작스러운 불빛에 그녀는 눈부신 듯 눈을 가늘게 뜨고 얼굴을 피한다. 머리카락은 어깨까지 올 정도로 길다. 연분홍색 바지정장. 옆에는 검은 숄더백이 놓여 있다. 세이다이의 심장이 쿵쾅거리며 뛰기 시작했다.

"이런 곳에서 뭘 하고 계십니까?"

고자쿠라 순경이 물었다. 그러자 그 여자는 얼굴을 가리고 마치 그 자리에서 사라지기라도 할 듯이 몸을 웅크렸다. 세이다이는 오랜만에 선배와 눈빛을 주고받고 천천히 여자에게 다가갔다.

"무슨 일 있으십니까?"

"_"

"일어설 수 있어요? 괜찮으세요?"

그러나 여자는 표정 하나 변하지 않고 마치 뭔가에 홀린 듯이 한곳을 응시하고 있다. 고자쿠라 순경이 "무전으로 보고해"라고 날카롭게 속삭였다. 그때 비로소 무선기의 음량을 최대한 줄여둔 것이 떠올랐다. 그사이 무선기에서는 마치 전원이 나간 것처럼 아무 소리도 들리지 않았다. 그래서 조용했던 것이다.

"근처에 사는 분이십니까? 어째서 이런 곳에 계시죠?"

고자쿠라 순경은 질문을 하면서 조금씩 여자에게 다가간다. 그리고 손전등으로 눈물에 젖은 여자의 얼굴을 계속 비췄다. 스물여덟, 아홉쯤 되었을까? 화장기는 없지만 나름 정갈한 이목구비다.

"자, 일어설 수 있겠어요? 괜찮으세요?"

선배의 뒷모습을 보면서 세이다이는 조금 떨어진 위치에서 무선기 음량을 높이고 마이크 스위치를 눌렀다.

"가스미다이 역전 4가 PS에"

[다카기! 어디에 있는 거야. 오버!]

느닷없이 뚝배기 깨지는 듯한 음성이 들렸다. 세이다이는 얼굴을 찡그리면서 공고 뒤쪽에 있는 묘지에 있다고 보고했다.

[어째서 보고하지 않았어! 오버!]

"아, 그건 - 그러니까 - 지금 막 수상한 인물을 확보했는데요."

세이다이는 무선기를 한 손에 든 채 고자쿠라 순경이 조금씩 여자에게 다가가고, 이윽고 팔을 잡는 모습을 보았다. 무선기에서 들리는 리모컨 담당자의 목소리는 정수리를 울릴 정도로 세차다.

[뭐? 인상착의는?]

"이십 대 후반 여성. 연분홍색 바지정장에, 검은 숄더백 소지. 머리카락은 어깨 정도의 길이로 - ."

[알았어! 그 자리에서 확보하고 있어! 곧 지원을 보낼게! 오버!]

"지금 고자쿠라 PM과 함께인데, 미니 순찰차가 있습니다. 오버!"

[그럼 그 순찰차에 태워! 현재 위치에서 움직이지 마, 알았어? 시키는 대로 해. 오버!]

"가스미다이 역전 4, 알겠습니다."

시끄럽다. 걱정 끼친 건 알겠는데, 마치 길 잃은 미아에게 말하듯 지시하는 것은 기분 나쁘다. 무심코 한숨짓고 선배 쪽으로 돌아선다. 그런데 고자쿠라 선배가 아무리 일으켜 세우려 해도 여자는 허리라도 삔 사람처럼 온몸의 힘이 빠져 전혀 움직일 생각을 하지 않는다.

"여기 좀, 다카기! 여기 옆 좀 잡아줘."

어둠에 싸인 묘지 안에서 유일하게 생의 온기를 분명히 느낄 수 있는 고자쿠라 순경의 목소리였다. 세이다이는 잽싸게 달려가 웅크려 앉아 있는 여자의 옆을 잡고 억지로 일으켰다.

"일단 차에 타시죠."

그래도 여자는 반응이 없다.

"차분히 묻고 싶은 게 있습니다."

이번에는 고자쿠라 순경이 말을 건넸지만, 여자는 역시 무표정이다. 둘이서 그녀를 부축해 간신히 천천히 걷는다.

"어째서 이런 곳에 계시죠?"

"—"

"이 주변은 치한이 많아서 밤에는 여자들이 거의 지나지 않는데요. 그런데 혼자, 게다가 묘지라니요."

"—"

"무슨 사정이라도 있는 건가요?"

고자쿠라 순경이 열심히 말을 걸면서 마침내 묘지 입구까지 걸어 나왔을 때였다. 지금까지 마치 목각인형 같던 여자가 두 사람의 팔을 뿌리치려고 했다. 그러나 처음부터 '방심하지 마라'는 지시를 받은 세이다이는 그녀를 꽉 잡고 놓지 않았다. 여자는 힘껏 팔을 뿌리치며 짐승 같은 신음을 질렀다.

"놔! 제기랄!"

"자, 얌전히 있어요."

어느새 세이다이는 그녀의 어깨를 끌어안은 자세가 되었다. 돌연 그녀의 몸이 축 늘어지더니 그대로 얌전해졌다.

세이다이는 저항을 멈춘 그녀의 어깨를 안듯이 끌어안고 순찰차로 데려와 태운 후 자신도 좁은 뒷좌석에 올라타려고 했다. 그때 고자쿠라 순경이 그의 팔을 잡았다. 돌아보니 그녀가 단호한 눈빛으로 말했다.

"소지품 검사는 내가 할게. 이런 좁은 자리에 둘만 있다가 나중에 무슨 소리를 들을지 몰라. 성추행 같은."

과연. 세이다이는 뒤로 물러나 고자쿠라 순경이 올라타는 것을 확인하고 나서 자신은 따분한 심정으로 조수석에 올라탔다. 어쩌면 연쇄방화범일지도 모르는 상대를 지금 자신의 손으로 잡았다.. 그러나 생각만큼 흥분되지 않고 감격적이지도 않다. 미우라는 정말로 이 여자를 쫓고 있었던 것일까?

"주소와 이름을 말해주시겠습니까?"

"-"

"신분증을 갖고 계십니까?"

"-"

입을 꾹 다물고 있는 상대에게 고자쿠라 순경이 묻는다. 마치 장난감에서 나오는 것 같은 목소리로 "곤란한 일이라도 있어요?" 라며 계속 묻지만 상대는 순순히 응할 마음이 없어 보인다. 만일 세이다이가 조사받는 입장이었다면 "시끄러운 여자"라고 말했을 지도 모른다. 물론 고자쿠라 순경의 성격을 몰랐을 때의 일이다. 그런 생각을 하자 입가에 절로 옅은 웃음이 떠올랐다.

"지금 다른 순찰차도 오고 있어요. 어쨌든 사정 얘기를 들어야 하는데, 잠시 가방 속 좀 확인하겠습니다. 괜찮겠지요?"

대답이 없었지만 버스럭거리는 소리가 들렸다.

"좋지요? 같이 보는 거예요? 열겠습니다."

고자쿠라 경관은 지루할 정도로 신중하게 상대의 동의를 얻고, 이윽고 가방을 열었다. 세이다이는 어깨너머로 두 사람의 모습을 힐끔 보았다. 여성은 여전히 홀린 듯한 표정으로 뺨에 들러붙은 머리카락을 걷어내려고도 하지 않았다. 자신에게 무슨 일이 벌어지고 있는지 전혀 알지 못하는 것처럼 보였다.

"수첩과 지갑과 화장품 파우치. 그리고 이건 - 표인가요?"

"—콘서트 표."

"아, 그래요. 누구 콘서트죠?"

"—얼마 전의."

여자의 가느다란 음성이 약간 떨리는 것 같았다.

"그리고 이것은?"

"—"

"라이터군요. 담배 피우세요? 담배는 없는 것 같은데요."

세이다이는 몸을 비틀어 뒤를 보았다. 어느 틈에 장갑을 꼈는지 고자쿠라 순경의 하얀 손에는 둔한 빛을 발하는 큼지막한 기름 라이터가 들려 있었다. 그것을 본 순간, 세이다이는 갑자기 긴장감이 느껴졌다. 멈춰 있던 시계가 움직이고, 꿈의 세계에서 현실로 되돌아온 그런 느낌이었다.

"당신 라이터인가요?"

고자쿠라 순경의 목소리에도 약간 긴장감이 배어 있다. 저 라이터가 연쇄 방화의 불씨가 되었을까? 저 여자가 은색 기름 라이터로 거리낌 없이 이곳저곳에 불을 붙이며 다닌 것일까? 갑자기 현실감이 느껴졌다.

"담배는 피우세요? 가방 안에는 보이지 않는데요."

"–"

"이거, 늘 가지고 다니세요?"

"–돌려주려고."

"돌려주다니, 누구에게요?"

그 순간 여자의 목구멍에서 오열이 새어 나왔다. 조금 전 묘지에서 들었던 왠지 등골이 오싹해지는 애절한, 어떤 말로도 표현할 수 없는 흐느낌이다. 고자쿠라 순경도 당혹스러운 듯 이쪽을 본다. 세이다이는 몸을 내밀며 여자에게 물었다.

"좀 전에 불렀던 사람이요? 뭐였더라, 슈짱이었던가요?"

그 순간 여자가 이번에는 소리 내 통곡한다.

"–슈짱이 나빴어. 슈짱이 약속을 안 지켰기 때문이야. 슈짱이 날 배신했기 때문이야."

"슈짱이 당신을 배신한 거군요–. 그래서 당신, 어떻게 했어요? 뭔가 했죠?"

세이다이는 온 힘을 다해 차분함을 유지하려 했다. 어쩌면 이 여자가 범인이 아닐지도 모른다. 섣불리 상대를 피의자로 단정 짓는 말을 해서는 안 된다며, 뱃속에서 끓어오르는 흥분과 초조함을 필사적으로 억눌렀다.

"근데 어디에 사는지 몰라. 휴대전화 번호밖에 가르쳐주지 않았고, 가스미다이라는 것밖에 몰라."

그녀는 양손으로 머리를 감싸고 다시 통곡한다. 흥분한 것은 상대도 마찬가지였다. 세이다이와 고자쿠라 순경이 한숨을 내쉬며 얼굴을 마주 보았을 때, 멀리서 순찰차의 사이렌 소리가 들렸다. 그 소리는 순식간에 커지더니, 이윽고 헤드라이트 불빛과 붉은 경광등 불빛이 보였다.

"이런 곳에 숨어 있었던 거야!"

암행 순찰차에서 뛰어내려 성난 목소리로 소리친 것은, 바로 같은 방을 쓰는 가토 선배였다. 그는 목을 움츠리고 있는 세이다이의 뒤로 흐느끼는 여자를 살피고, 찡그린 얼굴로 다시 세이다이를 노려본다. 평소와 달리 무서운 얼굴을 한 선배에게 세이다이는 작은 소리로 말을 건넸다.

"소지품 중에 지포 라이터가 있었어요. 남자 것 같지만."

가토 선배는 조금 표정을 바꾸고 뒤를 돌아다보고는 고개를 끄덕였다.

"어디에, 있었어?"

"묘지 안에서 혼자 울고 있었어요."

"그걸 너희들은 어떻게 발견했어?"

"묘지 안에서 계속 잠복했어요."

"이 묘지 안에서!"

조폭같은 외모의 가토 선배는 내심 어이없다는 얼굴로 세이다이와 고자쿠라 순경을 번갈아 보더니 크게 한숨을 내쉬었다. 그리고 뒷좌석에 있는 여자에게 "내려요"라고 말했다. 훌쩍거리며 양

팔이 잡혀 걷는 여자의 뒷모습은 힘없이 흔들려 보였다.

"왠지 또 혼날 것 같아요."

"틀림없이 SW로 여러 차례 호출했을 거야."

사이렌은 울리지 않고 붉은 등만 깜빡이며 달리는 암행 순찰차 뒤를, 고자쿠라 순경의 미니 순찰차가 따라간다.

"어쩌죠?"

"뭘?"

"혼나면요?"

"어쩔 수 없지. 하지만 저 사람이 진짜 범인이라면, 그것으로 무사통과야."

잠시 두 사람은 입을 다물고 있었다. 때때로 옆을 힐끔거려도 고자쿠라 순경은 전혀 지친 기색도 없이 운전할 뿐이다. 무엇을 생각하는지 알 수 없을 정도로 고요해 보였다. 이제 몇 분 뒤면 조사이서에 도착한다. 그때 그녀가 "나는 말이지"라며 말문을 열었다.

"형사가 되려고."

고자쿠라 순경은 시선은 앞에 두고 빙그레 웃었다.

"멋지지 않아? 여형사!"

"왜요? 교통도 좋잖아요."

"좋지. 교통 업무도 중요하지만, 뭐랄까, 난 늘 사명감에 불타고 싶어."

사명감이 있기에 자신을 밀어붙여 움직일 수 있고, 또 이 일을 선택하길 잘했다는 생각을 하게 된다고 그녀는 말했다.

―사명감이라고?

경찰학교에서도 늘 듣던 말이다. 그러나 세이다이는 오늘 밤 태어나 처음으로 그 말을 접한 것만 같았다.

"형사가 되면 인간의 추악한 부분, 원망, 그런 것만 보게 될지도 몰라. 실망하게 될지도 모르지. 그러나 아까 그 여자를 보면서 생각했어. 그래도 나는 인간을 미워하지 않을 것이라고. 아니, 오히려 그 반대일 거라고."

"반대요?"

핸들을 쥔 고자쿠라 순경의 옆얼굴은 희미하게 웃고 있다.

"약하고 슬픈 인간과 정면으로 부딪쳐보고 싶어. 그럴수록 더욱 더 인간이란 알 수 없는 존재라 생각하겠지만, 그래도 난 그런 인간을 사랑할 거야. 틀림없이 그럴 거야."

알 것도 같고 모를 것도 같은 말이었다. 무엇보다 긴장이 풀리면서 왈칵 피로가 밀려와 제대로 생각을 할 수가 없었다. 그래서 "그렇군요"라고 대답하면서 세이다이는 늘어지게 하품을 했다.

본서로 돌아간 세이다이는 걱정한 대로 다카치에 과장의 호출을 받고, 호되게 꾸중을 들었다.

"어째서 멋대로 행동했어! 현장 부근에서 범인 수색을 하겠다고 보고했잖아."

그저 고자쿠라 순경의 제안에 따랐을 뿐이라고는 입이 찢어져도 말하고 싶지 않았다. 세이다이는 굳게 입을 다물고, 고개를 끄떡였다.

"게다가 SW 스위치를 꺼놓다니, 어쩌겠다는 거야! 너희들이 있는 곳이 파악되지 않아서 대체 몇 명의 선배가 걱정하면서 이리저리 뛰어다녔는지 알아?"

과장의 성난 목소리가 오늘 밤 유독 박력이 넘친다. 그 소리는 이미 녹아내릴 정도로 지쳐 있는 세이다이의 뇌를 두부처럼 흔들어놓을 기세로 울려퍼졌다.

"그렇지 않아도 오늘 밤은 미우라가 저렇게 사고를 당했어. 너까지 일이 생겨선 안 된다면서 도노오카 소장도 미야나가 반장도 혈안이 되어 찾아다녔다고!"

"-죄송합니다."

말대꾸하고 싶은 게 산더미처럼 쌓여 있었다. SW의 스위치도 껐던 게 아니다. 소리를 최소한으로 줄였을 뿐이다. 그리고 피의자를 확보했으니 그걸로 되지 않았느냐고 말하고 싶었다. 그러나 이런 때 말대꾸하면 오히려 역효과가 난다는 것을 세이다이도 잘 알고 있다.

"피의자를 확보했다고 해서 그렇게 멋대로 행동한 것이 무마되는 것은 아니야."

역시. 저렇게 말할 줄 알았다.

"게다가 한 팀이 된 건 교통과 여경이잖아? 수사의 기본도 모르는 둘이 멋대로 판단하고 그런 곳에서 몇 시간이나 있었다니, 믿을 수가 없어!"

불과 조금 전의 일인데도 어둠에 싸인 그 묘지에서 보낸 시간이 마치 꿈처럼 느껴졌다. 고자쿠라 순경은 지금 어쩌고 있을까? 역시 교통과에 불려가 나처럼 혼쭐이 나고 있을까? 그런 생각을 하자 가여웠다. 그녀는 사명감에 불탔을 뿐이다. 근무시간 외에 호출을 받고도 전혀 싫은 내색 하나 없이 신입인 자신과 한 팀이 되어 –.

"누가 말했어?"

"–"

"묘지에서 잠복하자고 누가 먼저 말했어?"

"–둘이 얘기를 나누고 결정했습니다."

"상사의 결재도 없이 말이야?"

"죄송합니다."

고개 숙인 머리 위에서 거친 한숨 소리가 들려왔다.

"진짜 마지막까지 속을 태우는 녀석이라니까."

세이다이이는 머리를 숙인 채 다카치에 과장의 얼굴을 봤다. 팔짱을 낀 채로 입꼬리를 내린 과장은 그 시선을 알아차리고 빙그레 웃었다.

"잘, 했다."

갑자기 과장의 말투가 부드러워졌다.

"오늘 밤 영웅은 분명 너야."

그 말을 듣고, 세이다이는 겨우 얼굴을 들었다. 영웅이라니. 우와, 기분이 이렇게 좋다니. 오늘 밤 나는 영웅이 된 거야? 모두에게 칭찬의 말을 들을 수 있는 거야? 전설이 되어 남는 거야? 무심코 그런 생각까지 했다.

"그냥 우연이었어요. 미우라 일도 있었고, 구급차에 실려 갈 때 녀석이 '부탁한다'고 말도 하고 해서."

"의욕적이었구나?"

"의욕적인지 뭔지, 물론 지금까지도 의욕이 없었던 것은 아닙니다. 하지만 오늘 밤은 진짜 고자쿠라 순경 덕입니다. 중요한 순간마다 적절하게 지시해줘서 -."

칭찬에 힘입어 묘지에서 있었던 일을 줄줄이 얘기하자, 과장의 표정이 일순 다시 험악해진다. 제발 그만둬. 왜 자꾸 표정을 바꾸는 거야. 세이다이는 황급히 입을 다물었다.

"어쨌든 오늘 밤은 아주 잘했어. 끝이 좋으면 만사형통이지. 그런데 기억해둬."

"네 -."

"우리 일에 영웅은 필요 없다."

머리를 한 대 맞은 것 같다. 그렇다면 자신은 필요 없다는 건가? 자신은 경찰관에 맞지 않다, 그런 의미의 말인가. 무심코 과장을 보니 그는 상사라기보다 옛날 학교 선생님이나 친구 아버지 같은 표정으로 이쪽을 물끄러미 보고 있다.

"주변의 시선을 의식하고 행동하는 녀석은 공적을 올릴지 모르지만, 전체의 흐름을 흐트러뜨려 팀에 해가 되기도 해. 우리는 늘 팀으로 움직인다. 누군가 한 사람이 눈에 띌 필요는 없어. 중요한 것은 모두가 마을의 치안에 힘쓰는 거야."

"_"

"그런 점에서 오늘 밤 너의 행동은 결코 좋게 평가할 수 없다. 알겠어?"

모처럼 부풀어 있던 영웅이라는 이미지가 펑, 하고 터져버리고 말았다. 그러나 한편으로는 나는 조직의 일원이고, 모두가 동료라는 의식이 마음속에 싹트기 시작했다. 그래, 무선을 통해서 다른 서의 경찰들까지 움직인다는 것을 알았다. 모두가 개인의 얼굴을 지우고 단순히 조직의 일원으로서 오로지 하나의 목적을 위해 움직이는 것을 세이다이도 알고 있다.

"그러나 그 여경과의 팀플레이는 아주 훌륭했어. 그렇지?"

잠자코 있는 세이다이에게 다카치에 과장은 다시 웃는 얼굴로 말했다. 그것만큼은 분명하다. 세이다이는 한껏 가슴을 펴고 "아무렴요"라고 대답했다. 과장은 쓴웃음을 지우면서 천천히 고개를 끄덕였다.

"이번만큼은 봐주지. 미우라의 수술은 아직 진행 중이라고 하는데, 정말 큰 수술이야."

갑자기 과장의 표정이 어두워진다. 몰랐다. 아직 수술이 끝나지 않은 거야? 세이다이는 문득 눈물이 날 것 같은 심정으로 과장을 봤다. 그는 마치 자신에게 말하듯이 "괜찮을 거야"라고 하면서 세이다이의 어깨를 다독였다.

"네 입으로 오늘 밤 있었던 일을 들려줘야 하지 않겠어?"

지금 할 수 있는 일은 기도밖에 없다. 부탁드립니다. 제발 도와주세요. 과장의 말을 들으면서 세이다이는 마음을 다해 기도했다.

과장의 잔소리가 끝나고 선배들이 있는 방으로 돌아오자 모두 "오호~" "해냈어" "똘아이가!" "걱정이나 시키고"라며 환호성으로 맞이해주었다.

"야, 지금 자백했어. '내가 불을 붙이며 다녔다'고! 역시 남자에게 차여 화가 났던 거 같아. 그리고 미우라를 차로 밀쳤다고 인정했어!"

선배의 도움을 받아 보고서를 작성하고 있을 때, 가토 선배가 위층에서 내려와 의기양양하게 말했다.

"굉장해, 다카기! 정말 큰 공적이야!"

오늘 밤 잠 한숨 자지 못하고 쉬지도 못한 채로 온 마을을 수색해야 했던 선배들이기에 엄청난 환성을 질렀다. 세이다이는 얼굴이 화끈 달아올랐다.

"수사본부에는 자신들이 검거하지 못해서 분해하는 녀석들도 있지만, 여하튼 잘했어."

모두가 웃는 얼굴로 이쪽을 본다. 긴장했던 것과 다르다. 온몸의 근육이 멋대로 움직이고 내장까지 춤을 추는 듯한 묘한 떨림이 세이다이를 엄습해왔다. 나는 영웅이 아니다. 그것은 가슴에 새겨야 한다. 웃어도 될까, 아니면, 차분한 표정을 지어야 할까, 그것조차 알 수 없었다. 그러나 온몸이 근질거렸다.

"채소가게 오시치(첫사랑을 구하기 위해 스스로 죄인이 된 순애보의 주인공 – 옮긴이)도 아니고. 여경과 한 팀이 되더니 말도 안 되는 공적을 올렸어."

"여자는 무섭다는 얘기야."

선배들의 축하를 받으면서 세이다이는 다시 고자쿠라 순경을 찾았다. 미니 순찰차에서 내려 서에 들어올 때까지는 함께였다. 그런데 그 뒤로는 모습이 보이지 않는다.

"저 고자쿠라 선배는요?"

"고자쿠라? 아아, 집에 갔어. 내일 일찍 출근하는 날이라."

교통과 숙직 선배에 묻자, 아무렇지 않은 듯이 대답해준다. 세이다이는 왠지 아쉬운 기분이 들었다. 손을 맞잡고 오늘 밤 일을 진심으로 함께 기뻐하고 싶었는데 이미 돌아가 버렸다니.

"고자쿠라 선배도 꾸중을 들었나요?"

조심스럽게 묻는다. 교통과 선배는 "글쎄"라며 고개를 갸웃거렸다.

"괜찮을 거야, 강한 사람이라. 지금쯤 이불 속에서 쿨쿨 잘걸."

과연 그럴까? 씩씩하고 강하기만 한 사람일까. 그런 생각을 하면서 세이다이이는 느긋하게 보고서를 쓰고 하늘이 훤하게 밝아올 무렵이 되어서야 순찰차를 얻어 타고 가스미다이 파출소로 돌아왔다. 자전거는 파출소에 있었지만, 오랜 근무로 인해 자전거 페달을 밟을 기력조차 남아 있지 않았다.

"고생했어!"

파출소로 돌아오니 미야나가 반장이 벨트를 걷어 올리면서 큰 소리로 말했다. 그 소리를 듣고 안쪽 조사실에서 도오노카 소장이 나왔다. 두 사람 모두 잠도 못 자면서 내내 자신을 걱정했을 것이다. 지금껏 본 적 없는 온화한 웃음을 짓고 있지만, 눈은 새빨갛게 충혈되어 있었다.

"－멋대로 행동해서 죄송합니다."

꾸벅 고개를 숙이자 "오호" 하며 미야나가 반장의 탄식 같은 소리가 들렸다.

"하룻밤 사이에 기특해졌어. 역시, 그건가? 공적을 세우고 역병신을 반납하면 갑자기 어른이 되는 거야?"

"그렇지 않아요."

그러나 미야나가 반장은 소장과 함께 싱글벙글 웃고 있다.

"그래서, 어때? 자기 손으로 피의자를 확보했을 때의 기분은?"

어쨌든 창피하다. 나는 영웅이 아니라고 아무리 말해봐도 역시

나 누군가에게 얘기하고 싶어 견딜 수 없다. 속옷 절도범을 불심검문으로 잡았을 때의 기분, 방화범인 여자를 호통칠 때의 감각.

"뭐랄까요 – 그게 고자쿠라 선배 덕이에요."

겸손하게 굴 작정으로 한 말인데 미야나가 반장이 "아아" 하고 고개를 주억거렸다.

"고자쿠라 마히루. 기만큼은 누구한테도 뒤지지 않지."

"마히루? 마히루라는 이름이에요?"

"동료들은 '아히루家鴨(일본어로 '오리'라는 뜻 – 옮긴이)'라고 부르는 것 같더라고. 꽥꽥거리고 시끄럽다고."

미야나가 반장은 놀리듯 웃으며 말했다.

에필로그

형사를 목표로

세이다이는 전혀 재미없다는 얼굴로 반장을 봤다.

"좋은 사람이었어요. 오늘 밤 제 공적은 모두 고자쿠라 선배 덕이에요."

그러나 미야나가 반장은 의아하다는 듯이 "그래?"라며 눈살을 찌푸렸다.

"너, 그런 타입이었어?"

"그런 건 아니에요."

"어른인지 어린애인지 알 수 없는 여자 말이야. 섹시함이라고는 눈곱만큼도 없고, 한 번 떠들기 시작하면 멈추지 않고."

"하지만 굉장한 사람이에요. 배짱이 두둑하고, 판단력도 있고,

씩씩하고."

"결국, 여자다움은 눈곱만큼도 없다는 거네."

그렇게 말해버리면 멋이라고는 전혀 없는 사람이 되어버린다. 하지만 그 말만으로는 설명할 수 없는 사람이다. 강하지만 사실은 겁도 많고, 경찰관이 되었을 때는 울기도 많이 울었다-그런 그녀의 진짜 모습을 주위 사람은 잘 모르는 게 분명하다. 그러나 자신은 그녀를 안다. 적어도 미야나가 반장보다는 잘 알고 있다. 세이다이는 "아무렴 어때요"라고 말하면서 속으로는 반장에게 날름 혀를 내밀었다.

"고자쿠라라면 너랑 단둘이 사라져도 무슨 일이 생기는 건 아닌지 걱정할 필요 없는 상대이기는 해도, 일단 걱정했어. 요즘 너는 여친도 없고, 고민도 많고, 여자라면 누구든 좋다는 식이라서-."

"일했어요! 여자로 의식할 여유 같은 건 없었다고요!"

무심코 턱을 내밀고 노려보자 미야나가 반장은 조금 놀란 표정을 짓다가 당혹스러운 듯이 웃었다. 세이다이는 불쾌한 기분으로 때마침 신문 배달원 한 명만 지나가는 역전에 섰다.

"됐어. 소장이 좀 쉬래."

"괜찮아요. 지금 자면 못 일어날 것 같아요."

반장을 돌아보지도 않고 대답했다. 정말 약간 머리를 식히고 싶었다. 몸은 정말 피곤하지만, 여전히 흥분이 가시지 않았다. 게

다가 고자쿠라 순경의 모습이 두부처럼 흐물거리는 머릿속에 깜박깜박 나타났다가 사라진다.

−좋은 사람이야. 게다가 귀엽잖아.

무엇보다 미야나가 반장과 함께 행동할 때와 전혀 달랐다. 뭔가 생각을 하게끔 하는 말도 들었다. 다른 사람이 뭐라고 말해도 그녀는 꽤 멋지다. 훌륭하다.

거기까지 생각하고 세이다이는 문득 깨달았다. 아? 혹시 나는 고자쿠라 마히루 선배에게 호감을 느끼게 된 건 아닐까? 좀 더 그녀에 관해 알고 싶다, 좀 더 그녀 생각을 하고 싶다는 것은 반했기 때문이 아닐까? 그러나 지금은 잘 모르겠다. 너무 피곤해서 자기 생각에 확신을 가질 수 없었다.

미우라의 수술이 무사히 끝났다는 소식이 들려온 것은, 역전이 평소 아침의 활기를 되찾았을 무렵이다.

"양 넓다리뼈, 오른쪽 어깨뼈, 빗장뼈, 갈비뼈가 부러지고, 여기에 머리뼈까지 금이 가고, 내장도 파손됐다고 해. 아직 예단은 금물이지만, 일단 목숨을 건진 게 신기할 정도라더군."

일부러 파출소까지 와서 소식을 전한 것은 평소 음험해 보이는 노무라 주임이었다. 열 시간에 걸친 대수술이었지만, 다행히 순조롭게 회복하고 있다는 소식에 세이다이는 온몸에서 힘이 쭉 빠져나갈 정도로 안도했다. 병원에 실려 갈 때 고통으로 가득했던 녀석의 얼굴, 길바닥에 흥건했던 피바다의 흔적을 떠올렸다. 만약 두 번 다시 그의 웃는 얼굴을 볼 수 없다면 자신도 평생 마음에 상처를 끌어안고 살아갈 것이라 생각했다.

"수술 후유증이 있어서 재활도 중요한데, 그건 본인의 정신력에 달렸어."

"그거라면 문제없어요. 녀석, 정신력만큼은 누구에게도 뒤지지 않으니까요."

그러나 며칠 후면 끝나는 지역 실무연수에 이은 초임 종합교양에는 참가할 수 없을 것이다. 그래도 미우라다. 그 정도쯤 늦어도 얼마든지 따라잡을 수 있을 것이다.

이어 미우라를 치고 뺑소니친 남자가 자수해온 것은, 세이다이가 다음 담당에게 인계를 마친 뒤 녹초가 된 몸을 이끌고 본서로 돌아온 직후의 일이었다. 겨우 기숙사로 돌아와 목욕탕에 들어가려고 할 때 그 소식을 들었다.

"쉰 살 정도의, 마을에 사는 남자래. 아무래도 술을 마셨던 거 같아."

친절하게 소식을 전해주는 선배의 말을 세이다이는 멍하니 들었다. 뺑소니 사건의 범인은 아직 잡히지 않았다는 걸 그때서야 깨달았을 정도다.

역시 고자쿠라 선배가 말한 대로다. 욕조에 몸을 담그고 무심코 신음을 내면서 세이다이는 천천히 눈을 감았다. 눈동자에 온갖 광경이 빙글빙글 나타났다가 사라진다.

–너무도 긴 하루였어.

평소였다면 함께 이곳에 들어와 오늘 하루 일들을 얘기했을 미우라는 지금쯤 정신이 들었을까? 그가 아픔을 견디고 생명의 위기와 싸우고 있는 동안, 세이다이이는 얼떨결에 하룻밤 사이 두 개의 공적을 세우고 평소와 다름없이 욕조에 몸을 담그고 있다.

아아, 이런 일은 두 번 다시 겪고 싶지 않다. 그러나 계속 경찰로 일한다면 언제든 다시 겪을 수 있는 일이다. 미우라 대신 자신이 병원에 실려 가, 자칫하면 그대로 장례를 치를 가능성도 있다. 그런 일을 계속해야 할까? 앞으로 몇 년, 몇십 년을?

뜨거운 물을 손으로 떠서 얼굴을 닦는다. 그대로 눈을 감으면 1분도 지나지 않아서 깊은 잠에 빠져들 것만 같다.

–적어도 나는 행복하구나.

–언제나 사명감에 불타오르고 싶다.

아무것도 생각할 수 없는 머릿속에 불현듯 고자쿠라 순경의 말이 되살아났다. 자기밖에 생각하지 못하는 인간에 비하면 남을 생각할 여유가 있는 자신은 행복하다고, 그녀는 말했다. 그리고 늘 사명감에 불타고 싶어서 형사가 되려 한다고.

사명감. 행복.

그런 것을 느낄 수 있는 직장이 달리 얼마나 있을까. 세상에 대체 얼마나 많은 직업이 있고, 그중 과연 몇 퍼센트가 사명감에 불타거나 행복을 맛볼 수 있을까.

그런 생각을 하고 있을 때, 갑자기 잠이 깨듯 정신이 번쩍 들었다.

분명 어젯밤 미우라를 태운 구급차를 보낸 직후, 세이다이이는 생각했다. 싫다, 싫어. 기숙사로 돌아가 이불을 뒤집어쓰고 자고 싶다고. 미우라에게는 미안하지만, 도망치는 것만 생각했다. 그런데 고자쿠라 순경이 어느 사이엔가 그것을 잊도록 도와줬다. 장난감에서 나오는 것 같은 목소리를 가진, 지기 싫어하면서도 실은 겁쟁이여서 세이다이이의 벨트를 꼭 잡던 그 선배 덕에 기나긴 밤을 무사히 넘길 수 있었다.

어라? 이렇게 지쳐 있는데도 그녀의 모습을 떠올리니 왠지 기운이 펄펄 난다. 역시, 그렇다. 진짜로 그녀에게 반해버린 모양이다.

-그렇다면?

여기서 경찰을 그만두면 두 번 다시 그녀와 만날 수 없을지도 모른다. 연수가 끝나고 경찰관을 그만두는 남자에게 고자쿠라 순경은 결코 호의를 갖지 않을 것이다. 하지만 일단 경찰로 있는 한 기회는 있다.

"그렇지만."

무심코 중얼거렸다. 욕실의 천장에 소리가 울리고 열기와 함께 뭉실뭉실 퍼진다.

경찰관이 된 것도 여자 때문이고, 그만두지 않는 것도 여자 때문이라니 좀 한심한가? 만약 또 차이기라도 하면 그때도 경찰관을 그만두고 싶어질까?

–영웅은 필요 없다.

과장의 말도 떠올랐다. 영웅이 되기보다 그저 사명감을 불태워 조직의 일원으로 움직이는 것으로 과연 나는 행복을 느낄 수 있을까? 그러나 다른 일을 한다 해도 그것은 다르지 않을 것이다.

아무렴 어때? 이후의 생각은 나중에 하자. 세이다이는 욕조에서 나와 머리를 감고 식당으로 들어가 캔 맥주를 단숨에 들이켰다.

"피로한 얼굴이네. 어제 저녁에는 힘들었던 모양이야? 미우라 씨, 크게 다쳤다며? 가여워라. 그래도 방화범이 잡혀서 다행이야, 그런데 뭔가 여러 가지 일을 해냈다지? 표창받을 거라는 말 들었어, 정말이야? 무슨 일을 했는데?"

주방 아줌마인 깨전병 사유리 씨가 얘기를 듣고 싶어서 안달난 표정으로 다가왔다. 세이다이는 잠자코 맥주를 들이켠 뒤에 귀유리를 봤다.

"나, 공적을 세웠어요. 첫 공적!"

귀유리는 "어머나!" 하고 놀라며 반짝이는 눈을 깜박인다.

"다행이네. 진짜? 이런, 다행이야. 그런데 하필 절친 미우라 씨가 다쳤을 때."

"녀석 대신에 제가 힘을 좀 냈어요."

그 말만 하고 세이다이는 뭔가 더 듣고 싶어 하는 귀유리에게 손을 흔들고 방으로 돌아왔다. 가토 선배는 아직 돌아오지 않은 모양이다. 어쩌면 어젯밤 세이다이가 잡아온 속옷 절도범을 조사하고 있을지도 모른다.

–형사라.

세이다이는 벽장에서 이불을 꺼내 그 위에 쓰러져 그대로 잠에 빠졌다. 좀 더 감격을 맛보고 싶다, 좀 더 고자쿠라 선배를 떠올리고 싶다고 생각했지만, 도저히 그럴 수가 없었다. 내쳐 자다가 너무 배가 고파 잠을 깼을 때는 밤 11시를 넘기고 있었다.

그로부터 며칠 뒤, 입원 중인 미우라가 중환자실에서 일반 병동으로 옮겼다는 소식을 들었다. 세이다이는 서둘러 병문안을 갔다. 온몸에 붕대를 감고 튜브를 연결한 채 미라처럼 누워 있는 미우라는 아직 열이 있다지만, 그래도 세이다이를 알아보고 눈만 드러낸 채 얼굴을 끄덕였다.

"안심해. 내가 네 몫까지 일했으니까."

꾸벅.

"멋있었어. 교통과 고자쿠라라는 여경과 한 팀이 돼서 묘지에서 잡았다."

꾸벅.

"그 전에 불심검문 한 상대는 상습 속옷 절도범이었어. 왠지 너에게 갈 행운이 전부 내게 온 것 같아."

이번에는 미우라가 작게 고개를 흔들었다. 그리고 아직 거친 호흡으로 "축하해"라고 말했다.

"너는 훌륭한 경찰관이 될 거야."

세이다이는 "그렇겠지?"라고 호들갑스러울 정도로 밝게 말하며 익살스럽게 웃었다. 열 때문인지, 촉촉해 보이는 미우라의 눈동자가 부드럽게 흔들리면서 천천히 깜박인다.

"결국, 공적을 세우고 왔다는 거지?"

"그렇지. 분해?"

미우라는 고개를 끄덕인 뒤에 "그래도 기뻐"라고 말을 잇는다. 이런 상태여도 역시 그는 변함이 없다. 세이다이는 그가 살아 있다는 것이 너무 기뻤다. 그러나 말로 하기는 부끄럽고, 자칫 말하다가 눈물이라도 쏟는다면 모양새가 우스워질 것 같았다.

"초조해할 것 없어. 틀림없이 회복해서 쫓아올 수 있어. 나는 먼저 학교로 돌아가지만, 너라면 곧 따라올 수 있을 거야."

미우라는 이번에는 아까보다 눈의 초점을 맞춰 이쪽을 보았다.

"또 이 마을로 돌아올까?"

세이다이는 "응" 하고 대답했다.

"그만두지 않을 거지?"

이번에는 크게, 그리고 천천히 고개를 끄덕였다. 미우라는 안도하듯이 희미하게 숨을 내쉬고, 다시 나른한 눈빛을 했다.

"어쩌면 지금부터 진짜 재미라는 걸 알게 되지 않겠어? 그래서."

미우라는 천천히 눈을 뜬다. 세이다이는 빙그레 웃어주었다.

"그게 말이야, 사실 좀 마음에 드는 여자를 발견했어. 경찰을 그만두면 그 사람에게 다가갈 수 없을 것 같아서."

몸 전체에 붕대를 감고 얼굴만 내놓은 채 미우라는 "너는 또"라며 갈라진 목소리를 낸다. 세이다이는 "꽤 멋진 여자야"라고 크게 웃고, 너도 빨리 좋은 여자를 만나라고 말했다. 미우라의 촉촉한 눈동자가 약간 가늘어졌다.

겨우 고자쿠라 순경과 얘기를 나눌 수 있게 된 것은, 지역 실무 연수가 끝나기 하루 전날이었다. 휴일이어서 기숙사에 있던 세이다이는 동료와 함께 조사이서의 주차장을 걷고 있는 그녀를 발견하고 밖으로 뛰어나갔다. "고자쿠라 선배!"라고 큰 소리로 부르자, 그녀는 놀란 표정으로 돌아서 천천히 세이다이를 보고 "뭐죠?"라고 말했다.

"사복이라 못 알아보는구나."

동료 여경이 킥킥 웃으며 그녀를 가볍게 놀리고 앞서갔다. 세이다이는 "요전에는 고마웠어요"라고 고개를 숙였다.

"나중에 꾸중 듣지 않았어요? 저는 과장에게 호되게 꾸지람을 들었는데."

고자쿠라 순경은 고개를 갸웃거리며 이쪽을 보고 "그랬다며"라고 웃는다. 이렇게 밝은 빛 속에서 보니 화장기가 거의 없는 얼굴이다. 씩씩해 보이는 눈썹도 그린 게 아니었다.

"그다음 날도 근무가 있었는데, 괜찮았어요?"

"저기, 다카기."

세이다이의 질문에는 대답하지 않고 고자쿠라 마히루는 굵은 눈썹을 약간 모으면서 팔짱을 낀다.

"저기, '-어요'라니, 어린애도 아니고 어엿한 사회인답게 '-습니다'라고 말해야지."

나왔다, 나왔어. 또 잔소리다. 그러나 세이다이는 그 긴박한 밤과 다름 없는 그녀의 말투가 오히려 기뻤다. 묘하게 서먹해지면 오히려 슬퍼질 것 같았다.

"아, 주의하겠습니다."

"좋아. 조심해."

그 말만 하고 "그럼" 하고 손을 흔들며 걸어가는 그녀를 세이다이는 다시 불러 세웠다. 고자쿠라 순경은 약간 입을 삐죽거리고 눈썹을 찡그린다. 응, 상당히 귀엽다. 그러나 서투르게 다가갔다가는 그저 끝나는 게 아니라 한 방 호되게 얻어맞을지도 모른다.

"뭐야? 나, 근무 중이야."

"네, 그러니까."

한 손을 청바지 주머니에 넣고 다른 한 손으로 목 뒤를 긁적이면서 세이다이는 그녀와 마주했다.

"저요. 내일로 연수 끝나요. 그래도 2개월 뒤에는 돌아오니까요."

"알아."

퉁명스럽다.

"그래서 저 빨리 어엿한 사람이 돼서."

"아, 그래."

"그래서 -."

"빨리 말해."

"저도 형사를 목표로 할까 합니다."

하늘은 더없이 높아지고, 엷은 비단 같은 구름이 흘러간다. 고자쿠라 순경은 눈썹을 움직이고, 빙그레 웃고 나서 다시 걸었다. 그 시원시원한 뒷모습에 세이다이이는 "기다려주세요"라고 말했다. 고자쿠라 순경은 그 소리가 들리지 않는 건지 돌아보지 않는다.

마지막 실무연수의 아침은 평소처럼 서의 옥상에서 점검으로 시작했다. 호령에 따라서 정렬하고 소지품을 순서대로 꺼내는 일도, 경찰관 사이를 다카치에 과장이 천천히 걷는 것도 평소와 다를 바 없다. 3개월 전, 세이다이이는 쓰러질 정도로 강렬한 햇볕 아래서 점검을 받았다. 하늘에는 뭉글뭉글 입도운이 떠 있고, 매미 소리가 시끄럽게 들려왔다. 가만히 있어도 목덜미에서 땀이 흐르는 그런 날이었다.

"수첩!"

나가이 계장의 목소리가 들리고 경찰관들이 일제히 가슴주머니에서 수첩을 꺼낸다. 그 사이를 다카치에 과장이 천천히 걷다가 세이다이이의 앞에 와서 걸음을 멈췄다.

"경무에 맡기지 않아도 된다고 해서 경찰수첩에 스티커 사진 같은 거 붙이지 마. 다시 확인한다."

세이다이는 가슴을 편 자세로 "넵"이라고 대답했다. 과장은 천천히 고개를 끄덕이다가 고개를 갸웃거리며 세이다이의 목덜미 부근을 들여다본다.

"그리고 그 귀에 난 구멍, 어떻게 안 될까?"

"안 됩니다!"

과장은 표정 관리가 안 되는 얼굴로 입꼬리를 내리고 뭔가를 말하려다, "흥" 하고 콧방귀를 뀌고는 그대로 가버렸다. 세이다이는 속으로 날름 혀를 내밀었다. 이제부터 휴일에는 귀걸이를 할 거다. 위에서 시끄럽게 잔소리하면 기숙사를 나선 뒤에 하면 된다. 세이다이는 귀걸이를 경찰관에서 개인으로 돌아가는 증거로 여기기로 했다. 그래서 앞으로도 귀의 구멍은 막을 생각이 없다.

서장은 이어진 훈시에서 세이다이의 지역 실무연수가 오늘로 끝난다고 말했다.

"귀중한 체험을 많이 했을 것이라 생각한다. 2개월 뒤에 다시 돌아올 때는 보다 경찰관으로서의 자각을 드높이고, 동료나 선배들 또한 지역주민들이 더욱 의지할 수 있는 듬직한 경찰관이 되어 있기를 바란다."

지역주민. 도움이 필요한 순간에만 경찰을 부르면서 제멋대로 행동하는 데다, 때에 따라서 선하기도 하고 악하기도 한 사람들.

그러나 그런 사람들의 하루하루가 무사히 이어지는 것, 어쩌면 당연한 그 일이 중요하다.

—왜냐하면, 지금부터 한동안 이곳이 나의 마을이 될 것이기 때문이다.

훈시가 끝나고 경찰서에서 밖으로 나오니 높고 푸른 하늘에 고추잠자리 한 마리가 날고 있다. 도쿄에도 고추잠자리가 있었네. 세이다이는 잠시 멍하니 잠자리를 바라보았다.

"이봐, 다카기, 가자! 멍해 있지 말고!"

미야나가 반장의 굵은 목소리가 들려왔다.

역자 후기

몇 년 전 경찰복이 바뀌었다. 눈썰미가 그리 좋은 편이 아니어서 무엇이 어떻게 바뀌었는지 자세히는 모르지만, 일단 색이 달라졌다. 그걸 깨닫게 된 작은 일이 있었다.

나의 작업실은 소낙비가 내린 뒤 불어오는 바람결에 솔향이 묻어오는, 서울에서 한 시간쯤 떨어진 교외에 있다. 번화가에는 차와 사람이 북적이지만, 조금만 벗어나면 온통 산이다. 번화가라도 넓은 길만 있는 것은 아니다. 큰길에서 골목 하나만 안쪽으로 들어서도 오가는 차량이 뜸하다. 그런 길에 횡단보도가 있고 버젓이 신호등도 설치되어 있다. 그런데 나는 그 앞에 설 때마다 고민한다. 서둘러 건너자니 신호 위반이고, 파란불이 들어올 때까지 기다리자니 나 자신이 바보처럼 느껴진다. 그래서 적당히 하기로 했다. 주위 상황을 살피면서 적당히 신호를 지키거나 무단횡단을 하기로 한 것이다.

그날도 그랬다. 적당히 하자며, 횡단보도 앞에 섰다. 빨간불에, 맞은편에는 건장한 중년 남성이 서 있었다. 제복 차림이었다. 이 주변에서 일하는 경비원인가? 그렇다면 바로 앞에 있는 은행에서 근무하는 거겠네. 마침 점심시간이니 주변 식당으로 밥이라도 먹으러 가는 거겠지? 이런 쓸데없는 생각을 하면서 주변을 살폈다. 마침 차가 없었다. 그러면 건너야 한다. 횡단보도를 건너던 나는 문득 의문이 들었다. 그런데 저 남자는 어째서 가만히 있는 걸까? 몇 걸음도 걷지 않아 맞은편에 다다르고, 그 순간 신호가 바뀌었다. 남자가 웃으면서 내게 말을 건넸다.

"많이 바쁘신가 봐요?"

어색하게 그렇다고 대답하고는 멀어져가는 그 남자의 뒷모습을 돌아봤다. 그러다 아차, 싶었다. "어머, 순경 아저씨였어!" 순경 아저씨 앞에서 나는 과감하게 무단횡단을 했던 거다. 그 순간 식은땀이 뿜어져 나왔다. 그가 무안했을 것을 생각하니 몸 둘 바를 몰랐다. 순경이라는 신분에 무단횡단을 눈감아 줄 수도 없고, 그렇다고 딱지를 뗄 수도 없는 노릇이고. 아마 꽤 당황했을 것이다. 그 일로 나는 경찰복이 바뀐 것을 알았다.

신출내기 순경 세이다이를 이 책에서 만났다. 살아가는 동안 생각하지 못한 곳에서 경찰의 도움을 받기도 하고, 때로는 경찰복에 뜨끔 놀라기도 한다. 경찰은 철저한 사명감으로 주민을 위해 일하는 사람, 나쁜 사람을 혼내주는 정의로운 사람쯤으로 생각해왔다. 세이다이를 만나기 전까지 단 한 번도 그들을 경찰복을 벗은 한 인간으로 바라본 적이 없다는 것을 새삼 깨달았다. 그런 생각을 한 번도 해보지 않았다는 게 오히려 신기할 정도였다.

껄렁거리던 고교 시절을 지나 대학생이 되고, 실연으로 뭔가 보여주겠다는 오기에 얼떨결에 경찰의 길로 들어선 청년 세이다이를 보면서 경찰도 인간이라는 것을, 처음부터 사명감에 불타 경찰이 된 것이 아닐지도 모른다는 생각을 처음으로 해봤다. 한편으로는 세이다이가 좌충우돌 활약하면서 경찰이 무엇인지를 깨닫고, 담당하는 마을을 '나의 마을'이라고 부르며 애정 어린 시선으로 지켜주는 모습에 마음이 든든해졌다. 내가 사는 이 마을도 세이다이 같은 순경 아저씨가 지켜줄 테니 말이다.

문득 이런 생각을 해봤다. 나의 무단횡단을 웃으며 꾸짖었던 중년의 순경 아저씨가 미야나가 반장 같은 사람이어서 참으로 다행이었다고. 만일 그때 세이다이 같은 순경을 만났다면, 그는 내게 이렇게 소리치며 따져 물었을 게 분명하다. "이봐요, 아줌마. 나 경찰이에요! 경찰을 뭐로 보고, 무단횡단을 합니까!?"

얼마 전에 그 횡단보도를 다시 지나갈 일이 있었다. 그런데 신호등이 꺼져 있었다. 아, 이제 고민하지 않아도 되겠구나! 하는 생각에 안도했다. 하지만 한편으로는 왠지 아쉽기도 했다. 작은 추억거리를 만들어준 신호등이 언젠가 다시 켜지길 기대해본다.

2016년 6월

박재현

마을을 지켜라

1판 1쇄 인쇄 2016년 7월 11일
1판 1쇄 발행 2016년 7월 18일

지은이 노나미 아사
옮긴이 박재현
펴낸이 김성구

책임편집 이은정
단행본부 박혜란 김민기 나성우 김동규
저작권 이은정
디자인 여종욱 문인순
제 작 신태섭
책임마케팅 최윤호
마케팅 손기주 송영호 유지혜
관 리 김현영

펴낸곳 (주)샘터사
등 록 2001년 10월 15일 제1-2923호
주 소 서울시 종로구 대학로 116 (03086)
전 화 02-763-8965(단행본부) 02-763-8966(영업마케팅부)
팩 스 02-3672-1873 **이메일** book@isamtoh.com **홈페이지** www.isamtoh.com

ISBN 978-89-464-2034-2 03830

이 도서의 국립중앙도서관 출판시도서목록(CIP)은 e-CIP 홈페이지
(http://www.nl.go.kr/cip.php)에서 이용하실 수 있습니다.(CIP제어번호:CIP2016016192)

값은 뒤표지에 있습니다.
잘못 만들어진 책은 구입처에서 교환해드립니다.